中公文庫

やちまた（上）

足立巻一

中央公論新社

目次

やちまた　上巻

凡例

○引用の歌文は最新校訂本により原文のままとした。日記、書簡、願書などは特別の場合のほか送り仮名を補い、漢文体は訓点をつけ、あるいは仮名まじり文に書き下ろした。

○人名、地名は特別の場合のほか、現行使用の文字を用いた。(ただし、飛弾［飛驒］だけは原名どおり)

○年齢は数え年。

第一章

その盲目の語学者がわたしに巣くってしまったのは、丘の松林のなかの、神殿のように床の高い古風な教室においてであった。

二学期がはじまったばかりで日射しは暑かったけれど、松風がざわざわ鳴っていた。

白江教授の文法学概論の時間であった。教授は三十歳なかばであったろうか、目も声も物腰も女形のようで、顔はノートに伏せたままで講義をつづけていた。髪がなめらかな白いひたいに垂れかかり、高い鼻梁がいっそう秀でて見える。それでいて、黒板に書く白墨の文字は、大きく力が漲《みなぎ》って粘着している。

黒板には「本居春庭《もとおりはるにわ》」「詞《ことば》の八衢《やちまた》」「詞《ことば》の通路《かよいじ》」という文字が、三行に書かれていた。

「……春庭《はるにわ》ははじめ健蔵と称し、十八歳のとき健亭と改めた。春庭はその字《あざな》である。宝暦十三年二月三日に母の勝子の実家である津の家に生まれた。父の宣長《のりなが》は時に三十四歳であって、はじめての子どもであった。日記に〈三日、晴陰、風烈シク或ハ雪散リ、未刻後晴ル、モ猶風アリ。○未刻半、津ヨリ使来リ、今巳刻前勝子安産、男子出生。母子恙ナキノ由ヲ告グ〉とある。幼時から父の仕事を助けたり版下を書いたりした。字もじょうずであったが、細字は目で見えぬくらいであったという……」

教授はなんの説明も加えなかったが、宣長の日記を原文読み下しのままに引用した意味は、わたしにもすぐわかった。それには宣長がはじめての子を得た安堵の思いが簡潔にあらわれているからだろうが、それよりも春庭出生の日の天候まで引用したのは、その短い章句が、春庭の人生をまったく予測しないかたちで象徴しているとみとめたことのように思われた。

「……こうしたことが目のためによくなかったのであろう。二十九歳（寛政三年）のころから眼病を患い、悪くなるいっぽうであった。尾張馬島《まじま》の眼科医をたずねて治療を受けたが、はかばかしくなかった。当時における宣長の心痛は『本居宣長翁書簡集』に見えている。父宣長の心配はひとかたならず、自分でつれて京都、大阪の名医をおとずれたが、経過は思わしくなく、三十二歳（寛政六年）のときにはまったく失明した。父宣長はその将来を種々心配したすえ、ついに針医者にすることにきめ、京都にのぼらせた。修業を積んで松阪に帰ったのは三十五歳で、その年に針医を開業し、従妹にあたる壱岐《いき》という女と結婚したのである。三十九歳のとき、父の宣長が没した。本居家では、宣長の弟子稲懸大平《いながけおおひら》を養子として本居家をつがせた。大平は出でて紀州家に仕え、春庭は松阪の家に住んで針医のかたわら、語学と歌とを教えた。心をまぎらわすものがなかったのであろう、かれの語学に対する熱意は非常なもので、ついに『詞の八衢《みの》』『詞の通路』の二名著が完成された。博覧強記であったかれは、妻の壱岐、妹の美濃の助けを借りて、この精密な研究を成しとげたのである。かれは歌も詠み、それは父宣長にまさるといわれている。歌集を『後鈴屋集《のちのすずのやしゅう》』という。かれは後鈴屋翁と号した。文政十一年十一月七日、六十六歳で没した。戒名は明章院通言道永居士。墓は松阪の樹敬寺にある。大正十三年、正五位が追贈された」

教授はなんの抑揚もつけず、ほとんど感情をあらわさずに春庭の一生を述べ終わった。わたしも機械的にノートをつづけた。

「……『詞の八衢《はしぶみ》』は文化三年に成った。初刊は文化五年である。上下二巻より成り、尾張の植松有信《うえまつありのぶ》の序と本居大平の跋《ばつ》とが添っている。全体の結構は、まず総論ともいうべき部分があり、そのあとにア行からワ行まで各行について各種の活用を述べているが、総論のはじめに書いている。〈詞《ことば》のはたらきはいかにともいひしらず、いとも〳〵くすしくたへなるものにして……〉。ここにわれわれはこの不幸な語学者が、詞の語法、活用を研究するにつれて、詞の精妙におどろきたのしんだことを見る。昔の人は自然に詞の使いかたをまちがわなかったが、後世になるにつれて次第に誤りが多くなったと、つぎに述べている。これは当時の復古的精神のあらわれである。この書を八衢と名づけたについては、おなじことばでもその働きざまによってどちらへもいくものであるから道にたとえたのだと述べている。春庭の功績はどの点に存するかといえば、四段、一段、中二段、下二段という四種の活用を樹立したのにある。いまもこの名称が用いられていることはいうまでもない……」

教授はそのあと、春庭がいった中二段は上二段のことであり、この名称をはじめて用いたのは桑名の学者黒沢翁満《くろさわおきなまろ》の『言霊《ことだま》のしるべ』であること、春庭はまだ今日の下一段にはふれておらず、これは江戸の林圀雄が名づけたものであることを述べた。ついで「春庭はこの四種の活用のほかに、いささか働きざまの異なるものがあるとしてこれを変格と名づけた。この名も今日われわれの用いるところである」と講じた。

わたしはノートをとりながら、にわかに興味が動くのをおぼえた。この学校は国文学を教える特殊な専門学校で、わたしは国文学が好きで入学したのだったが、そのなかでも文法が数学のような論理美を持っていることでわたしの興味をとらえた。その文法で用いなれた動詞の活用の法則と名称とが、すでに百数十年もむかしに盲目の語学者によってほぼ決定されていたということはおどろきであった。

松風の音はやんだ。

教授の細くすき透った声がつづく。

「春庭は各行について、四種の活用およびそのほかの活用に属することばをあげ、さらにそのことばが実際に用いられている文献をあげている。記紀、万葉から平安朝の物語、日記、歌集、さては『新撰字鏡』『和名抄』のごとき字引きにいたるまで広く用いている。文献の巻の数まであげているところなど、ちょっと盲目の学者の仕事とは信じられぬほどである。春庭がかように文献から多くの実例を集め、そこから四種の活用を打ち立てたのは、かの帰納的研究法をとったものであって、特に注意すべきである。春庭没して百年（昭和二年）、動詞の活用の研究についてはいちじるしい進歩はない。春庭が帰納法によって、充分の証拠の上に自説を打ち立てているので、その説を動かすことができないのである。春庭自身も『詞の八衢』については自信を持っていたらしく、かれが六十二歳になった文政七年正月に本居大平に与えた次のような手紙でもわかる。〈……常々相歎候事は、私生付《うまれつき》甚不才にて、学事出来不レ申候上、長々眼病相わづらひ、廿九歳にて、終に目しひ、父之学業相つぎ候事出来不レ申、甚心外にて、たゞ此事のみ歎キ暮し、徒に年老、当年最早六十二歳に相成、大ニ相衰へ、何事もむつかしく、くづほれ申候。此分ニては余命も可クレ少ナカル、心細《ほそ》く御座候。右之通学問ハ未熟ニ候得共、若年より詠歌を好ミ出精仕候ゆへ相応ニ歌ハ出来申候哉、国々ニ門人多く有レ之候。又詞之やちまたと申候書出し申し候。是は春庭口より申候ハいかゞニ候得ども、古今未ダ誰も不ニ申出一《もうしいださず》、発明の著述にて、末代迄不レ動説にて御座候〉」

　そこで教授ははじめて講義をやめ、顔をあげた。しかし、学生たちを正視して見まわすというのではなく、からだをななめによじらせ、目は窓のほうを向いていた。その動作と表情とは、羞恥する少女を思わせた。そして、その姿勢のままで独白のように、低い声をもらした。

「ふしぎですねえ……語学者には春庭のような不幸な人や、世間から偏屈といわれる人が多いようですねえ……」

　奇妙なことに、そのつぶやきのような声が、突然、わたしを射た。盲管銃創の痛さがあった。わたしは教授の視線につりこまれたように、窓を見た。そこには赤松の幹があり、まだらの陽ざしがゆれ、ゆれるごとになにかがしずかに燃えているように見えた。

　それから、わたしは咄嗟に教室を見まわした。わたしの席は教壇に向かって右の角《かど》だったので、ちょっと頭を動かしただけですべてが視野にはいった。腸《ちょう》はまんなかの席で、かがみこんだままノートになにやら書きこんでいた。かたい髪がかぶさり、メガネが白く光っている。学生服の肩がしきりに動く。遮莫《しゃばく》は一番うしろのはしで、いつものように白ガスリに紋付を引っかけ、ふところ手をしながらひげを抜いていた。目はぼんやり遊んでいる。下半身は机にかくれて見えないが、机の下では微妙といっていい貧乏ゆすりをやっているのにちがいない。腸も遮莫も、かれらの俳句の号である。

教授はもとの姿勢にもどっていた。教卓に背をかがめてノートをくっている。つぎの講義をはじめるらしい。そのときまた、教授は独白のつづきのように、偏屈者の語学者の名をあげた。富士谷成章《ふじたになりあきら》、上田秋成、谷川士清《ことすが》、鈴木朖《あきら》、僧義門《ぎもん》、富樫広蔭《とがしひろかげ》……と、ぼそぼそと名をならべ、「山田孝雄《よしお》博士も独学の人ですからねえ」とつぶやき、春庭の学説が義門などによって受けつがれていく過程を述べはじめた。

わたしの手はふたたび講義を書きとめていったけれど、頭のなかでは、さきほどの教授の独白がさらに低いつぶやきとなりながら、始末のわるい病菌のようにうごめきはじめた。

人間がことばそのものに対して持つ異常な情熱とは、どういうことなのか？　ことばは人間が社会を結ぶ一番基本の条件であるはずなのに、ことばに興味を持って法則を発見した人たちが、社会から尋常の人間でない偏屈者といわれたり、春庭のように失明し、あるいは山田博士のように正規の学問の機関からしめだされ、いずれも社会から閉された存在であったというのは、どうしてなのだろう？

わたしはにごった意識のなかで、ややものうく、ひとつの観念を追った。

そういえば、白江教授は文法学概論の序論ですでに述べていた。「文法はあらゆる学問のなかでも、もっとも孤独で、さびしいつつましい学問である。小泉八雲は、詩歌はひとりの芸術といったが、文法は孤独の学問である。すぐれた文法学者がしばしば独学者であることは偶然ではない」

そして、フランスの詩人フランシス・ジャムがいったことば「もっとも強いよろこびのひとつは、正確なことばを感得し、それが思想に従うことだ」を引用した。さらに、ドイツの哲学者ヘルデルにとっては、ひとつひとつのことばがそれ自身文学であり、詩であった、と述べた。また、デンマークの言語学者オットー・エスペルセンのいったということばをも黒板に書いた。

"Language, after all, is an art; One of the finest of arts"

それから、講義は本論にはいって品詞別に進められ、動詞の項で本居春庭が語られたのであるが、それまでにも関係ある語学者のことがしきりに紹介された。それにはきまって要約した伝記とともに短い挿話をつけ加えた。

たとえば、賀茂真淵《かものまぶち》といえば、中学の教科書では国学四大人のひとりで謹厳きわまる大学者と教えこまれ、前年に受けた国学史の講義でも、カラスのような目つきをした老いぼれの教授は著書の数々をあげて、偉大な古学者であると説いたのにすぎなかった。ところが、白江教授はいつもの女のような口ぶりで、真淵の学風は趣味的、直観的で、学者というよりむしろ詩人だと語った。神主の家に生まれながら、若くして妻を失い、悲嘆のあまりに真言宗の僧となろうとし、それは押しとどめられたが、その悲しみをまぎらわすために古代の書に読みふけった。のちに浜松の本陣の養子に迎えられたが、本ばかり読んでいるので養父の気にいらなかった。すると、妻は自分と家とを棄てて勉強せよとすすめ、それで真淵は京都にのぼって荷田春満《かだのあずままろ》に入門し、国学の世界へはいった――というふうに述べた。

また、賀茂真淵と本居宣長との出会いは、小学校の読本《とくほん》の『松阪の一夜』以来よく知っていることであった。旅の途次に松阪新上屋に宿をとった真淵を宣長はおそるおそるたずねると、真淵は『古事記』を研究することをねんごろにすすめ、宣長は感奮して『古事記伝』の大著にとりかかる、というようなことであった。そこにあらわされた真淵は、後進にやさしい悠然とした老大家である。ところが、白江教授は、真淵はそののち宣長の送った詠草に対して一首もとるべき歌なしと酷評したと述べ「酒もタバコもたしなんだが、ことにソバが好きであった」というようなことをつけ加えた。すると、ひげのかたい気むずかしい老人が、音を立ててソバをすすっている情景がわたしに見えたのである。

上田秋成については、本居宣長との論争が語られた。宣長が古代には「ン」の音はなく、すべて「ム」であると主張すると、秋成は「では、叟の号春庵もシュムアムと呼んだらよろしい」とやりかえしたというのだ。そのとき、教室では笑い声がおこった。わたしも笑った。だが、教授ははにかむようにノートに見いっているばかりで、すぐにつぎの講義をつづけた。

谷川士清については『日本書紀通証』三十五巻、『和訓栞《わくんのしおり》』九十三巻八十二冊などの大著を書きあげたのち、六十七歳のときに自分の草稿全部を埋めてしまって反古塚《ほごづか》一基を建て、その翌年死んだと語った。

富士谷成章は最初にことばの分類をこころみ、動詞に自他のはたらきがあることを発見し、その口述『あゆひ抄《しょう》』で助動詞を精密に分けた卓越した語学者である。しかし、本居宣長とほぼ同時代の人でありながら、その研究はあまり知られず、その学統も本居派とはくらべものにならぬほど普及しなかった。それは成章が四十二歳で死に、学者のもっとも多能な晩年を持たず、門弟も著書も量が少なく、それに京都に住んで堂上家の束縛に会ったからだろうと、教授は述べた。

そんな講義のなかで、特にわたしの記憶に焼きついたのは、鈴木朖についての講説であった。

「……朖《あきら》は離屋《はなれや》と号し、明和元年三月三日、尾張国西春日井郡枇杷島《びわしま》町に生まれた。朖ははじめ儒を志したが、中年にして宣長の弟子になり、宣長を支那の孔子にたとえている。一見茫洋とした人であったということであるが、非常に頭のよい学者であった。その著書はおおむね紙数の少ないものであるが、いずれも語学史上に重要な地位を占めている。六十四歳、妻に先立たれた。それからおりおり酒に淫した結果、ころんだりするようになったので、麦九米一という食物によって養生した。天保四年、七十歳で藩学明倫堂の教授となって『日本紀』や『古今集』を講じたが、四年をへた天保八年に没した。ちょっと変人だったらしく、家の玄関には〈菓子より砂糖、砂糖より鰹節、鰹節より金〉と書いたという。ひどい近眼でいろんな失敗をかさねたことが伝えられている」

門人の謝礼について「鰹節より金」と堂々と張りだしたことは、そのころの士族の金銭観からいって「ちょっとの変人」ではすまなかっただろう。

白江教授の講義には、そんな挿話がなにげないふうに織りこまれた。それが奇妙に印象に残り、肝心の学説の内容はかえって記憶が薄いほどであった。挿話から人間像があぶりだしになるのだが、かれらはどれも一刻者、偏屈男であり、滑稽でものがなしいのだ。しかも、共通して通俗の臭気がなく、ことに鈴木朖の「金」には清潔な香気があるとさえ思えた。

その語学者たちの印象は、白江教授にどこか似かよっている、とわたしは気づいた。教授のノートをのぞきこんだことがある。すると、それは全部ローマ字で、固有名詞と引用文だけが漢字とかなとで書いてあるばかりで、それはふしぎな文様のように見えた。きっとローマ字論者にちがいなかったが、教授はそれについて一度もわたしたちに向かって口に出したことはなかった。

また、教授の風貌はヨーロッパ文学の学究というほうがふさわしかった。それに、特殊とはいえ四年制の官立専門学校ではあり、大学を出てすぐ講師、ついで教授に推されたというのも、よほどの秀才であったからのことにちがいあるまい。その頭脳の澄んでいることは、簡潔でしかも的確なノートを見てもわかる。さらに、講義にときおり引用されるヨーロッパの詩句、あるいは和歌をみても芸術的な感覚も持つ人である。育ちもよかったらしく、気品があって、それが女性的な感じを余計濃くしている。とにかく、ぼっちゃん育ちの秀才なのだ。本来ならヨーロッパ文学を専攻して外遊でもしたほうがよさそうに見える。それがどうして、あまりはやりもしない国語学などを選んだのだろうか？——わたしは講義の内容とは無縁な、そんなことを考えはじめていた。

「なにか質問ないでしょうか？」

教授はじめてノートから目をあげ、教室を見わたした。だれも手をあげなかった。「では、先生はなぜ偏屈者が好んだことばの学問を選んだんですか？」と問いただしたい気が嘔吐のように胃の腑からこみあげてきたが、わたしもなにげないそぶりでノートを閉じた。終業を告げるベルが鳴り渡った。


教室から細い赤土の道が松林のなかをまがっている。そこへはいると、松風の音は急に高まる。モズの声がするどく頭上の空を裂いた。

わたしは腸といつものようにごく自然に肩をならべて歩いていた。

「これから山を下ろうか」

しかし、しばらく腸は答えず、

「金がまだとどかんのじゃ」

と、いった。横目で見ると、黒ぶちのメガネのなかで陽気なくせに暗い目がしばしばたたいた。

わたしたちは街へ遊びにいくことを「山を下る」といいならわしていた。その日は土曜で、授業も午前中だったし、ふだんは授業をすませると、寄宿舎ではすぐ入浴、夕食、自習がつづいて十時の点呼になるが、土曜だけは十二時の就寝点呼というきまりになっていて、それまでに帰って寝ていれば、舎監が懐中電灯をつけて見まわりにくるだけなのだ。だから、わたしたちは土曜の昼食をすませると、ほとんど山を下るのだった。

「金はある」

わたしは腸にいってやった。寮費は十一円五十銭で、母から毎月二十円仕送りしてもらっており、先日それが着いたばかりだ。

腸は返辞をしない。

赤土の道はすぐ砂利を敷いた広い道につながる。道の片側は谷になっていて、谷底から弓鳴りの音が立ちのぼってくる。谷底には弓道場があって、もう弓道部の連中が弓を引いているらしい。

谷が切れこんだ台地に、木造平屋建ての学寮は長くのびている。わたしたちの学校では、三年まで全学生がそこで起居するきまりになっていた。

門をくぐって玄関にはいると、右手に使丁室、事務室、舎監の当直室がつづく。事務室の前で、腸は頓狂な声をあげた。

事務室の前に各寮ごとの来信箱が備えつけてあり、書留の場合はその上に掲げた黒板に氏名を書きだすのであるが、その日、腸の名があって「書留、小包」と書かれてあったのだ。

腸はあわてて、ポケットから印鑑をとりだし、タバコの粉まみれの判子をプッと吹いた。

わたしは新聞を読みながら腸を待つことにして、事務室の向かいの新聞閲覧室にはいった。ちいさな部屋のまんなかに、古びた大きなテーブルがすわっていて、新聞紙が散らばっている。その一番目につくところに手荒くもぎとった穴があいているのは、遮莫の仕業にちがいなかった。そこは必ず囲碁欄で、遮莫は学校へ出がけにそこだけを引きちぎり、授業中ノートの上にのせてその棋譜を眺めいるのが習慣なのだ。ちょうど、日本棋院秋季大手合わせの木谷実七段対岩本薫六段の棋譜が連載されていた。

それを引っくりかえして一面を見た。

軍艦の大きな写真があった。「観艦式愈《いよい》よ迫る、御召艦〝比叡〟あす大阪湾に入港、湾頭を圧する艨艟百八隻」「憲法の許す限り議院制を大改革、陸軍側の主張」「独伊の協定愈よ成立、ソ聯［ソ連］の進出を排撃す」――そんな見出し活字がおどっている。

やはりこの新聞閲覧室で、息を呑んだ日のことがわたしには忘れられなかった。めずらしく雪がふって、積もった。それがつぎの朝にはまぶしい天気になり、雪は紫外線を拡散しながらとけはじめていた。いつものように授業をすませて寮の玄関にはいると、学生がまっ黒にかたまっており、近づいて背のびをすると、壁に大きな号外が張ってあるのだ。青年将校の一団が部下部隊をひきいて重臣を襲撃し、目下東京には戒厳令がしかれている、とあった。

「とうとうやったか……」

わたしのとなりの男が、感にたえぬといったつぶやきをもらした。見ると少尉であった。一年上級だが、兵役をすませて騎兵少尉になって入学してきたので、みんなは「少尉」と呼んでいた。少尉は上気してなにやら大声で話しはじめたが、わたしはそっとその場をぬけたのだった。

　腸が肩をたたいた。すっかり相好をくずし、右手で書留の封筒をつかみ、左手には小包をぶらさげていたが、やにわに小包の差出し名のところを見せた。住所にならべて、秋になったというような俳句が枯れた墨の字で小さく書いてあった。腸の叔父が孤児の甥に思いやりをかけているのはよくわかる。それでも、腸にはやはり早く両親を失った影のようなものが執拗にしみついていて、それは陽気になったときにむしろ逆に濃くあらわれるように思う。

「早うメシ食うて、山を下ろう！」

　腸は先ほどとは打って変わって威勢よくいったけれども、やっと届いたかれの書留封筒には、十五円しかはいっていないだろう。

　新聞閲覧室から長いコンクリートの廊下がつづき、それをはさんで左右等間隔に七つの寮がならび、遵法、啓発、博愛、義勇、修学、成徳、成美とそれぞれに名づけられていた。わたしと腸とは修学寮で草履をつくりつけの下駄箱にいれ、左右に別れた。腸の部屋は廊下の右の棟のはしであり、わたしは左のなかほどだった。

　部屋のふすまをあけた。同室の祝日古《いわひこ》はいない。食事にでもいっているのだろう。部屋はどれも南向きなので、午後の太陽がいっぱいあふれてむし暑い。部屋は六畳と三畳とになって、ふすまで仕切られ、三畳には上級生の室長の石頭がいるのだが、かれも出かけたらしい。東北から来た強固な神道主義者で、いつかわたしが「研究」といったら、「勉強といいたまえ。研究とは刀を研ぐように究めることであって、まだ学生の分際で使うことばではない」とたしなめ、「本居宣長が」となにげなく口走ったら「大人《うし》あるいは翁と敬称をつけなさい」

と叱られた。丸刈の頭が大きくて、しかもいかにも固そうだったので、ひそかに「石頭」と名づけていたのである。

わたしはノートを窓ぎわの机のうえに投げだすと、座ぶとんを二つ折りにしてあおむけになった。わけのわからない疲れがあった。また、持病の扁桃腺がはれはじめているのかもしれない。わたしの本棚には津久井龍雄著『日本主義運動の理論と実践』、権藤成卿著『君民共治論』、井箆節三著『日本主義』、河野省三著『我国体と日本精神』などの本がならんで、陽に焼けている。ふと、もうみんな売り払おうかと思った。

その学校は、たいそう変わっていた。官立といっても、文部省ではなくて内務省の管轄になっていた。それというのも、もともとは神職を養成することにはじまって、経費は伊勢神宮を管理する神宮司庁によってまかなわれていたからだ。「神ナガラノ道ニ則リ、皇国ノ道義ヲ究《きわ》メ、皇国ノ文学ヲ修メ……」と学則の第一条にはうたってある。二年から神道、歴史、国漢の専門科にわかれるけれど、一年のときには全員、祭式、礼式を習い、神道史、神道概論という講義を受けねばならない。武道も二年まで必須科目だ。そのかわり卒業すると、だれにでも高等神職の資格と中等学校教員免許状とが与えられることになっていた。

寄宿舎の中央部には遙拝殿という、神社の拝殿とそっくりの建てものがあり、起床の鐘が打ちならされると、学生たちは顔を洗って全員がそこに正座しなければならなかった。正面は内宮《ないくう》のほうを向いて御簾《みす》が垂れ、その前でノリトをあげる。ついで、二礼二拍手して、こんどは外宮《げくう》を向いて二礼二拍手する。そのあと、東のほう皇居を遙拝し、各自めいめい郷里の方角に向かって拝礼するのである。

わたしはそんな学生生活に、実はひそかに絶望し、反抗していた。そのくせ、学校を飛び出すとか、遙拝をサボるとかいうような勇気、つきつめた一途さがあるわけではなかった。いずれ母を養わなければならないと思っていたし、そのためにはいやでも学校は卒業しなければならないとあきらめていた。それで、遙拝もよそごとを考えながら、みなといっしょに頭をさげ、拍手を打つだけであった。

学生はほぼ全国から集まっていたが、神官の息子が多かった。かれらは祭式や礼式を日常のことのようにやってのけたのに、わたしはヘマばかりやった。ノリトはどうしても口からこみあげてこない。

そんなこともあったが、神ながらの道に同調できないのがつらかった。中学時代にプロレタリア小説に感激して素朴な唯物論にひたり、のちには辻潤や武林無想庵や宮島資夫の著述にとりつかれ、あげくは東洋思想全書の老荘思想にとびついたりしたのに、神ながらの道だけにはどうしても追従できず、神社に神を見ることができなかった。

となりの窓ぎわの、祝日古の机を見やった。岩崎卯一やデュルケムの社会学の本を積んでいる。ちかごろ、祝日古は社会学にこっている。そして「神道はゲマインシャフトでも結構説明がつきますばい」と、佐賀弁でいった。神官のようにのっぺりした顔には、いつも陽気で楽天的な自信が満ちている。

入学早々、食堂の二階の学生集会室で、新入生歓迎弁論大会がひらかれたとき、肝心の新入生の演者がいなくて、年長だからどうしても一席しゃべれと強要され、弱りはてた。ついに根負けして、それならけむに巻いてやれというつもりで、「日本現代詩の思想」というたいそうな題をかかげ、口から出まかせにしゃべった。自分でもよくわからなかったので、拍手もなかった。そのとき、祝日古は「大学廃止論」をぶった。いまの大学はマルキシズムに毒され、教育勅語に反しているから即刻廃止しろという乱暴な議論であったが、それこそ割れるような拍手を受けた。

その鳴りやまぬ拍手のなかで背をかがめながら、わたしは、とんでもない場ちがいのところへ来てしまったと後悔し、ついで、学生のほとんどが神道なるものを信じきって微動もしないらしいようすに驚き、むしろ羨望を感じたものだけれども、その気持ちはそののちもいっこうに変わることがないままに三年が過ぎようとしていた。

ふすまを一気に開く音がして、腸が「なにしとるぞ。早う下ろう！」とどなった。それで、わたしも食堂へ駆けこみ、メシに豚汁をぶっかけると、腸とならんで学寮を出た。

坂を下って校門を出ると、そこからお成り道がつづく。それは天皇参拝のためにつけられた広いアスファルト道路で、内宮と外宮とを結んでいる。歩道は赤レンガになり、等間隔にサクラとカエデとの並木がつづく。それを二十分ほど歩くと、街の繁華街が国鉄参宮線のふみきりをわたったところから淫靡《いんび》にはじまる。西洋菓子のような新開の喫茶店のとなりに、縄のれんの伊勢屋があり、その細い道をはさんだ向かいは遊廓藤波楼だ。そのとなりは八百屋と雑貨屋で、つづいてカフェ美人座が昼間からレコードを流している。しかもその向かいは、この地方小都市随一の本屋で新刊雑誌がならぶ。そのまたとなりには芸者置き屋と木賃宿、三階建ての遊廓がつづき、その露地を折れたつきあたりが映画小屋の世界館である。まるで、豚汁を流したような街で、山の学校は苦手だったが、その下界は親しめた。

わたしと腸とは、まず世界館にはいる。桟敷になっていて、十銭で脂肪光りのした座ぶとんを借りてあぐらをかき、ナンキン豆一袋ずつを買い、いつも流星が走るようなフィルムを眺める。

映画館を出ると、日はすっかり暮れている。わたしたちはゆきつけの飲み屋で、白菜づけをさかなに一本十二銭の酒を飲む。それから、カフエだ。それがわたしたちのいつものコースであった。

カフエの色ガラスのドアを押した。

とたんに、遮莫がうたっているのがわかった。天井から色のあせたモールをいっぱいぶらさげたまんなかのボックスに、もう一団がすわりこんでいて、俗歌を合唱している。その音頭をとっているのが遮莫だ。しぶい声がよく透る。一団は手を打ち、合いの手を入れる。

わたしと腸とは、すみのボックスを占めた。背の低い、ずんぐりふとった、頰ぺただけがすべすべした女がくっつき、ビールをつぐ。

遮莫が腸を見つけたらしく、歌いながら招く。歌の好きな腸は腰を浮かし、「ちょっと」というふうに鼻先で片手でおがむ格好をして立った。すぐに遮莫と腸との合唱となり、それは「ギッチョンチョン」であり、「木遣《きやり》くずし」となり、「まっくろけのけ」とつづく。遮莫と腸とは歌がうまいだけでなく、学生の知らないような俗歌をいっぱい覚えていることで全校に知れ渡っているのだが、音痴のわたしにはねたましく聞こえるばかりだ。

わたしは、女のぼってりした肩に手をかけ、一気にビールをあおりつづける。さっきの安酒と混合して、酔いが血管を激しくまわりはじめたのか映画のように見える。そのころ、わたしはひどく酒癖が悪くて、金がなくなるか、ぶっつぶれるかするまで乱酔しないと気がすまず、最後は腸に自動車でつれて帰ってもらうのが毎度のことであった。

しかし、その夜は妙に酔いが冴えるばかりである。ねばい汗が腋の下ににじむのもわかる。合唱が「富士の白雪」に変わったとき、突然、まるで啓示のように昼間の白江教授の講義が思い浮かんだ。

〈……古今未ダ誰も不二申出一、発明の著述にて、末代迄不レ動説にて御座候〉

なんという傲岸きわまる揚言であろう。世に自信家は多いけれども、これほどぬけぬけと、しかも頑固に自信を表明した人物がほかにいただろうか？

が、春庭がことばのなかに神を見たことだけは信じてもいい。確かに、神はことばのなかにしかいないのかもしれない。

〈詞《ことば》のはたらきはいかにともいひしらず、いとも／＼くすしくたへなるものにして……〉

脈絡もなくそんなことが思われるうちに、疑念がどぶ川のガスのようにふつふつ湧いてくるのだ。

教授は、春庭が細字を書いたりしたために失明したように語ったけれど、そんなことがあり得るだろうか？　世のなかには米粒にいろは歌を書く人もいるし、極微の手仕事をする人もいくらもいるはずだが、そのために突然に目を病んで失明したというような話は聞いたことがない。春庭の失明はそれとはまったく別の原因にあったはずであるが、それは一体何であったのか？

また、教授は、失明後の春庭を妻や妹が助けて『詞の八衢』の名著を成したといったけれども、その論証は精密で、教授自身「盲目の学者の仕事とは信じられぬほど」と補足したように、そんな作業が語学に特別の知識を持ちあわせるはずもない女性に果たして可能なのだろうか？　あるいは、これまでまったく知られていない学識者が裏側についていて、春庭を助けたのではあるまいか？　さらには、歴史から存在を隠した代作者がいたのかもしれないのだ。

そうして、白江教授が時おり漏らすように、ことばの科学は真に孤独者の学問なのか？とすれば、それはなぜか？……。

そんな問いが、とりとめもなく、でも狂暴なほどにわたしを突き上げてくる。酔いは冷たく沈澱するばかりで、顔は悪酔いしたときのように青ざめきっているのにちがいなかった。それでいて、得体の知れぬ黒衣の男が岩のようにうずくまって身動きもしないのが見えたりするのである。

丘の文庫にかよう日がつづいた。

授業がすむと、そのまま教室から松林のなかの小道を伝う。草が真夏の生気を失いはじめている。松林をぬけると、丘の突端に文庫は代赭《たいしゃ》色の小さな屋根をのせていた。閲覧者はいつもわずかだった。東京から調べものに来ているらしい白髪の学者だけが常連だった。その人さえ姿を見せない日もあり、そんなときは机の下でコオロギがはねた。

文庫は伊勢神官の子弟のために集めた文献類をもとに、神道、国学、国文学の本を収めていたので、本居春庭にかかわる書物もほとんどそろっていた。

わたしが最初に借り出したのは、『増補本居宣長全集』の初巻『総目次、略年譜、遺墨』であった。そのなかに、本居清造所蔵の春庭の肖像がコロタイプ刷りでおさめられていた。「文政五年の冬、京都の人疋田《ひきた》宇隆をして描かしむ。春庭時に六十歳なり。歌は妹美濃の筆なり」

と、解説がつけられ、つぎの和歌が端麗な文字で書かれてある。

影ばかりうつすにあかで心をもなほかきとむる水くきの跡　春庭

肖像は被布のようなものを着て裾をひろげ、端座して膝で手のひらを上にむけて組んでいる。

痩身で、背がかがんでいる。あまり豊かでない髪を総髪に結い、額は広くはげあがり、なるほど、その下で切れ長の両眼は閉じたままだ。写真が小さいのでよくわからないが、仔細に見ると、その目は半眼をひらいているようでもある。眼球のようなものさえうかがえる。と思うと、それは地の一点をしずかに見すえているようでもある。

高く長い鼻は段をつくっていて、宣長によく似ている。あごはとがってうすいひげがのびている。宣長のような肉感はなく、しーんとしずかで、凍ってくるようなものがある。

つぎに、春庭の伝記類を調べてみた。ところが、意外に少ない。いや、ないといってもよい。単行本としては鈴屋遺蹟保存会幹事・青瓢桜井祐吉編『本居春庭翁略伝』一冊があるだけであった。それとても柿色の表紙をつけた、和綴じのうすい冊子だ。自序によると、春庭没後百年にあたって、鈴屋遺蹟保存会は百年忌を営むとともに、春庭の遺墨展覧会を催したらしく、冊子はそのときに編まれたもので、昭和二年の発行である。

宣長の日記、書簡などを資料に春庭の生涯を概観したのち、門下、著書、学風と歌詠、春庭と諸大家、系譜の章を設けて略説してあるが、それはやはり略伝にすぎなかった。

ただ、その本によって、明治三十九年春、『詞の八衢』が完成して満百年になるというので、東京帝国大学内の言語学会では記念講演会を催し、その講演要旨が同年六月発行の『国学院雑誌』に掲載されたことを知り得た。

その掲載誌を文庫から借り出してみると、「本居春庭翁紀念号」と題され、新村出、保科孝一、藤岡勝二、岡田正美、金沢庄三郎、八杉貞利、大槻文彦、上田万年、三矢重松、井上頼圀《かずとし》、亀田次郎といった当時第一級の言語学者、国語学者が名をつらね、それぞれに春庭を語っている。わたしはその一編一編をいささか上気し、期待して読んだ。しかし、読み終わって失望しなければならなかった。わたしの知りたい春庭は何も語られていなかったからである。

新村博士は「開会の辞」で『詞の八衢』を都府と比喩し、春庭の学説は多くの継承者、祖述者によってここに一つの八衢の都府が完成し、それは現代国語学に組み入れられて自分たちも入り組んだ八衢の都府をさまようことなく往復できるけれど、いまはそれに満足してはすまされない、と述べる。

「現今の学界に於ては、何うかして、分らぬながらもその八衢の都府の成立、建設の由来を明かにせねばならぬ時勢であるやうに考へるのであります」

この新村博士の問題提起は、そのころ『詞の八衢』の語学説の成立が、よくわからなかったことを示している。博士はこれと合わせ、「現在話して居る言葉遣ひの八衢を作るべき時勢」であることを強調し、口語の活用の確立を提唱し「八衢紀念を吾々が催すのは、つまり過去に於ける故人の功業を追懐すると同時に、将来に於ける吾々の研究の方針を確立するがために外ならぬのであります」と、「開会の辞」を結んだ。これにつづく学者たちの講演は部分的には教えられることも少なくはなかったが、たいていの演者が「春庭についてはよく調べておりませんので」とか「くわしくは知りませんが」というように、やや恥ずかしげに口ごもりながらことわり、活用研究史やその一端を『詞の八衢』に関係づけて語るばかりで、春庭の人間性、あるいは学問そのものを正視して語ったものはまったく見あたらなかった。

部分として興味をそそられたのは、藤岡勝二が『詞の八衢』が成った文化三年は一八〇六年であり、ヨーロッパの言語学の基礎がつくられた年と同じである、と述べた個所である。その年、シュレーゲルの『印度人の言語及智識に就いて』が出たのだという。イギリスのインド統治にともなってインド生活をつづけていたハミルトンというイギリス人が、故国へ帰る途中にパリ付近で滞在したとき、シュレーゲルはドイツからたずねてインドについて学び、そこからドイツ語とインド語との関係を考察して成したのが『印度人の言語及智識に就いて』であった。サンスクリットの研究はイギリスのコールブルークなどによってすでに着手されていたけれど、シュレーゲルの著述が出てからヨーロッパの言語学は大きく進んだと、藤岡は語るのである。

「……丁度西洋の言語学が一般にシュレーゲルの力に依て欧羅巴《ヨーロッパ》に大変その芽を吹出すやうになつて今日に至つたのと大いに思ひ合はせるのであります。年が同年でありますが為めに春庭翁を追懐しますと同時に私の方面からシュレーゲルを憶ひ出さざるを得ないのであります」

そんな速記も見えるが、わたしは言語学は翌年学ぶことになっていたので、シュレーゲルも藤岡勝二の名さえも知らなかったし、それに速記なので文脈に曖昧なところがあった。しかし、何も知らなかったために、この春庭とシュレーゲルとの暗合は詩における対応のようにおもしろく思われた。

シュレーゲルも藤岡も文庫で調べれば、すぐわかることであった。イギリスがインドを統治するようになった十八世紀後半からサンスクリットがヨーロッパの言語学者のあいだに伝わり、ギリシア語、ラテン語と近似していることが注目され、語源は同じではないかと考えられはじめた。が、ナポレオンが大陸封鎖の政策をとったため、インドからの研究資料が届かなくなり、わずかにパリの図書館にはインドから渡って来た写本の類があった。サンスクリットを学ぶフリードリヒ・フォン・シュレーゲルはその資料を求めてパリへ出て来た。それが一八〇三年であり、その時期のインド研究をまとめたのが、“Über die Sprache und Weisheit der Indier” で、一八〇八年ハイデルベルヒで出版された。それがちょうど『詞の八衢』が刊行された年にあたるわけだった。

シュレーゲルにはアウグスト・ヴィルヘルム・フォン・シュレーゲルという兄があり、かれも本格的なサンスクリット文献学をヨーロッパ大陸に最初に植えつけた人で、のちにボンでサンスクリット語を教授し、その研究に大きな業績を残したという。藤岡勝二の講演では語りちがいか、速記の誤りかわからないが兄弟が混同されていたけれど、とにかくシュレーゲルの著書は、インド文化研究を大きく進めるとともに、「比較文法」という表現をはじめて用いた画期的名著であり、やがてフランツ・ボップによる比較言語学の出発となったという。ボップは『サンスクリット、ゼンド、ギリシャ、ラテン、リトゥニア、ゴート、ドイツ諸語比較文典』をあらわし、インド、ヨーロッパ語の起源が同一であることを立証したのであるが、それも動詞の活用を研究したことによった。

藤岡勝二は東京帝大博言学科を卒業すると、明治三十四年からドイツに留学し、帰国したのは『詞の八衢』百年紀年会が催された前年のことである。それで、とりわけ強くシュレーゲルのことが思い合わされたらしく、その感懐は講演のことばににじんでいる。もちろん、シュレーゲルと春庭とを学績の規模において同一にならべることはできないけれど、どちらも無関係な世界においてまったく同じ時期、ことばの研究史を区切る名著を残し、後世に多大の影響を与えたことに藤岡は感慨をそそられたのにちがいない。ついでにいえば、藤岡はやがて東京帝大教授となって言語学講座を長く担当し、印欧語比較文法などを講じ、明治末年には日本語とウラル・アルタイ語とが言語構造で類似していることを指摘して国語学界に論議をおこしたりした。晩年には満洲語の研究に没頭して満朝開国の日記体の記録『満文老《ろう》檔《とう》』の日本語訳を完成し、これは世界最初の外国語訳であったが、出版を見ないうちに昭和十年に没した。藤岡博士もまた、結局は報いられることのなかった言語学者だったかもしれない。

「本居春庭翁紀念号」の終わりのほうに、上田万年博士の「春庭翁が遺されたる重要なる問題」と題する三ページほどの小文が出ていた。

これは講演の速記ではない。講演するつもりだったが、やむを得ない所用があって欠席されたらしく、文章は編集者が博士の覚え書きと口授とをまとめたものである。その要旨は、春庭が自然法であることを認めた活用には国語学上きわめて重要な根本問題があるにもかかわらず、春庭以後の語学者が残された問題に進もうとしないのはなぜか、を問うている。

この一文によって、上田博士はすでに明治二十八年、「本居春庭伝」を『帝国文学』に発表し、それは冨山房版『国語のため』に収められていることを知った。

それも十二ページほどの小伝であるが、博士は激情的な文語体で春庭を語っている。

「顧ふに『詞の八衢』が動詞に四種の活用あることを啓発し、『詞の通路』が動詞に自他の別あることを指摘してより以来、既に閲し来る七八十年の星霜は、固《もと》より短しと謂《い》ふべからず。而《しこう》して此間、豈亦《あにまた》多少の思想家なかりきとせんや。しかもその今日に至るまで予輩《よはい》が未だこの二書を凌駕するに足るものあるを聞かざるを以て見れば、翁こそ今は居まさね、其学説は猶明治の語学界を風靡し居れりと評するも不可なからんか。果して然らば翁の名誉も亦大ならずや、丈夫の本懐亦ここに於て達し得たりと謂はざるべからず」

その語学史上の功績を述べることは、白江教授とまったく同じである。しかし、それを受けた文脈には、美文調の文語体ということを越えた激情が波打っている。

「事実はかくの如くなるにも拘はらず、世人にして翁を知るもの誠に少きは何ぞや。予輩専門の徒すら翁の事蹟を研究せんとするに当りては蒙晦《もうかい》殆どその手懸りをだに見出しがたき事屢々あるは、何の故ぞや。若し予をして忌憚なく公言せしめば、予は断じてこれを今日までの国語学者の責に帰せんと欲す。思ふに彼等国語学者は国語学を以て僅かに古典学の一科となし、更に其独立を認めず、ましてその威厳を守らざりしかば、翁の如き大家も勢ひ第二次的の地位に置かれ、其事蹟の如きも、亦第二次的に研究せらるゝに到れり……」

なんという高い調子であろうかと思った。そして、春庭は当時の国語学専門学者にもあまり知られず、まして正当な評価を受けていなかった事実を知った。それは国文学界における国語学の評価にもあてはまることらしく、上田万年は怒りをこめて糾弾しているのだった。その純粋な怒りはわたしに伝わった。

「願はくは予輩をして、翁の事蹟につき予輩が知り得しだけを語らしめたまへ。願はくは予輩の自ら考へ自ら疑ふ所に就いて、試に述ぶる所あらしめたまへ。而して後、願はくは其漏れたるを補ひ、其誤れるを正したまへ。かくの如くにして始めて、予輩は翁に背かざるに庶《ち》幾《か》からんか」

これは祈りであり、詩でさえあると思った。上田万年には国文学界で国語学が正当に評価されないことに対する、ながい怒りが鬱積していたのにちがいない。詩人万年の目には、主流の国文学者はうすぎたない俗物に見えていたのかもしれない。そうした怒りと、春庭の業績を発見した感動とが重なりあって、この詩のような祈りになったと思われた。

そのあと、博士は春庭の小伝をのべてから「其結果より論ずれば、翁の顕微鏡的観察力と綜合推理力とは、宣長翁よりも或は勝りたりしが如し。よし勝りたりといふこと能はずば、少くとも宣長翁に劣らざりきといふことを得べし。而して翁は其父の肩上に立つ事を知りたるものなれば、終に其父よりも一層広き一層高き瞰望をもなし得たり」と書いている。博士は春庭にぞっこん惚れているな、と思った。いや、そんないいかたは卑俗にすぎ、博士を害することで、堂々とした讃歌とでもいうべきなのだ。そして、当時、学者としては大胆きわまる発言だったにちがいない。

上田博士はわたしたちの学校の館長を兼任されたこともあるので、その事歴についていくらかは知っていた。若い万年は新体詩人でもあり、坪内逍遙に私淑して近世文学、演劇を専攻するつもりだったのが、帝国大学和文学科に在学中、新体詩の創始者の外山正一教授から強くすすめられて国語学を志すようになり、言語学者チェンバレンに師事し、ドイツに留学して西欧言語学を移植し、近代国語学を啓開する運命を負った。東京帝国大学教授、文部省専門学務局長、国語調査委員会主査、東京帝大文科大学長などの重職を勤めて教育行政に手腕を発揮するとともに、最初の国語学史に着手し、大正十一年臨時国語調査会長でもあった森鷗外が死去するとその会長をつぎ、早くから発音式かなづかいを主唱したりもした。多くの後進を育て、俊秀を発見したのも周知のことで、白江教授もその門下のはずであった。

しかし、わたしはそれまで上田博士の著書はただの一冊も読んだことがなかった。それというのも博士独自の著作がすこぶる少なかったせいで、わずかに松井簡治との共著『大日本国語辞典』や樋口慶千代との『近松語彙』、高楠順次郎らとの『日本外来語辞典』などを繰るときに上田万年の名を見るだけだった。それがこの「本居春庭伝」を読んではじめて、博士の大声の肉声、さらにはかつて新体詩人であった人の詩を朗誦するような声を聞いたと思った。

ことにわたしが強く引きつけられたのは、つぎの一節である。

「たゞこの八衢の上にも、亦通路の上にも、明かに現はれ居る翁の研究的方法が、何処より翁の手に入りしかは、これ予輩の切に知らむと欲する所なり」

上田博士のような国語学の権威さえも、春庭の方法の源流が容易にわからないという。

博士は『八衢』が父宣長の『御国詞《みくにことば》活用抄』の学説を完成したことはいうまでもないが、その研究的方法は宣長も尊敬した、『磨光韻鏡』の著者僧文雄《もんのう》の説が深く影響したのではないかと疑う。

文雄は春庭が生まれた宝暦十三年に六十三歳で没した音韻学者である。丹波の人であるが、十四歳で剃髪して京都の了蓮寺にはいり、のち江戸で仏典を学びながら太宰春台《しゅんだい》に唐韻を教えられ、京都に帰ってから音韻の研究、著述、講説に生涯を費した。はじめは仏典の正しい理解のための研究であったのが、いつしかことばの探究に没入したようであるが、その研究は厳密で純粋であり、江戸時代の語学に大きな業績を残した。『磨光韻鏡』はその主著で、漢字音の体系を図示解説したものであり、宣長の字音研究に影響を与えたのである。

さらに、文雄は早く仏教とともにはいっていたインド語の音声研究にもふれ、文化四年刊の『磨光韻鏡余論』で自他に類する現象を述べた。上田博士はこれが『通路』の自他研究にかかわっているのではないかと推測された。

「これ即ち動詞の自他を論ずるもの、翁（春庭）にして夙《つと》にここに着眼せりとせば、翁の学風が如何にアリアン人種の特色を帯ぶるかも、容易に解釈するを得べけんか」

つまり、上田博士は、春庭の方法は文雄のインド語法研究のそれに着眼されたのではないか、それゆえに春庭の学風にはアリアン人種の特色があるというのだ。これはまた、アリアン語族（インド・ゲルマン語族）の言語をドイツで学んだ博士の着想でもあろう。

しかし、上田博士はその推測を推し進めることをひかえ、「予は今茲《ここ》に翁の学説に立ち入りて、批評を試むることをなさざるべし。予はたゞ熱心に世人に対ひて国語学の為め、翁に感謝の意を表せられたしと忠告するのみなり」と述べ、春庭の画像におよんでつぎのように結語する。

「今やこの画像あり、而して又かの二書あり、予輩は百才の後に生れ来れりといへども、幸ひにして百才前の翁に見ゆるを得たるなり。しかも思想深き先輩は、遂に予輩のために何事をも語らず、予輩はただ自己の良心を以て、この国語の為めに殉ずるの外、他になすべきなし。然り、かくの如くにして後、予輩は始めて徳川時代の国語学者に対し、聊《いささ》かも慙づる所なかるべし」

厳粛に緊張した文章である。「思想深き」春庭は画像と『八衢』『通路』の二著をもってわたしたちの眼前にいるけれど、何事をも語ろうとしないという。が、要するに、まだだれも春庭の批評のなかへははいっていないということである。この上田博士の「本居春庭伝」には直系の子孫本居清造が明治二十八年九月の『帝国文学』第九号で「補遺」をつけ、それをさらに桜井祐吉が既刊の諸資料を加えて『略伝』をあらわしたけれども、わたしが真に知りたいと思ったことは何一つ書かれてはいない。

春庭の思想、方法はどこから来たのか？

それを思うと、わたしの頭は熱く燃えた。窓ガラスを透かすと、見えないつむじ風が巻きおこっているようであった。

結局、わたしはなん日かかかって、桜井祐吉編『本居春庭翁略伝』と上田万年の「本居春庭伝」を書写した。

それではっきりわかったことは、春庭についてわたしが一番知りたい事実はまだ書かれていないということだった。また、春庭は盲人だったので、もっとも重要な時期の日記も残さず、書簡、手跡の類もない。春庭自身による文献はまったくない。

そうすると、春庭の事歴を調べるのには関係者の文献からたどっていくよりほかはない。それには、やはり父宣長の文献がいちばんのたよりになる。宣長は春庭が三十九歳のときまで在世し、膨大な著述のほかに日記を残し、書簡もかなり多量に集められている。

わたしはすぐさま津久井龍雄も権藤成卿も河野省三もいっさい売り払い、神戸の伯母の薬店の二階でミシン仕事をつづけている母に金をねだる手紙を書いた。そして、金がまとまると東京の国文学専門の古本屋に送り、吉川弘文館版『増補本居宣長全集』十三巻と、大正十一・二年刊の博文館版『本居宣長稿本全集』二巻、それに奥山宇七編『本居宣長翁書簡集』を揃えた。判型も装幀もまちまちな雑書のかわりに、堅牢な藍色の表紙に金文字を打った全集や分厚い書簡集をならべると、本棚はすっかり表情を変えた。

授業がすんで学寮に帰ると、まず『稿本全集』から読みはじめた。それには「神田・松村書店」のラベルが張ってあり、第一輯《しゅう》の見返しには「十一、十二、十二、豊島晃」というペン字の署名があり、蔵書印が押されている。第二輯にも署名があり、「十五、九、十六」と数字が書かれている。「十一」「十五」は大正の年号を意味するのであろうが、そこに四年間の間隔があるのは、別々に買って揃えたものにちがいなかった。豊島晃が信州高遠に住む窪田空穂《うつぼ》門下の歌人であるのを知ったのはずっと後年、歌人没後のことである。

第一輯は宣長の日記を収め、享保十五年五月七日の出生にさかのぼって書きはじめられ、寛政十三年、七十二歳の九月十四日まで収められ、随所に編者本居清造の詳細な注と参考資料とがつけられている。

わたしはそれを読み進んで、春庭に関係のある記事が出てくると、コヨリをさしはさんだ。白江教授の講義でノートした、春庭出生の日の宣長の日記もすぐにあらわれた。

ところが、春庭が大平あての手紙で、『詞の八衢』について「古今未ダ誰も不二申出一、発明の著述にて、末代迄不レ動説にて御座候」とのべたというのは、すこし事実とちがっていた。それは宝暦十三年二月九日の日記の注に出ているところでは、春庭が紋付着用について、文政七年正月、六十二歳のときに和歌山藩に差出した願書である。つまり、春庭は公式には紋付の着用を許されていなかった。その願書は本居大平を経て出されたらしく、大平はそれに自分で朱で注をつけている。『八衢』についても、藩の役人にもわかるようにというのであろう、こまかに説明して「盲人ナレバ、数百巻ノ書ニアルヿ《こと》ヲ弟子学友ニヨマセテ聞受ケ、抄出ヲ書モラヒ候テ、部分ヲ仕リ作リ、編集仕候也」と注している。

これで春庭の著述の方法はおおよそわかる。門人たちに読ませ、聞いてカードにとらせ、それを編集したというのだろう。

しかし、それよりもわたしを打ったのは、それにつづく記述である。

「今の世に多ク著述物出来候《そうら》得《え》共《ども》、皆々類聚もの或は頭書き、或ハ古書校合などいたし板行仕候て、自之力無《これ》レ之《なく》ても出来候著述物にて御座候。八《や》ちまたは是らとは大に違ひ申候」

いまの著述は自力がなくてもできるようなものばかりで、『八衢』はまったくちがうというのだ。自力とは独創という意味であろう。大平もこれについて、京、江戸からいろいろ出版物は出ているが、格別重んじるものはなく「当分人の調ほうになる、うれやすい物作りやすい物にて、とるにたらぬ物ばかり也と申候由に御座候」と注書しているものの、春庭ほどの気迫はない。その春庭の語気はさらに鋭くなる。

「近比《ちかごろ》塙検校、弟子ハ多く有《これ》レ之《あり》候趣ニ候得共、著述物ハ一向無レ之、たゞ古書珍書を板行致〔す〕のみに御座候」

　春庭は白江教授の講義ではじめて知ったけれど、検校《けんぎょう》塙《はなわ》保己一《ほきいち》については小学読本にも出ていたのでいくらかの知識はあった。絶倫の強記で、盲人の身でありながら和学講談所をひらいて多くの門弟に教え、『群書類従』をはじめ膨大な編著を残し、将軍家の謁見を得て、盲人の最高位総検校に進んだ。門人に講じていて灯が消えたとき、門人たちがこまると「さても目あきは不自由なもの」と笑ったとは小学読本に出ていた。

　番町で目明き目くらに道を問ひ

という川柳も知っていた。和学講談所は裏六番町に幕府の公認と補助とで設けられたからである。

　しかし、その塙保己一が春庭によって引きあいに出されるとは、白江教授の講義では思ってもみなかったことである。文庫から保己一の子忠宝《ただとみ》が編んだ『塙前総検校年譜』を借りだして、春庭年譜とつきあわせてみた。

保己一は延享三年の生まれで、春庭より十八歳年長である。すでに五歳のときに失明し、春庭が生まれた十八歳には江戸の雨富検校に入門していて、衆分となっている。衆分とは盲人一座の兄貴分である。春庭が完全に失明したと思われる三十二歳のとき、保己一はすでに検校になっていて盲人一座の取締を幕府から命じられている。和学講談所設立はその前年にあたる。

春庭が『詞の八衢』を完成した前年に、和学講談所は表六番町に移り、その敷地も七百八十坪に拡張され、保己一の名声はいよいよあがった。そして、文化十二年、盲人として破格に将軍家斉《いえなり》に見参したとき、春庭は前年から稿をおこした『詞の通路』の著作に没頭している。

春庭が和歌山藩に紋付着用の願書を出した文政七年は、保己一が七十六歳で没した三年後にあたる。その文書で「近比塙検校……」と、いくら弟子はたくさんあっても著述はひとつもない。ただ古書珍書をかき集めて出版したのにすぎぬときびしく批判したことも、年譜を照合すればわからぬことはない。春庭は紋付の着用さえ公認されていないのに、保己一は将軍の謁見を得ているのだし、門人は大名にもおよんでいる。同じ盲学者とはいえ、ふたりの社会的地位、名声はずいぶんちがう。

しかし、編著は多くても一片の独創もない——といいきれるだろうか？　『本居春庭翁略伝』につけられた松阪の郷土史家堀内快堂の跋文も、この願書の一節にもとづいて書かれている。「失明の学者としては翁と塙保己一の二人あるのみ。されど塙保己一の群書類従は湮《いん》滅散佚《めっさんいつ》せんとする書籍を集成して刊行せしに止りて、独創卓見の学界に裨益を与へしといふには非ず。吾春庭翁は然らず。吾言語学上に一大創造をなし、斯界の基礎を新たに築成せられしものにして、学界に於ける其功績は日を同じうして語る可からず……」

春庭のいいぶんをなぞっているばかりである。そう簡単にいいきっていいだろうか？

わたしはむしろ、春庭のはげしい保己一指弾に不快で陰惨なものを感じとった。『群書類従』五百三十巻六百六十六冊の刊行、『続群書類従』百八十巻の目録作成だけでも、りっぱな業績のはずである。それらはわたしたち学生さえ、すでに利用してきたところだ。強記というだけでなく、尋常を越えた情熱と意志と精力との集積といっていい。それを春庭のように「著述物は一向無レ之候」といい捨てていいものかどうか。また、後人が春庭の顕彰のためといって、その尻馬に乗っていいかどうか。

保己一の伝記資料も必ずしも豊富ではなかったが、数種の年譜、伝記があって、それを拾い読みしても、わたしにはとうてい春庭のように裁断する勇気はなかった。まず、保己一は春庭のように学者の家にではなく、武蔵の国の農民の子に生まれ、五歳で失明している。そして、十三歳のときに、わずか二十四文をもって江戸にのぼり、その当時、九段牛ヶ淵に身を投げようとして救われたという伝説さえ持っている。それが、学者として大成したのは師雨富検校須賀一に見出された幸運による。

それでも、保己一は盲人の必須修業である琴、三味線、針術にはまったく能力を持たなかった。三味線は三年かかってついに一曲もおぼえられなかったというから、よほどひどい音痴であったのだろう。針術も学課はすぐおぼえるが、実技はからきしできない。それどころか、箸さえ満足に握れず、道を歩くのもにわか盲の態であった。盲人特有の鋭い感覚を欠くだけでなく、よほど不器用で、運動神経が鈍かったものとみえる。ただ、猛烈な強記であり、師の検校はそれを見こんで学問に向かわせたのである。

のちに保己一の名声があがって、水戸藩の『大日本史』校合に推挙するものがあったが、やはり盲人という理由で受けいれられず、『参考源平盛衰記』の校合を委嘱するという名目でようやく用いられている。その差別は、春庭同様にはらわたを煮えさせるものであったのにちがいない。

また、幕府の庇護を受けたといっても、それでぬくぬくと安座したというわけではない。死後には大阪の富商鴻池の草間直方に二千両もの借金があったと記録されている。出版の費用であった。

家庭でも最初の妻は紀伊家の奥医師の家から迎えたが、女の子を生みながらどうやら逃げられたらしい。

こうして、保己一は春庭以上に世の苦渋をなめさせられ、耐えてそれを生命力に転化させたと思われる。その編著は膨大であるだけでなく、校合には鋭い推理が示されているし、おそらく、尋常を越えた強さと弱さと精力とを持った不敵な男だったにちがいなく、それは学業に充分あらわれている。

保己一の歌集には『松山集』『塙検校歌集』があり、そのなかにはわたしの好きな歌がいくつか収められていた。

をさな子の門にいでつゝ泣く声を聞くばかりなる夕悲《ゆうべ》しも

上京したときの旅の歌と思われるが、日暮れにどこかの村を過ぎようとしたとき、幼児の泣き声が保己一の鋭い鼓膜に痛く鳴り響いたのであろう。この盲学者は博覧強記であるだけでなく、政治力も具えた剛腹な人物であったはずだけれど、こうしたやさしさを持っていた。

身にあまる恵ある世は読む書《ふみ》の少きのみや歎なるらむ

保己一は盲人としては最高の社会的地位を得ていたので、「身にあまる恵ある世」とうったのだけれど、それでも読む書物の少ないのを歎いている。それは、直接自分の目で書物を読み得ない歎きであったはずである。

春庭にそれがわからぬはずはない。しかも、保己一はわずかな期間ではあったが賀茂真淵の死の直前に真淵に入門しており、父宣長とは同門の間がらであった。それで、宣長の一門が『古事記伝』の完成を祝って記中の神の名をうたいこんだ頌歌を募ったとき、保己一は息《おき》長帯比売命《ながたらしひめのみこと》を詠んで寄せた。

からくにをむけしひかりの今もなほかしひの宮に有明の月

歌そのものはおもしろくないが、それほど保己一は春庭らへ親愛の情を示していた。だから本来なら、春庭は同じ盲人同士、同門であるので、保己一を称揚し、あるいはかばってもいいところである。春庭が自著の独創を誇るのはいいとしても、保己一をわざわざ引き合いに出して毒づくというのは、春庭のねじれた嫉妬、鬱屈した劣等意識の表白としかいいようがない。と同時に、春庭の激越な性情をあらわしているようにも見える。あの凍りつくほど物静かな春庭の画像のなかには、そういう暗くて激しいものが隠れているかもしれないのだ。

この春庭の保己一弾劾にはさすがの本居大平も心白んだらしく、弁解するような注を加えている。

「塙検校古書珍書ヲ上木仕候事は、世上ノ古学ヲ仕候人の助ケト相成、コレ又広大ナル手柄ニ御座候。塙は、右之通、手がらト申ス事世上によく存知仕、右にて公辺にも用ひ御座候て、志ヲとげ候也。春庭は埋レテ世ニ顕レ不レ申ヲ歎キ候也」

わたしには篤実で律儀な大平が閉口して苦りきっている顔が見える。わたしも、ひどく不快だった。

わたしが保己一の年譜を照合したのは、土曜の夜であった。腸と遮莫とが山を下らないかとさそったが、本を買って金がないとことわった。

丘は、夜にはよく強い風が吹いて木立ちを鳴らすのだが、その夜はめずらしく無風で、からっぽの学寮は廃墟のようにしずかであった。

わたしは思いがけぬいやな気分で『本居宣長稿本全集』を閉じ、窓を少しあけて夜風をいれた。星が近く、気流に削がれている。

玄関のほうで、寮歌をわめく酔った声がおこった。就寝点呼の時間が近づいて、連中のご帰館がはじまったらしい。

わたしは春庭の保己一弾劾に不快を感じたけれども、しばらく時がたってみると、春庭のこの酷薄な嫉妬、ねじまがりながら燃える憎悪のようなもの、あるいは激烈な気性が不動の学説を創造したのかもしれない——と窓をしめながら、思い返した。

つぎの日曜の朝、食堂から帰ってこんどは『本居全集』の春庭略年譜を読みかえしていた。じつは、塙保己一年譜と照合したときに気のついたことだが、年譜の末尾に奇妙な記事を見つけたのである。

「『道廼《の》佐喜草』と題する刊本一巻あり。文政二年治部卿藤原貞直の序文によるに、因幡国の真清といふ人の乞によりて、春庭の選述せるものなり。されどこれを春庭の著とせむこと疑なきにあらざるを以て、尚考究することゝなし、姑くこれを除くことゝせり。

本居清造」

『道廼佐喜草』という本は疑わしいとひかえめに書いてあるのだが、どうも筆者は偽書と見ている筆調がある。ただし、藤原貞直は宣長を支援した公卿である。

それをもなお偽書とすれば、どういう事情から春庭の名をかたる必要があったのだろうか？

年譜のつぎには『本居春庭門人録』がついていて、享和元年から天保九年まで年別にして四百十六人もの名が出ているが、真清は出ていない。

そんな詮索をしていると、ふすまが音を立ててひらき、腸がころげこみ、そのまま部屋のまんなかにひっくりかえった。やつは紺のはかまの足を宙にあげてばたつかせ、サルのような笑い声をたてた。

「遮莫が青うなったぞな」

そして、耐えかねるように口を手でおおった。

「えろうあわてて、いま掃除しよる。おふくろと妹が面会に来るいうんじゃ」

遮莫の部屋がきたないのは学寮随一で、万年床でめったに掃除をしない。鼻をかんだ紙もまるめてころがしている。かれが吸いがらを捨てるのも、灰皿が山盛りになるときだけだ。机の前の窓の下は植えこみになっているが、遮莫のところだけ、草が赤く枯れているのは、いつも窓から小便するからだ。

わたしも腸も不潔なことでは学寮屈指であったが、遮莫にははるかにおよばなかった。そのくせ、遮莫は奇妙な男で、本棚には美術全集ばかりならべていて、紙屑のなかに寝そべってはルオーや梅原龍三郎の原色刷りをぼんやり見ている。その遮莫が大あわてで、大掃除をやっているというのだ。

腸は「見物にいこうや」とさそい、わたしもいくらか興味がないことはなかった。あの無愛想で不敵な遮莫が箒《ほうき》を持っている図は、たしかに見ものにちがいなかったが、わたしにはさっきから『道西佐喜草』が妙にひっかかっていたので、ことわった。

「じゃ、あとで報告してやる」

腸はそういって出ていった。

遮莫は、その学寮ではきわだっておもしろい男である。試験になるといつも借りたノートを机の上にひろげて堂々とカンニングするような不敵なところがあった。放胆で気性がよほど強いらしく、それが勝負事に最もよくあらわれて勝っぷりは鮮やかであった。そのかわりになんとなしに圧迫感もあったけれど、一面にはその俳号のように飄然《ひょうぜん》としたおもしろさを具えている。わたしとは同年同郷であったところから、親しかった。

同年ということは、普通の同級生より三つも年上で最年長ということだ。わたしは父に早く死なれて祖父と放浪生活を送っているうちに小学校で一年間休学し、おまけにこの学校にはいる前には勉強しなかったせいもあって二年浪人していたからであるが、入学して県人会で遮莫とはじめて顔を合わせたら、かれも同年だという。しかも、浪人なんかしないと言い捨てた。よく聞いてみると、中学四年から高等学校にはいったのはいいけれど、二年つづけて落第して放校になった。そうなると専門学校の入学試験を受ける資格もないので、京都の不良少年が集まる私立中学の五年の編入試験を受け、わざわざ一年間在籍して入学してきたという念の入れようである。それならわたしと同年という勘定もあうわけで、かれが学生らしからぬ俗歌のたぐいを知っているのもそのせいであった。

遮莫がこの学校を選んだのも特別の志望があったわけではなく、ただ中等学校の教員免許状をくれるからというだけのことらしかった。かれも子どものころに父を失っていたが、母が私立女学校を経営していて、いずれはその校長になるつもりで、免許状さえ頂戴すればいいというふうである。その点ではわたしとても同じようなことで、ただ国語が多少好きで国語教師にでもなろうと考えたまでであり、中学のときの風変わりな国語教師にすすめられ、授業料が安いということもあって迷いこむようにこんな学校にはいりこんだのにすぎない。

だから、お互いに入学してみて、授業料と寮費とは大変安上がりだったけれど、祭式とか礼式とか神道とかいう教科があって、それがこんなにも性に合わないものとあきれたことでも同類だった。遮莫はわたしよりも無器用で、祭式ばかりはカンニングする手もなく、少し正座させられるとしびれを切らし、冠をつけたままひっくりかえったりした。背はわたしよりわずかに高いだけなので、教練のときは隣りあって列《なら》んでいたが、ある時間にはわずかな突風がうしろから吹きつけただけで銃を持ったまま前へよろけ、教官ににらまれた。棋譜のことでも考えていたのにちがいなかった。

わたしはそんな遮莫がおかしくもあり、好きでもあった。そして、お互いに同じ都市からそれぞれ道草を食いながら、こんな学校でぱったり出会《でくわ》したことがなんとも奇妙で滑稽に思われたのだ。

また、ふすまが勢いよくあけられて腸が飛びこんで来た。全身で笑いに耐えかねている。

「遮莫、おふくろに土下座しよったぞな」

その報告によると、遮莫の母はよくふとって女傑のおもむきがあり、廊下をゆらりゆらり歩き、そのうしろには女専の制服を着た妹が遮莫とは似つかぬ恥ずかしげな風情で従っていたそうである。そして、遮莫の部屋にはいったとたん、かれは膝をそろえて正座し、遥拝のときのように額を畳にすりつけたというのである。

腸の松山弁による描写も軽妙で、わたしは大声あげて笑った。後年、その妹と結婚し、その女傑を義母と呼ぶ仕儀になろうとは思いもしないことだった。

第二章

本居宣長が死去したのは、享和元年九月二十九日午前一時過ぎである。数え七十二歳、満七十一年四か月の生涯であった。

江戸幕府が朱子学の正統を維持して封建教学の中心としようとした学問所が昌平坂《しょうへいざか》に落成し、また、伊能忠敬が測量を始めた翌年にあたり、死の三月前には出羽国村山郡で、激しく組織的な百姓一揆がおこっていた。

死の四日前の二十五日、宣長は病床で名古屋の門人植松忠兵衛有信に手紙を書いたが、おそらくそれが絶筆であろう。

「……執筆甚ダ難渋ニ候へ共、強而《しいて》一筆申入候。愚老儀、去ル十七八日頃より風邪ニ而《て》、痰気強クさし起り、大に脳《ママ》中候。食甚ダ少ク、大ニよわり、一向何事も出来不レ申候。先達而《せんだつて》御いそぎの詠草も、迚《とて》も添削難レ及叶候に付、大平ニ為レ直進メ申候。諸用事向申シ進メ候儀も、精神弱り、一向つゞけがたく候。以上」

この手紙は奥山宇七編『本居宣長翁書簡集』に写真版で示されている。筆勢は荒れぎみで筆あとにかすれが目立つけれど、書面いっぱいに力が漲《みなぎ》っていて、妙に強い。

「脳」は「悩」と同義で、近世にはよくこの字をも用いた。「添削難レ及叶」とあって「及」と「叶」と二字がならべて書いてあるのは、はじめは「及」としたが「叶」と書き直したからだが、それがかえって病状を息苦しく伝えるとともに、自分の気もちに律儀で、ことばに厳密であった宣長の人がらを端的に示しているようである。わたしは宣長の数多い筆跡のなかでも、この手紙が一番好きである。

植松有信は尾州藩の浪士で、版木を彫るのを業とした。寛政元年三月、宣長が名古屋におもむいた折りにはじめて面接を乞うて入門した。そのとき、宣長は六十歳、有信は三十二歳であり、いわば晩年の門人であるが、有信は『古事記伝』の刊行に力をつくしてみずからその版木を彫った。その版木も気にいらないと何回も彫り直し、あるいは版木を焼いてずいぶん校合に苦労したりしたことが宣長との往復書簡に見える。宣長もこの篤実な版木師をよほど信頼したらしく、そののちの名古屋旅行では有信の家に宿泊し、最後に和歌山、京都に旅行したときにはかれを一行に加えている。

それで、重病中でも有信に求められた和歌の添削が気にかかり、ことわりの手紙をつとめて書いたものであろう。自分に代わって添削させるという大平は、前々年に家督をゆずった最古参の門人稲懸大平《おおひら》のことである。

この手紙によって、宣長がその月の十七、八日ごろからカゼをひき、それにはげしい痰が加わり、食欲もおとろえて衰弱したことがわかる。カゼから肺炎をおこしたものであろう。かれが若いときから休みなく書きつづけた日記も、九月十四日の短い記事で終わっている。

宣長は「詮ずるところ学問は、たゞ年月長く倦《うま》ずおこたらずして、はげみつとむるぞ肝要にて」(『うひ山ぶみ』)と書き、事実、そのように生きたが、そのかれさえ末期《まつご》では「精神弱り……」と告白した手紙の結びには喘ぐ息づかいがなまなましく聞きとれる。

宣長の臨終を記録したものに、松阪の門人青木茂房がしるした『歎《なげき》の下露』というのがある。まだ版本にはなっておらず、文庫に書写本が伝わっているばかりだったので、わたしはそれを借り出して書写した。美濃紙十四枚綴りの短いものではあるけれど、読みにくい文字がかなりあって迷った。それで、秋のはじめの夜に原本をたずさえて白江教授の家をたずねた。みぞ川に石橋がかかり、それを渡った妻入り伊勢造りの軒の低い構えであった。かなり古びて暗い。入り口にイチジクの木がいっぽん植えてあって、衰えはじめた大きな葉をどぶ川に垂らしているのがにぶい街灯で見える。

門もなく、建てつけのわるい格子戸をあけると、すぐ狭い玄関になっていて、灯はついていない。案内を乞うと、ふすまがひらき、はじめて電灯がさしこんだ。

急な暗い階段をきしませて、二階の書斎にあがる。書斎といっても六畳ほどの普通の居間で、粗末な本棚をしつらえて机がおいてあるばかりだ。そこで教授は、教室での端正なセビロ姿とはうってかわった古めかしいセルのきものを着こみ、膝のあいだで誕生まもない女の子をあやしていた。うしろには、福井久蔵著『日本文法史』、山田孝雄著『日本文法論』などの国語学書がならんでいるが、どうやらうっすらほこりをおいているのが察しられた。ただ、本棚の上段に真紅のビロードの表紙の『北原白秋全集』がそろっているのが異様であった。

夫人が紅茶を入れてあらわれた。そのとき、よどんだ部屋の空気がかきまわされ、大ぶりの花がゆれる感じがあった。ひかえめな教授の話しぶりとは対照的に、夫人はひとことというと、明るくはずんだ声ですぐに笑う。年齢も教授とはかなりはなれているらしく、まだ二十代なかば過ぎと見受けられた。

わたしは『歎の下露』の読みにくい文字をおそるおそる示した。その個所だけ教えてもらえればいいように、コヨリをはさんでおいた。ところが、教授は「一応、全文読んでみましょうね」といって、細く低い声でよどみなく読みはじめた。わたしはあわてて筆写を目で追った。ずいぶん読みちがえがあるのがわかり、わたしが訂正しはじめると、教授はそこのところをくりかえして読んでくれる。わたしの訂正がすむのを視線をそらして待つ。あるいは、膝の子を軽くゆさぶり、その目に見入って微笑する。そのとき、わたしには水のように静かなものが伝わってくる。

その『歎の下露』では、宣長が呼吸を閉じたあとのもようをこう書いている。

「さて、なく／＼御床ちかくさむらへば、御枕のもとに御むすこの君たち、御むすめの君たち、又したしき御しそくたち居給へり。なき御からを見奉れば、つねにかはらせ給はぬ御かたちにてね給へるやうなるを見奉るぞ、そぞろになみだとどめがたし」

「御むすこの君たち」とは春庭と、津の薬種商小西家の養子になった次男春村をさし、「御むすめの君たち」以下は、長女飛弾《ひだ》とその夫高尾九兵衛、次女美濃とその夫小津勘右衛門、三女能登《のと》とその夫安田伝太夫をさすと思われる。春庭は当然ながら深夜の父の枕もとで、見えない目を伏せていただろう。その見えない目には、さまざまの父の映像が脈絡なく点滅していただろう。

宣長が没した陰暦九月二十九日は、陽暦十一月五日にあたり、秋の終わりであった。『歎の下露』も「けふは廿九日にて秋のとぢめなり」としるし、筆者は和歌一首を書きつけている。

おほかたも秋のわかれとをしめどもこのかなしさぞせむかたもなき

医師は、今夜があぶないけれどなんとかもつだろう、今夜を越せば持ち直すかもしれない——と、いったそうだが、宣長は秋とともに世を閉じた。立冬は翌々日にあたる。その夜の空には冷えた風がわたり、黄葉をわずかばかり死者の家の屋根に散らしていたかもしれない。

宣長が三十五歳のときから三十五年をかけた大著『古事記伝』四十四巻の浄書を終わり、その祝いを鈴屋《すずのや》で催したのは死の三年前の寛政十年九月十三日の月夜であった。畢世の著作を完了した満足を、宣長は荒木田久老《ひさおゆ》あての手紙で「明和四年より書キはじめ、卅二年にして終申候。命ノ程を危ク存候処、皇神《すめかみ》之御めぐみにかゝり、先ヅ存命仕候而、生涯之願望成就仕リ大悦之至ニ存候儀に御座候」と書き送っている。「卅二年」は宣長の思いちがいで、三十五年が正しいのであるが、心象ではずっと短く感じられたからかもしれない。

しかし、生涯の願望を成就しても、宣長は著作、講義をやめることはなかった。すぐに『うひ山ぶみ』を起稿し、人生体験をこめてその学問観を詳細に書きこみ、つづいて『地名字音転用例』や歌集『鈴屋集』『吉野百首詠』や『歴朝詔詞解』『真暦不審弁』『答問録』などの諸書を成した。そして、死の直前に『後撰集詞のつかね緒』を書きあげている。

それに、死の前々年の十一月和歌山に出かけて越年し、藩侯に『源氏物語』などを講義した。しかも、帰りには吉野山にまわって道のけわしい水分神社に参詣している。さらに、その翌年十一月にもまた和歌山におもむいて越年して講義し、大阪、奈良、長谷をへて三月に帰宅すると、二十日あまりですぐに上京して堂上、門人に七十日間にわたって連日の講義をおこなった。植松有信が随伴した最後の旅行がそれで、帰着したのは六月十二日、それから三月めに病んだのである。

藤井高尚の消息によると、宣長は晩年は耳が遠くなって筆談をかわしたとあるが、それは長命の人にありがちのことで、そのほかでは頭脳も脚力もまったく老衰を見せてはいなかったと思われる。それでも、宣長は死が静かに迫っていることをはっきり自覚して用意を整えており、さきの旅行も最後のつとめと思いきめていたふうがある。そして、死の前年に松阪の南約六キロの山室山《やまむろやま》に墓所を定め、その七月には春庭と春村とにあてて詳細きわまる『遺言之事』をしたためた。

宣長の遺言書は類例のないほど、微細にわたっている。「我等相果候はゞ必ズ其日を以て忌日と定むべし。勝手に任せ日取を違ヘ候事、有之《これある》間敷《まじく》候。扨《さて》時刻は前夜之九ッ時過より其日之夜之九ッ迄を其日と定むべし」

そう書きはじめて、納棺、送葬、戒名、墓、位牌、法要まで事こまかに指定している。

——相果ててから送葬までは念仏は無用だが、菩提寺の樹敬寺の住職が読経するぶんにはかまわない。湯灌《ゆかん》は世間なみでいいが、それがすんだらいつものようにひげを剃り、髪を結び、さらしもめんの綿入れを着せ、帯を結べ。もっとも、時節によって、あわせ、ひとえ、かたびらでもよい。

宣長が死んだのは晩秋であったから、この遺言によってさらしもめんの綿入れを死者はまとったであろう。

——棺のなかにはさらしもめんの小さなふとんを敷くが、綿はうすくてよい。総体に衣服は粗末なもめんを用いよ。また、ワラを紙でいくつも包んで棺のなかに入れ、死骸が動かないようにつとめよ。しかし、ていねいにしっかりりつめるには及ばず、動かないようにところどころつめるほどでよろしい。棺の箱は普通の杉の六分板をざっと一度削り、内側外側と蓋《ふた》に美濃紙を張り、釘を打てばよい。必ず板などは念入りにすること無用で、粗末なものでよろしい。その棺は山室山の妙楽寺へ葬ること。それには、その夜のうちにひそかに妙楽寺へ送ること。春村と門弟のうち一、二人がつき従うこと。春庭を指定していないのは、かれが失明者であることを配慮してのことであろう。

送葬の式は樹敬寺で執行するように書き定め、自宅から寺へ至る行列の順序まで図入りでしるしている。

先頭には左右二つのちょうちん、それもかけ流しの白張りの箱ちょうちんであると念を入れる。つぎに長刀持ち、住職が進み、それから棺を乗り物で運ぶが、それも白布で包み、その左右には麻上下《かみしも》をつけて、ももだちを取った若党がひとりずつつく。棺のすぐうしろには健亭、その左右にはすこしおくれて若党と草履取りが歩む。健亭とは春庭のことであり、家督は大平にゆずったとはいえ、喪主にははっきり春庭を定めている。

そのうしろに挟《はさ》み箱、合羽籠《かっぱかご》、草履取りがならび、親類、門人がつづく。親しい門人は麻の上下をつける。「右之通にて樹敬寺本堂迄空送也《カラタビ》」

この葬列の次第は、寛政六年十二月四日の『若山行日記』に出ている記事とよく似ている。「一、両掛け挟み箱　二、喜八帯刀　三、長刀　四、駕籠四枚肩　四、若党二人　五、挟み箱五、薬挟み箱　六、草履取り　七、合羽籠　八、両掛け挟み箱二荷」

とある。挟み箱は、道中の着替えなどを入れて従僕にかつがせるものであり、合羽籠は供回りの雨具などを収める。このとき、宣長は和歌山城に招かれ、御針医格を仰せつけられて十人扶持《ぶち》に加増され、大阪、京都をへて帰路についたが、行列は津から松阪へ向かったときに組んだものである。宣長はそんな行列のままに松阪にはいり、城代宮地幸右衛門と勢州奉行とをたずねて次第を報告した。随行した大平は、「賑々敷入郷仕候」と書き残している。つまり、宣長は和歌山藩の御針医格、十人扶持になったのが得意であったのであり、その格式を示す行列を組んで郷里にはいったのだが、それを葬列にもあてはめようとしたと察しられる。

それにしても「……空送也」という結語は、異様である。遺体はこっそり山室山の妙楽寺に送っておいて、樹敬寺での送葬ではからっぽの棺を送れ、というのである。そんなからっぽの棺を送るのに、格式を示す行列を組むというのはどういうことか？　行列につき従う連中も、むなしいようなものではないか。

つぎに、遺言は墓と戒名に及ぶ。樹敬寺に建てる墓は曾祖父三郎右衛門のそれの右どなりにつづけ、道に二尺五寸ほど張り出すように地取りをし、妻お勝が死んだらここへ葬るようにとしるし、石塔の立体図もつけている。

——戒名は「高岳院石上道啓居士」、妻のそれは「円明院清室恵鏡大姉」とし、ならべて石塔に刻む。脇には居士と大姉との没年月日、裏には「本居春庭建」と彫り、家の仏壇にまつる位牌も同様とせよ。

妻お勝ははじめの名たみ、寛保元年十二月の生まれで宣長より十一歳年少で、没したのは文政四年八十一歳、夫の死後二十年も生き永らえた。

この夫婦はどちらも再婚同士であった。宣長は最初は同じ町内の大年寄村田彦太郎の女みかと結婚したが、どういう理由からかわずか三か月で離別し、日記にも「美可《みか》帰レ里。離縁ス」とあるばかりだ。その翌々年に津分部町の医家草深玄弘の次女たみを嫁に迎えた。たみは十六歳で津の藤枝九十郎という士分にとついだが死別し、二十一歳で宣長と再婚し、母の名お勝をついだ。宣長がつけた戒名、そして、墓に自分とならべて刻むように遺言したことから察して、ふたりの仲は再婚同士であったためにかえってうまくいったようである。このお勝が春庭の母であり、かれは津の実家草深家で生まれた。

宣長の戒名「高岳院石上道啓居士」とは、古道をひらいた者という意味であり、自分の一生を自負の思いをこめて集約したのであろう。石上《いそのかみ》はフル（振る、古）の枕詞で、宣長の好きなことばのひとつであり、京都遊学前後の歌文集に『石上稿』と名づけ、歌論に『石上私淑言《ささめごと》』と題したことはよく知られている。

その戒名に院号、居士号を自分でつけているが、浄土宗では院殿、大居士につぐ第二級の戒名であり、武士階級が用いた。しかし、町人でも金の力で盛んにつけていたことは、のち天保二年に幕府が町人の墓の高さを台石とともに四尺と制限し、院号、居士号をつけることを禁止したことで知れる。宣長の祖先はかれ自身のしるすところでは、はじめは伊勢国司北畠家、のちに蒲生氏郷《がもううじさと》に仕えた武士で、いずれも戒名には居士号を用いている。高祖父七右衛門から商人として松阪に土着し、本居姓を小津に改めたが、浄土宗に特別に帰依して誉号と居士号との戒名を得、その子三郎右衛門は江戸で木綿店をはじめて新興の富商となった。さらに、その子定治は江戸にタバコ問屋と両替店を開いた。いずれも法名には誉号を贈られている。宣長が院号、居士号を用いたのもそうした家門の実績に立ってのことだろうが、生前に自分で戒名をつけ、誉号を加えていないところにかれの思想と同時に奇怪な性格の一面が宿っているように見える。

自分の戒名を妻と一つ墓にならべて彫る習慣は、松阪では江戸時代のはじめに一般も墓石を建てるようになったころから、宗旨にかかわらず広くおこなわれていた。宣長の高祖父七右衛門の墓も本誉道印居士の戒名と妻の昌誉栄感大姉のそれとがならべて刻んである。道印は慶安元年、栄感は寛永十二年の没年である。これは親子は一世、夫婦は二世という仏教思想の普及によるものだろうが、松阪でそれが早くあらわれたというのも、新興商業都市の風土がかかわっていると思える。建墓は両墓制がくずれ、また、宗門改めが厳重になると盛んになるが、ひとり一基を原則とした地域が多かった。たとえば、『日本風俗叢書』のなかの『京都名家墳墓録』（大正十一年、山本文華堂）をくってみても、そこにおびただしい墓碑が記録されてはいるものの、夫婦の戒名をならべたのは元禄時代の一例が最初であり、享和以前は数例を見るだけである。

ところが、宣長の場合は習慣に従いながら、実質はすっかりちがう。樹敬寺の墓地に戒名を妻とならべて刻んでも、それは墓石だけのことにすぎない。「毎月忌日墓参りは樹敬寺にて宜候」と遺言してはいるけれど、そのあとにつづけて「他所他国之人、我等墓を尋《ネ》候はゞ妙楽寺を教へ遣《つか》し可申候……」と、はっきりしるしている。ということは、樹敬寺の墓は世俗のそれにすぎず、宣長自身にとってほんとうの墓は山室山だということになる。樹敬寺の墓はからっぽで、妻ひとりが眠るのであり、宣長自身の遺体は山室山に葬られ、そこにひとり横たわるというのである。

これはどういうことなのか。

さらに、遺言のなかでもっともくわしいのはその山室山の奥墓《おくつき》についてであり、設計図までつけてある。

わたしは大ざっぱながらも『本居宣長全集』を読み進んで、第九巻末尾の『遺言之事』に及んだとき、なんと往生ぎわのわるいじいさんだろうか、と思った。こんなにもこまごまと死んだあとのことを書き残さなければ気がすまないというのは、どういう心境なのか、とあきれた。

が、二度三度と『遺言之事』を読みかえすうちに、宣長の像は、どの著作を読んだときよりもいくらか鮮明に浮きあがってきた。そのころの宣長研究の定本といわれた村岡典嗣著『本居宣長』をくってみると「兼て彼自ら事細かに記しておいた遺言書のまゝに、入棺葬儀のことなど万事極めて鄭重に、しかも少しも華美虚飾に流れることなく、執行《おこな》はれて、十月二日、松坂から約二里隔つた、山室山の山上に葬つた」と出ている。簡潔荘重な記述ではあるが、しかし、著者が傍点を打ったような葬儀の情景をしのぶ資料としてだけ、その『遺言之事』をわたしは受け取るのが不満であった。

実は、宣長の遺言も白江教授の国語学の時間に、ちらっと、しかし鋭く示唆されたことであった。「動詞」の研究史が説かれたときである。

「本居宣長には『御国詞活用抄』の著一巻があり、旧全集には漏れ、増補第十巻中にのみ編入されているが、この書は動詞と形容詞との活用を二十七会《え》に分類し、各会に属する語彙を集めたものである。かように宣長は動詞の活用をいくつかに分けたのであるが、これを整理し類別するには到らなかった。父翁の仕事を受けついで、動詞活用の種類をいくつかに定めたのは実子春庭であった。四段活用とか下二段活用とか、今日なお用いている活用の名は、実に春庭に始まるものである」

教授はいつものようにはにかみを含んだ語調で語ってから、顔をそむけてつぶやくようにいったのである。

「宣長って妙な人でしてねえ、遺言には葬式とお墓のことばかり、くどくどと書いているんですよ」

わたしは何気なしに聞いていたのだが、『遺言之事』を読んだとき、そのふともらしたようなことばがよみがえった。ということは、そのときやはり、心にある強い刺激を受けていたからなのであろう。

宣長については小学校の国語読本の『松阪の一夜』以来、たびたび教えられてきたことである。中学の国語教科書には『うひ山ぶみ』や『玉勝間』の一節がしきりにあらわれたし、国史の近世編には画像の写真版も出ていた。その専門学校にはいってからは、ことに神道史、国学史、日本文学史、国語学の講義でくりかえしあらわれた。しかし、わたしは宣長にほとんど興味を持つことができなかった。区切りもなくくねくねと書きつづけられる文体からは、むっとする臭気が鼻をついた。「そもそも此道は、天照大御神の道にして、天皇《すめらみこと》の天下をしろしめす道、四海万国にゆきわたりたる、まことの道なるが、ひとり皇国《みくに》に伝はれる……」(『うひ山ぶみ』)などという詞句を語られたりすると、うんざりした。

それが、春庭を知りたいためばかりに膨大な著述に目をとおしているうちに、わたしの宣長観などは浅薄な誤解にすぎないことが思い知らされてきた。といって、宣長を理解できたというのではない。それどころか、かえって宣長は星雲のように巨大などろどろしたものになり、わたしの大脳を回転しはじめた。

なんとも捕捉のしようがない。

その著述は未刊をふくめると、九十一種三百六十三巻という大量なもので、内容は『古事記伝』のような古代学の百科全書から、古典の研究、考証、注釈、文芸批評、古道論、国語学、史学、思想論、作歌、歌論、随想と多面をきわめ、文献の海におぼれる思いになる。そのいくつかの章句をぬきだせば、すぐにも宣長という像は結ばれそうに思えるが、いくらそんな作業をしてみてもその一面を照明するのにすぎないようにしか思えない。いくつかの宣長研究、宣長論を読んでみても、どれも一面的な解釈にしかすぎないと思われた。

宣長はまるで近世の中空でゆっくり旋回する、巨大で複雑な光源体のように見える。多面の光りを眩惑するように放ちながら、怪奇に回転をつづける。

当時の支配体制を支えた儒学を「漢意のさかしら」として、論法を変えてくりかえし攻撃した宣長の戦闘力と破壊力とはすさまじく、かつ執拗である。わたしが中学時代に心酔したプロレタリア作家やコムミュニストよりも、ずっと強い勇気と腰のすわりようとを示しているとも思われた。儒者を攻撃しては「世の儒者の身のまづしく賤しきを憂へず、富み栄えを願はず喜ばざるをよき事とすれども、そは人のまことの情にあらず」(『玉勝間』)ともいっている。そんな人間論は福沢諭吉が登場するまで、だれも堂々と言い放ってはいないように思える。

それでいて、自分を吉野水分神社の申し子と信じこみ、最晩年の旅行にもわざわざこの社に参っている。それで、危篤になると、門人たちは水分の神へ祈願者を派遣しようなどと、本気で相談している始末である。

それほどの神がかりのくせに、その『古事記伝』をはじめ、学問の方法はきわめて実証的だ。また、中世以来の因襲を攻撃し、入門の誓詞の一条にも「秘伝口授など中儀曾而無之旨相堅守……」とかかげ、秘伝を「鄙劣のふるまひ」と断じている。その師賀茂真淵の入門の誓詞が、「アダシ人ニ私言セジ、カツ大人ニ対ヒテイヤナク異《アダ》シキ心ヲ思ハズ……」と背違のないことを強調しているのとくらべれば、宣長のそれはすこぶる新鮮で、感動的である。そして、「師の説なりとて、かならずなづみ守るべきにもあらず」(『うひ山ぶみ』)と学問の自由を明確に主張する。与謝蕪村さえ、その師宋師から「師の句法に泥むべからず」と教えられて、「一棒下に頓悟して、やゝはいかいの自在をしれり」と述懐した時代である。

そのくせ、政治と実生活とには、ずいぶん保守的であるように見える。「天皇の天下をしろしめす道」といっておきながら、藩主徳川治宝に求められて答えた『玉くしげ』『秘本玉くしげ』では、徳川家康を東照神御祖命《あずまてるかむみおやのみこと》と敬称し「今のごとく天下よく治まりて、古へにもたぐひまれなるまで、めでたき御代に立かへり……」と幕府の治世を礼賛し、それは家康の盛徳によるとのべ、天照大神は将軍に民と国とをあずけているのだと支配体制を合理化し、肯定している。一方では、頻発する百姓一揆も「いとも／＼あはれにふびんなるもの也」と実情をよく知っていて、根本対策は「民をいたはる是也」という。それでいて、別のところでは「新に始むる事はよき所有ても、まづは人の安んぜざるものなれば、なるべきだけは、旧によりて改めざるが、国政の肝要也」と、完全な保守主義をとなえる。甲斐国酒折宮の碑文を求められたとき、そこに山県大弐《やまがただいに》の漢文碑があることを知って、「何とやらん心よからず存候へば」と、ことわっている。大弐とは思想的に共通するものがあったと思われるのに、このすげなさはかれが幕政を批判して処刑された事実を恐れていたからではないのか。そして、あげくは「道をおこなふことは、君とある人のつとめ也。物まなぶ者のわざにはあらず」（『玉勝間』）と、自分を政治から引き離してしまう。

実生活では小児科医を堅実につとめ、小児胎毒丸という薬まで調合発売している。儒仏を攻撃しながらも、仏壇には先祖の位牌をまつり「吾家、すべて先祖の祀、供仏施僧のわざ等も、たゞ親の世より為来りたるまゝにて、世俗とかはる事なくして、たゞこれをおろそかならざらんとするのみ也」（『うひ山ぶみ』）と述べている。また、入門の誓詞には「公之御制法にそむいてはならないことを定めた。つまり、現行法、社会的習慣には従うというのである。あれだけ激しく「皇国の古道」という理想論をのべた人にはおかしいようだが、それだからこそ『古事記伝』のような大著も完成したといえる。

『源氏物語』を批評して「物のあわれ論」を展開したことはよく知られている。宣長自身「全く師伝のおもむきにあらず。又諸抄の説と雲泥の相違なり。見む人あやしむ事なかれ」と書いたように、まったく画期的で独創的な所論であるが、その骨子ができたのは三十代のはじめである。よくもそんな若さで、にくたらしいほど人間の感情を分析できたものとあきれる。天才の直観としか思いようがないが、かれ自身は天才の秘密をすこしも明かしていない。

まったく厄介な人物である。

画像を見てもそうである。自分でデザインした鈴屋衣という黒ちりめんのきものを着て、手はたいてい袖のなかで組んで見せない。京の画家（鴨水）井特《せいとく》が、病むすこしまえから写生しはじめて死後に完成したという肖像は、手あぶりに両手をかざしているが、痩せて鳥の蹴爪のようにまがっている。顔はフシのある長い鼻が特徴で、精力的で、女好きの感じを見せる。「よき女には、などかめのうつらざらむ」ということばが吐かれたのも自然のように思える。それでいて、目と眉とのあいだがひらいて、おだやかでおっとりした印象である。その顔以上に性格と思想とは、複雑で怪奇であるように思える。巨大なクラゲのようであり、でっかいキノコのようでもある。キノコの大きな笠の裏には深い襞《ひだ》が刻まれていて、その襞ごとに秘密と矛盾とがかくれているように見える。

しかし、わたしはとにもかくにも宣長を知らなければならなかった。春庭が父から受けついだもの、あるいは拒否したものを知るために、である。それなのに、頭は混乱して怪異な映像がふくれあがるばかりであった。

ところが、『遺言之事』を読みかえすうちに、この手に負えない人間像の輪廓が、うっすらながら浮かぶように思えた。

宣長は葬儀と祭儀とを遺言しているばかりである。

門人は『門人録』では四百九十三名であるが、遺言では和歌を五十枚書いておいたから、親しい門人に一枚ずつくれてやれといっている。そうすると、親しい門人は一割程度だったということになる。そして、門人についての遺言はこれがすべてで、遺訓もなにもない。

家族については「家相続跡々惣体之事は一々不レ及二申置一候。親族中随分むつましく致し、家事出精、家門絶断無レ之様永く相続之所肝要にて候。御先祖父母へ之孝行不レ過レ之候。以上」と、きわめて平凡である。

それは父定利が実弟と妻とにそれぞれ与えた遺言とほぼ同じである。妻、つまり宣長の母には「我等死去致候はゞ、随分息災成様に被レ致、子供ヲそだて、御先祖跡相続致候様にくれ〳〵可レ被レ致候」とある。それが、母から宣長に伝えられ、かれはまた家族に伝えたというわけであろう。

著書については、ひとこともふれていない。「古書の絶るほど世に惜むべき事はなし。願はくは、よく〳〵校合して、印本になし、広く流布したき事也……」（『講後談』）とも語った宣長である。生涯を傾けた『古事記伝』にしても、浄書は終わったけれど、印本になったわけではない。事実、『古事記伝』の出版ははじめから困難があって、宣長は春庭とふたりで自費出版する覚悟であったらしい。それが尾州藩家老で門人だった横井千秋の出資で、名古屋の永楽屋東四郎から出版されることになったが、宣長が遺言を書いたころには全四十四巻のうち十七巻ほどしか刊行されていなかったし、出資者の横井千秋は宣長より二か月前に死んでいる。だから、『古事記伝』の刊行は、宣長の心にかかっていたはずである。事実、その出版の完了は文政五年、宣長、千秋没後二十一年、春庭が死ぬ六年前、植松有信の死後でさえも十年であった。それにもかかわらず、宣長が『古事記伝』刊行のことにはひとことも遺言しなかったのはなぜだろう？　すでに、春庭、大平はじめ門人にくれぐれも申しおいたからかもしれない。あるいは、もはや信じることがあったからだろうか。

とにかく、宣長の遺言は、葬儀をもって自分の人生を完結させ、祭儀をもって思想を伝えようとしているばかりのように見える。それも、かれの学問のように綿密をきわめ、まるで、自分の死を物質のように冷静に取り扱っている。生体解剖のような非情ささえ感じられる。その点、おおよその遺言とはすっかりちがうし、こんな遺言を残した人間は、日本歴史をつうじて宣長のほかにはだれもいないと思われる。契沖《けいちゅう》の遺言でも、庵の後継者、著書、蔵書のことがほとんどである。

この遺言で、宣長はその複雑きわまる人格を截然とふたつに断ち割って見せているのではないか？

ひとつは、世俗の生活者としての宣長である。納棺から樹敬寺までの「空送《カラタビ》」、建墓がそれにあてはまる。そこでは世間なみに粗末なものでいいことをくりかえし、葬列は家格を象徴するようにし、墓は祖先につづけて設け、戒名を妻のそれとならべて刻ませる。それは堅実に小児科医を営み、世俗とかかわることのないように家、社会のしきたりに従い、家庭円満につとめ、その学問や思想のために生活を動揺させなかった宣長の集約である。

宣長は、学問とは「とてもかくても、つとめだにすれば、出来るものと心得べし。すべて思ひくづをるゝは、学問に大にきらふ事ぞかし」（『うひ山ぶみ』）と書いている。わたしはこのことばに感動し、鼓舞される。おそらく、春庭が父から受けついだ第一の遺産も、このことばだったろうと思う。そうしてつとめにつとめて、宣長は『古事記伝』をはじめ、膨大な文献の海をわたしたちに残したが、それを支えたものは生活者としての宣長だったはずである。それは純粋な学究者、あるいは詩人の行動ではなかったかもしれない。支配体制にも妥協したり、韜晦《とうかい》したりしているし、容易に本音を吐かないところがある。しかし、それによって自己の思想と学問とを極限にまで結晶させている。その師賀茂真淵や同時代の山県大貳のように理想に息をはずませることなく、悠然と処世したということは、宣長は人生と学問とについてかれらよりずっと大きな、入りくんだ展望をもっていたといえるかもしれない。

それに対してもうひとりの宣長は、学究者、詩人としてのかれである。そのかれは樹敬寺にはいない。だから「空送《カラタビ》」という異様な儀式を指定したのだ。学究者、詩人としての宣長はひとりひそかに夜陰に包まれて山室山へのぼる。そこには妻も寄せつけないのである。

宣長が没した陰暦九月二十九日を陽暦におきかえたまま、わたしたちの学校では全校そろって山室山奥墓に参拝するのが年中行事になっていた。墓前で神式にのっとり、干し柿や清酒を捧げてノリトをあげ、学生有志が自作の和歌を朗詠し、それから、サクラの苗木を植える。

夜あけ前に、学寮を出発する。サクラの苗木を積んだ荷車を先頭に、隊列を組んで、校歌、寮歌を合唱しながら伊勢街道を松阪へと向かう。まだ、星がガラス屑のように張りついている。

宮川をわたったところに夜があける。そこにへんば餅という古風な街道の餅屋があるが、まだ、黒ずんだ大きな戸をおろしたままだ。もとは宮川の河原に掛け小屋の店を出していたのだが、参宮客はそこで馬を返すので「返馬餅」とよばれるようになったと聞いた。そののち、街道に面して店をかまえたのだが、店のまえのケヤキの並木には馬車引きが手綱を結びつけて一服する風景をいつも見せていた。おろした戸のすきまに灯がゆれるのは、もうなかでは仕事をはじめているのだろう。

そこから松阪までは約二十キロ、街道はなんの起伏もなく田園のなかをつづく。明野の陸軍飛行場を過ぎると、明星、斎宮、櫛田といった村が同じようなたたずまいであらわれ、村がとぎれると大根畑がつづき、ほぼ等間隔でまた村にはいる。街道の右手には、「参急」とよびならわす地方鉄道の参宮急行の路線がたえず平行していて、ときおり稚拙な感じの電車の警笛が聞こえてくる。

　現《あき》つ御神　高知らす国は
　天つ日嗣　神こそ守らせ
　遠つ祖《おや》の雄心伝へて
　今も人の神習ふ国ぞ
　……

わたしたちはそんな校歌の合唱をくりかえして歩く。その学校の卒業者で台北大学の国語学教授安藤正次の作詞であった。

それから、寮歌にかわる。

湧き出づる正義の血汐
うづまくはこれ勢陽の
神さびし度会《わたらい》の地ぞ
夢幻なる露も散り果て
精魂の熔炉は燃ゆる
ああ燃ゆる……

田はいくらか黄ばんで、青い煙りがあちこちであがっていたりする。日はいつのまにか高くなっている。

松阪のまちにはいるのは、たいてい午前十時半である。そこからいよいよ山室山への道をとる。

わたしは山室山参拝をすでに二度経験していたのだが、眠っているのをおこされ、ただ歩くだけの行事にいつも腹を立てた。あげくは宣長をうらみたくもなった。

しかし、その年の三度めの山室山参拝には、心のはずむものがあった。春庭についての興味から宣長のことをいくらか調べたためである。山室山の道にかかると、校歌や寮歌の合唱もやみ、だれも疲れをおぼえるのだが、わたしはむしろうきうきしてきた。

その行事は文芸部が中心で世話することになっており、腸は文芸部委員だったのでノリトをあげる役を受け持たされ、サクラの苗木にくっついて先頭を歩いており、遮莫は一番うしろから足をひいて、ふきげんな顔つきで歩いている。

わたしは同室の祝日古とならんで歩く。きょうのかれはいつもの皇道哲学論やデュルケムを吹っかけるのではなく、合唱がとぎれると自作の相聞歌を小声で朗読して聞かせ、わたしの感想を求める。

心獣はかそけく脱けて草いきる窓辺にあかき唇偸《ぬす》みける

確信ありげに吾は言ひ放ちつれど虚しきを君は見たるかさびしく笑みぬ

そんな歌をつぎつぎに口ずさむ。この夏休みに佐賀の郷里に帰省したとき、中学時代からの恋人に縁談が持ちあがったのだという。そんな説明をしては、歌を口ずさみ、歌が終わると端正で白い顔をむけ、「どぎゃんかね?」と、わたしをのぞきこむ。

わたしは閉口しながらも、そんなときの祝日古は少年のように透明になっていて好きなので適当に返辞してやる。たとえば「確信ありげに……」の歌はいいが、きさまが虚しいのは恋人に恋を語るときだけじゃないぞ――と、いってやる。それから前年に美濃部達吉の天皇機関説事件がおきたとき、祝日古が高らかに歌った連作を引き合いに出す。

神ながらの皇国精神《みくにごころ》をしらずしてすべらが憲法論ずべきやは

憲法学の対象たるべき皇道を見まじとするか驚くべき無智

祝日古は「天皇機関説所感」と題して、そんな勇ましい短歌の連作を学芸部報に発表して得意になっていた。それを「あの所感も虚しかったぞ」とやりかえすと、祝日古は翅《はね》のうすい昆虫のように頬を赤らめる。それから、あれとこれとはちがうとばい、と胸を張る——。

そのとき、内実はわたしは唇をぬすむことのできた祝日古がねたましかった。

わたしは祝日古に、以後無言の行を命じた。道が山室山を目ざしはじめたからである。わたしはふたたび春庭の世界にはいっていかねばならない。

松阪のまちを出はずれて、熟れた田がひらけるあたりが花岡である。

植松有信は『山むろ日記』を残しており、わたしはそれも文庫で書写し、白江教授に読みあわせてもらったのだが、こう書きおこされている。

「十月二日、大人の御遺骸《おおんなきがら》を飯高郡山室といふ所の山上に葬り奉るとて、むすこの君たちを始めしたしき御親族《うから》の人々、又此あたりのまなびの子たちうちつどひてかたらひつゝ、何くれと其ほどの事どもさるべき人々にいひおきてなど、まめやかに物し給ふ。山室といふ所までは道のほど二里ばかりにてやゝ遠ければとて、申刻ばかりに出たゝせまゐらす」

葬列が山室山へ出発したのは、午後四時であった。植松有信は宣長の最後の手紙を受け取ると、すぐ名古屋を出立して道中を急いだが、ついに臨終には間にあわず、松阪に着いたのは死後二日のちの夜十時であった。そして、その翌日が山室山送りなのである。

「御供には世つぎの君、春庭君、白あやの衣《きぬ》、上には藤布衣《ふじごろも》のひとへ衣をさうぞきて、かの白妙してかざりよそひたる御輿ちかく出たゝせ給ふ」

春庭は白綾のきものの上に藤布衣《ふじごろも》を着た。フジのツルで編んだ十徳で、粗服をあらわして葬儀に喪主が用いたものである。そうして、棺のすぐあとをゆっくり歩いた。目が見えないので、さぞ難儀であっただろう。若党ひとり、下僕ふたりがつき従ったというから、春庭は若党に手を引かれていたのだろうか。

春庭には見えなかったけれど、父の棺は白布におおわれ、輿《こし》の上でゆれていた。まっ白い美濃紙を張りつめた棺のなかで、宣長は白もめんのきものに白の十徳を着、白木づくりの太刀をはかせてもらい、髪は平常のようにむらさきのひもで結んであった（『歎の下露』）。

ただ、葬儀は遺言と少し変わるところがあった。いや、少しではなく重大な変更であったかもしれない。遺体は夜のうちにこっそり山室山妙楽寺へ送り、樹敬寺までの葬送の儀は「空送《カラタビ》」と遺言されたが、どういう理由があったのか、密葬は履行されなかった。用意の整わなかったこともあっただろうし、駆けつける門人も多かったからかもしれない。

それよりも、奉行所の禁止があったのかもしれない。本居家には松阪奉行所からの文書らしいものが残っていて「夜中密々山室に送り申候事は、可有遠慮事」「樹敬寺へ空送の事、是は遠慮可然候」とあるという。つまり、宣長の遺言はこの件に関しては奉行所があやしむほど異様であったらしい。

それで、十月二日午後四時に魚町の鈴屋を出棺し、遺言のとおりの葬列を組んで樹敬寺に到り、ここで世間なみの葬儀をすませ、つづいてすぐ山室山へ向かった。春庭が藤布衣に着かえたのは樹敬寺においてであった。

山室山への葬列は遺言の行列に従った。先頭を二張りのちょうちん、長刀持ち、棺、春庭、挟み箱、合羽籠と進み、つぎには麻の上下《かみしも》を着た養嗣子大平《おおひら》がつづく。

大平は宣長が危篤におちいってから、ほとんど寝ていないだろう。「大人《うし》の御病、日毎におもらせ給ふをいといたく歎き悲しみまして、時の間も御許さらずてつかふまつれる」と『山むろ日記』に見える。看病、神社への祈願、医師との連絡、そして、臨終を迎えてからは葬儀の用意万端を大平は一手で引き受けていただけに、その日の憔悴は深かったであろう。

取よそひなにいそぐらむかへりこぬ君が門出のけふの御供を

いかならむ日の時にかもわすらえん白妙よそふ君が門出を

大平は『かなしびの歌』と題する弔歌六十首を残しているが、どれにも悲痛な思いがこもっている。大平が宣長に入門したのは、十三歳であった。父稲懸棟隆《むねたか》は豆腐屋であったが、学問好きで早く宣長に入門していた縁故からである。そののち、大平は宣長に愛され、十七歳の吉野行以来、たびたびの旅行に随伴し、日常もつねにつき従い、やがて春庭失明後は養嗣子となった。この本居家をついだことには、さまざまに取り沙汰されたらしいが、大平自身、学力博識の秀でたためでなく、ただ宣長が京都から松阪に帰ったとき、入門したのは父棟隆と自分と従兄の直見との三人だったからだと陳弁している。大平にとって本居家の家督をついだのは心重いものであったろうし、しばらく心境は動揺していたであろう。しかし、この陳弁からも大平の誠実で謙虚な人がらはしのべるし、葬儀にあって純粋な悲しみに沈んでいるかれの足どりは容易に思い描くことができる。

大平のつぎには親族二十人ほど、つづいて門人三十人がそれぞれ三列縦隊で進み、葬列の人員は全部で二百五十人ほどであったという。まちなかをとおるとき、人びとは家の軒に寄り立ち、門ごとに出て子どもまでひっそりと見送った、と有信はしるす。

葬列は、のろのろと夕ぐれの道を進んだだろう。「駅部田《まやのへた》の里を過て、いと広き野路を行々て……」と、有信はつづる。

その情景は、いまもほとんど変わっていない。駅部田は松阪の市街部の西南につづく集落で、それを出はずれるとひろびろと黄ばんだ稲田がひらける。そこで道はふたつにわかれる。左にとれば熊野街道であり、山室山へはまっすぐに歩むが、道は次第に細まり、左手前方に丘陵があらわれる。その丘が花岡山で、やがて道は丘に沿ってのぼりとなり、前方に山室山が近づく。その山のふもとに村はかたまっている。

わたしたちの山室山参拝のその日は雲が多かった。それに、雲の流れが早い。稲田は照ったりかげったりし、雲の影が走ったりする。道はわずかに曲がりながらつづく。

宣長の柩を送る葬列が、花岡山の丘ぞいの道にかかったときは、すっかり日が暮れたと記録される。立冬のころの伊勢地方の日没は大体午後五時であり、葬列が出発したのは午後四時であるから、四キロたらずの野の道を一時間半ほどかけて行進したことになる。足どりのおもい、しめやかな葬列であった。

「岡のそひをゆくほど、日くれはてゝ、御先御あとのかずしられぬ人々、皆人毎に火をともす。此あたりはいとほそきみちなれば、ひとへに並みゆけば、御先につからまつれる人々のは、はるかに星のごとくうち連りてみゆ」(『山むろ日記』)

葬列はちょうちんに灯を入れた。いまは道も広くなっているが、むかしは丘陵に沿う道はずっと細かったのだろう、一列縦隊でないと進めない。道はのぼりになっているので、先頭あたりのちょうちんの灯が星のようにつづいた——と、有信は見たのである。有信は後尾を歩いていたはずなので、たしかに星が夜空をゆっくりとせりあがっていくように見えただろう。それを青木茂房は「すべて百張のちようちん、おどろ〳〵しくともしつらねて」と書いている。

山室村にはいると、村長が麻の上下を着て出迎え、案内に立った。

村から山室山へは、かなり急な山坂である。道の左側を谷川が音を立てて流れる。しばらく登ると、右手に妙楽寺の山門の前に出る。葬列はここで休憩し、それからまた山道を登る。けわしく、石ころが多く、木の根が走っていて、昼でも足をとられて歩きにくい。そんな急坂がまがりくねりながら一キロ以上もつづく。

人びとはちょうちんで足もとを照らしながら、ゆっくり登っていっただろうが、失明した春庭はどのようにして歩いたのだろう？　若党に手をひかれ、杖をたよりによじ登ったのか、あるいは背負われたか、駕籠を用いたのか。その記録はいっさい、ない。有信も茂房も後尾を歩いていたので、春庭の行動は目にふれなかっただろうし、近くを歩いていた大平は悲嘆の和歌を残しているばかりだ。

葬列はまっくらなけわしい山道で、なんども石や木の根につまずいただろう。

「亥刻ばかりに山室の山上の御墓所にいたり玉ふ。さて御柩《イレ》を御輿より出して御塚のうしろのかたをふかく掘て、其処より御塚の下なる岩構のうちに納て、その口は石の戸もて堅くさし固め、其をまた土もて堅く築固めて葬り奉りき」(『山むろ日記』)

　山上の埋葬は、夜も十時ごろにおこなわれた。その塚は宣長が『遺言之事』のなかにもっともくわしくしるしているとおりに築かれた。

「墓地七尺四方計、真ン中少シ後ロへ寄せて塚を築候而、其上へ桜の木を植可申候。塚之前に石碑を建可申候。塚高サ三四尺計、惣体芝を伏せ随分堅く致し崩不申様、後々若崩候所あらば、折々見廻り直し可申候。植候桜は山桜之随分花之宜き木を致吟味、植可申候。勿論後々もし枯候はゞ植替可申候」

　念のいった遺言で、図がつけてある。そこに建てる碑は高さ四尺、それを一重の台石にのせ、碑には「本居宣長之奥津紀」と自署した。塚は円形に芝で固め、その上に植えるサクラは山ザクラの花のよいのを選び、もし枯れたら植えかえよ、となかなか手きびしい。もっとも、「奥津紀」は「奥墓」と改められて建てられている。遺言をしたためたのち、思うところがあったのだろうが、平俗でつつましくありたいと考え直したのではないだろうか。

　その塚の下、七尺ばかりを掘って石で畳んだ。古墳の石室を思わせる。そこへ宣長の柩を納めて石の扉を立て、それを固く土でつき固めて埋葬は終わった。

「御墓の前に竹もて四処に立てゝ柱として板もて屋根ふきたる処に莚しきたるに、其処に春庭の君のかしこまり給ひて打しほれつゝをがみ給ふ。御心のほどいかばかりかなしく思召らんとおもふにも、また胸うちふたがりてかなしさ、いはんかたなし」(『山むろ日記』)

「後の御名は秋《あき》津《づ》比《ひ》古《こ》美《み》豆《ず》桜《さくら》根《ね》大人《のうし》と申したてまつる。春庭君をはじめ、おの〳〵このおくり名も宣長みずから定めたものである。春庭らはその名を泣きながらとなえたという。その声は夜も深い山々に、無気味に残響しただろう。

宣長がここを墓所と定めたのは、死の前年のことである。妙楽寺は浄土宗の末寺で、本居家とはなにがしかの関係が古くからあって先祖の位牌、寄進の品も納められてあり、仏餉米を供えていた。当時の住職法誉《ほうよ》上人は菩提所の樹敬寺の第三十四世住職であった人で、宣長とはほぼ二十五年の親交を結んでいたのが妙楽寺に隠居していた。宣長は上人をたずねるうちに、その静かさと咲きあふれる山ザクラとにひかれ、ここを永眠の場所と定めたものであろう。

もっとも、はじめは山を歩きまわったあげく、妙楽寺からすこし登った道のほとりを考えたが、ほどなく山上に変更したらしい。その時期も晩秋であったと推定される。

宣長は感懐を『鈴屋集』に残した。

山室の山の上に墓ところをさだめてか
ねてしるしをたておくとて

山むろにちとせの春の宿しめて風にしられぬ夜をこそ見め

今よりははかなき身とはなげかじよ千代のすみかをもとめえつれば

宣長はここを永遠の休息の場所と考え、ひそかに満足していたのである。山は松、雑木に包まれ、つねに松風がわたる。なによりも春になると、発色のいい山ザクラの花が咲きあふれる。

　宣長は死の年の三月十日ごろ、奥墓の築造が終わると、門人たちをつれてここに登った。その工事は富商の門人三井高蔭の尽力による。そのとき、青木茂房も同行している。和歌山から帰って、すぐまた上京するまでのあいだのあわただしい春の一日であった。

　　寺の名の妙に楽しき春日かな花のさかりを思ふどち見て
それが宣長の現世での山室山のサクラの見おさめであった。そのとき、宣長を案内した法誉上人は「われよりさきにとは思はざりしを」と葬儀の夜に嘆いた。上人は宣長におくれること八年、文化六年に七十四歳で没し、寺内に宣長と同寸法の墓を伝えた。友情の深さが察しられる。

　この奥墓の設計には、宣長の美意識が端的に示される。

「石碑の裏並脇へは何事も書申間敷候」

「石碑の前に花筒など立候事無用に候」

　わたしはこの遺言をその和歌よりも美しいと思う。単純で、簡潔な美しさを宣長は理想としたのだろう。そこに描かれた設計図にも、山ザクラが花をつけているばかりで、むだなものはすべて省略されている。墓の敷地の境には延べ石を伏せておきたいが、金もかかるのでそれはあとのことにし、当分は丸石でもひろい集めて並べておいたらよろしい――とも、書き添えた。さらに、奥墓へは一年に一度、祥月にまいればよいとし、それも雨がふったりさしつかえがあったりすれば、前後のいい日を見はからって墓参すればよい、毎月の忌日の墓参りは樹敬寺ですますように、と気をつかっている。

宣長はつねに死を嫌悪してきた。死は暗く、きたならしい夜見の国であり、死ぬことは悲しむべきことである。「いかにせばかも死なずてあらむ」と歌い「九十までも百才までも生かまほしく思ふぞ、まことの情なりけり」（『玉勝間』）と述べた。そのとき、宣長は陽気な現実主義者、楽天家であった。無類のサクラ好きで、死の前年には三百首もサクラの歌ばかり作ったのも、子どもに春庭、春村と春を冠したのも、そうした宣長の性格のあらわれといえる。

そんな死ぬことがきらいな宣長も、遺言を書かなければならなくなったときには、どうせ死ぬならば静かな山の上の、サクラの花のなかで眠りたいと考えたのだろうか。そこでは妻も無用だし、門人や家族たちのたっての訪問もいらない。もう、あの『古事記伝』さえ、どうでもよかったのかもしれない。そうした死のあきらめにひたされはじめた詩人の思い、それに人生と思想とを墓で形象しようという科学者の思念とが、遺言で合一しているように思われる。

わたしたちは、かなり疲れはてて奥墓のまえに整列した。埋葬がおこなわれたのは深夜に近いころだったが、わたしたちには正午の葉もれ陽がふりそそぎ、山鳥が移り鳴きする。陽がよく透る声で、ノリトをあげた。宣長の業績をほめたたえることに始まり、サクラとつたない和歌を捧げるから、われらの皇国《みくに》学びを見そなわし、導きたまえ――というようなものだった。

わたしたちは賜にならって、二拝二拍手する。

つづいて、祝日古が和歌を朗詠した。学生が詠進したものを文芸部が取りまとめたものである。

大いなる安けさに似たるもののあり神に近づく吾なるらむか　祝日古

山室は高からねども頂に登れば見ゆる伊勢の国原　治壮

そんな和歌が三十首ほど冷泉流朗詠で読みあげられた。

わたしにもこんどは一首読みたいという気もちが動いた。しかし、どうにもまとまらない。それは埋葬の夜、ここにうずくまった春庭の心情を思いやる、といったものだったが、やめた。とうてい、その心境に思い到れないと考えられたからである。

ただ、ここに眠る宣長は、陽気で、そのくせ、孤独できびしい顔つきをしているということは信じ得た。樹敬寺で妻と戒名をならべる宣長とは、まったくちがう。垂直に断ち割られたようなもうひとりのかれだ。思想家、詩人の宣長は、ここでサクラの花を子どものように見あげ、眠り呆けている。

ところで、わたしたちの前の奥墓は、宣長が『遺言之事』で残した設計図とはずいぶんちがう。石垣がめぐらされて、大きな石のサクラの花びらがはめこんである。右のほうには十三重石塔が建ち、左には平田篤胤《あつたね》の歌碑がある。

なきがらは何処の土に成りぬとも魂は翁のもとに往かなむ

篤胤が山室山をたずねたのは文政六年、宣長の没後二十二年のことで、当時春庭は六十一歳であった。歌は大げさで好きになれない。

こうした後補は、明治三十二年に山室山の有志と本居家の子孫が相談して修築したものらしい。そのとき、参道も改修されたというから、宣長のころはひどい山道であったのだろう。それに、山ザクラはずいぶん多くなっている。わたしたちの学校でも、もう何十年と毎年寄進したことだし、サクラの山のおもむきになっている。残念にもわたしたちがおまいりするのはいつも晩秋で、サクラはすっかり葉をおとしているばかりであるが、春の花どきは美しいだろうと思う。

しかし、そのかわり、いまではかえってわずらわしくなっているのではないか、と思う。少なくとも、宣長が遺言で感動的に述べた簡潔美はない。宣長は石垣はもちろん、篤胤の石碑にさえ、いやな思いをしているのにちがいない。わたしは、そう思った。

奥墓から石段をおりてきたところに、まだ色あたらしい石碑が建っていた。植松有信の歌碑で、昭和五年の建碑である。台北帝国大学教授安藤正次の撰文で、有信がこの場所に庵を結んで七日七夜、墓を守ったことが刻んである。

例の朝きよめするに木がらしのいとはげしく吹て木の葉どもいみじくちりけるに、こなたかなたとはききよめて

心なく木の葉なちりそちりをだにするじとおもふ塚のわたりに

それは埋葬から六日めの朝の有信の詠嘆である。そのあと、雨と強い風の日がつづき、塚

の上には落ち葉が散りしき、それを有信は掃き清め、谷から水をくんで墓に注いだ。夜は寒い月光がさしこむ。月光で墓を拝する。「又風ふき出で、しぐれなどもをり〳〵降ていとさびし」——山の夜はまことに荒涼とさびしいものであったろう。

有信が七日のつとめを終えて松阪へ引きあげるとき、山室山は雨であった。有信は去りかねた、としるしている。

「雨いみじうふれど、しばしたちやすらひて山室のかたをのみかへり見すれど、雨雲たちおほひてそれとまがふべき峯の木だち、かげだにも見えず」

有信は道が山室山を下って丘のふもとにかかったとき、降りしきる雨のなかで山のほうをふりかえったのである。

わたしたちは参拝がすむと、妙楽寺で直会《なおらい》の神酒を一口ずつ頂戴し、べんとうをひらき、それからまた行列を組んで山室山を下ったのだが、山すその道にかかったとき、隊列のなかからふりかえると、山には午後の日光が照りわたっていた。しかし、わたしには有信が見た雨雲のなかの山室山をたやすく思い描くことができた。

松阪のまちは、天正十六年に豊臣秀吉の部将蒲生氏郷が松阪城を築いたことから始まっている。わたしがその専門学校にはいって、はじめて山室山の奥墓につれていかれたときは、市制をしいて一年めであったが、市章には氏郷の家紋立ち鶴を用いたということを聞いた。

氏郷は近江日野の城主から、伊勢松ヶ崎十二万石に転封されると、ほどなく矢川庄という寒村にすぎなかったところに堅固で豪華な新城を築き、当時としては進んだ都市計画をおこなった。旧領から近江の商人、職人を移住させ、楽市とよぶ自由市場をひらき、海岸寄りにつうじていた街道を西に引き寄せて市中を通過するように改修した。もっとも、その城下町づくりは苛烈であったようで、矢川庄の住民を追い出してそのあとに殿町、魚町、本町などを設けたというし、課役にたまりかねた船江の住民は全村あげて富士の裾野へ逃亡したと記録される。

富商三井氏もそのとき氏郷につれられて松阪に移った。祖先が越後守を称する地侍だったというので越後屋を屋号にして酒屋を営み、ついで京と江戸とに呉服店をひらいてこれが後年の「三越」となり、百貨店になるのだが、その繁栄も当時としてはきわめて先進的な現金正札販売をやったからである。それというのも、江戸商人の強いギルドがあって加入を認めようとせず、それどころか陰険な妨害を加えたので、三井は独力で、しかも武士階級は相手にせず、町人をもっぱらの客として商売した。大奥出入りのすすめを受けてもあっさりことわったほどだ。武家は盆と暮れとの二回払いにきまっていたけれど、町人は安ければ現金で買う。そこで、三井の現金正札販売も成り立ち、繁昌したのである。

そののち、元禄五年には幕府の為替方に指定されて金融業、米の売買を営むようになるが、するとこんどは大名をあまり相手にせず、幕府とおもに取り引きした。それが諸大名を相手にした大阪の金貸しとちがうところで、いきおいこげつきに苦しむこともなく資本を蓄積した。もっとも、幕末にはその大阪店が薩長勢力にも金を貸しつけて不時に備えており、それで維新後は新政府と結んでやがて財閥へと成りあがる。

わたしも松阪の三井家のあとをいつかの山室山参拝の帰りに見かけたことがある。重厚な漆喰《しっくい》の壁がつづき、黒い大きな屋敷門が立っていた。門の前には「家祖誕生之地」の石標があり、のぞくと屋敷はすでになくて常緑樹の木立ちが茂っているばかりで、公会堂の敷地になっているということであった。

宣長の門人となって山室山の築造に尽力した三井高蔭もその直系のひとりであった。宣長が後世の歌文の用語の乱れを正す『玉あられ』をあらわしたとき、高蔭は序文を書いた。また、僧竺愷《じくがい》がこれを批判して『玉阿羅礼論』を出すと、高蔭はこれを反駁して『弁玉阿羅礼論』をあらわした。それほど宣長との関係は深く、そのゆえか、宣長から愛用の和琴を贈られたりしている。

蒲生氏郷はわずか三年で会津若松に転封されたが、その重商政策はつぎの城主服部一忠、古田重勝にも受けつがれ、元和五年に松阪が紀州藩領となると、和歌山街道、熊野街道もひらけて商業都市としての繁栄が加わった。

それとともに、江戸幕府が成立して徳川家康が諸国の商人を江戸に招致する政策をとると、松阪の商人はまっ先に店を出した。松阪地方でつくられるもめんが重要な商品であった。かれらは日本橋本町と大伝馬町に集中して江戸店を出し、享保ごろの俗言に「江戸に多きもの伊勢屋に犬の糞」といわれたほどである。宣長の曾祖父三郎右衛門も江戸にもめん店を出し、祖父定治は引きつづいてタバコ問屋と両替屋も営み、父定利は江戸店で客死した。宣長の家が逼塞したのはそれからで、祖父が隠居していた魚町の家に静居するようになるのであるが、宣長自身も十五歳で元服すると、伯父源四郎の江戸店へ商売見習いに出されている。もっとも、宣長は商才がないということで一年で松阪に舞い戻り、紙問屋の養子にはいっても長くつづかず、結局、転変のあげくは小児科医となるけれど、後年、松阪の実情をつぎのように書く。

「富メる家おほく、江戸に店といふ物をかまへおきて、手代といふ物をおほくあらせて、あきなひさせて、あるじは国にのみ居てあそびをり、うはべはさしもあらで、うち〳〵はいたくゆたかにおごりてわたる」(『玉勝間』)。三井高蔭もそうしたひとりであった。

さらに、宣長はつづける。松阪は京、江戸、大阪へも交通の便利がよく、女の風俗も京に劣ることなく「あきなひごとにぎはゝし。芝居、見せ物、神社、仏閣すべてにぎはゝし」と礼賛し、かれも終生松阪を動こうとはしなかった。

それに、紀州藩は松阪に城代を派遣してその配下には二人の勢州奉行をおいていたが、武士の圧力は一般の城下町のように強いものではなかった。城内には城代屋敷と牢屋があるぐらいで、奉行所、役宅は堀の外側にあり、武士の数も至って少なく、その点でも松阪は町人の世界であった。宣長が清貧を笑ったのも、人間性の回復を唱えたのも、それにもかかわらず体制に順応して変革を求めなかったのも、そうした町人都市の風土があってのことである。

そんな松阪を教えられたのは、拝藤教授の近世文学史の講義においてであった。教授は白江教授とほぼ同年で親密でもあったが、風貌も講義も白江教授とはまる反対であった。頬と頤《あご》とがふっくらとまるくて色白であるが、総体に鈍重な印象である。短く固いひげを立て、ものをいうのも重たげで、無愛想だ。講義のときは、上体を左右にすこしゆすりながら、直立したまま抑揚もなく語る。しかし、ノートは明確で、一点のあいまいさもなく、文学者というより思想家といった感じが強かった。

――宣長は、西鶴や近松の町人文学と同じ母胎の双生児である。

拝藤教授はそんなふうなことを語った。教授は近松門左衛門の研究に没頭して『心中天の網島詳解』という著作を発表していたが、当時の貨幣価値をふくめて経済的背景の分析の鋭いことに特徴があった。もっとも、その著書については神ながらの学問を教える学校の教授でありながら、情死を研究するとは何事か、という非難が学校の理事者から出たと聞いた。その風聞はわたしをむやみに怒らせ、かえって拝藤教授に特別親しい気もちを抱かせた。

その日の山室山参拝の帰り、松阪城の堀をわたったとき、わたしはあらたまった目で石垣を見あげた。石はそれほど巨大なものばかりというわけではなかったが、自然石が堅固に積みあげられ、黒く乾ききっていた。瓦に金箔を打ったという三層の天守閣や居館はすべてなくなっており、サクラ並木が植えられて公園になっていたけれど、わたしたちのほかに人影はなかった。その城あとに宣長の鈴屋は移築されている。

これまでのわたしにとっては、松阪城はむしろ梶井基次郎の『城のある町にて』でしか興味がなかった。

わたしはその学校にはいる前、いっしょに同人雑誌をやっていた友人から、ふと、白い表紙の四六判のうすい小説集『檸檬《れもん》』を見せられ、何気なく借りて読んで以来、梶井にすっかりとりつかれた。『檸檬』をくりかえし読むと、梶井に関する文献を熱病にかかったようにあさり、絶筆『のんきな患者』が掲載された『中央公論』のバックナンバーも苦労して手に入れたりした。なにがそんなにわたしを捕えたのか、よくはわからなかったが、プロレタリア小説から辻潤や武林無想庵や宮島資夫を読みふけっていたわたしの視野に、梶井は固い結晶体のように飛びこんできて、その内容はひどく暗鬱であるにもかかわらず、なにか蘇生の思いを与えてくれたのだった。そこには、まちがいなく信じることのできる世界があった。

その梶井の短編小説に『城のある町にて』があった。『冬の蠅』ほどに好きではなかったけれど、ふしぎな明るさとやさしさがあり、その城が松阪城であり、町が松阪であることを学校にはいって知ってひどくおどろいた。

そのとき、梶井はすでに他界しており、わたしがその学校に入学した年に出た全集の年譜で、梶井は大正十三年八月、松阪殿町の義兄宮田汎の家に遊んで『城のある町にて』のスケッチをしたことを知った。その年は三高から東大英文学科に入学したときで『檸檬』もその十一月に成った。さらに梶井は十歳のときに父の転勤に従って東京から鳥羽のまちに移り住み、わたしが生まれた大正二年に宇治山田にあった県立第四中学にはいっている。『城のある町にて』に北ムロで療養していたことがわずか出てくるが、それも大正九年、三高の学生のときに肋膜炎をわずらって三重県北牟婁郡船津村にいた義兄宮田の家に身を寄せていたころのことである。

『城のある町にて』では、「昼と夜」という章が好きであった。主人公はある日、城のそばの崖のかげにりっぱな井戸を見つける。そこで若い女がふたり、大きなタライで洗濯しており、水が女の素足のうえを豊かに流れる。「羨ましい、素晴らしく幸福そうな眺めだった」と書き、小学唱歌を思い出し、単純で、平明で、健康な世界をそこに見る。

わたしは山室山参拝や軍事教練の演習などで松阪のまちをとおるとき、その短編を思い出したが、梶井がスケッチしたのはもう十年も前のことで、そんな井戸も残っていそうにはなかった。梶井が遊んだ義兄の家のあった殿町は、城のすぐ東側の内堀に沿うところであり、その井戸も武家屋敷のあとらしかった。また、その短編には「食ってしまいたくなるような風景に対する愛着」ということばがあり、海のほうからやって来る軽便鉄道や斜めに入りこんだ入り江や土蔵作りの銀行や城からのさまざまな眺望などが愛着をこめてかかれているけれど、それらはもう消えた幻画のように思われた。

ところが、こんどは本居春庭のせいで、松阪がきわめて新鮮に見えてきたのである。ことに、その日の山室山参拝の帰りにはひどくはずむものがあった。

わたしたちは山室山参拝のあと、松阪城内の鈴屋を見学し、そこで解散するのがきまりであった。鈴屋は城の南寄りにあり、大きな瓦屋根を乗せた平屋建てで、中二階が突き出している。その中二階が宣長が五十三歳の天明二年、ある茶室を買い入れて建て増した書斎鈴《すずの》屋《や》である。母屋とともに原形のまま、明治四十二年十二月に魚町から移されたという。

入り口の柱にはなかば風化した表札がかかり「三重県平民　本居清造」と読める。はいると一坪半の土間になって、左手は店の間、右手は中庭になって次の間と台所につづく。手代はすぐ店の間へ、主人と客人とは中庭から次の間へ、また、主婦や家族は台所へあがる習慣だったという。封建時代の身分制は宣長の家でも例外ではなかった。

わたしたちはまず六畳の店の間にあがる。すると、そこには版木が天井まで積みあげてある。そのなかには春庭が版下を書いたものもはいっているはずだった。

階下には店の間のほかに、六畳の中の間、神棚のある四畳半の部屋、四畳の次の間、六畳の仏間、八畳の奥の間があり、四畳の板敷きの台所、風呂場がついている。もともと隠居所であったところで、大きな構えではない。それがかえって親しみを感じさせる。

仏間では堂々とした仏壇が目を引く。あの『遺言書』に書かれた宣長の位牌はここに納められ、春庭は毎朝手を合わせたのであろう。本居家は代々浄土宗に帰依していたので、仏壇がりっぱなのも当然であるが、宣長は儒教とともに仏教をも排撃しながら、儒教を猛烈な筆調で攻撃したのにくらべると、仏教にはやわらかで「もののあはれ深き事多し」（『紫文要領』）と書いて、その無常観を肯定さえしている。儒教が武士階級の道徳であったのに対して、仏教は平民的な信仰であったからだろうか。この家を見ていると、宣長が仏教の平民性だけは支持したことが当然のようにも思えてくる。

中庭は五坪ほどのもので、松、竹、シュロ、サカキなどが植わり、松の根もとに石の手水鉢、サカキの陰には石組みの井戸がすわっている。これとてもつつましい。

台所には大きなカマド、裏口の風呂場には五右衛門風呂がすわっている。どれも平凡で親しい顔つきをしている。

大きな神棚のある部屋に急な階段がついている。八段になって、下三段は取りはずしがきき、紙くず箱を兼ねている。もともと二階のない家だったので、階段も無理なつけかたになったらしい。階段の下は物置きで、空間をできるだけ有効に使った苦労がわかる。

階段をのぼると、みしみしときしむ。あがると、入り口にはふすまが一枚はまっていて引き戸になっている。それを引くと、そこが鈴屋であるが、粗末な四畳半である。窓は西南なので、夏は西日がさしこんでむんむん蒸れたにちがいない。入り口の真向かいにも小窓はあるが、これはのちに隣家が二階を増築したために用をなさなくなったというから、風とおしはあまりよくない。

左手は押入れで、そのふすまには門人の短冊がはってあるが、これは明治初年つくろったもので、宣長や春庭のころには淡彩の水彩画だったらしい。

押入れのなかは奥行き二尺二段の本棚になって、本箱十二個がならんでいる。座右の書であろうが、それほど大量の本がはいるわけもない。学校の教授の研究室を見なれた目には、こんな小部屋で『古事記伝』などの膨大な著述がよくも可能だったとふしぎになる。

床には宣長の「県居大人之霊位」の軸がかかっているが、平素は京都遊学中の師であった堀景山の書幅をかけていたという。

床の向かって右の壁に細長い板がはめこんである。宣長はこれに鈴をかけてその音をたのしみ、それで鈴屋と号したことは小学校の教科書でも習った。

しかし、その宣長が鳴らしたという鈴は、没後に門人たちに贈ったらしくてもう無くなっていた。ただ、そのかわりにのちの模作品がかかっていたのだが、そのほうがわたしには興味があった。春庭が模作させて、自分も朝夕に鳴らしてたのしんだというからである。

鈴は真鍮《しんちゅう》づくりでメッキがかけてあり、それが黒ずんでいる。六つの小円体で一個の鈴をなし、それが六個あって赤い紐でつらね、紐の下端は房になって、それを引くと六つの房を持つ六つの鈴がからからと鳴る。宣長は「三十六鈴」と名づけたという。

鈴は細長い板にかけてあり、そのうらに春庭は記事をしるしている。

「古翁の床のへにわが掛けてあさよひにいにしへしぬぶ鈴が音のさや〳〵とよまれし鈴は、いつしか跡かたもなくなりにしをあたらしくおもひわたりけるま丶に、近ごろしたしき友達に其よしかたりて又つくらまほしきよしいひければ、其さまはいかにとねもごろにとはれけるに、其鈴は春庭若かりし時みづからつくりしことなれば、そのさまくはしくかたらひければ、都の左様の物つくる者にあつらへてめぐまれける。こよなくうるはしく出来にければ、いとよろこばしくて有しさまに朝夕引ならしつつあかずおもひよめる

かくこそは千とせもきかめとことはにふりし世かけてしのぶ鈴が音

文政五年午冬　　　　本居春庭」

春庭は父の鈴を忘れられず、親しい友人にそのことをいうと、その人が事こまかに形状を春庭から聞いて京都の職人につくらせて贈ったという。その鈴はたいそう美しくできあがっ

たので、春庭は朝夕に紐を引いてさやかな音に聞きいって永遠を思ったという。

文政五年には、春庭は六十歳である。娘の伊豆《いず》を松阪の浜田伝右衛門にとつがせ、長男有郷《ありさと》を小津清左衛門の養嗣子にした年の冬で、ほっとした思いとともに晩年のさびしさをおぼえ、父がひとしきり思われたのだろう。盲目の春庭には、鈴はいっそうさわやかに鳴り澄んで、さまざまな思いをかきたてたであろう。

この記事によると、若いころに春庭自身、父の鈴をつくったという。鈴そのものをつくったのか、できた鈴を一連につるしたのかはわからないが、器用であった春庭のことだから、自分で真鍮を打って手づくりしたのかもしれない。とにかく、春庭には父が終生密着していたようである。

この鈴の記事は、妻の壱岐が代筆している。

ところで、宣長の遺言には忌日のことが事こまかに示されている。

「毎年祥月には前夜より座敷床へ像掛物を掛け、平生用ヒ候我等机を置き、掛物の前正面へ霊牌を立て、時節之花を立テ燈をともし〔香を焼候事は無用〕膳を備へ可被申候。尤モ膳料理は魚類にて四作り、鱠汁飯平〔しやうじん物計にてよろし〕焼物〔切焼〕右之通可為候。酒はみき徳利一対、膳具は白木之足付ぜん、椀は茶碗」

まことに微細に料理を定め、膳の図までつけてある。

それから、霊牌の図を示し、いつも机のそばにおいていた手なれのサクラの木の笏《しゃく》に台をつけ、のちのおくり名「秋津彦美豆桜禰大人《アキツヒコミズサクラネノウシ》」とするように書いている。宣長は徹底してサクラが好きだったのであるが、この霊牌は所在がわからないということであった。

忌日についての遺言は、もう一か条つづく。「毎年祥月には一度づゝ可成長ク手前にて哥会を催し、門弟中相集り可申候。尤モ祥月当日には不限、日取リは前後之内都合宜き日可為也。当日にあらず共哥会之節も像掛物右之通り飾り可申候。但し其節、別に像へ膳備へ候には不及、膳は当日にて宜候。哥会の節は酒計り備へ可申候。且又哥会客支度一汁一菜精進可為候」

宣長は『玉勝間』のなかで年忌について、古代にはなかったことだろうが、捨てるべきではないと書き、「時世のならひにそむかざらむこそよからめ」といっている。しきたりにむやみにそむかないのが宣長の処世観であったから、忌日を遺言したのだろうが、それにしても自分の肖像画を立てて歌会を催せというのは、やはり変わっているし、そこにはきびしい面持ちがある。

かれは和歌が好きであった。若いときからの詠草は膨大な量である。手紙には、自分が和歌を好むのは「性也又癖也」と書いた。宣長にとって、歌は「歎息《なげき》の声」(『源氏物語玉の小櫛』)「物のあはれをしるよりいでくるもの也」「人のきゝてあはれと思ふ所が緊要也」(『石上私淑言』)という、いわば感性的認識の世界であった。そこでは当然道徳と区別する、そのところとしては卓抜な詩論を展開する。そして、真淵に『万葉集』を教えられながら、『新古今集』を最高の詩と評価する。また、それは、恋は「猶しづめがたく、みづからの心にもたがはぬわざ」(『石上私淑言』)という恋愛論ともなり、戦場で討ち死する勇士も命が惜しか

った だろうし「ふる里の父母もこひしかるべし、妻子も今一たび見まほしく思ふべし」（『紫文要領』）というような人間観につうじていく。宣長の詩論は人生観の核でもあった。

宣長はそんな詩論を忌日の歌会という形象で表現し、伝えようとしたと思われる。遺言には忌日の膳まで図入りで指定しているが、歌会については酒だけを供えればよく、客にも一汁一菜でかまわないと書いている。それは質素をおもんじたというよりも、歌会にはきびしさを求めた表現のような気がする。

歌会はおそらく、階下仏間のとなりの八畳の奥の間で催されただろう。春庭はこの遺言を忠実に守って、毎年毎月、忌日には父の机に花を立て、灯をともし、魚料理の膳をそなえ、ついで歌会を催したであろう。

見えない目をつぶって、端然とそこにすわっている春庭の姿がわたしには見える。

佐佐木信綱著『増訂賀茂真淵と本居宣長』を読んでいて、はっとした個所があった。

この本は、例の小学校の教科書にのった、『松阪の一夜』の原文が収められているものだが、そのなかに「鈴屋翁生誕二百年記念会に赴きて」という一ページの短文がある。

昭和五年五月、宣長の生誕二百年記念会が松阪で催されたときの簡単な記事にすぎないが、筆跡遺書類が陳列されたなかに注目したものが三点あったと書かれている。そのひとつは金《きん》子《す》借用の証文で、親戚の富商長井家から『古事記伝』出版のためと思われる費用を借りている。つぎは、書店との出版契約証の下書きである。

三番めに山室山の古図のことが書いてあった。それは名古屋の画工渡辺清が描き、春庭が賛を加えたものである。

「墓の上方に見える庵は、植松有信が喪に籠つたといふ庵室であらうが、今は無くなつてゐる。

そのかみのおもかげを窺ふべき資料として尊い。(明治の初年に撮った写真によるに、この図とはまた相違あり、さらに現在は、木柵に代ふるに石柵を施して、面目をあらためてゐる)」

そうすると、山室山もずいぶん変わっていることになる。わたしはその原形を知るとともに、春庭の賛を読みたいものと思った。それで、その古図を見るのがひとつの念願で、参拝の帰りに期待をかけた。古図は鈴屋遺蹟保存会に収められているはずであった。

保存会は鈴屋のすぐとなりに建てられていて、ガラス戸のなかにはおびただしい稿本や版本、あんどんや薬箱、門人から贈られたらしいいろんな鈴が陳列してある。そこは土蔵になっていて、多くの文献や遺品が本居家から寄託されているということだった。しかし、いくらさがしても山室山古図はない。

わたしはなかまからはなれ、陳列室につづく事務室におずおずととびこんだ。

口ひげの白い老人がひとり、褐色の古風なテーブルに肘をついていた。

わたしは学生帽を手でもみながら、ここに山室山古図があるはずだが、ちょっと拝見できないものだろうか、と懇願した。

老人はじろりとわたしを見かえし、それからだまって机の引出しをあけ、カギの束を取りあげ、机をはなれた。

やがて、老人は長い箱をかかえてあらわれた。軸を取り出すと、だまって壁にかける。

息をのんだ。

軸が垂れるとともに、三つの山のかさなりがあらわれた。山はあざやかな緑色でおおわれながら、発色のよい赤がまだらに散っている。もみじのように見えたが、山ザクラの花にちがいなかった。それは真紅に近かったが、白をかすかに帯びていたからである。

緑は雑木らしく、そのなかに松の木がところどころ緑を濃くしている。

手前の山の中腹に三つほどの屋根が見えるのが、妙楽寺と思われる。その向こうはぼかしになって山が描かれ、やはり緑色のなかに冴えた赤が刷かれている。その山には石段の道がのぼっていて、それを追うと石碑のようなものが立っている。奥墓であろうが、かなり大きく誇張してある。さらに、そのうえに家が一軒見えるのが佐佐木博士が植松有信のこもった庵室かと書いたところにあたるらしいが、庵室にしてはすこし大きすぎるし、火葬場のようにも見える。位置も松阪を見おろすところにつき出ていて、どうもおかしい。

山室山の右手には、富士山が白く浮き出しになっている。むかしは富士山が見えたというのだろうか。

その画の上部に、春庭の賛はあった。箱書きでは妹美濃の代筆ということである。女手の達筆だ。

「ここは父翁の墓所の絵図にておなじ飯高郡此松坂の里より六十町ばかり南の方山室村妙楽

寺の山上にあり。村より七八町のぼりて寺の門前より左へまた三四町のぼる一ッの山のみねなり」

賛はそう書きおこして、父が享和元年九月二十九日の夜、七十二歳で死去し、十月二日夜ここへ葬ったこと、五間平方ほど平らかにし、西南の方は石で支え、うしろはすこし高いので切り落としたこと、中央に塚めいたものをこしらえて小さな松、サクラを植え、高さ四尺ばかりの石碑を建てたこと、碑の正面に「本居宣長之奥墓」とあるのは父が自分で書いたこと、それらはすべて遺言に従ったことなどをしるす。

「石碑は南向にて東のかたもいとよく見はるかさるゝ所にて、伊勢の海一目に見渡され、いとよく晴るゝをりは富士のねも雲間はるかに見ゆ。すべて方角など、此絵図のごとし。さてかく世はなれへだてたる山中なれば、後の世までたゆることなくよく知られぬべきたよりにとて、其所のさまなどありのまゝにはかりて書うつさせて、そのよしいさゝかしるしおくになむ

としへてもまぎれなかれと筆そへてかきおくつきの山のうつし絵　　春庭」

やはり、そのころは空気の透明な日には山室山から伊勢の海の向こうに富士山が見えたのであろう。

この賛で、春庭は山室山が世間から離れたところなのでわからなくなることを恐れている。忠実に父の心を伝えようとした春庭の思いは、鈴の模作といい、この絵といい、格別に深かったことがよくわかる。

それにつけても、この保存会に陳列される宣長の膨大な稿本、版本にくらべて、春庭はたった二種の著述『詞の八衢』『詞の通路』を残したのにすぎない。比較にもなりはしない。わたしは想像のなかで、うずたかい宣長の著作の山の前に春庭の二種を置いてみた。それはきわめて残酷な情景のように思えた。

が、春庭は父の巨大なものに溺れず、それをひたすら受けついで、きわめて純度の高い二種に結晶させたのではないか。その途中には、父への意識しない憎悪、自分への絶望が織りこまれていたかもしれない。

わたしはあらためて春庭があわれに思えるとともに、逆に宣長にはない凝縮した激しい力を受け取ったのだ。

「ここには春庭の本は保存されてないのでしょうか?」

古図が巻きおさめられはじめたとき、老人に聞いた。

老人は、だまって首を左右に大きく振った。

春庭が残したたった二種の小さな著書も、この保存会に収められていないのはすでに知っていた。それをわかりながら、老人に問うたのは、春庭の二種は重要参考文献として宣長の著作とともにここに当然陳列されるべきだと思ったからであるが、それとともに世俗への怒りのようなものを感じはじめていたせいである。

事務所の窓からは、四五百《よいお》の森がくろぐろと見おろせた。鳥居が立っているのは、そこに本居神社が建てられているからだ。神社は明治八年に山室山の墓のそばに建てられたが、同二十二年に旧奉行所跡に移され、ついで大正四年にこの森に遷座となった。ここには宣長と平田篤胤とを祭るが、春庭はいない。たしかに、篤胤は宣長に熱狂的に、あるいは悪魔的に傾倒し、平田国学をつくりあげて普及させた。しかし、それは一面、宣長を過度にねじまげたものでもあり、少なくとも、健康な正統の継承者ではあるまい。

春庭が父の遺業を継ぎながらもここに祭られることのなかったのは、やはりかれが孤独な国語学者であったからであろう。しかし、わたしは春庭がこんなところに祭りあげられなかったことを怒るよりも、篤胤のように世俗に迎えられなかったことにかえってさわやかさを覚えたのである。

わたしたちは鈴屋の見学が終わると、そこで解散になり、あとは各自に電車で点呼までに帰ればよいことになっていた。

腸と祝日古と遮莫とが松阪で一ぱい飲んで帰ろうといった。梶井基次郎の『城のある町にて』に、夜になると村の青年たちが大勢、自転車に乗って遊廓のほうへ走っていく情景が描かれているように、松阪の東西のはしには伊勢街道に沿って二つの遊廓が関門のようにひかえていた。西廓よりも伊勢市寄りの東廓のほうがにぎやかで、一ぱい飲み屋や小料理屋、カフエがならんでいる。前年には、わたしは腸と日のあるうちから焼き鳥屋にはいり、スズメばかりをたらふく食って酔いつぶれた。そのときは、東廓は愛宕町というのが正式の町名で鈴森神社というのがあり、宣長はそこに市民のための学問所を建てようと寛政六年に奉行所に許可願いを出したが許されなかったことなどは知るはずもなかった。それも春庭を調べていて知ったことである。

わたしは三人の誘いをことわった。松阪でどうしてもたずねなければならない人のあることを理由にしたが、いいのがれのつもりではなかった。その日の帰りにはぜひ、『本居春庭翁略伝』の編者桜井祐吉に会ってみたいと考えていた。

わたしは三人に別れると、駆けるようにして城を伊勢街道のほうへ下った。

大手口を出ると、広い道が街道へ直角に向かい、すぐ左手には木造ペンキ塗りの市役所がある。町奉行所のあとだ。それをすぎると、両役所跡があり、もうそこが魚町一丁目である。桜井祐吉は魚町一丁目に住んでいるはずで、角のタバコ屋でたずねるとすぐわかった。教えられるままに裏通りのような細い道をはいると、意外にも本居宣長宅跡の前に出た。そこは入学の年に一度つれて来られただけで、すっかり記憶になかったので軽いおどろきがあった。

瓦をのせた門をはさんで、やはり瓦をのせて格子のはまった塀がのびている。門の下に「史蹟本居宣長旧宅趾」の大きな石標が立って「鈴屋宅跡の由来」という説明板がかかっている。

この家は本町の小津家本宅敷地につづいてその真裏にあたり、宣長の祖父定治が隠居宅を移したものである。父の病死で小津家の資産は傾き、宣長と母とは四百両の遺産でつつましく暮らしていた。そのなかで宣長は京都に出て六年間医学を学び、二十八歳で松阪に帰ると小児科医を開業し、半世紀に近い講義と著述との生活をこの家でつづけた。宣長のあとも春庭、有郷、信郷、清造と四代にわたって明治中ごろまで住みつがれたという。その建てものが城あとの松阪公園に原形のまま移築されたのである。

春庭は失明して針医術を学んだのちは、まったくここを動かなかった。ここで『詞の八衢』『詞の通路』が書かれ、息を引き取った。春庭にとって、ここはいわばただひとつのすべての世界であった。

門はしまったままだ。もっとも、以前にはそんな門はなかったはずである。門の連子窓《れんじ》からのぞきこむと、鈍くなった日光のなかで、いちめん雑草がすがれており、そのなかにさまざまな形をした礎石だけが白っぽく置かれているばかりだ。

だれもいない。

門のすぐ右内側に松の木が一本突っ立っていて、ちぢんだ枝をのぞかせている。宣長のころからの松ということで、移築のときも移植できないために残され、幹にうっすらと青い苔を置いているのがわかる。

宣長は次男春村におくった手紙の追記で「尚々此方庭の松も持直し此節みどり出申候、御安心可賜候」と書いている。手紙の日づけは寛政八年三月二十日であるから、宣長は六十七歳で『古事記伝』巻三十九を書いており、春庭は三十四歳で失明が決定して京都で針医術を学んでいたことになる。それで、宣長は庭の松が衰えたことにも心をくもらせていたのだろうか。

松の下には笹が葉をひろげ、さらにその陰には井戸の石組みが見える。そこはもうほのかに暗い。

敷地の向こうには、塗りのはげた土蔵が見え、その左には木立ちをはさんで平屋建ての家が古びきっている。そこが桜井祐吉の家であった。

桜井祐吉の『松阪文芸史』という本をたまたま文庫で読むと、「本居春庭の旧宅」という章があって目を引いた。

宣長の旧宅地は百三十二坪四勺あって、そこに鈴屋をふくむ本邸と、それに連絡する間口二間半、奥行き十五間、三十七坪の建てものがあった。これは宣長が安永四年に西どなりの内田十蔵所有の家屋敷を十五両二歩で買い取った家で、そのことは日記に見える。ところが、鈴屋が松阪公園に移築されるときに旧宅は二分され、西どなりの家はそのまま残ったし、宅地も六十坪が史跡に指定されたにとどまった。

しかし、だれも気のつかないことだが、公園の鈴屋には上便所がない。それに対して、宣長が買ったという西どなりには八畳二室と上便所がついている。とすると、門人のふえた宣長が手狭を感じて西どなりの家を買い、さらに建て増して本居家の縁からは廊下つづきで連絡され、上便所はこのほうを用いたので、鈴屋のそれはとりはらわれたのではないか、というのである。つまり、旧宅跡に残された西側の平屋建ても、鈴屋の一部というのである。

もっとも、その八畳二室が内田十蔵から買ったものとは思われず、どこかから移築したものらしいがなんの文献もなく、当主本居清造も由緒がわからないという。ただ、この座敷を春庭が歌会に用いたことが記録に残っていると清造は語ったという。すると、少なくともここは春庭の貴重な遺跡になろう、と結ばれている。

まったく、わたしもすでに数回鈴屋を見る機会があったが、上便所のないことには気づかなかった。これでは、住むのにいかにも不便である。ことに、目の見えない春庭には困ったことだったろう。とすると、あるいは春庭は鈴屋の本邸ではなく、この離れのような八畳二室に寝起きしていたのかもしれない。

わたしはそれを桜井祐吉にたしかめたかった。

その家は旧宅跡の西側から露地をはいったところが玄関になっていた。

ガラス戸になって、建てつけがわるい。あけると、玄関は本の山であった。学生帽をぬいで、小声で案内を乞うた。

「おーい」

とんでもないほどの大声が返ってきた。桜井祐吉は青瓢と号していたので、わたしはうらなりのヘチマのような、やせて神経質に青ざめた気むずかしい郷土史家を想像していた。ところが、すぐにあらわれた青瓢は坊主頭の大男で無精ひげをのばしていた。

突っ立ったまま鴨居に手をかけ、わたしを見おろす。もう六十歳近いと見受けられたが、顔もテラテラしてまったく予測にはずれた。気さくそうで、それでいて圧迫するものがある。

「春庭が住んでいたという家は?」

というようなことをおどおどたずねてみる。青瓢はすかさず、

「あ、ここだよ」

といい、うしろをふりかえって玄関の奥のほうを指さしながら「この家さ」と吐いてすてるように答えた。

しかし、指さしたほうにも本が積まれているらしく、暗くて何も見えない。「あがってみたまえ」とも「まあ、すわれ」ともいってくれない。もっとも、あがって見たところで、おそらくそこは雑然とした本や家具だけのように思われた。

わたしはことばを失って、あの旧宅跡に残っている土蔵には何がはいっているのでしょうか？――と聞いた。

「本居家の土蔵さ。何十年も釘づけにしたままだ。何がはいってるかわからんね」

わたしはそれ以上そこに突っ立ってもいられない気分になって、辞儀をした。

「あ、さよなら」

青瓢は大声でいうと、もうなかへはいってしまった。

出てから、しまった、と思った。

青瓢の記事に魚町一丁目についての考証があり、そのなかに宝暦年間に久世兼由があらわした『松坂権輿《けんよ》雑集』の引用がある。それによると、魚町は天正十年に松ヶ島から移されて四丁目まであるとしるされ、「魚町諸家之事」が掲げられている。

一本居春庵宇宣長和学歌道ニ達ス、

明和安永の頃著述ヲ梓ス左ニ集ム

草庵集玉箒、字音かなづかひ、手爾遠波紐鏡、

そして、長谷川、小島、村田といった豪家がならび、久保川勾当という座頭が住んでいたことがしるされる。「一志郡宮野村より来住、惣町散在の座頭拾貳人……」とある。さらに、祐吉が発見した森壺仙の随筆『宝暦はなし』にも魚町上の町には伊豆倉元朴という盲人の博学者があって、そのころの医家長井元慎、堤元端なども大いに尊敬したと見えるという。そういうところを見ると、松阪の魚町にはすぐれた盲人が住んでいて、盲人の社会的地位が必ずしも低いわけでなく、それが春庭とも無縁でないと考えられ、かれら盲人についての詳細、春庭との関係などをただしたかったのである。

わたしはついにそれを失念した。

もう一つ、『宝暦はなし』の「安永元年のはやりもの」の条に「本居歌の講釈、馬に乗る事大流行、浄るり大夫所により来、はちすが兵部画教、乱舞大流行、所々町々に席と云ふ事流行」と出ている。これでも松阪が芸能のさかんな土地であったことがわかり、宣長の歌学も流行の一つで、芸能といっしょに扱われている。宣長の学問の本質はまだ理解されていなかったとしても、流行として市民の目にうつったことは、その学問の背景を語るようで興味があった。

それを、問いそびれてしまった。しかし、もう一度青瓢に案内を乞うだけの勇気はなかった。これからやはりひとりで調べるよりほかあるまいと自分にいいきかせ、もう一度、旧宅跡の連子格子からなかをのぞきこんだ。青瓢が住む西どなりの家の向こうから、台所の煙り

があがり、それが風に吹かれて廃墟の雑草の上を低く這っている。物音はない。青瓢は春庭が住んでいたという座敷に本を積んできっと、調べものをしているにちがいないと思った。

もう、あたりはうす暗くなっていた。

青瓢訪問があっけなく終わってしまったこともあって、わたしは気落ちしながら、江戸時代のままのような魚町の家並みをぬけて駅のほうへ歩きはじめた。

第三章

本居春庭が目を病みはじめたのは、寛政三年二十九歳の春ごろであろうか。というのは、その前年寛政二年十月には『古事記伝』巻十四の版下を書き、その十一月には父とともに京都にのぼっているからである。だから、眼病にとりつかれたのは、それ以後のことになる。

上京したのは光格天皇が新内裏《だいり》に遷幸する次第を拝観するためであった。

同行は、春庭のほか、稲懸大平、菊家兵部、益谷大学、林杏介であったことが宣長の日記に見える。菊家兵部は伊勢宇治の祠官荒木田末偶《すえとも》のことで、天明四年に宣長に入門してこのとき五十五歳、拝観はかれの尽力によった。大学は末偶の一族で天明七年に入門した末寿《すえほぎ》で、このとき二十六歳で一行の最年少であった。林杏介は名古屋の門人で広海という名で知られている。宣長は六十一歳であった。

一行は夜のあけぬうちに松阪を出発し、津まで伊勢街道を歩く。松阪を出はずれるとほどなく市場の庄にはいる。橘　曙覧《たちばなのあけみ》が「めづらかなる鳥ども畜《か》ひおきて見せ物にする家あり」と書いているから、オウムかインコかを飼って旅人に見せる店もあってにぎわったのであろう。その道も蒲生氏郷が松阪城を築いてからひらいた新道で、わたしも軍事教練の行軍でなんどか歩いたことがあった。

市場の庄のすぐ北は六軒とよばれ、白酒が名物だったと江戸時代の旅行案内書には書いてある。もちろん、もうそのあとかたも残ってはいないが、江戸時代の常夜灯が立ち、街道筋らしい太い格子をはめた家々がつづき、旅館には「いそべや利吉」といった古風な板看板がぶらさがり、講の表札がびっしり張りこんであったりする。

六軒で三渡《みわたり》川を渡ると月本に出、その三差路に大きな常夜灯と道しるべが立っている。ここで奈良から大和榛原、伊賀名張をへて南下した初瀬街道をあわせる。斎宮は京から多くこの道をたどって伊勢へ向かったという。

街道はほどなく雲出《くもず》川を渡る。古風な木橋がかかって、橋のたもとでは幹のふとい柳がゆれている。川を渡った雲津は桑畠がひろがるばかりのさびしい農村であるが、鉄道が開通するまでは三十軒近い旅宿がならび、人力車も七十台あって参宮客の多い四月などは街道を横切れぬほどの往来であったという。ここは『東海道中膝栗毛』にも出ていて、焼いた石にコンニャクを乗せ、ミソをつけて食わせるのが名物であった。

やがて、道は高茶屋にはいるが、ちいさな川に沿って江戸時代のままの板を黒く塗った土蔵が建ちならぶ。『参宮名所図会』に「茶屋多し。此所より晴天には富士山見ゆるといふ」としるされている。もう、津の南端である。

津から別街道が分岐し、大久保、椋本、楠原をへて関の宿へつうじ、ここで東海道に乗って鈴鹿峠へのぼっていく。

宣長たちの一行もそんな道を歩いて、その夜は関の宿に泊まっている。江戸時代の道中地図をたどると、松阪から津まで約四里半、津から別街道を関まで六里、合わせて十里半、つまり一日約四十二キロの行程でかなりの強行軍である。それも一行は関よりさらに二里ほど向こうの坂下の宿まで足をのばそうと話しあったことが、宣長の『石上稿』に見える。それは、この旅行が幸福感に満ちたものであったようすをしのばせる。

一行はだれもがきげんよく、どんどん足を運んだのにちがいない。その日は終日曇天がつづいていたので、陰暦十一月の街道はうそ寒かったであろう。だが、歩きつづける一行はむしろ汗ばむほどにほてり、和歌を詠じあい、あるいは古典を論議しあい、さては冗談をとばしながら飛ぶように歩いていたのだろう。そのなかで、春庭も上気していたであろう。

春庭の『後鈴屋集』には「京にのぼりけるにむく本にて雨ふりくればむくもとといふことをかしくて」という詞書について、

鈴鹿山いづこなるらむくもとぢてそことも見えぬ雨の夕ぐれ

この和歌はいつの詠ともわからぬが、この旅行での即興ではなかったろうか。『石上稿』にはその日、終日くもっていたと書かれているので、椋本ではかすかな雨が来たのであろう。そこで、春庭は椋本という地名の語感をおもしろがって、こんな和歌を口ずさんだもののように思える。

春庭が京へのぼったのは略年譜によれば四回だけである。第一回は天明六年、二十四歳のときで、父の門人名古屋の渡辺直麿と同道して吉野の花を見、奈良、京、大阪、伏見をへて帰ったが、その往路は伊勢路をへて名張へ出たはずだ。そのつぎがこの京都旅行である。第三回めは三年のちの寛政五年三月で、父につれられて播磨の名医を大阪にたずねるための旅で、失明同様であったろうし、最後はその翌々年に針医修業のために上京したときである。第三回め以後は、こんな歌をよむ余裕もなかったにちがいない。

春庭は一年のちの突風のような激変を予知することもなく、京への道中をたのしんでいたと思われる。宣長にしてもそうである。

翌日、宣長は駕籠で鈴鹿峠を越えた。『石上稿』には「わかゝりしほどしば〳〵京に通ひしもあなたに成にけることを思ひて」という詞書をつけた四首の和歌がしるされている。

あしびきの岩根こゞしき鈴鹿路をかちよりゆかばゆきがてむかも

宣長はこの歌に「古風」と自注している。ほかの三首も六十の坂を越えて鈴鹿峠をゆく感慨をうたったものである。

宣長にとって京にのぼるのは三十三年ぶりであった。かれが六年間に近い京都遊学を終えて松阪に帰ったのは宝暦七年、二十八歳のときで、その翌年も養子の話があって上京したが、それ以後は一度も足を向けていない。宣長にとって京都は青春の土地であり、かれの心中にもなにかはずむような思いがあったのにちがいない。

鈴鹿峠を越えた日は石部の宿にとまり、翌朝早く出立した。琵琶湖畔に出ると、比良山に雪がまっ白に光っている。

朝たちて比良の高根の雪見ればきぞの夜床はうべさえにけり

宣長は『石上稿』に書きつけたこの和歌に「古風」と注し、○を二つつけている。かれは自分で佳作と思った詠草には○印をつけ、のちに自撰歌集に収めているが、二つの○印というのはいたってすくない。そんなところからみても、宣長自身、比良の雪に昨夜泊まった石部の宿のさえわたる冷えを回想したというこの歌に、よほど自足するものがあったのだろう。事実、この一首は膨大な量にのぼるかれの詠草のなかでも傑出している。

宣長の詩学では新古今集の詩風を最上と評価し、万葉以前の作風は特に「古風」としるした。その「古風」あるいは「古体」の自注は宣長が賀茂真淵に入門してからあらわれるようになり、真淵はそれを「何とやらん後世風の調をはなれぬ様なり」と非難したが、そこには純粋な万葉調でもない独特の「古風」があらわれて、わたしにはむしろ知的で新鮮に思える。宣長は無類の和歌好きで大量の詠草を残しながら歌人としてはつねに第二流と評されてきたけれど、この石部の宿を朝出発して持ったその感動はあざやかに伝わってくる。というのも、その京都旅行では宣長の感情が純粋に張っていたからであろうか。

宣長ら一行は十六日大津から逢坂の関を越えて京都にはいり、三条大橋東の伊賀屋源太郎方に宿泊し、二十二日に目的の光格天皇遷幸を拝観した。そののちは双林寺文弥坊で歌会を催したりし、二十五日夜あけ京都を出発して往路と同じ道を松阪へと帰った。帰りには妻の実家であり、また娘の飛弾が嫁している津分部町の草深家に立ち寄ったが、飛弾は長女通《つう》を安産した七日めであった。これも宣長には心うれしいことであったにちがいない。

この旅行で、宣長も春庭も大変幸福であった。宣長は遷幸拝観の長歌をつくり、『仰瞻鹵簿長歌』と題して翌年十月板行した。

　ところが、この幸福な旅行ののち、ほどなく春庭は目を病んだ。同行の林広海は翌々年に急死し、菊家末偶も宣長と同年に世を去る運命をたどり、飛弾が生んだ孫の通も六歳で死に、あげくは離縁となるのである。

　京都旅行の翌年、寛政三年の宣長の日記はすこぶる簡略なものである。二月に次女美濃が松阪湊町の長井嘉左衛門に嫁したことのほかは、『万葉集』『源氏物語』講義の簡単な記事があるだけで、六月は「朔、甲辰。十九日入二土用一」、七月は「朔、甲戌」と二行をしるすばかりだ。

　それが八月十日、突然のように春庭が眼病のために尾張馬島へ発足したという記事があらわれる。

「十日、健亭因二眼病一、為二療治一行二尾張馬島一。今日発足」

　宣長の日記では、このときはじめて春庭の眼病が出てくる。これについて本居清造は注をつけ、その年の春ごろから発病して自宅で療養していたが、経過が思わしくないので馬島療養を思いたったのではないか、と推察している。本居家にさえ、発病の時期をきめる資料はないと見える。

　次男春村が養子にいった津京口町の薬種問屋小西家に一通、年月日不明の宣長の手紙がある。小西春村にあてた要用書で、そのなかに「健亭眼病相勝㆑不㆑申、扨々致㆓心労㆒候」と出ている。ついては別紙のとおりに薬を調合して、この書状がとどき次第送ってほしい、とたのんでいる。小西家は薬種商だったので薬を求めたのだが、簡潔な文面にかえって宣長の心労ぶりはあざやかにあらわれている。

年月日はわからないが、本居清造は寛政三年夏ごろ、春庭が馬島へゆく直前のものと推定し、奥山宇七も同調している。

おそらく、そうであろう。そして、この手紙以外にはそのころの春庭の病状を知る資料はいまのところない。「眼病相勝㆑不㆑申」とあることによって、春庭の発病がかなり以前にさかのぼることが察しられ、とするとやはり春ごろのことで、自宅で養生しているうちに悪化したものだろう。

春村の子孫にあたる小西幹夫家には、二曲半双屏風が伝えられ、それには宣長の消息、春庭、春村、春重、清島《きよしま》らの色紙、手紙など三十葉が貼りまぜになっているが、そのなかに春庭の和歌がある。

渡辺直麿大人の身まかり給ふをかなしみてよめる

千早ふる神の治世より世の中はすべなき物かうつそみははかなきものと……

という長歌である。直麿は名古屋の門人で天明七年に宣長に入門し、『古事記伝』の出版に横井千秋を助けて尽力し、春庭の第一回の吉野旅行に同行してくれた人である。その直麿が没したのは寛政四年正月十三日で、長歌の文字はどうやら宣長の代筆のように見える。とすると、もうそのころ春庭は文字も書けなくなっていたのであろう。寛政四年十月十五日づけ出雲の門人千家《せんげ》俊信《としざね》あて宣長の手紙に、「に㆑今眼病相勝㆑不㆑申、執筆相叶不㆑申候」とはっきり出ていることと合致する。

「尾張馬島」とは、名古屋市のすぐ西、愛知県海東《あま》郡大治村《おおはるむら》馬島《まじま》にあった眼病施療所、明《みょう》眼《げん》院のことである。

文庫から『尾張名所図会』を借り出してひらいた。

壮大きわまる俯瞰図があらわれた。

まず、美濃判見ひらきいっぱいに参道から庫裡《くり》にいたる全景が描かれ、参道の両側には「宿屋」と注記した家々がならんでいる。患者は諸国から集まったというので、そのための滞在宿なのだろう。そこの前を駕籠に乗った人物、ふりわけをかついだ男、菅笠をかぶった人びとが往来しているのは患者とそのつきそいらしい。

参道は二王門につきあたり、それをくぐると広い境内になって左手には多宝塔が建ち、手水屋、石どうろうが設けられ、サクラと松が植えこんである。そこにも旅人らしい人物が散らばる。

二王門をはいった右手に城門のようななまこ塀の本門が長々とつらなる。その奥はまた広場で、井戸があり、眼疾寮制札がかかっており、左手に屋根の大きな庫裡が見えてそこで画面は切れる。

庫裡の右手にはたくさんの建物がつらなっているが、すべて病棟らしい。それも男女別になっている。「女人眼疾寮」と注記して、椿部屋、桜部屋、桐部屋、桃部屋というように、花の美しい植物の名がつけてあり、それに対して「男眼疾寮」は右にカギの手にならび、これには柳部屋、榎部屋、藤部屋、竹部屋、松部屋と注記してある。

供部屋というのもあり、おそらく子ども用と思われる小松部屋という棟もある。それらを数えれば十四棟はあり、大病院の機構を持っているといってよい。

つぎのページも見ひらきいっぱいに庫裡から左手の結構が描かれている。

前方には本堂の大きな屋根の流れがあって、そのほとりに鐘楼、拝殿、馬島明神があり、一廓は白い土塀で囲まれている。

土塀のむこうは池と築山で、白山という小祠もあり、ずいぶん大きな庭園である。枝ぶりのよい松やカエデが植えこんである。

庭に面して建物が密集している。玄関、車寄、客殿、書院、文庫などと注してあるが、その奥に「針台」「対面所」「療治場」という大きな棟がつらなる。そこの一廓が手術室、診察室、治療室なのであろう。規模はなかなか大きい。

この図会は春江小田切忠近という画工が描き、天保十二年に脱稿して同十五年に発行されている。とすると、春庭がこの明眼院に治療を求めた寛政三年からは四十一年のちのことで、かれが逗留したときもこの図会とそれほど変わっていないはずだ。

春庭は「男眼疾寮」のどの棟にはいって「対面所」「療治場」にかよったのであろうか？

『尾張名所図会』は図会につづけて馬島明眼院の説明文をつけている。それによると「五大山安養寺明眼院」といって天台宗に属する。

「当寺草創は桓武天皇の御宇延暦二十一年、聖円上人開基の霊場也。はじめ上人、瑞夢を感得して此に堂塔を基立し、先行基菩薩の刻める薬師如来の尊像を安坐す」

そうした縁起にはじまり、やがて寺は左右に十八坊舎をつらねる大伽藍《がらん》となった。ところが南北朝の兵火にかかり、本尊の薬師如来と慈恵大師の木像とを残してすべて焼けた。それを清眼僧都がいたく悲しみ、再建を志して延文二年にようやく堂宇の結構が成った。それで清眼を中興の開山とする。

「僧都常に薬師仏を信仰する事大方ならざりしに、或夜夢中に如来告げたまはく、汝、我を奉ずる事、ここに年有り。今汝が為に希世の術をあたへん」

僧都が夢からさめると、壇上に一巻の書がおいてあり、ひらくと眼科の奇術がしるされている。

僧都はゆめで眼科術を薬師如来から授けられたというのだ。縁起にはどこでもこうした奇跡を創作して伝えることが多く、明眼院もその例外ではないが、とにかく僧都がその術を試みると「其効顕神の如く一人として癒えざるはなし」というありさまになった。さらに寛永九年、後水尾上皇の女三ノ宮が眼疾にかかったとき、これを全治して明眼院の寺号を賜わり、蔵南坊といったのを改めたのだ、とある。

三ノ宮の症状は「京師の医官、術を奉じ奇剤を進むるといへども更に其効なし」という絶望的なものであったが、お召しを受けた住僧円慶は「勅を奉じ玉座に近づき、則ち御眼に針をさし霊薬を献りしに日ならずして平癒」したと書かれている。「針をさし」とあるのは、針で手術したことであろう。図会に「針台」とあるのは、その手術を施す部屋にちがいない。三ノ宮の治療によって明眼院の寺号のほか、上皇の短冊、茶器、黄金数十枚を与えられたとあるが、また、明和三年十月、二十一世円海法師は桃園天皇三ノ宮の眼病をなおして権僧正にのぼせられ、寺は勅願所に定められたとある。そして、おびただしい寺宝を蔵したことがしるされている。

明和三年といえば春庭が三歳のときにあたり、かれが入寮した二十五年前のことにすぎない。そうすれば、明眼院は勅願所となって名声が高まったころにあたる。春庭もそれを聞き知ってか、あるいは尾張の門人大館高門《おおだちたかかど》にすすめられてか、ここに治療を求めたのであろう。おそらく、春庭のころの明眼院は、日本で最初の、唯一の眼科専門病院であったと思われる。

この『尾張名所図会』にあらわれた明眼院をほかの本でたしかめると、大正三年刊行の『張州府志』第五巻にもほぼ同様の記載があり、加えて織田信長、福島正則、田中吉政ら多くの書状を伝えていること、住職は代々妻帯して眼科医を業としたことがしるしてある。もう寺院というより眼科病院であったことがたしかめられる。

つぎに、富士川游著『日本医学史』によって明眼院を調べてみると、日本眼科医の主流をなした事実がはっきりした。この本は明治三十七年に発行され、森鷗外が序文を書いている名著の一つとしてよく知られている。

それによると、シナで医方に眼科が独立してあらわれるのは元時代で、日本でも眼科は鼻、口、歯科からわかれて一科とされたのは南北朝時代であるが、「我が邦眼科専門医家の嚆矢《こうし》」は馬島流眼科をおこした清眼僧都だとしている。鎌倉時代の『奇疾草子』に針を使って目を療する図が描かれてあって「目の病をつくらふくすし」と詞書に出ているから、それ以前にも眼科医はいたと思われるが、眼科専門とはいえないと述べられている。

では、馬島の眼科の内容はといえば、その術は秘伝とされ、秘伝書といっても記載がはなはだ蕪雑だが、シナの眼科を標準としながらも自家の実験にもとづいて自説を出しているのが特徴とされている。シナ眼科では眼症を七十二種に分類しているが、馬島では十二でよいとし、膜目、血目、外障、内障、星目、打目、突目、腫物、疾疹、倒睫、風眼をあげている。そのなかでも内障を重視して、その瞳の色で血内障、石内障、黄内障、白内障、黒内障の七種にわけた。

これらの眼病に対して、真珠散、撥雲散、四物散、洗薬、掛薬、蒸薬、指薬の薬方を用いたが、要するに内服薬をあたえ、薬汁で洗い、軟膏を塗布し、粉末薬を散布するもので、近代医学から見て驚嘆するほどの薬はまだ使われてはいなかったらしい。

それよりも、馬島眼科の特色とされ、評判を高めたものは、白内障の手術であった。手術には針を用いること、加熱した金属をあてること、温度の低い金属をあてること、ヒキ刀を用いることの四法があったが、ことに針を立てることが主要とされた。それは針台を設けたこと、後水尾上皇の三ノ宮の眼疾を針でなおしたことでもほぼわかり、当時としてはもっとも有効な手術であったらしい。これについて、著者はその源流を探って、シナで眼科に針が用いられたのは明時代の医書にはじめて出ていることで、それより三、四百年も早く日本にあらわれているのは、インドから伝わったのかもしれないと臆測している。

とにかく、馬島は日本眼科医学の先端をひらき、そこから中世末に穂積、良峯、山口、佐々木、橘本、酣韶《かんしょう》、青木などの眼科諸流がおこったし、江戸時代にはいるとその流派は増加した。馬島流では中期に二十一世円海僧正が眼科の名医として知られ、また大智坊と称して馬島眼科を唱道するものもあらわれたという。

春庭受療のころには、まだオランダ眼科医学は移入されておらず、いわば馬島流眼科の最盛期であった。

宣長は春庭が馬島へ出発したむねの八月十日の簡単な記事のつぎには、十四日の大風のことをくわしく書いている。先月十七日から雨天つづきであったのが、この日午後四時過ぎから大風が吹き、雨が加わった。午後八時には風雨ともにやんだが、元文元年以来の大風で、町じゅうの屋根瓦は飛び、大木はたおれ、倒れた家も多かったと書いている。京、大阪、大和、紀州も風が強かったらしいが、北伊勢がことに強く、尾張はもっともひどくて熱田付近には高潮がおそって民家は流れ、死者も多かったよし、と記録している。年表に「関東大風雨、江戸湾沿岸に浦嘯あり」としるされている台風の日のことである。

春庭はそうした時期の、雨がちの道を尾張明眼院におもむき、入寮早々に台風に出会ったことになる。

たぶん、春庭は駕籠に乗り、下僕与七につきそわれて伊勢街道を進み、その夜は津京口町の小西春村宅に一泊しただろう。その道は前年の暮れに、京都へのぼるために父たちと歩いたばかりの道である。

津からは小西春村にも同道してもらって伊勢街道を追分へ出、東海道を桑名へとたどっただろう。東海道の本道は桑名から船で七里の渡しをわたって名古屋の宮にあがるのが普通だが、春庭の場合は船で揖斐川をわたって佐屋にあがり、馬島明眼院にはいったと思われる。佐屋からは十八キロほどの道のりだ。それは前年の京都旅行とはうってかわって暗い旅であった。春庭の病んだ目に、揖斐川の流れがうつっていたかどうか。

馬島では父の門人大館高門が、すっかり入寮の準備をすませて待ってくれていただろう。高門は明眼院に近い海東郡木田村の医師で、春庭に入寮をしきりにすすめたのもかれである。はじめ美濃の万葉学者田中道麿に師事したが、天明八年に鈴屋に入門した。その妻とさ、兄の妻たみも門人となったし、母も教養ある仏教信者だったらしく、大般若経六百巻を書写していて完了間近いころ、宣長は「巻々の数をよはひにながらへて猶かきつくせちゞのみのりも」（『石上稿』）という歌を贈っている。それに、前年の京都旅行によって成る『仰瞻鹵簿長歌』も高門が刻印した。

そのように高門は一家をあげて宣長に傾倒し、家族ともに交渉が深かったので、宣長は名古屋ゆきの往還には、かならず大館家に宿泊した。春庭もまた佐屋にあがると、高門の出迎えを受け、ひとまずその家に泊まって手厚いもてなしに接し、用意を整えてから明眼院にはいったのかもしれない。

入寮してからの春庭のもようについてはかれあての宣長の手紙が三通残っていて、それによってほぼ推察することができる。

第一通は九月二十八日づけで、松阪出発一か月半あまりのちのものである。何かの幸便があって春庭は手紙をことづけたらしく、宣長の手紙はその返事であるが、かなりの長文である。

「先ヅ以テ次第に冷気に相成候所いよ〱無レク障逗留被レ致候由悦ビ申シ候」

陰暦九月二十八日は、陽暦ではもう初冬である。馬島明眼院の眼疾寮にも冷気が深まっていたことだろう。手紙は当方はみな無事だから安心してほしいとつづく。ところが、そのあとには一転して深刻な文面があらわれる。

「扨貴殿眼病之義、先達而与七帰り候後、段々頭痛も止ミ腫レ痛ミもうすらぎ、次第に快候由、乍レ去今にとくと血治り不レ申、目も開キ不レ申候由、嘸難義之段察入候」

与七は入寮にあたってつきそった下僕であろう。かれが帰ったあと、頭痛もやみ、腫れ、痛みもうすらいで快方に向かったというのであるが、ということは、入寮当時は頭痛がはげしく、目ははれてうずいていたもようを語っている。さらに、快方に向かったといっても、充血はおさまらず、目はひらかないというのだ。春庭の目は真赤に充血し、はれあがり、涙が間断なくあふれていたにちがいない。これに対して、宣長は気長な養生をすすめる。

「然共是は無レ程治り可レ申と存候間、随分気分を養ひ心長に御養生可レ有レ之候也」

そのうちによくなるだろうというのだけれど、気休めの慰めをいっているのではない。宣長はそう信じていたのであり、以下の文面がそれを示している。

　春庭はいったん帰国したいと主張し、宣長はそれに反対の意向で、なんとか逗留を説得しようとつとめている。

　春庭は、充血してひらかない自分の目を感染した「はやり目」だと皆がいっているから、それなら眼病人だらけの馬島をはなれたほうがよいと思うので、ひとまず帰国したいと、手紙で書き送ったもようである。

　それに対し、宣長は「至極尤に存候」と一応は受けてから、かきくどくように逗留治療をすすめている。

「我等とくと相考申候所、右之如く頭痛目痛ミ腫レ赤み出候事は、全くりやうぢのもやうに而、病動キ出候義と被レ察末頼母敷存居候所、左様に而も無レ之、はやり目を受候物歟《か》と承り候而は、彼是疑敷被レ存候」

　症状は施療の一時的な現象だと末たのもしく思っていたのに「はやり目」とは疑わしいというのだ。もし、馬島で「はやり目」にかかったとするなら、多くの眼病人が逗留できないはずだし、感染したというようすも聞かないし、長逗留してもうつらないのだから、あながち「はやり目」とは思われない。皆が「はやり目」といったというが、皆とは逗留患者のことだろうし、それはしろうとのことだからわかるまい。

「夫《それ》はしろうとの事なれば、決しがたく候。かんじんの法印は何と被レ申候哉」

法印は数百人の眼病を取り扱っているから、「はやり目」か、そうではないかはすぐわかるだろう。法印の診断が知りたい。そのへんはわかっているだろうが、「はやり目」であるにせよ、ないにせよ、血も引かず、目もあかないのに急に帰って来ては、せっかく遠方へ治療に出かけたかいもないことなので、症状がおさまり、治療の方針を立ててから帰国し、また来春早々出かけるようにしたらよい。

「扨来月末方迄逗留被レ致候はゞ、其内には全体之所もやうも少しは分り可レ申候間、来月末には、善悪共よく共あしく共、先一旦帰国可レ被レ致候」

とにかく、来月末までは辛抱せよというのである。この宣長の説得はやはり論理的であるが、それだけではなく同じことばをくりかえして書きつづり、真情を吐露している。この来月末までの逗留は、小西春村とも相談して同意を得たことだと結んである。

それにつづけては、当方の事情を知らせている。――津の小西家では春村の養父母が今月上旬から上方へ旅行していて、末娘の能登を留守番につかわしているので当方もさびしいことである。養父殿が来月上旬に帰り次第、春村はこちらに相談に来てくれるはずだから、その節にとくと話しあいたい。与七は来月五、六日ごろ差し向けるつもりでいたが、もし春村がそちらへ見舞いにゆくようだったら、そのとき与七を供につれていくようにしたい。また、お申し越しのじゅばん、胴着も持参させる。

与七の帰ったあとは、徳助という草深家の下僕が春庭につきそっていたことが、読み取れる。

手紙の本文はそこで終わっているが、追伸がある。

「尚々たんざく御見せ、致二披見一候。いづれも面白事に御座候。かれこれと哥人之友有レ之、甚よき事と存候。悦申候」

男眼疾寮には歌をよむ同病もいて、春庭はかれらとときに歌を語り、作り、それを父に送ったようである。

追伸はもう一か条つく。

「本文申入候通、愈来月末には一先帰国之積りに可レ被レ存候。夫迄之内、諸事りやうぢのもやう何かよく〳〵お考へ可レ有レ之候。此方に而又々得と相談之上、来春又早々に被レ参候様にと存候。何事も其地之義は、此方に而は畢竟推量に而相分り不レ申候。貴殿にはしばらく逗留も被レ致候事に候へば、諸事之もやう大抵相分候半《はん》と存候。早々以上」

来月までの逗留をくりかえし述べ、明眼院でのようすがわからないいらだたしさをこめている。

これで手紙は終わったはずだが、宣長はそれでも安心ができなかったらしく、別紙をつけて「書添申候。徳助帰り候節、委細之もやう、貴殿存念之所などくはしく御申越可レ有レ之候。以上」と書いている。そのころの宣長の脳裡には、春庭の眼疾ばかりが悪血のように鬱屈していたのであろう。

第二通は前便より十日のちの十月七日づけである。

与七をつかわしたときに託した手紙で、「眼病之義其後いかゞ有レ之候哉」と案じ、徳助が帰って来てくわしいようすを伝えてくれることを待ちわびている。そして、当月末にはひとまず帰国しても来春早々にはまた入寮するのだから、そのことをよく明眼院御坊にたのんでおくこと、帰国のときは当分目薬をもらってくることを書き送っている。それから、また追伸で、今月末に帰ると三月越しということになって縁起がわるいので、一日でもいいから十一月にかかって帰るよう母かつがいっていると書き、自分も「其積りに御帰り可レ有レ之候」と同意し、春庭の詠草は大館高門から送られて来たので、大平などへも見せるつもりだとしるす。つづけて高門刻印の『仰瞻鹵簿長歌』ができあがったことをしらせ、帰国のときは駕籠を高門に借り、人足もやとってもらうようにと書いて手紙を結んでいる。

第三通はそれから十日のちの十月十七日づけで、徳助が帰って委細を聞いた手紙である。

「貴殿にも先眼中痛ミ相止ミ、気分も宜敷候由悦申候。併いまだ血引キ不レ申、一向見え出不レ申由、嘸御難義之段、令二推察一候」

やはり、春庭の目から血はひかず、視力は回復していない。そして、宣長は前便と同じように「随分心長に養生被レ致可レ然存候」とくりかえす。それは同じ手紙の末尾でももう一度くりかえされる。

「……次第に寒冷に相成候節、風も引不レ申様御用心、随分心長に退屈無レ之様、御養生可レ有レ之候」

宣長にとってはカゼを引かぬよう、そして気長に養生するようにというより、ほかはなかったのであろう。

こうして、春庭の明眼院逗留もなんの効能もなく、いったん松阪へ帰ったのは十一月十日である。

その前後の消息は、宣長が小西家に送った書状で知れる。春村が春庭を迎えにいったのであるが、そのことを春村の養父政盈にくれぐれも礼をのべ、春村には帰国後のもようを報告して、外見にはなんの異常もないように見えるが「いまだに見え申義ハ無レ之候」と書いている。日づけは十二月二十日であり、帰国して春庭の充血はうすれたらしいが、いっこうに見えないことがわかる。馬島逗留中にいろいろ世話になった美濃の門人大矢重門あての十一月十三日づけ手紙にも、度々見舞いに来てくれた礼をのべてから「爾レ今眼一向見え不レ申、甚難渋いたし候」と沈痛なことばを加えている。

しかしいっぽう、宣長は楽観しようとつとめていたようである。さきの春村あての手紙でも後半には「視力は回復しないが、悪いほうではないと思われるので、少しずつでもよくなって、月日がたつうちによくなるだろう」と書くのである。そして、春村に教えられた六味丸というくすりをつくって飲ませている。

年が改まって寛政四年を迎えると、宣長はまた、春庭を馬島で養生させようとし、横井千秋ら尾張の門人たちから招かれたとき、こんどは自分が春庭に同道することをきめる。千秋あての閏《うるう》二月二十八日づけ手紙には「此者も私同伴仕候積りに御座候。此度は御地に逗留仕、馬島療治受申候様に可レ仕と奉レ存候」と、ある。

そうして、宣長が春庭をつれて松阪を出たのは三月五日であった。その夜は神戸泊まり、翌日は佐屋に泊まり、七日名古屋に着くと植松有信の家に止宿し、二十四日までは横井千秋、鈴木朖《あきら》など名古屋の門人に講義し、歌会を催し、あるいは見物に時を過ごした。二十四日午後に名古屋をたってその夜は大館高門の家に泊まり、翌朝松阪への帰途についたことが日記に見える。四日市、白子に泊まって松阪には二十七日に帰着しているが、日記に「健亭者留二名古屋一、受二馬島療治一」とある。

春庭の名古屋到着以後の行動は分明でない。名古屋で父といっしょに行動し、大館家に一泊した翌日、父を送ってから明眼院にはいったものだろうか。あるいは、佐屋に一泊しているので、春庭はその翌日すぐ明眼院に入寮したかもしれない。目の不自由な身で二週間も父と行動をともにするというのは、かなりつらいことにちがいなかったし、宣長も気疲れだったろうと思う。

第二回めの明眼院入りについては、そのほか何もわからない。そして、四月二十三日にはもう松阪に帰っている。三月七日に入寮していたとしても、逗留はわずか四十日間あまりだ。二十五日とすれば、正味一か月にすぎない。この期間については、手紙も残っていないし、宣長の日記、歌稿にも何ひとつあらわれない。おそらく、春庭はもちろん、宣長も明眼院にはもはや希望が持てなくなっていたのだろう。

翌寛政五年三月、宣長はふたたび春庭をつれてこんどは京へのぼり、大阪へまわって播磨の眼科医の治療を乞うている。しかし、それも効能なく、翌六年には春庭は完全に失明したと思われる。

この前後に宣長が門人に書き送った手紙には、沈痛なひびきがはさみこまれている。

出雲の門人千家俊信は寛政四年十月、つまり春庭が第二回めの馬島明眼院入りから帰ったあとに入門し、書簡で教えを乞うたので、それに対する宣長の返書にはかならず春庭の病状を伝えている。俊信がつねにそれを問うことを忘れなかったからだが、かれは宣長を深く敬慕したのでその返書を大切に保存し、また出雲国造千家俊秀の弟であったために散逸せずに伝えられ、その数は三十三通にのぼっている。

そのなかから春庭の病状を告げた個所をぬき出すと、次第に光りを失っていく春庭の像が浮かびあがってくる。

寛政五年五月二十三日「忰《ママ》眼病之儀御尋被ㇾ下、忝奉ㇾ存候。今に相勝レ不ㇾ申、扨々心労仕候」

同年十月五日「今に相替り申候儀無二御座一、一向相見エ不ㇾ申、扨々心労仕候。御憐察可ㇾ被ㇾ下候」

同年十一月九日「にㇾ今相勝レ不ㇾ申心労仕候」

寛政六年三月十八日「未相勝レ不ㇾ申心労仕候」

同年六月三日「相替申候儀も無二御座一候」

そして、寛政七年二月二十日の手紙には失明を告げる記事があらわれる。

「眼病終ニ治シ不ㇾ申、盲申候而心痛仕候。御憐察可ㇾ被ㇾ下候」

しかし、それは完全失明であって、本居清造は寛政三年ごろからほとんど盲目同様であったろうと推定している。

わたしは春庭の明眼院入寮以来、完全失明にいたる宣長の手紙を読むと、きわめて厳粛な気分になる。近世でもっとも強靭な理性を持つ科学者も、ここでは「心労」に打ちひしがれた普通の父にすぎない。それは、ひどくおろかでさえある。それに、当人の春庭は目の癒えないことをあきらめているようすなのに、宣長の逗留をすすめる文面は執拗をきわめ、そこに父子の性格もあらわれ、それがのちに学風や詠風のちがいになっているようにも見える。とにかく、宣長の手紙は、かれの膨大な量にのぼる和歌、述作のどこにもない痛切な思いを表現している。が、その痛切な思いを、宣長の美学は和歌、述作に投影させていない。

わたしは宣長の手紙に読みふけるうち、尾張明眼院をたずねたくなった。『尾張名所図会』『張州府志』には、大量の文献が明眼院に保存されているという。春庭に関するなんらかの記録も残っているかもしれない。当時にカルテなどはあるはずもなかったにしても、止宿帳ぐらいは残っているかもしれない。すると、春庭が「男眼疾寮」のどの棟にはいっているかがわかるだろう。あるいは、そこからかれの病状もあきらかになり、まったく資料のない第二回入寮のもようも浮かんでくるかもしれない。そうでなくても、眼疾寮の一室にすわってみて、それから対面所、療治場、針台をめぐって春庭の心情の底へおりていってみたいと思った。

十一月三日の天長節［明治節＝昭和二年〜昭和二十三年］、わたしたちの学寮では寮祭りというのを催すのが年中行事になっていて、一年じゅうで学生が一番浮き立つ日でもあった。寮ごとにデコレーションを競いあい、万国旗やモールで飾りたてた部屋に、「国宝初めて公開、源家の宝刀髭切丸」などと書き出し、三宝にはサビだらけのカミソリを乗せるといった調子にふざけるのだけれど、それが町の名物にもなり、日ごろ殺風景な学寮は若い女たちで突然華やぐのである。テニスコートにも食堂にも集会所にも万国旗がはためき、模擬店が開かれ、小中学校の絵画展も催される。模擬店といっても、まずいすし、うどん、ぞうに、しるこ、コーヒーなどが出るだけだが、刺激の乏しい小さな町の人たちには平素は寮生の家族しか近づけない学寮のなかをのぞきこむだけでもおもしろいらしく、家族づれでやって来るし、学生ゆきつけのカフエや飲み屋の女たちは着飾って魚のように回遊する。その女たちとふざけ散らし、普段は近寄りにくい女学生に色目を使うのが学生のたのしみでもあった。それに、デコレーションは見物客の投票で等級をきめることになっているので、投票勧誘にかこつけて公然と袖を引くこともできた。

夕刻、寮祭りが閉じられると、学生は食堂に集まって祝盃をあげる。おかしらつきのタイ、赤飯がついて、酒は飲み放題だ。そして、いっせいに山を下って夜どおし飲み歩き、騒ぐのである。

その年の寮祭りのポスターの原画は腸がかいた。まっ青な秋空にカガシが斜めに立っている構図で、カガシは破帽をかぶり、ひげむじゃで、よれよれの紋付、袴という格好であった。寮祭りが近づいて、カガシのポスターは町じゅうの電柱や塀に張りめぐらされた。

わたしは明眼院をたずねるのに、ひそかにこの日をねらった。わたしとて酒を飲み呆け、女とたわむれたいのはやまやまであったが、ひょっとすると日帰りは無理で夜行で帰らねばならないかも知れず、それには点呼もなくて徹宵御免の寮祭りの日をのぞいては学寮を抜け出す機会はなさそうであった。

わたしは予定を決行し、朝食をすませるとすぐ、もう浮き立っている学寮を飛び出し、名古屋ゆきの汽車に乗った。

雲ひとつない上天気であった。

すぐに松阪を過ぎた。

宣長と春庭らが歩いた伊勢街道は、列車と平行し、あるいははなれ、交差しながら白っぽく光っている。そこを、春庭は光格天皇の鹵簿《ろぼ》を拝観するために軽やかに歩いている。

津の駅を出ると、列車は伊勢街道からも、関へぬける別街道からもはなれ、そのほぼまんなかを亀山へ向かう。すると、京都へ軽やかにのぼっていく春庭と、目を病んで明眼院へむかう駕籠の春庭とが平行して想像の幕のなかでゆれる。

亀山で参宮線は終点となり、関西本線に接続する。長い時間待ちをする。切りはなされた機関車がまっ白い蒸気を威勢よく吐き、分断された貨車が黒い家畜のように群れている。

亀山から関西本線は鈴鹿川の流れにたえず沿って東北へ向かい、伊勢神戸の北で川とわかれるときに伊勢街道と交差する。それからすぐ伊勢街道は東海道に合流して四日市、桑名をへて名古屋へ至る。春庭はその道を目を病んでから二度往復している。

のろくさい普通列車が名古屋駅についたときは、もう午後もかなりまわっていた。駅で馬島をたずねると、中村まで市電でいって、そこから津島ゆきのバスに乗ればよいと教えられた。中村が全国でも有名な遊廓のあるところだということは知っていた。

が、市電が終点につくと、どこが遊廓かも見当がつかず、すぐさまバスに乗った。

バスはほどなく川幅のひろい橋をわたりはじめた。地図をひらくと、庄内川らしく、すぐにまた橋をわたった。こんどは新川とある。

新川を越えるともう海東郡大治村で、道は桑畑のなかをまっすぐにのびている。桑の葉はすっかり摘まれて、すべて黒いトゲの整列のように見える。おそらく、庄内川に立つ霧は桑畑の上をはって、明眼院のほうへ流れていただろう。

車掌に念を押して「馬島」という停留所でおりた。もう日がかげりはじめている。

街道のほとりに「勅願所五大山明眼院」と彫った大きな石標が立っている。少年のように胸がおどる。

が、あの『尾張名所図会』の壮大な俯瞰図はどこにもなかった。

石標にしたがって街道を折れると、山門があった。俯瞰図にかかれた二王門であろう。しかし、それは屋根が傾いて、いまにも瓦解しそうであった。

参道の両側には農家がならんでいる。図会に「宿屋」と注された家々らしいが、平凡な農家で、一軒の庭では黒い牛が長い尾を垂らしている。

山門をくぐると石畳の道がついているけれど、それも荒れていびつにゆがんでいる。そのつきあたりに堂が老朽していた。図会の本堂に相当すると思われるが、それほど大きなものではないし、第一、いたみがひどく、屋根瓦もずり落ちそうになっている。

堂の前の石段でふりかえる。境内といっても普通の小寺院のそれで、とても俯瞰図のような広大さはない。

本堂には戸がおりたままだ。

右手に庫裡らしい小さな建物がついているので、案内を乞うた。

すぐに、中年の貧相な僧があらわれた。夕飯の用意中なのか、法衣に前掛けをつけている。

来意を述べ、本居春庭がここに逗留したが、それにかかわる資料が何か残っていないだろうか？　というようなことをたずねた。

「春庭さん？　さあ、いっこうに存じませぬ」

住職は最近ここに移って来たばかりなので、何もわからないという。春庭だけではなく、その伝わる寺宝や資料はいっさいないと語ってから、「去年、若山先生がくわしくお調べになりましたので」といった。

「若山先生」という名にはおぼえがあった。わたしがその専門学校に入学するかなり以前に、日本史の教授であったことがあり、いまは郷里の名古屋で史料調査にあたっているらしい。

わたしはその先生、若山善三郎という史学者の住所を聞き出すと、すぐにバス停留所に向かって小走りに歩いた。『尾張名所図会』の壮大な俯瞰図は、もう幻影のようにわたしから掻き消えていた。あの図会にはかなりの誇張があるとしても、その変わりぶりはあまりにもひどすぎた。「対面所」も「療治所」「針台」も、すべて草むらと桑畑に一変しているとしか見えなかった。広やかな庭の池も枝ぶりのいい松も、もうどこにも残っていそうには見えず、ここにいくら執着してみても何一つ出てこないだろう。むしろ、若山善三郎をたずねたほうが早道だと思った。それとても、どれほどの希望も持てはしなかったが。

名古屋市内にはいると、すっかり暗くなっていた。住職に教えてもらった地番をたよりに、灯をつけた町通りをせかせかと歩く。うっかりすると、終列車に間にあわなくなるかもしれない。旅館に泊まるのは億劫だし、第一、金が心細い。

若山善三郎の家は、以前は古い往還に面した店屋だったらしく、ガラス戸を間口いっぱいに立てていた。その旧道は狭く、その家の軒はあたまがつかえそうに低い。

ガラス戸をあけた。

ゴマ塩の大きなあたまを丸刈りにした男があらわれた。あの桜井青瓢にどこか似て電灯を背負って、青瓢のように店の間に突っ立ったままである。余計、背が高く見える。

わたしはその専門学校の学生であることを名のった。若山は「ほう」といって、見おろした目にようやく親しみの色を見せ、わたしが春庭のことを語るのをうなずきながら聞いていたが、

「なにひとつ、残っておらんね」

といった。

「先々代の住職が大酒飲みでね、みんな売り飛ばしたんだ」

のだという。

『尾張名所図会』や『張州府志』に出ている寺宝、宸翰、文書の類はひとつも残っていない

「加賀前田の殿さんの感謝状がただ一通あっただけだった。殿さんの小さな子が眼病にかかって治療してもらったらしいんだ。その礼状だったよ」

それを聞くなり、わたしは辞去した。終列車に間にあわないと大変だと思ったからである。

加賀前田侯といえば、寛政四年冬、つまり春庭が第二回めの明眼院ゆきから帰ったあと、藩主前田治修が宣長を藩校の教授に招こうとした。条件は二、三百石の高禄ということであったが、宣長は他国へ移ることを好まずにことわった。かれが唐突に紀州藩に召されたのはその直後で、加賀藩の交渉が紀州藩の重臣に聞こえたためといわれる。

しかし、明眼院に感謝状を送った前田藩侯がいつごろのなん代めか、感謝状の日づけはいつか、その子がなん歳ぐらいであったか、などはすべて聞かずじまいに、わたしは暗い裏通りを駆けぬけた。

一瞬、固く目を閉じた紋付袴の幼児が、家従らしい老人に抱かれて、どこともしれない長い廊下をわたっていく光景が幻覚のようによぎった。

それにしても、春庭はなぜ突然に失明したのか？

春庭は二十八歳の春ごろに発病し、症状は翌年にはほとんど盲目同様に悪化し、発病四年後には完全に失明している。第一回の明眼院入りのころには、ひどく頭痛がし、目は真赤に

充血し、腫れあがり、うずいていたという。

外傷もなく、持病もなく、生まれつき視力が弱いというわけでもなく、それがそんな壮年期に突然失明するということは、わたしには信じられなかった。

白江教授は「幼時から父の仕事を助けたり版下を書いたりした。字もじょうずであったが、細字は目で見えぬくらいであったという。こうしたことが目のためによくなかったのであろう……」と講じた。しかし、それにもわたしは納得できなかった。いくら、小さな字を書いたからといって、それで目がつぶれたりすることがあるだろうか？

馬島から帰った月曜の午後、昼休みに食堂で遮莫とむかいあわせになったので、冗談めかしてそのことをいうと、かれは、

「風眼さ」

と、当然きわまることのように断定した。

わたしも風眼のことは子どものときからよく聞かされ、淋疾菌などが目にはいるとつぶれてしまうおそろしいもので、銭湯でよくかかるから風呂桶はよく洗ってから使うようになどと、おどされもした。しかし、わたしの限られた周囲では、そんな変異を見かけたことがなかった。保存されている鈴屋を見ても、ちゃんと風呂場が設けてあるのだし、春庭が銭湯へいって病気をもらったとは考えられもしない。

「そうじゃなかったら、わるい病気の遺伝だ。宣長は若いとき、京都で相当遊んだらしいからな」

遮莫はいい捨てると、茶を口いっぱいふくんでうがいをするような音をさせ、そのまま飲みこんで立ちあがった。春庭の失明が遺伝性梅毒と考えられないこともなさそうだった。本居家の系図を調べると、幼没者が意外なほどに多いのである。

わたしは明眼院から帰って以来、春庭の目にこだわっていたが、眼病の知識がかいもくないので、気分はただもやもやするばかりだった。それで、その日の夕食がすむと、ひと思いに山を下った。

映画館や遊廓がならぶ町の裏がわに、青みどろの浮く堀をめぐらした神宮の摂社があり、そのあたりはいつも日蝕の日のように暗い。その堀ばたの道から露地をはいった奥に、小さな眼科医院があった。わたしは入学した年の秋、軽い結膜炎にかかってしばらくそこへかよったことがある。

医師は若くて、まだ独身のようだった。なんでも、その町ただ一つの総合病院の眼科につとめていて、退勤してから夜だけ自宅でひそかに開業しているということだった。

玄関の土間に待ちあわせ用の長椅子がひとつ置いてある。そして式台をあがった六畳ほどの部屋を板敷きにして、患者用の椅子一脚、寝台、薬棚が設けてある程度だ。母堂にあたると思われる上品な小柄な老婦人が、いつも真白いエプロンをつけて看護婦がわりに洗滌薬やガーゼを取りついでいるのが印象深かった。

若い医師は、ひたいの広い端正な顔にマスクをかけ、まったく口をきかない。あるとき「どうなってるのでしょう？　もうあとどのくらいかよえば？」とたずねると、目も平静のままに「しろうとには説明してもわかりません。わたしのいうとおり通院すればよろしい」といったまま口をつぐんでしまった。

それがあるとき、わたしが最後の患者であった夜に突然いった。

「音楽、好きですか」

わたしが返事を口ごもっていると、「好きでしたら聞かせますよ。新しいレコードがさっきはいったばかりですから」と、聞いたこともない、長い外人の名をいった。そのときは点呼の時間が迫っているからということにして帰ったが、そののち、すこし早く医院に着きすぎて医師もまだ本職の病院から帰ってはおらず、患者もひとりも来ていないことがあった。そのとき、老婦人が笑いながらいった。

「あの人はレコードぐるいなんですよ。夜店がすむと、奥の部屋にひとりはいって、おでこに手をあててレコードばかり聞いております。こんな夜店を出すのも、レコードが買いたいばっかりなんですよ」

老婦人は口に手をあてておかしそうに笑った。「夜店」というのは、夜間営業のことらしく、そのいいかたがおかしかった。

わたしはその話を聞いてから、若い医師が好きになった。といっても、やはりことばを交すことはほとんどなかったが。

わたしは久しぶりに、その小さな眼科医院をたずねた。その夜は妙に患者が多く、玄関の土間の長椅子で、ずいぶん待たされた。診察室にとおされたのは、閉業の八時であった。老婦人が「また、おわるいのですか？」と笑いかけた。わたしは閉口しながら「いや、きょうは特に先生におうかがいしたいことがありまして」と、ふろしきをほどいて『本居宣長稿本全集』『本居宣長翁書簡集』を取り出した。

医師はあきらかにふきげんであった。八時を一分でも過ぎて患者を受けつけると、腹を立てるということを老婦人から聞いたこともある。その夜も、一分でも早く音楽に聞き入りたいようすがありありと読めた。

しかし、医師はわたしが用件を切り出し、つづいて宣長の日記と手紙の一部分を見せると、「これだけではなんともいえませんが、急性葡萄膜炎じゃないかと思いますね」

わたしには「葡萄膜炎」とは見当がつかなかった。それをいうと、机のメモ用紙に眼球の断面図を鉛筆で描いた。大きな円形のまんなかに硝子体と書き、そのまえにレンズのようなものを置いて水晶体と記入した。それから、レンズの前方に「虹彩」と書きつけ、硝子体の外側を三本の線でかこみ、「毛様体」「脈絡膜」とするす。その虹彩、脈絡膜を葡萄膜といい、そこに炎症がおこったのが葡萄膜炎で、症状は充血し、痛み、瞳孔がうずまるほど腫れ、むかしは失明することが多かったと説明した。ほかに急性緑内障が考えられるけれど、これは五十歳以上の人に多くて三十歳前後に少ないし、症状は急性葡萄膜炎に似ていても一週間で失明するから、それではないだろうといった。失明にいたる白内障、視神経炎、それに先天性梅毒や結核による虹彩炎、核膜実質炎は痛まないからちがうだろう、と述べる。春庭自身が「はやり目」といった書簡を示すと「この人はまちがっています」ときっぱりいい、最後にわたしが「風眼」ということばを出すと、かすかに笑って首を振り、医師は立ちあがろうとする。それに追いすがるようにしてたたみかけた。

「じゃあ、その急性葡萄膜炎はどうしておこるんです？」

「まだよくわからんのです。一種のアレルギーといわれていますがね。医学にはまだわからんことのほうがずっと多いんですよ。それはなにも医学だけじゃありませんが」

若い医師はまた腰を浮かす。

「小さい字を書きつづけたりしたことが原因になりませんか？」

「なりません。そんな字が書けたということは、かえって視力がよかったというしるしです。原因はひとりひとりちがいますし、こんなデータだけで診断しろというのは無理ですね」

眼病は全身からおこることが多いので、その人を見なければいえたものでないという。それはわたしにもわかりきっている。

「そのころ、寛政年間ではその治療法はどうなってたのでしょうか？」

「なかったでしょう。失明するより」

わたしは馬島明眼院の針のことを持ち出すと、針を打てばひどいことになる、とはじめて笑い声をあげた。

「シーボルトが持って来て、例の問題をおこしたくすり、散瞳薬もまだはいっていませんでしたから」

それもよくわからなかった。散瞳薬というのをたずねると、瞳孔をひらくくすりで、いまのアトロピンのようなものではなかったかという。シーボルトは江戸滞在中に幕府の眼科医土生玄碩に散瞳薬の製法を教えたが、謝礼として将軍家の紋服を贈られたことが発覚し、玄碩は投獄され、シーボルトも日本を去らねばならなかった。それが「例の問題」であった。

「もういいでしょう」

医師は立ちあがると、急ぎ足で診察室を出ていった。

「偏屈ですみませんです」

老婦人がそれこそすまなそうにあたまをさげた。わたしは恐縮して靴をはきながら、

「先生はどうして眼科を選ばれたんです？」

「なんでも大学時代に一番尊敬した先生が眼科だったからと申します。それに、なかのいいお友だちも眼科の息子さんでしたので」

わたしはその偏屈な医師がますます好きになりながら、堀ばたへ出た。もう、あの医師は診察着をかなぐり捨てて、レコードに聞きいっているだろう。

堀はまっ暗によどんでいる。月も出ていない。かすかなとうろうの灯をたよりに歩いているうちに、春庭が風眼でも先天性梅毒による失明でもなかったことが、ふしぎに安堵された。

第四章

本居春庭のおもな著作は、『本居全集』の『第十一本居春庭全集・本居大平全集』におさめられている。といっても、それは三種にすぎない。

　『詞八衢』　二巻
　『詞通路』　三巻
　『後鈴屋集』　六巻

『後鈴屋集』は歌集であるから、主著はたった二冊の文法書であり、ほかに一種ずつの口述書、編著があるだけだ。

　『道廼《の》佐喜草』　一巻
　『門のおち葉』　二巻

　このうち『道廼佐喜草』は、子孫の本居清造が略年譜の末尾に春庭の著とするのは疑わしいとしるしたものであり、『門のおち葉』は、春庭が文政元年十一月に門人の和歌を選んで編んだ歌集である。
　春庭の主著三種については『本居春庭全集』の活字版で一応読了を果たせたが、それだけでは物足らず、あらためて木版本を買い集めた。

『詞の八衢』は文化五年が初刊であり、そののち同十三年、文政元年、弘化三年、慶応二年と四回も版を重ねており、わたしはそのうちの二種を買ったが、奥づけに刊行年が刻んでないので、どのものともわかりかねる。

その一つは大阪心斎橋安土町南入ル東側の河内屋和助から出されたもので、美濃判の大きさで、「千種園文庫蔵」の蔵書印が押してある。もう一つはその半截の体裁になっていて浪華の八重堂桜という書物所の刊行であり、これには「滋賀県師範学校」の蔵書印にかぶせて同校の消し印がななめに押されてある。そのころの師範学校ではこんな和本も備え、そしてまた廃本として処分したらしい。

『詞の通路』のほうは文政十一年の本居大平の序があるが、奥づけも「須受能耶《すずのや》蔵板」とあるだけで、刊行年はわからない。美濃判の三冊で、「満業蔵書」の印があり、ていねいな朱字の書き入れが残っているけれど、旧蔵者については何もわからない。

秋が深まって夜が長くなるにつれ、わたしは学寮の一室でそれらの和本をひらくことが多かった。むしろ、予習がすむと、そうすることが習慣のようになった。

べつに心をこめて読む、というのではない。とりとめもなく、ぼんやりと、あるいはいくらかものうい思いでページをくる。すると、和紙の食欲をそそるほど香《こう》ばしいにおいがゆれる。わたしがおもにのぞくのは活用表のところであったが、それは抽象画のようでもあり、精密機械の設計図のようにも見え、あるときは護摩の煙りで妖美に黒ずんだ曼陀羅絵図のようにも思われた。

それから、春庭の頤がとがって青ざめた顔が見える。頭蓋骨のように贅肉のまったくない前額部に、静脈がしきりに動いている。目はもちろん閉じたままだ。春庭は『詞の八衢』の冒頭を白江教授が講義したように「詞のはたらきはいかにともいひしらず、いとも〳〵くすしくたへなるものにして」と書きおこしているだけでなく、『詞の通路』も「すめら御国の言葉のいとも〳〵あやしくくすしくたへなる事はいふもさらにて」と、書きはじめており、それがこの盲学者の終生の主題であったことが明らかである。

春庭はそのことばのふしぎな世界で、沈思をつづけている。『詞の八衢』では、動詞の活用についておびただしい文献で実証し、帰納しながら、それでも多くの例外になやみ、摸索し、「いづれとも定めがたし」などとしるしている個所が目につく。

春庭は活用をハタラキと名づけた。かれはそのことばのハタラキを文献から掻き集めるようにして探っては法則へ帰納していったのだが、その苦渋に満ちた作業は木版本の活用表に凝固しているように見える。

春庭がおもに思考の対象としたものは、動詞であった。『詞の八衢』で取り扱われたものは動詞の活用の分類であり、『詞の通路』で探ったものは自動詞と他動詞との区別であり、その微妙な変化であった。春庭はどうして動詞にばかり執着したのか？

もっとも、春庭に動詞という厳密な概念はまだ成立していなかった。語学、文法学というそれさえもなかったといっていい時代である。動詞と助動詞とはともに区別されず、それで

『詞の通路』では動詞の自他を六種に分類する煩雑さにおちいっている。ただ、春庭にとっては、ことばは霊妙に動き、はたらくものだという思いばかりが深かったのであろうか。あるいは、ことばの本質を動詞に見ていたのかもしれない。春庭は動詞を「活詞《はたらきことば》」と呼んでいるが、それは近代文法学の動詞の観念に到達していることを示す。

動詞については、白江教授の講義でいくらか知っていた。

「物事の動作、有様、存在をあらわす語を動詞という。動詞研究の萌芽は古くからある。しかし、たいてい断片的なものにすぎなかった。動詞についてまとまった研究をした人としては、谷川士清《ことすが》、賀茂真淵をあぐべきであろう」

教授はそう語って、士清の主著『日本書紀通証』巻一の付録に、もとより不完全ながらも五十音図の各段に「未定、已定、告人、自言」と名づけた動詞活用表のあることを示し、真淵は『語意考』のなかに五十音図をかかげて各段に「初、体、用、令、助」の名称を与えたが助詞を混入させたことの誤りを述べた。そして、士清と真淵とは別々に研究したとみるべきで、影響しあったあとはない、という。わたしには先人が動詞ということばの世界をそれぞれに手さぐりしていくすがたが思い描かれて心の引きしまるものがあった。

「ことばの分類を最初にこころみた富士谷成章《なりあきら》は四種にわかち、そのなかの〈装《よそい》〉とは動詞と形容詞とを含んでいたが、その〈装〉に関する著『よそひ抄』は残っていないので、このすぐれた語学者の研究は窺い知るよしもない。金田一京助博士が美濃紙十二枚ほどの『装抄』を発見したが、これは成章の草稿にその子御杖《みつえ》が加筆したものらしく、松尾捨治郎編

『かざし抄』末に付録として載せられてある」

『よそひ抄』がこの世から消えているという事実にも、語学者の孤独な営みが胸をついたが、教授はそこから宣長にふれていった。

「成章の同時代の人物、本居宣長には『御国詞活用抄』の著一巻がある。この書は動詞と形容詞の活用を二十七会に分類し、各会に属する語彙を集めたものである。かように宣長は動詞の活用をいくつかに分けたのであるが、これを整理し、類別するには到らなかった。父翁の仕事を受けついで動詞活用の種類を定めたのは実子春庭であった」

そうして、講義は『詞の八衢』におよび、春庭の業績が紹介されたのであるが、そのあと教授はこうつづけたのだ。

「ただし、ここにぜひいわねばならぬことは、宣長の『御国詞活用抄』を横糸とし、成章の『装図《よそいのかた》』を縦糸として織りなされた一部の書があり、それが春庭の研究の基をなしたということである」

わたしはそこで思わず息を呑んだ。

「その書とはすなわち鈴木朖《あきら》の『活語断続譜《きれつづきのふ》』一巻である。この書は従来、幕末の『柳園叢書』によって知られていたが、それはのちに手を入れられたものであったので、春庭の研究以後のこととしてかえりみられなかったのである。しかるに近年、神宮文庫本『活語断続譜』が発見され、それによればあきらかに春庭の研究以前のものであることがわかり、わが国の動詞研究史上すこぶる重要な書となったのである」

鈴木朖といえば、白江教授の講義にも出てきた尾張の変わり者の学者である。はじめ儒学を志したが中年で宣長に入門し、六十四歳で妻に死なれると酒にひたり、藩学の明倫堂教授となってからも家の玄関に「菓子より砂糖、砂糖より鰹節、鰹節より金」と張り紙した人物である。その偏屈学者の小著が『詞の八衢』の源流となったとは、いささか意外であった。

「『活語断続譜』はその名の如く、活用語があるいは離れ、あるいは他の語に続くありさまをあらわしたものである。これは緯の活用の種類は『御国詞活用抄』により、経の活用の段は『装図』によったものであって、実に両者を合一して春庭の研究の出発点たらしめた土台たるものである」

白江教授は断じた。

それにしても、上田万年博士が『詞の八衢』がどこから来たかわからないと書き残したのに、そうした結論が得られた理由が知りたくて、わたしは質問した。

すると、教授はいつものはじらいを含む所作で答えた。

「東京帝大の時枝誠記《ときえだもとき》教授が神宮文庫で見つけられたのです。その『活語断続譜』には足代《あじろ》弘訓《ひろのり》の蔵書印が押してありますから、朖の自筆本でしょう。宣長がなくなったのち、朖は大平に仕えたのでこの本も朖が大平に贈ったのが弘訓に移ったと考えられますね。『柳園叢書』本はこれに筆を加えたものです」

そして、そのことは昭和二年一月の『国語と国文学』に発表された時枝の論文「鈴木朖の国語学史上に於ける位置に就いて」に詳述され、岩波講座『日本文学』中の「国語学史」にも出ている、といった。

　わたしはさっそく、講義の帰りに文庫でその論文と「国語学史」とを読んだ。それによると、発見は大正十三年秋、そのとき、時枝は東京帝大国文科四年の大学生であり、それが卒業論文となったらしい。

　時枝はまず、平出鏗次郎《こうじろう》、保科孝一、長蓮恒、福井久蔵、山田孝雄、赤堀又次郎らの『活語断続譜』についての諸説をならべ、成立年代には多くの疑点を残していて春庭、義門との関係についてはほとんど一致点を見出さないと述べる。

「従つて二三の国語学史には本書に言及せず、御国詞活用抄から直に八衢へと進んで居るのである。国語学史を読む者、若し、春庭の研究に、非常な功績を認めるとしたならば、宣長の研究と春庭のそれの間に、渡ることの出来ない、大きな溝のあることに気が付くであらう」

　その大きな溝を埋めるものとして、神宮文庫所蔵『活語断続譜』(写本)が提出され、「春庭、義門の研究の影響を少しも認めることが出来ない」と断定され、腺の原著、もしくは原著に近いものと認める、という。

　さらにそののち岩崎文庫所蔵『御国詞活用抄』巻末に高橋広道の跋文がついていて、この書は宣長が研究したのを田中道麿が撰び集め、鈴木腺が正したものであり、そののちに春庭がこの書と『活語断続譜』とを合一し、こまやかにし『詞の八衢』をつくった――と、出ていたというのである。

この書（御国詞活用抄）はいにしとし鈴屋の君おほしたちぬるを榛木《はりのき》の翁（田中道麿）撰びあつめわが鈴木先生（朖を云ふ）あらため正し給へる也。其後、後の鈴屋の君（春庭）この書と先生のつくり給へる断続の譜とを一つにして猶こまやかにものしてことばのやちまたといふ書をつくり給ひてけり。

時枝が立論の一つの証拠として引用した高橋広道の跋文はそのようなもので「活用研究の展開を眺める時、我々はどうしても、活語断続譜の位置を八衢の前に置かねばならないと考へるのである」と時枝は結ぶ。

これにつづいて、『断続譜』と富士谷成章の『装図』との関係を検討し、朖は『装図』および『あゆひ抄』の研究を見て、これをひとまとめにして図にあらわそうと試みたと判断し、結論する。

「私は朖の著書活語断続譜を中心にして、宣長・成章・春庭・義門等の活用研究相互の関係を考察し、朖の従来考へられて居た位置を訂正して、その正に占むべき正当な位置を与へた積りである」

ことばは簡潔であるが、そこには強い自信に裏打ちされた重い断定の響きがあった。朖に正当な位置を与えるということは、かれを春庭の前におき、『八衢』は『断続譜』によって成ったということである。

わたしはこれを一読して『八衢』が完全な独創でないことに幻滅した。時枝教授の所説にはもはや疑問の余地がないように見える。

そうなると、第一、春庭が〈古今いまだ誰も不二申出一発明の著述にて、末代迄不レ動説にて御座候〉と公言したのはどうなるのか？　学説の独創性が今日ほど厳密に尊重されていなかった時代だったとはいえ、あれは一片の欺瞞の強弁に過ぎなかったのか？　春庭が高橋広道の跋文にあるような経緯をどこにもわずかでも見せていないというのは、狡猾で厚顔に過ぎる。

　わたしは、春庭に欺かれたと思った。

が、松籟《しょうらい》とともにしばらくの時が過ぎると、時枝の所説にもいくらかの疑いがきざしはじめた。それで、すぐに時枝の新見の基礎となったという『活語断続譜』の閲覧を求めたが、「特」の印が押してあって貸し出しは認められないことになっていた。

　その場でひらくと、二行の文字が目にはいった。

　此譜書入共乍御面働《ママ》御熱《ママ》覧被下思召

　一盃ニ御直し可被下偏ニ奉希候以上　朗《ママ》

　この譜の書き入れとともによく読んで、存分に直してほしいという鈴木の希望である。そして、ごく短いはしがきにつづいて、活用表ばかりが九ページにわたって展開されている。活用は八段に分けられ、カタカナで語尾の変化と接続とが示されていた。一見しただけでは、これと『八衢』との関連がすぐに理解できそうにもなかった。

　それから、白江教授がいったとおり、表紙の右下の隅には「寛」の朱印が押してある。寛《ゆた》居《い》というのが、足代弘訓の号であるから、その蔵書になっていたことが明らかだ。

　弘訓はわたしたちの学校のあるまちに育って生涯の大半を過ごしたので、鈴木朖とちがってすでにいくらかのなじみがあった。天明四年、外宮権禰宜《ねぎ》の家に生まれたというから、春庭よりは二十一年の後進にあたる。弘訓自身の手紙によると、子どものときから学問文学が好きだったようで、享和元年十八歳で同じく内宮権禰宜で万葉学者だった荒木田久老に入門したという。つまり、宣長が没した年にあたり、その時期に弘訓は本格的な学業にはいったことになる。

ところが、その五年のちに久老は死んだので、ほどなく本居大平と春庭とに入門したが、とりわけ春庭の語学と和歌とに傾倒するようになる。そのころから弘訓は家塾を開いて門人に教え、その学則には第一に『八衢』を学ぶことをあげているほどで、みずから春庭の忠実な祖述者であることに任じていたふうである。春庭もそうしたかれを信頼していたらしく、『八衢』のことは弘訓に聞けばわかる、といっていたということが『国学院雑誌』の「本居春庭翁紀念号」の保科孝一「八衢の系統」中に見える。また、同じ「紀念号」の三矢重松「八衢に対する所感」には、『八衢』が難解というので、江戸で講習会を開くとき、弘訓が伊勢から出張して来て、千疋ずつの伝授料をとって教えたと書かれている。

弘訓が家塾を開いていた屋敷は、わたしたちが飲み歩く盛り場の裏通りにあり、敷地は病院に変わり、消毒薬のにおいが漂う門に石標が建てられているばかりであった。「寛」の印の沈んだ朱色を眺めながら、通りがけに何度か見た宅跡の石をわたしは自然に思い浮かべた。佐佐木信綱の父弘綱や探検家松浦武四郎、志士世古延世もその家塾に学んだ人たちである。

弘訓は本居学の正統者を自認して国学を教授するとともに、宮崎文庫の充実に努力し、篤志家や学者に書物の寄付を乞うた。宮崎文庫は慶安元年、外宮の神主出口延佳《のぶよし》が外宮神職のために建てた図書館兼学校で、江戸時代をつうじてこのまちの学芸の中心であった。明治維新で廃されたが、明治初年には宮崎語学校として外人を招いて英語教育がおこなわれたりして、尾崎咢堂《がくどう》（行雄）もそのときの学生であった。明治十一年に失火で全焼したけれど、幸運にも二万七百冊にのぼる蔵書はほかで保管中だったので焼けずにすみ、それが神宮文庫に引きつがれ、それにまじって『断続譜』も無事伝えられて時枝誠記の再発見に出会ったのである。文庫跡はわたしたちにも親しかった。外宮のすぐほとり、深い堀と白い土塀をめぐらし、木橋がかかり、重厚な黒塗りの門があった。火事以来ほかに建てものはなかったが、敷地にはサクラの老木が多く、春には典雅な花が咲き満ちて故園のおもむきがあった。

弘訓にはまた、早くから経世の志があり、凶年に備える貯蓄運動を計画したり、参宮の盛行で風俗が頽廃するのを怒って御師《おし》たちの粛正を強調したりした。ところが、その糾弾があまりに激しかったので排斥を受けるほどになり、文政末年には郷里を捨てて江戸へ移らねばならなくなった。そのときは妻子も離別し、足代家も潰し、ひとり江戸で身を立てる覚悟だったという。

この江戸滞在で弘訓は当代一流の国学者、漢学者を知ったのであるが、それは三年で終わった。かれはまた迎えられて郷里へ帰るのであるが、天保の大飢饉のおこった時期だったので、帰国早々から救済事業に駆け回り、ついで大塩平八郎と相知って共鳴し、大塩事件のときには大阪の奉行所に呼び出されて取調べを受けたということもあった。こういうところからでも、かなり圭角があって一徹な性格であり、激しい情熱家であったことが思われる。

わたしたちは山を下るとき、外宮の前で神都霊祭会という薄気味のわるい一廓を通りすぎる。神道信仰者がみそぎなどの行《ぎょう》をする一種の道場だということであったが、あるとき、拝藤教授からその境内に足代弘訓の追悼碑のあることを教えられ、のぞきこんだ記憶がある。長大な石碑で、藤堂藩の漢学者斎藤拙堂が漢文で書きつらねていた。墓誌銘のつもりで書かれたが建碑が遅れ、明治三十八年になって五十年祭のときに建てられたのだといい、全文が『国学者伝記集成』に収められている。

その碑文に「人トナリ狷介」とある。よほど潔癖な人物であったのだろう。いまの学者は識見を誇るけれど、自分は識見のないのをもって識見とし、その考えから考証につとめ、述べて作らない、といっていたという。そして、その著作は「凡千有巻。噫亦夥矣」と拙堂はあきれている。『国学者伝記集成』によれば、千二百三十部、二千百七十九冊、その大半が散逸したという。凄く大量ではあるが、大部分が春庭が塙保己一を批判したときにいった類従物、つまり抄録、目録、索引などである。和歌も数万首を作ったが、歌人となることは望まなかったと、拙堂の碑文に見える。没年は安政三年、七十三歳、墓は駅のすぐ裏の、どぶ川に沿った足代家の墓所にある。

こうして世の転変を経た足代弘訓のような学者に鈴木朖自筆の『活語断続譜』が伝えられたというのも奇妙である。

白江教授は、朖は宣長の没後、大平に師事したので『断続譜』も大平におくられ、それが弘訓に伝えられたといったが、朖は存分に直してほしいと頼んだのに返却もされず、弘訓が自分の蔵書印を捺したというのはなぜだろうか？

こういうことぐらいは考えられる。『断続譜』を受けた大平は、かねてから語法を考究していた春庭に見せた。春庭はこれを読んでもらったのち、語学好きの弘訓に渡した。ところが朖の意思によってか、弘訓の怠慢によってか、稿本は弘訓の手元に留め置かれ、それが宮崎文庫に納められた。弘訓は文庫の充実にかねてから努力していたので、身辺を整理して江戸へ移るとき納本したのかもしれないが、よくわからない。

でも、いずれにしても、春庭は『断続譜』を読んでいたことになる。『断続譜』が書かれたのは享和三年であり、『詞の八衢』が成ったのはその三年のちであるから、時枝説は内証を待たないでも成立する。

しかし、それなら大平がこの間の事情をよく知っているはずにもかかわらず、春庭の例の願書に『断続譜』について一言もふれず、『八衢』を事こまかに称揚し、〈古今いまだ誰も不㆓申出㆒発明之著述〉を肯定しているのはなぜであろう？　それとも、大平は春庭のために事実を隠したのだろうか？　師に忠実をきわめた大平が、晩年不遇の春庭のためにひたすら引き立てようとしたことは推量できるが、これもよくわからないことだ。

たしかに、時枝誠記がいうように、『八衢』に活用研究の自然の展開と、活用そのものの本質を理解しなければならない。しかし、その活用研究の自然の展開を直接『断続譜』だけに限ることはなかろう。『八衢』には宣長の『御国詞活用抄』をはじめさまざまな先人の研究が流れこみ、しかも春庭はそれに安易に従うことなく、完全な法則へ帰納するために刻苦したのではないか？　だからこそ、大平も春庭も『断続譜』の影響をそれほどにも自覚せず、大平は〈工夫骨折〉と推称し、春庭は自信をもって〈発明之著述〉と大言し得たのではあるまいか？

わたしがこんなことを考えはじめたのは『断続譜』を見て突然思いついたことではなかった。『本居宣長稿本全集』と『本居宣長翁書簡集』を拾い読みしていて、『八衢』に先行する『詞の小車』という活用研究があったことを知って気にかかっていたのが意識の底にあった。『稿本全集』第二輯所収の寛政八年六月四日づけ、春庭あて宣長の書簡の追伸に、津の門人柴田四郎右衛門常昭《つねあき》が病気中のところ五月十二日に死去したことを知らせ、「扨々残念成事に御座候」と死をいたみ、去年の冬から家業のことで心労し、それから発病したそうだと書き送ったところがあるが、本居清造は注をつけて、

「常昭ノ著ニ、『言葉小車』アリト聞ケリ。但シ芝原春房ト共ニ撰スル所ナリトゾ」

と、出ている。『書簡集』もこれを引いているが、さらに某年十二月十二日づけ、芝原春房あての宣長書簡にこう見える。

「……且又兼々御心掛之詞の小車も、何とそ御成業被レ成候様奉レ存候」

そして、編者は「『詞の小車』は津の柴田常昭が書き初め、その没後、芝原が跡をついで作った活語のことを述べた書である」と注している。

柴田は安永三年に宣長に入門して寛政八年四十余歳で没し、芝原は寛政二年に入門して文

化五年三十九歳で死亡したが、書簡の断片によると『詞の小車』という活用研究書を手がけ、宣長が期待していたことがわかる。そうすると、ふたりの活用研究が『八衢』に影響したことは充分考えられるので、わたしはぜひとも『詞の小車』を見たいと思った。

ところが『小車』はどの国語学史の索引を繰っても出てこないし、文庫の目録にもないし、本居清造さえ見ていないことは注の書きぶりで明らかである。そうなると、なんとしてでも『小車』を捜し出したい気になっていた。

それがいま『活語断続譜』を一見して、激しく思わされたのである。『八衢』には、ただ『断続譜』だけでなく『小車』をはじめ数しれぬ先人の研究が流れこんでいるはずなのだ。だから、時枝がいう「活用研究の自然の展開」を『八衢』に見きわめるのには、まず宣長を理解しつくさねばならないけれど、上田万年がふれた僧文雄や、白江教授の講義で説かれた富士谷成章、谷川士清、賀茂真淵、田中道麿、鈴木朖、それから『八衢』を受けた足代弘訓、義門、富樫広蔭、黒沢翁満《おきなまろ》、林圀雄など、おびただしい後進の流れも見渡さねばなるまい。

わたしは『断続譜』の活用図に目を通しながら、やちまたそのままの迷路に茫然と立ちすくむ思いがした。春庭はことばをやちまたとたとえたけれども、ことばの探究の道すじもまた微妙で多岐をきわめているのにちがいなかった。

わたしが春庭の木版本を買ったのは、政吉さんの店においてであった。

その店は、外宮前と呼ばれるまちの、細い道をはいったところにあった。間口は二間ほどの狭さだったが、政吉さんは奥のうす暗い売り台に、いつも筒袖を着てひかえている。目玉がすこし飛びだして、いつでもびっくりしたような顔をし、客があるとその目玉をギョロリと向ける。

　土曜日になると、やはり腸や遮莫と山をおりてまちで酒を飲む習慣はなくなっていなかったが、それでも最初に政吉さんの店を必ずのぞくのがわたしのくせになっていた。最初、政吉さんに春庭関係の本はなんでも買いたい、というと、「春庭さん？　何者かね」と聞いたが、わたしが一応の説明をすると「よろしい」と大声でいった。そののち、わたしがはいっていくごとに、奥へひっこみ、新聞紙に包んだ和本を見せてくれる。そうして『詞の八衢』をはじめ、さまざまな本をわたしは手に入れた。宣長の著書でも、春庭の跋文のある『詞のつかね緒』の刊本は買ったし、中島広足の『詞八衢補遺』や本居豊頴《とよかい》の『落葉の錦』も集めた。値はとても安かった。原価同様だったのかもしれない。

　政吉さんはおかしい古本屋だった。店先に四六判のボール紙箱入りの本が山積みになっている。政吉さんのあらわす『茶ばなし伊勢山田』という本であった。わたしはおせわになっている感謝の気もちがあって、一冊を買った。

　巻頭に著者二十一歳肖像という写真が出ている。襟幅の広いセビロを着こみ、その下にはハイカラというのであろう、高いカラーのシャツに大きな蝶ネクタイを結び、やはり大きな目玉をむいている。

目次をみると「伊勢両大神宮―神道、外来思想、神のしるべ」にはじまり、平清盛と森有礼、奇談枕返し、古市油屋騒動、伊勢山田と井原西鶴、馬琴と伊勢山田、芭蕉と伊勢山田、伊勢山田の俳人などとつづき、間の山節、伊勢音頭から坂本龍馬、吉田松陰、慶光院清順尼が登場し、飛行士ドフォルノー中尉、尾崎行雄などまで順序もなくならんで三百ページにおよぶ。

まず「自序」を読んでおどろいた。序文をたのんでことわられたことから書きおこしている。

「序文は高位の人、又名高き学者に、御願して、本書を飾るべき者と信じ、二三の権威を訪ひ、序文を乞ひたるも、承諾せらるるなし」

そのあと、自分の略歴を述べており、それによって政吉さんの半生のあらましを知った。志摩の鳥羽町に生まれ、尋常三年も終えずにこの町の呉服店に丁稚奉公したが、男は大都会、海外に雄飛すべきだとさとり、その店を去って「台湾に大阪に東京にと、勝手なる生活をなし、何の得る処もなく、放浪に放浪し、何の学ぶ事なく、漸く、中年より糊口の道を古本屋営業に求め、今日に及んだもので」とある。

この本はそんな文体で、文語調と口語調とをまぜこぜにし、句点なしに読点ばかりをむやみに打って脈絡もなくそのまちの野史と風俗とを語るのだが、一番興味をひかれたのは「青年の為」と題する恋愛論の一章である。

「前車の覆るを見て後者の戒とせよ、宜なる哉、余は此恋愛に苦き経験あり、余は十二三才丁稚奉公時代に恋を知りたる、早熟者であったが、時に店用仕立物の賃為事をなす家あり、其家は夫婦の外に、しげ子、とて余と同年の娘あり、此家に仕立物の事に付出入する中に、しげ子を知り、仕立物の出来上りを待つ間、此しげ子、と遊び戯れたり、而して常に此家に用事多かれと思った、だが、余は恋愛の方面に心動き、しげ子と戯れたるも、しげ子、は通常の子供遊びにあり、何等怪しき余の理想に対する、反応はあらざりしなり」

ところが、しげ子の親は放蕩者で名古屋の芸者屋に売ってしまう。政吉さんも台湾、大阪、東京と放浪をつづける。

「其間、しげ子に依て植附られたる初恋は忘れられず、青年の獣欲時代来るも、此秘密の初恋あるが故に、時に交際上青楼に遊ぶも、愉快とせざりしなり、他の異性に遭へば遭ふ程、しげ子を思出したり」

そこで、旅費と月日を費し、大秘密にしげ子の所在を探索するが、その父母は夜逃げしていて行方はわからない。そこで奔走を断念したが、やはりしげ子が忘れられず結婚しても心中を去らない。三十五歳のとき、しげ子は名古屋市外の富豪に身受けされたことを知る。

「自分を制したるも、初恋の忘れ難く、逢って見たくてたまらない」ということになり、東京で商売をしていたが、妻には商用だといって名古屋に出かける。しかし、「門内深く富豪の深窓を問ふに、術なく」引き返す。それでも、会ってみたい。

「ある時、伊勢松阪出身、曽我廼屋十郎の喜劇芝居を見て、保険屋が人妻と語る、智識を得た」

その芝居で奇妙なことを思いつく。保険屋なら、どんな家に押しかけてもおかしくないから、その手でいこうというわけだ。「幸い友人に保険屋あり、其の保険勧誘の要領など研究し、洋服を新調したりなどして」というから、まことに手がこんでいておかしい。そして、名古屋のその家をたずねてみる。女中が出て来て、用件を聞く。保険のことでというと、逆に玄関払いを食ってしまい、アテがはずれた。

が、これでは洋服まで新調し、勧誘術を勉強して時間と旅費とを使った手前、残念至極である。そこで、勇気をふるって「奥様の知己なりとて、ぜひ面会したし」と申しこむ。女中がやっと取次いでくれる。ほどなく主人らしい男があらわれる。「見れば、禿頭のブルタイプなり」とある。

この主人にうまく持ちかける。すると、おさななじみをタネに保険をすすめる手だと思ったのだろう、妻を呼ぶ。しげ子があらわれた。

「ここに余の目的は達せられ、昔にまさるしげ子の年増盛りの面影相変らずの美人に接し、神経肉体に感動を覚えたり、彼女曰く、久しぶりじゃなもと名古屋弁あり」

よほどうれしかったにちがいないが、表現はなかなか滑稽である。しげ子は主人の前で昔ばなしをする。しかし、恋のためにわざわざ保険屋に化けてやって来たとは気づくはずもなく、それをこちらからいう勇気もない。しかたがないから名古屋に滞在し、数度たずね、名古屋の保険会社の代理店の助勢を得、とにかく契約だけはとりつけた。

東京に帰ったが、やはりしげ子が忘れられない。「盛遠の恋決して怪しむにたらず、ヒスか嫉妬か煩悶して」というありさまになり、一年のちにまた名古屋に出かけた。ところが、玄関からは線香のにおいがもれる。あのブルタイプの主人は老年でもあったから死んだのだろう。「未亡人と語るも、一人であると、下劣な考を起し、去年知つた女中の取次を待つたが、例の主人出で来り、妻は急性病にて死んで、七日目である。君の保険の加入が前兆であつたと、聞いた時には、いやいや何とも驚くの外はなかつた、即時香奠をささげ一片の香を焼きて辞去した」

こうして政吉さんの恋はようやく終わったのだが、それを回想しては「青年よ、恋愛におぼれるな」と力説するのである。

政吉さんは、そんな頓狂でお人よしの古本屋であった。その頓狂さは年をとってもトンボのような目玉の動きによく残り、わたしは店へはいるごとに「青年の為」という奇妙な一文を思い浮かべ、ひとりでに笑いたくなるのがつねだった。

そのときも政吉さんは目玉を走らせ、「こんなのはどうですかいな」といった。『やちまた大略』とだけ書いた、うすっぺらな写本である。表紙ともに二十枚ほどのもので、ひらくと活用表がならんでいる。著者の名もないし、ただ表紙裏に「西町　世古氏」とあるだけで、文字も稚拙である。おそらく、『詞の八衢』の要点を実用のために抜き書きしたものだろう。

わたしはそれを安値で買ってふところにねじこむと、カフエにいる腸や遮莫を追っかけ、いつものように深酒を飲んだ。その夜はふしぎに酔わず、腸がまっさきにつぶれ、自動車につめこんで寮へ帰ったのだが、もう消灯のあとで廊下に電球がにぶい輪を落としているだけであった。

ところが、部屋のふすまをあけると、ロウソクがともっていて、戸の動きで灯影が大きくゆれた。同室の祝日古がまだ本を読んでいたのだ。消灯後の点灯はいっさい禁止されていたが、わたしたちは試験が近づいたりするとロウソクをともし「ロウ勉」と呼びならわしていた。祝日古は灯がそとにもれないように窓にはきものをかけ、ふとんのなかで腹ばいになって、なにやら読みふけっているところだった。まったくおかしな男だ。いつも予習はほとんどしないし、試験が近づいても早く寝てしまう。そのくせ、突拍子もないときにロウソクをともして本を読む。

のぞきこむと『肥前風土記』であった。そういえば、祝日古は近ごろは「肥前国淀姫神社の研究」というものに熱中しているようすであった。かれはちらっとわたしに目を向け、かわいらしい歯をのぞかせたが、そのままページをくる。

そのとき、わたしはきょう政吉さんから『やちまた大略』の写本を買ったことを思い出した。それは古新聞にくるんだまま二つ折りになって、ふところの奥でよじれていた。だまって、祝日古の枕もとにあぐらをかき、写本をひろげた。祝日古はやはり知らん顔をしたままだ。

黄ばんだ写本は、ロウソクの灯では余計に黄色く見えた。灯がチカチカゆれる。あらためて表紙から見入ると、右はしをコヨリで二か所綴じているが、一つは切れている。『やちまた大略』と墨で書いてあるが、それに朱がはいっている。「金」という墨書を朱で消し、その右横に「全」と朱字を入れ、「大略」の「略」の字にも朱を加えている。

そうすると、この写本はだれかが写させたのだが、「全」を「金」と書きあやまったりしているので訂正したものということになろう。初学用に手写させたものにちがいない。

第一枚めは「体言用言てにをはの事」と題し、「袖ひちてむすひし水のこほれるを春たつけふの風やとくらん」の和歌をかかげ、単語を分類しているが、助動詞を「てにをは」としているほかは、今日の文法の分類と変わりがない。

つぎのページは「体言に四種ある事」として、有形体言、無形体言、用言をそのまま用うる体言、用言の活をする体言にわけ、それぞれ例をあげている。普通名詞、抽象名詞、動詞から名詞になったことばにあたる。

そのつぎからが本論らしく、また「やちまた大略、上」と一ページに大書し、活用表がはじまる。「四段の活」「一段の活」「中二段の活」「下二段の活」の四種がならんでいる。これは春庭が『詞の八衢』の冒頭で示した「四段の活の図」とまったく同じ分類だし、そこにかかげられた語彙もほとんど同一である。さらに「佐行変格」「加行変格」「奈行変格」の活用表にも変わりがない。だから、政吉さんに見せられたとき、咄嗟に『詞の八衢』を初学のために抜き書きしたものと感じ取ったことはまちがいがなかった。

ところが、後半部になると『詞の八衢』が全然ふれなかった形容詞の活用表があらわれる。それも「く活用」と「しく活用」との二種に明確に分類している。そうすると、この写本は春庭の著書を抜き書きしただけのものではないことになる。

わたしは祝日古にロウソクを借りて本棚から伊藤慎吾著『近世国語学史』と福井久蔵著『日本文法史』とを抜き出し、大急ぎでくった。伊藤本の索引に『やちまた大略』はすぐあらわれた。意外にも足代弘訓の著書ということになっている。弘訓に『八衢補翼』のあることは『国学者伝記集成』で知っていたが、『大略』は記憶になかったのであるが、伊藤本にはそのことだけをしるして書名をあげているばかりで、この本についての解説はない。

それで、こんどは福井久蔵本の足代弘訓の項をくった。かなり詳細な記述が出ている。『詞の八衢』は刊行されて次第に諸国の語学者の注視を受けるようになり、補正し批判する諸本が出て後年「やちまた派」という名称も出た。『詞の八衢』に疑問をおこして徹底的な補正をはかったのは若狭の僧義門であったが、江戸の林圀雄ははじめて「下一段活用」を立てたし、富樫広蔭は分類を大成し、桑名の黒沢翁満《おきなまろ》は「上二段」の名称を最初に用いた。中島広足、清水浜臣、岡本保孝、八木立礼、黒川春村、山田直温らも春庭説を修正したという。これは当時として大変な反応で、それほど『詞の八衢』は語学者たちの知的興味をそそり立てる創見を持ち、同時にいくらかの未完成の部分をふくんでいたということになる。

そのことは白江教授の講義でも述べられたことであったが、福井本では春庭説の補正と研究との章に足代弘訓の『やちまた大略』が登場している。

「八衢の研究は若狭に肥後に近江に上野に紀伊に江戸に京都に到る処に起つた。その本国には神都に足代弘訓がゐて、その寛居塾では本居家の語学を教へ各地より来学するものが少くなかつた。弘訓は春庭に親炙すること多年、義門の本居家に致した意見の如きも夙くより聞知してゐた。春庭は失明の後弟子に向ひ語学上の事は弘訓に聞くべしとさへ言はれたといふ程であるが、その著述は索引の類が多く、纏った大著はない。初学に語法を授ける目的で作ったものには八衢大略がある。安政四年の刊本が世に行はれた」

つまり、あの鈴木朖の『活語断続譜』を神宮文庫に伝えた足代弘訓が、初学のために『やちまた大略』をつくり、刊本にもなったのである。わたしが政吉さんから買ったのはその手写本であることがわかった。もっとも、その内容については福井久蔵は「全篇二十五条中十六条までは主として八衢により、その他は義門の詞の道しるべに基づいたもので、活用及び受辞を主とし、係結法を説いてあるに過ぎない」と書いてある。それで、形容詞の活用表があらわれる理由もわかった。それは義門が確立したものであった。

弘訓は門人にこの『やちまた大略』を学ばせてから、『万葉集』『三代集』『源氏物語』などについて体言、用言、てにをはの別を試みさせたという。それが進むと、やはり弘訓が書いた『八衢補翼』を学ばせる。この補翼は未定稿で十一巻にもおよんでいる。ほかに『続八衢』『八衢偽正考』『八衢二十五条口伝』という稿本もあることがしるされていた。

つまり、弘訓はもっとも熱心で忠実な春庭の祖述者であった。そのかれが初学者に与えたテキストのノートを偶然手に入れたことにわたしは満足した。そう思って『やちまた大略』をながめると、文字は稚拙であってものびのびとした筆勢があり、弾力があり、たのしさがある。それは木版本の『詞の八衢』の活用表や鈴木朖の固い感じの自筆本『活語断続譜』にはないものであった。ことに、ロウソクの灯では、ことばがゆらゆら歩いているように見える。

これを手写したのは、まだ若い男であったにちがいない。前髪の少年であったかもしれない。それにつけて、「西町　世古氏」と署名した人物を知りたく思ったが、調べようもないので祝日古のロウソクから離れた。

翌日の日曜、朝食がすむと文庫に出かけてみた。まだ、宿直の顔色のわるい司書ひとりしかいなくて、その人に調べてもらうと西町は松阪の西町、いまの松阪駅から右にまがり、坂《さか》内《ない》川の橋をわたった街区ということであった。世古家はその西町一丁目大橋づめにあった黒部屋という造り酒屋らしく、明治四十五年刊行の『三重県史談会会志』によれば世古格太郎延世という人物が出ている。文政七年生まれで、春庭が没したときはわずか五歳であるが、若いころから国学を足代弘訓に学び、安政元年には弘訓に従って京都にのぼり、三条中納言忠成に拝面したというからわたしの持つ『やちまた大略』は格太郎の入門のころのものかもしれない。のちにかれは紀州徳川家から公用金調達の命を受けて苗字帯刀を許され、明治維新では新政府に出仕して明治元年京都府判事になっている。なくなったのは明治九年、東京においてであり、五十三歳だったという。

わたしの『やちまた大略』を書いた人物も、幕末の激動期を生きたわけである。格太郎が弘訓に入門したのは少年のころで、少なくとも二十歳前であり、松阪と伊勢とではたびたび講義に列するわけにもいかないから、はじめには『やちまた大略』を与えられて書き写し、自習していたのにちがいない。そういえば、筆跡には少年ののびやかさがある。

そんな詮索にふけっているうちに、やちまたというのはことばの世界においてだけではなく、この世そのものがやちまたではあるまいかという感懐がまたやってくるのであった。

春庭の著書のうち、『道廼佐喜草』だけは、ふしぎなことに文庫になかった。

政吉さんの店をのぞくごとに、まず催促するのだが「おかしな本やわな。わたしがハタとにらんだら、どぎゃんな本でも出てくるちゅうのに」と、ひとりふしぎがるばかりであった。和書の古書通信にも気をつけていたが、その名をあらわさない。東京帝国大学から出張講義にくる講師があったので、そこの図書館について調べてほしいとたのんだところ、「ない」という返事であった。

奇妙な本である。

ただ、活字本なら文庫の『日本国粋全書』のなかに全文が収められているので、読みとおすことはできた。四六判で四十四ページほどの短文である。

一読して少なからず失望した。

「大皇国《おおみくに》と申は、神代七世にあたりて、伊邪那岐命、伊邪那美命と申奉る二柱の大神、天ノ御柱を往還《ゆきめぐ》りあひ給ひて」と書きおこし、神話の国生みとアマテラス、ツキヨミ、スサノオの誕生を語り、これにシナの古代説話を対比させる。盤古氏の両眼が日と月とであり、女媧氏が天の欠けたところを青石をもってつくろったという伝承があることを示す。ところが、聖人というバカげた者が出て、そのシナの説話を不経の説としてとらず、天という思想をつくりあげたが、これは造りもので「天は無心無性のもの也」と断じる。

そんなふうに日本の神話、史伝をシナのそれに事ごとに対照比較していく。それは一見シナ、日本比較文化論のように見える。しかし、著者がおこなうところは厳格な比較論ではなく、皇国の古道がいかにすぐれ、儒学が誤っているかを執拗に主張するものである。

日本が泰平なのも天照大御神の神勅を代々の天皇が守っているためであるのに、儒学者どもは儒学によるからだといい、国政にあずかるとシナの国風を学び、政治を改め、民を苦しめることが多い。その証拠に、いま国政を改めると、民心は変わる。その民心の変化はやがて国を乱す。皇国の民は天照大御神の民だから、民心は大御神の御心である。神代から伝わったままの古例を改めない貴い国である。唐国の堯《ぎょう》が帝位を舜《しゅん》に禅譲するようなことはない。それをよいことのようにいうのは、その人が位を望む下心があるからである。だから、後世では王位を禅る法だけが伝わって、下は王位を奪うことばかりを考え、上は奪われまいとひたすらにおそれる。こうなると上下とも位を争うことが絶えないから、国が静かなことはなく、民が苦しむこともやまない。

皇国には三種の神器が天照大御神から今上天皇に至るまで伝えられているが、唐国にはそんなめでたい宝器はなく、ただ夜光の玉というものがあるが、これを見つけた人は両足を切られ、莫邪の剣を作った干将も即座に殺され、その子も首をはねられて油で煮られた。けがらわしく、いまいましいものである。そういうものを宝とする国だから、ただ強い人が王位につく。

儒を学ぶ者はまず七、八歳から師について素読をし、だんだんに儒者の講釈を聞き、すこし字義をわきまえるとすぐ心法をとき、口に仁義をといて先王の道と言いたて、ややもすれば治国平天下を説く。

「これ唐風にて、大皇国にて無用のものなり。いかんとなれば、先王の道といふは、天照大御神の道にて、治国平天下は、神代より今に至るまで王公にあつて士牢人庶人の知る処にあらず」

それは父の宣長が「漢意」として一貫してくりかえし攻撃したことである。春庭もその激しさでは父におとらぬ痛罵を用い、宣長が学問の方法を学んだにちがいない荻生《おぎゅう》徂徠《そらい》をも槍玉にあげる。

「先年物部徂徠といふ男、政談を書き、彼が高弟太宰純といふ男、けいざい録を書《しるし》おきたり。漢学する人等、彼等が書けるものどもを見て、かの二人を、聖道の中興のごと思へるは、大にたがへり」

この男らは漢籍を読みふけり、天照大御神の御心を知らないからである。

「漢学する人どもの形容《さま》を見るに、川狩鷹狩を専らとして、色に耽り酒を好むも、世の人には勝りて、見るもいぶせき有さま、此人々と席を同うするも、恥づべきの甚しきにあらずや」

この激烈な攻撃はわからぬでもない。儒学は教学の主流にあって強固に支配体制を支えていた。それは、宣長や春庭にとっては岩盤のように見えただろう。それを根底から破壊するのには、強固な論理とともに激情の巨量も必要であったろう。そういう戦闘的な宣長や春庭はきらいではない。なにかといえば、天照大御神を持ち出されるのにはうんざりするが、神話学も民俗学も成立していなかったころであり、既成の観念を粉砕するために神の名をよりしろにしたともいえるだろう。

『日本国粋全書』本の解題でも、この『道廼佐喜草』を「本書著作の動機は、当時漢学隆盛のあまり、天下の学者が儒道あるを知つて、皇国の大道あるを忘れたる風あるを慨せられしに因るべし」と述べている。また『国書解題』には「皇国大道の正直なることを論述したるものなり。本居宣長の『馭戎概言《ぎょじゅうがいげん》』『玉鉾百首』等を併せて研究すべき材なり。文政二年己卯治部卿藤原貞直の序あり」とある。

わたしはそういう解題に不満であった。

新潮社版『日本文学大辞典』では西尾実が内容を要約して「様々の面から皇国の道の優れて正しい所以を論証しようとしてゐる」と結び、〔批評〕として「大体に於て宣長の古道説の祖述であるが、文学を中心として説く所に春庭らしい特色がある」とだけしるしている。しかし、そこにもとりたてて春庭の特色を見ることができなかった。

『詞の八衢』や『詞の通路』では、あれほど精緻に冷静にことばの海から法則を集約し、それを堅固に実証し、しかもことばの世界のふしぎさに沈痛な吐息をもらした春庭とは、まったく別物のように思われた。古典を題材に比較文化論を語るにしても、宣長がなしえなかった発見が一つぐらい光っていてもよさそうではないか。宣長を越えた直観と緻密な論理とこまやかな感情がどこかにばらまかれていなければならない。

　西尾実は文学を中心に説いたところに特色があると批評したけれど、それも宣長の「物のあわれ」論を援用しているのにすぎない。皇国では神も恋をうたったが、唐国の中昔からは男の恋の詩は少ない。「婦人のみ恋はして、男は、恋の心はなきがごとく聞ゆるは、甚しき偽にあらずや」と、ここでも攻撃し、「大皇国の歌は、是に異なることあり。己れ利を得んためにもあらず。名を求めるためにもあらず。元より君を戒め蔑にするためにもあらず。真実《まこと》心の底より、物のあはれと思ふ筋を知ること」という。これは宣長の祖述でしかない。

　そのあげくは、体制をむやみに賛美するのである。「大皇国の御政を、元暦の比、源右大将頼朝に任ぜられてよりこのかた、今に至るまで君臣の道いや定まり、万の御政も、天皇の勅承けて将軍家より令《ふれ》給ふ。其の趣に順ひ給ふ故に、国々の諸侯に至るまで私事なく可愛《めでたき》大皇国」と説き、何度も「実に可愛《めでたき》御国ならずや」と自賛する。その点、まことに『日本国粋全書』に収められるにふさわしいが、それも宣長がいっていることである。春庭のような男が、どうしてその矛盾の破片でも見つけないのか？　そのころ、百姓一揆は全国にひろがり、飢饉、地震、大火がくりかえされ、海のまわりは不吉に泡立っていたはずだ。そういう変動の波は、この本には影さえも見せていない。春庭も蜀山人《しょくさんじん》の狂歌のとおりに、太平のゆめをむさぼっているのにすぎないのだろうか？

　ただ、春庭らしい所説と思われたのは、わずかに「魚鳥などの名には、かの国と文字は同くて、その形は大に異なるもの、いと多きぞかし」という数行であった。漢字は同じでも、その概念はすっかりちがうというのだ。それはことばを専攻する者の実感であったろう。ここから比較言語論と日本語の本質論とを期待したくなるが、それ以上の展開は示さない。

わたしは『道廼佐喜草』を一読して、その語学書とは印象がすっかりちがうのに失望した。そして、本居清造が偽書のようにいっているのは正しいかもしれないと思った。

この本についている治部卿藤原貞直の序によると、因幡《いなば》国人真清の乞いによって春庭がめずらしく皇国と唐国とのけじめを説いたものということになっている。貞直は宣長が享和元年に上京して堂上に講義したときの日記にしばしば登場する。

「今夕富小路新三位貞直卿御入来。ゆる〳〵御咄し中候」

貞直は宣長の『大祓詞』『万葉集』などの講義によく出席し、また、宣長はその別邸を訪問しており、かなり親密だったことが察しられる。のちに平田篤胤が上京して光格上皇へ著書を献上したとき、その仲介をしたのも貞直で、国学好きの公卿であった。天保八年、七十七歳で没している。

因幡国人真清についてはやはりわからない。宣長が天明二年に伊勢外宮前山で花見をしたときの和歌に、羽根織部真清の名があるがそれではなかろう。山陰には、たびたび松阪に滞在して宣長に学んだ石見浜田の門人小篠御野《おささみぬ》（敏）がいた関係もあって門人が多い。真清も宣長系統に属するひとりだっただろう。山川真清という国学者がいたから、その人かもわからない。国学者といっても著書はないが、熱心な国学びいきではあったのだろう。あるいは自派の勢力を強めるために、そんな著述を求めたのかもしれない。もし、春庭の真書であったとしても、そうした人びとを対象としたところから、かなり激越な主張となったとも考えられる。

しかし、しばらくして『道廼佐喜草』は春庭自身の口述にちがいないと感じはじめた。『詞の八衢』『詞の通路』の世界とは異質に見えるが、この激しい語調は春庭が文政七年六十二歳のときに和歌山藩へ出した紋付着用願いのそれに似かよっているからだ。そこでは、春庭は塙保己一を不必要なまでに非難している。また、『詞の通路』の下巻で作歌と文法との関係を述べたところで歌学者の歌のまずさを指摘しているが、その調子もけわしくきびしい。

そう思えば、『道廼佐喜草』を春庭の口述とすることは、さして不自然ではない。おそらく、春庭は精密な知性と敏感な神経と、それから激情をも合わせ持つ人物であっただろう。それらが失明によって逆に結晶したのがことばの研究であり、はみ出た部分が『道廼佐喜草』ではあるまいか？

それにしても、本居清造はなぜこの本を疑うのであろうか？

第二学期の試験がすむと、その日のうちに山の学寮はからっぽになった。柳行李を大八車に山積みにして、山を一気に下って駅へ向かう。そこから、ちりぢりに郷里へ帰っていくのだ。

わたしも母がいる神戸へ帰らねばならなかったが、かねて計画していたとおりに東京までの切符を買った。本居清造をたずねるつもりであった。

鈍行の夜行列車はひどく寒かった。十二月なかばで、窓のすきまから冷えきった風が煤煙といっしょに吹きこむ。

東京に着いたときは、日曜日の午前十時をまわっていた。冬晴れであったが、乾いたつむじ風がときおり駅前広場のほこりを巻きあげる。駅員に教えられたとおりに西高井戸ゆきのバスに乗ったが、心配であった。本居清造に面会をあらかじめ申しこんだわけではなく、ハガキ一本出していない。はたして会ってくれるだろうか？

清造は春庭から四代めにあたる。春庭のあとは長男有郷が継いだが、嘉永五年四十九歳でなくなり、嗣子がなかった。それで高尾家にとついだ飛弾の孫信郷を養子に迎えた。その長男信世は九歳で高尾家を継いだので、次男清造が本居家当主となったのである。明治六年の生まれだから、六十三歳のはずだ。もと、帝室編集局編集員だった人で、写真で見ても謹直きわまる学者に思える。その人が編集した『本居宣長稿本全集』二巻は綿密で正確な仕事である。そういう人が身元も知れない飛びこみの学生に会ってくれるかどうか？　それに、在宅しているかどうかさえもわからないので、心細い。

バスは西高井戸の閑静な屋敷まちでわたしをおろし、走り去った。

黒塗りの板塀をめぐらし、門をかまえて植えこみの多い邸宅がつづく。本居家はすぐわかった。やはり、板塀をめぐらして石の門がひかえている。ずいぶん広壮のように見える。あまり見かけない異種の白っぽく細い竹が植えこんである。わたしは松阪公園の鈴屋旧宅の入り口につつましくかかげられていた「三重県平民　本居清造」という小さな表札を思い出した。

おそるおそる玄関の格子戸をあける。

少女のような女中さんが出て来た。「本居先生はご在宅でしょうか？」と切り出すと、在宅だという。ついで、自分は伊勢の専門学校の学生で本居春庭のことを調べている者だが、先生にぜひお伺いしたいことがあって突然参上した——というようなことを述べ、

「ちょっとでよろしいですから、お目にかかりたいんです」

女中さんはすぐ引っこみ、こんどは夫人らしいやせて上品な中年の婦人があらわれた。わたしは同じことばをくりかえす。

「一度、主人に聞いてみます」

夫人はそういってものしずかに座を立った。

なかなかあらわれない。不安で胸がオドオドしているのが、自分でわかる。

やっと夫人は姿を見せ、

「それならお会いすると申しとります」

そのことばにはかすかながら伊勢のなまりがあった。

とおされた部屋は、案外に狭かった。ふすまには全部拓本がはってある。荷田春満であり、賀茂真淵であり、平田篤胤であった。目をあげると、「一無庵」の額がかかっている。宣長の自筆である。達筆ではないけれど、おっとりしていてずいぶん気長そうな書きぶりだ。応接の机も、宣長の机のように白木である。そのそばの火鉢で炭が赤くなっている。わたしはそれに両手をかぶせ、手の甲がすっかり冷えきっているのに、はじめて気づいた。

主人がふすまをあけてはいって来て、わたしの真向かいに坐った。老人と思っていたのに、ひどく若い。丸刈りの頭は黒いし、ひたいはサクラ色に光り、そこから高い鼻梁がのびている。黒い紬《つむぎ》のきものを着て、両腕を組んでいるが、シャツの袖は見えない。からだが固くやせて、学生のような感じさえある。

わたしはいきなり質問した。

「『道廼佐喜草』を年譜からはずされましたのは？」

清造は腕を組みなおして、若い声でいった。

「宣長のも春庭のも、版本はうちに全部伝えられています。原稿もほとんどあります。ところが『道廼佐喜草』だけはふしぎにないんです。長世《ながよ》の家にも版本はそろっているんですが、これだけはありません」

長世とは音楽家本居長世のことだ。本居大平から内遠《うちとお》、豊頴をへて三代めの孫にあたり、長世の養子が詩人菱山修三である。

「それがおかしいんです。それに、本居家の本を出した出版屋さんはたいていきまっています。ところが『道廼佐喜草』は全然関係のない本屋から出ています」

その二点が、疑わしいとする理由であった。そう聞くと、おかしいとも思える。

「もう一つお伺いしたいんですが」

清造は血色のいい顔を近づけた。

「春庭っていう名はいつごろから用いたんです？」

清造はすぐに答えようとしなかった。

「それがどうも、よくわかんないんですよ。元服のときからだと思いますが、それがいつだったかは宣長も日記に書き残していませんのでねえ。春庭の詠草を全部調べなければと思うんですが」

それを聞いて、わたしは腰を浮かしかけた。緊張しすぎたせいか、いづらかった。

すると、清造がいった。

「春庭に興味がおありですか？　じゃ、一つお見せしましょう」

清造は座を立って、しばらくして小さな朱色の漆塗りの箱を持ってあらわれた。箱には「新古今集、三代集、古今選」と書いてある。

取り出されたのは、手のひらにすっぽりはいるような豆本であった。なるほど、それが三冊あった。

清造は一冊ずつ、なかをひらいてみせる。肉眼では読みにくいような小さな文字で、和歌がびっしり書写されている。手にとってくってみる。おどろいたことには、文字が小さいだけではなく、達筆でしかも、書き直しがまったく見あたらない。

米つぶに「いろは」を書く人に会ったことがあるが、米つぶに書こうとせずに筆の先で宙に書けば造作はない、という話であった。勘で書くというわけだ。

だが、春庭の場合はあきらかにそれとちがっていた。ただ、読めないような小さな字が書いてあるだけというのではない。目をこらせば充分に読めるし、一字一字が端正で、字くばりも調和している。

春庭は小さな字を書きすぎて、それが眼病の原因になったとよくいわれるのは、この豆本をさすのだとわかった。しかし、こんな細字が書けるというのも、池のほとりの音楽好きの目医者がいったように、よほど視力がよかったしるしにしかなるまい。

奥書きには天明四年に写したことが書かれ「本居春庭」と署名し印をおしてある。天明四年とは春庭二十二歳である。『古今選』には奥書きがないが、『新古今集』はその年の六月晦《みそか》、『三代集』は七月に写されている。とすると、『三代集』には一か月かかったことになるが、あるいは数日で一気に書いたかもしれず、それとも一か月、仕事のあいまに少しずつ書きつづけたのかもわからない。

春庭は子どものころから字を書くのが好きで得意で、十二歳ごろから宣長のいいつけで図書の謄写をつづけたことが『本居宣長稿本全集』の注にしるされている。鈴屋蔵書のなかには春庭手写のものが百点を越えるという。古典、旧記から全国の地図におよぶ。そんな謄写のうちに、細字を書くことに興味をおぼえたものであろう。

豆本三冊は、どれもきれいな表紙をつけ、絹糸のようなものできわめてていねいに綴じてある。一種の手芸品といってよい。春庭はそれを趣味としてつくったものにちがいない。一字一字ゆっくり書き写し、一字書き損じても書き直したことだろう。書き終わると、一枚一枚を時間をかけてそろえ、表紙をこしらえて綴じていっただろう。そのとき、春庭は一種の恍惚のなかにあっただろう。

わたしは自分が少年のころ、夜おそくまでかかって同人雑誌の原紙を切っていたことを思い出す。わたしはヤスリの上で、小さな文字を鉄筆でガリガリ書いた。時間がたつのがわからなかった。そして、それが刷りあがったときは何度もページをくって眺めた。別に読みかえすというのではなく、こたえられない愉悦があった。春庭もきっと、綴じ終わると何度もぼんやりとページをくって、うっとりしていたことだろう。

それだけ、春庭は孤独な少年であり、青年であったろう。

同時に、神経質で、万事に繊細で、きちょうめんで、熱中しては凝る青年であったろう。その手は、蒔絵職人のように細く、青ざめていたかもしれない。わたしは春庭の小さな文字の羅列に見入りながら、その性格の一面が具体として理解できたように思った。そして、その細字は『詞の八衢』と『詞の通路』につづいていることを感じた。失明して書けなくなったことばを、こんどは抽象としてたんねんに記憶に刻みこんで、それを美しい二種の抽象の本に仕上げていったように思う。それが文法という法則であったけれど、春庭にはそんな意識も目的もなかったであろう。かれは何よりことばそのものが好きで、ふしぎであったのにちがいない。

忍耐強い性格でもあったろう。筆写は根のいる仕事で、ただ字を書くのが好きで得意というだけでは、あんなにつづくわけのものではない。努力家であったはずである。『詞の通路』で、「すべて歌は数多くよみつるが第一」といっている。事実、春庭自身大量の歌を残して、それは『後鈴屋集』三巻になっている。かれ自身、天才でないことをよく自覚していたのである。

「不才とてもたゆみなく習ひおこたらずつとむる時は、其功積りてかへりて才ある人よりは、其わざまさりてよく出来る物なり」

時枝誠記は『国語学史』で『詞の八衢』より鈴木朖『活語断続譜』が先行することを発見したとき、「春庭に対する真の理解——超人的天才としてでなく——に到達することが出来ると信じるのである」と書いたが、超人的天才でないことは春庭自身がすでに知っていたことである。それは静かな激しさと化し、文法の発見へ達したと思われた。

春庭は父の講義、会読にも、ほとんど欠席しなかったようである。たとえば天明四年から五年の『万葉集』の会読でも、数少ない出席者の名のなかにきまって春庭がいる。天明五年正月二十二日の会読は六人であったが、春庭の名は末尾にしるされ、二月二十二日はわずか四人のうちのひとりであった。自宅でおこなわれるので休むわけにもいかなかっただろうが、宣長がまるで長距離走者のようにゆったりと休みなしにつづけた粘液質の講義に、春庭は欠かさず出席したと思われる。わずか三人というときも記録されている。

春庭はそのようにして成育したのだ。『詞の通路』で述べた「不才とてもたゆみなく習ひおこたらず」とは、かれの体験の集約であったろう。それは父宣長から教えられたことでもあった。宣長が『うひ山ぶみ』で述べた「大抵は不才なる人といへども、おこたらずにつとめだにすれば、それだけの功は有る物なり」と、寸分違わない。

それだからまた、春庭は父を容易に越えられなかった。『道㮇佐喜草』の場合のように——。

越えたのはことばと歌との世界だけであった。

わたしは感銘を得て本居家を辞去した。いつものことだが、門を出て、ひとり歩きはじめて気がついた。

清造は『道廼佐喜草』の疑わしい理由の一つに、その出版書店が関係のないところだということをあげた。では、その出版元はどこだったのか？　わたしは初版本を見ていない。文庫にも東京帝大図書館にもない。政吉さんも見つからないという。『国粋全書』本にも版元は書いてないし、『国書解題』『日本文学大辞典』でもわからない。その版元を清造にただすべきだと思ったが、ひきかえす勇気はなかった。それが偽書だとわかったのは、はるかに後年のことである。

第五章

宣長と春庭との最後の旅行は、寛政五年春の京都ゆきであった。

宣長六十四歳、春庭三十一歳である。父子が光格天皇新内裏遷幸の鹵簿拝観に上京してから、わずか二年四か月のちにあたるが、そのとき、春庭はほとんど失明していたと思われる。

そのことは宣長の同年三月の日記に見えるが、記事はきわめて簡略である。数行にすぎない。

「十日、上京。今日発足。健亭同伴。〇十九日、京ヨリ大阪へ行ク。廿一日帰京。在京中、沢真風宅ニ宿ス」

それだけである。

これに本居清造が注をつけており、それによると京都に着いたのは三月十二日で、その日から在京門人や入門希望者の訪問を相次いで受け、十四日から旅宿で開講している。その聴衆は、はじめは二十人ばかりだったが、十六日には三十四、五人になったらしい。

また、そのときの旅行の歌を集めたものに『むすびすてたる枕の草葉』がある。

それには、上京して一か月ほど滞在し、四月十日ごろ京を出発して近江、美濃路経由で名古屋に到り、同月末帰宅したが、その期間の同行者、自分の作歌をつぎつぎに書きつけたものであるむねの前書きをしるし、かなり多量の歌を集めてある。

その和歌を眺めているかぎり、その旅はきわめてのどかなものである。京に着いたとき、宣長の大好きなサクラの花は過ぎていた。宣長はまずそれをくやんでいる。

ついで、橋本経亮《つねあきら》が御室の遅咲きのサクラを案内しようといってくれたが、雨のために約束は流れた。宣長はそれをいささか恨みがましく歌って経亮に送った。

経亮は洛西梅宮の祠官で有職故実の学に深かった人である。かなり変わったところのある人物だったらしく、「平生の行状、凡て人の不意にいで、一として畸ならざるはなし」と記録されている。道を歩くときも本を読みふけり、よく道ばたの田に落ちて泥だらけになったり、馬に嚙みつかれたりしたという。また、伴蒿蹊らと東山にもみじを見にいっての帰りみち、にわか雨に会って祇園町のある軒先にかけこんだ。ところが、そこから女が出てくると、一散に逃げて建仁寺のヤブにかくれた。その家が借金のある妓楼だったからだという（『国学者伝記集成』）。

経亮はそんな無邪気な遊び好きでもあったらしいが、宣長に違約をうらむ歌をおくられると、いささか閉口して許しを乞う歌を返している。

きそのよのちぎりたがへし我とがは雨におふせて君ゆるしてよ

なかなか愛嬌があるが、なお宣長はあなたの情が深いならば雨がふっても誘ったであろうとやりかえした。
このとき、春庭も一首を詠じている。

おそざくら猶のこりける花もはやけふふる雨にちりやはてなむ

一見しては雨に散る遅ザクラを惜しんでいるだけのように思える。しかし、くりかえし読むうちに、どこか沈痛なひびきがにじんでくるのは、やはり春庭の非運が宿ったせいだろうか。
沢真風の家で、月の美しい夜があった。宣長はそれを御所に近いところだからだろうというような歌に作り、別の日に経亮に見せた。経亮はそれに応じた。

かすむよの月もさやかに見えつるは君がことばの光なるらむ

それに、春庭は一首をつけている。

ことのはのひかりをそへて又更にすみこそまされ春夜《ママ》月

また、雨の日に経亮は旅宿をたずねて春庭と語りあったらしく、和歌を贈答している。

経　亮

はるさめのいぶせき空も忘られて君とかたればあかずぞ有りける

春　庭

ちりぬれど桜はよしや色深き君がこと葉の花しにほへる

あまりおもしろい歌とも思えないが、春庭のものにはともにことばという語彙があらわれているのは注意しておいてよいだろう。

しかし、この旅行歌集に春庭の歌が出ているのはこれ限りである。そのあと、宣長、経亮、あるいはあとから追うて来た稲懸大平と大館高門、またこのとき宣長がはじめて訪問した小沢蘆庵《ろあん》、伴蒿蹊などの和歌がつづいているが、春庭の作歌は一首も出ていない。これはほどなく春庭が宣長と別れて、ひとりで松阪へ帰ったからではなかろうか?

日記にあるように、宣長は十九日に大阪へいった。そのときの作歌を『枕の草葉』に残しているが、それによると伏見から夜舟で淀川を大阪へ下った。大阪でははじめて住吉社にまいり、京への帰途には水無瀬宮の跡、山崎の男山八幡宮をたずねた。京に帰りついたときはよほどうれしかったらしく「難波のゆきかひに小舟の中にて二夢うき寝していといぶせく夜を明しわびたるに、京にかへりての夜はいをやすく寝て」という詞書を書いている。

つまり、宣長の大阪ゆきは三泊四日であり、そのうち二泊は舟のなかであった。その残りの一泊が大阪であったわけで、これについては日記にも旅行歌にもあらわれていないが、宣長にとって苦痛な旅であったはずである。

宣長が大阪へ下ったのは、播磨の眼科医が大阪に滞在していたからで、春庭をつれて診察を求めたのである。その消息を語るのは二通の手紙で、『本居宣長翁書簡集』に出ている。ともに、次男春村あてである。

その一つは、着京してすぐしたためたものらしく、「三月十二日七つ時」、つまり、午後四時という時刻まで書いてある。文面は、先方のごきげん伺いからはじまって「……我等共、只今無事に天気も宜しく、都合よく着京致候間、御安心賜はる可く候」とつづけ、松阪へもそのむねを伝えてほしい、と結んでいる。その追伸に「尚々駕之者、御世話忝く存じ候。道にて六百文渡し申候」とあり、祝儀もわたしておいたとしるされているから、宣長と春庭とは三月十日に松阪を立つと、その夜は小西家に一泊し、駕籠を世話してもらって上京したことがわかる。

もう一通の手紙は、着京の夜に前便を追うて書かれたものである。

「又申入れ候。播州眼医之義、此節療治を受け候仁、此辺懇意筋に之有り、此節又々二三日中にりやうぢ受けに大阪へ下られ候由、此仁と同道いたし、大阪へ参り申す可く候。甚都合宜しく大慶と致し候。此旨松阪へも御知らせ賜はる可く候。以上」

これが全文である。

ということは、播州の眼科医が大阪に滞留していることを知って、その診療を受けに春庭をつれていくことがこんどの上京の主要な目的であった事情を示している。眼科医のことは宣長自身か、沢真風か、小西家かのだれかが聞きおよんで受診となったのだろうが、手紙は、その眼科医の療治を受け、また近日中に大阪へゆく人が見つかって好都合になったようすを急報したものである。そして、宣長と春庭とはその患者と同道して、十九日に大阪へ向かったのであろう。大阪ゆきがのびたのはその患者の事情によったのだろうし、そのうちに訪問する門人、入門者があって、宣長は旅宿で講義をはじめたものらしい。

宣長と春庭とは、淀川を下る夜舟のなかで、沈鬱な時を過ごしただろう。ほとんど眠らなかったのにちがいない。

そのころの淀川航行は落語の『三十石船』や十返舎一九の『東海道中膝栗毛』にも出ているように、三十石船といっても定員は二十八名で、それも定員超過で混雑することが多かった。舟便は朝夕二回で、宣長らは夜立ちとよばれる便船に乗った。それは伏見の船着き場を日の暮れに出発し、酒倉や舟宿のならぶ掘割りを下り、観月橋で淀川に出て、淀、橋本、枚《ひら》方《かた》、毛馬をへて大阪の天満八軒屋に着くのは朝になるきまりであった。晩春の川風はここちよかっただろうが、船中はたぶん猥雑で、宣長には『枕の草葉』にしるしたように、「いぶせく夜を明しわび」たものであったろう。しかし、それはただ船の混雑のためだけではなかったろう。春庭の眼病のことが心に重くのしかかっていたからにちがいない。

そうした大阪ゆきも、まったくむなしかった。

八軒屋に着くとすぐ播州の眼科医をたずねたのにちがいないが、結果は思わしくなかったのだろう。

播州の眼科医というのは、わからない。すでに、当時眼科病院として最高の名声を得ていた尾張馬島明眼院でも好転しなかったのだし、それをわざわざ大阪まで出向いたというのは、よほど評判の高かった眼科医であったのにちがいない。それにもかかわらず、いろいろ眼科医学の文献をくってみても見当がつかないのだ。

ただ、文政三年刊『今世家人録』に「播州明石、高範国」というのが出ており、シーボルト事件をおこした土生玄碩の記録にも記載がある。それによると、範国は杉田玄白に学んで膿眼剔出術のことを早く知り、文政十一年にはオランダ人ヤーコップ・ハンホートの薬剤書を抄訳した『用薬略記』を出し、大阪心斎橋筋道修町に開業しては読書室を衛生亭と称したりした。玄碩は大阪遊学中に範国を知り、『解体新書眼目篇』を示されて驚愕したとある。天保五年、六十四歳で没している。

そうすると、春庭が大阪で受診した寛政五年には二十三歳という計算になる。これでは年が若すぎるように思えるが、その年玄碩は二十五歳であり、オランダ眼科医学を示されて衝撃を受けたころにあたるし、範国の新知識は一部にはいくらか知られていたと考えられないこともない。

宣長は新しい知識にはきわめて敏感であった。たとえば、石見の門人小篠御野《みぬ》に長崎でオランダ人をたずねて自分の音韻論を実証させたことが『玉勝間』に出ている。だから、蘭学の動きにひそかに目をくばっていて、そこに大阪での若い蘭学者の情報がはいり、受診を思いついたことは考えられることである。漢方医による治療はすでに尾張明眼院で実験ずみであり、オランダ医学を求めたのではあるまいか？

しかし、これはまったく一個の想像にすぎない。ただ明確にわかっていることは、その大阪での受診が徒労であったという事実だけである。サジを投げられたのかもしれない。宣長はわずか一泊で大阪を去った。もっとも、春庭のほうはしばらく大阪に滞留して治療を受けたかもわからない。

この経過は『枕の草葉』にも『日記』にも書かれていない。二通の手紙で想像されるだけである。

この手紙について、『書簡集』の編者奥山宇七は「春庭眼病治療のために、前には尾張の馬島へ赴き、今又大阪へ行かれたのである。子を思ふ親心、さこそと察せられる」と注している。そのころ、もはや春庭の眼疾にはほとんど回復の希望が持てなかったはずで、強靭な理性の持ち主であった宣長にはそのことはよくわかっていただろう。それでも、評判を聞いては、息子をつれて大阪へ出かけずにはいられなかったのだろう。その結果はみじめであった。だから、淀川舟行も「いぶせき」ものであり、京についてほっとしたと書いたのだろう。もっとも、宣長の美学では実生活の切実な感情を作品に投影させようとはしないのだけれど、かなり気もちは打ちひしがれていて、和歌にも紀行にも日記にもしるす気になれなかったのかもしれない。

それでいて宣長は、大阪からの帰りには水無瀬、山崎の八幡宮をたずね、往時をしのんで感慨を和歌に詠じている。さらに、京都に戻ると、上賀茂、下賀茂の両社に参り、人に借りて『源氏物語』を読み、京人の物まなびのまめやかでないのを嘆き、吉田神社に参拝し、小沢蘆庵をたずねて和歌を贈答し、北野神社、平野神社、仁和寺、太秦寺、松尾神社、嵐山などをめぐり、芝山持豊《もちとよ》、妙法院宮、伴蒿蹊を歴訪していずれでも和歌を作っている。宣長の勉学、作歌はすこぶる旺盛で、そこが宣長のふしぎな強さでもあった。

そうして宣長が京を出発したのは、四月十二日であった。まる一か月在京したことになる。十三日は門人の彦根藩士松井正平の家に、十四日は美濃大垣の大矢重門宅に、十五日は尾張国中島郡起《おこし》駅の本陣である門人加藤磯足方に泊まり、十六日名古屋にはいっている。道中ではつねに和歌を作り、夜は歌会を催し、名古屋には九日間も滞在し、二十九日にようやく松阪に帰着した。

春庭は大阪へ受診に下ったあと、京都から同行した患者と数日滞在してひとり松阪に帰ったと思われる。『枕の草葉』に着京はじめの和歌しか採録されていないし、宣長とともに帰りに水無瀬宮などに立ち寄っているなら、その和歌があってよいはずであるが、それがない。

また、松阪帰着後十八日めの五月十六日づけで横井千秋に送った宣長の手紙の一節に、春庭の病状にふれたところがある。親切に心配してくれることに感謝してから、

「是も私留守中より外ニ用ヒ掛り居申候服薬之有リ候ニ付、かの小鹿氏之考方もいまだ得用ヒ申さず、且又鳶《とび》の妙薬もいまだ得用ヒ申さず候」

とある。

「留守中」というのは宣長がさきの旅行で留守をしていたことを示すのだろう。とすると、春庭は宣長より早く帰っていたことになる。「外ニ用ヒ掛り居申候服薬」とは、あるいは大阪で播磨の眼科医からもらった薬かもしれない。「小鹿氏」は尾張藩の医官であったから、家老であった横井千秋は特に春庭のために調剤させて送ったものだろう。「鳶の妙薬」とは奇妙だが、そんな薬まで教えられたか送られたかしたらしい。

そうしたいろいろの薬を用いたにもかかわらず、春庭は翌寛政六年六月から正月に至るあいだに完全に失明したのである。

寛政六年、宣長は多忙であった。

三月二十九日から一か月近く名古屋に旅行し、帰着したのは四月二十六日である。松阪湊町の豪商長井嘉左衛門にとついでいる次女美濃に長男新六が生まれたが、十月一日に早世した。

それに、その年は天候も不順であった。宣長の日記には、六月上旬から一か月あまりも雨がふらず「大暑堪ヘ難シ」とあり、七月十二日にやっと雨を見、それを「甘雨」「諸人歓喜」としるしている。しかし、暑気はきびしく、八月の条には「今月下旬マデ残暑甚シ。当年諸国皆大暑、旱」とある。

十月にはいると、宣長は紀州侯徳川治宝に招かれて和歌山へ出かけた。大平と家僕庄介をつれて十日未明に松阪をたち、櫛田川にそって吉野街道をさかのぼり、高見峠を越えて吉野にはいり、龍門の滝、上市、五条をへて橋本から舟で吉野川、紀の川を下り、和歌山に到着したのは十三日である。

和歌山では重職へのあいさつ回り、歌会、『大祓詞』『源氏物語』『神代正語』の講義、門人や入門者の応対、御前講義、和歌浦や紀三井寺などの見物で寧日もなかった。

この和歌山旅行中に宣長が春庭あてに送った書信が三通残っている。

一通は十一月三日づけで、旅宿で毎夜『神代正語』と『源氏物語』を講義していること、三日に登城して『大祓詞』を御前講義したことを知らせ、御前講義のもようを図にかいてつけている。つぎは霜月十八日づけで、三度御前講義をおこない、和歌浦、紀三井寺、須佐神社へいったこと、帰国が予定より早くなったことを報じた。三通めは帰国を知らせる急便であるが、そのどれにもまず、次第に気候が寒冷になったことと無事を案じていることから書きおこしている。

この和歌山ゆきで宣長は御針医格に昇進し、十人扶持に加増された。そして、閏《うるう》十一月二十三日に和歌山を発足して大阪に向かい、一泊ののち淀川の夜船で二十六日に京都に着いた。京では五日間逗留して門人に会い、堂上歌人芝山持豊らと対面した。

十二月一日、沢真風とその社中五人に蹴上《けあげ》まで見送られて京都を出発し、関と津の小西家に宿泊した。津からは御針医格の行列を組んで十二月四日午後四時に松阪に帰着した。実に三か月に近い和歌山ゆきであったが、入郷の行列がのちに宣長遺言の葬列のもとになった。

その年の宣長の日記の末尾には「当冬、十二月初マデ寒気至薄、五日ゴロヨリ寒シ。風少シ。米価二十七八俵、銭六貫二百文位」と結ばれている。幕府からは十か年の倹約令が出され、賭博、男女混浴が禁止され、しかも米価は上昇していた。そういう大旱暖冬の年に春庭は失明したのである。

そこで、宣長は春庭に京都で針医の技術を修めさせようと決心し、翌寛政七年正月、奉行所に願書を出した。送りがなを補えば、

「私忰《ママ》同苗健亭儀、五年以前より眼病相煩ヒ罷リ在リ候処、療治相届キ申サズ、両眼共盲ヒ申シ候ニ付、針治稽古ノ為、三ケ年京都へ遣ハシ置カレ申シタク願ヒ奉リ候。以上」

願書であるから当然文面は簡潔だが、それがかえって宣長と春庭との深いかなしみを伝え

ている。

日づけは寛政七年正月だけれど、これが書かれるまではかなり長い時間がかけられたはずだから、春庭はその五年前ごろから失明同様で、それが寛政六年にはまったくの絶望となったものにちがいない。それとともに将来の生活の手だてに針医を選ぶことは何度も相談されただろう。それが、宣長が紀州旅行から帰るとすぐ決定されたものと思われる。

春庭が『古事記伝』の版下を書いたのは、天明七年から寛政二年十月までである。宣長が本文を書き、春庭が注釈を受け持った。宣長は『古事記伝』全巻をそのようにして完成させるつもりであったことが横井千秋あての手紙でわかる。ところが、春庭の眼病はその初帙五冊がようやく出版された翌年に始まったのである。これは宣長にとっても痛切な打撃であった。そのため、『古事記伝』の板行は停滞し、巻十五から三巻は宣長自身が版下を書かねばならず、その校正が終わったのは実に初帙出版六年ののちの寛政八年であった。

宣長は願書を出した正月の五日に、津藩士の門人七里松叟《しちりしょうそう》あてに手紙を出しているが、そのなかに「眼病先同様ニ罷リ在リ候」としるし、「こぞの年の暮に」という詞書をつけて二首の歌を書きつけている。

身はよはる老の坂路を年々にこえゆく年は早くなる哉
なしてむと思ひしことはならずして月はきえゆく年は来経ゆく

宣長の楽天的な歌にはめずらしい、衰えのかなしみがうたわれている。あるいはそのとき、宣長は『古事記伝』出版の挫折さえも予感していたのかもしれない。

春庭が針医修業のために京都へのぼったのは、寛政七年四月二十三日である。盲人の旅であったので、弟の小西春村と妹飛弾とがつきそった。

飛弾は春庭より七歳年したの一番上の妹である。天明六年に津分部町の草深玄鑑にとついだ。草深家は母かつの実家で春庭もその家で出生した姻戚であり、玄鑑は飛弾の従兄にあたり、相次いで長男、長女を生んだ。ところが、長男が幼没したのちの寛政四年二月ごろからどうした理由でか不縁となり、松阪に帰っていたのである。

春庭の上京は、はじめ四月五日出発の予定であったが、春庭が病気にかかったために延期されていた。

春庭らは初瀬街道をとり、途中、大和国切畑《きりはた》村で眼科医の治療を受け、五月一日京都に着いたことが、宣長の日記と手紙とでわかる。出発に先立ち、宣長は切畑村を絵図でいろいろ調べ、大和国も伊賀国境に近いところで、初瀬街道からあまり遠いようにも思えないから、名張あたりで聞けばわかるだろう、とも同行の春村に書き送っている。

切畑村には眼科医がいて、宣長はその評判を聞きこみ、治療をすすめたものであろう。宣長も春庭も、このときになってもなおあきらめきれなかったようである。

春庭は切畑村で逗留して治療を受け、京都にのぼってからもふたたび切畑村をたずねている。ところが、その眼科医については『本居宣長稿本全集』の本居清造の注に「眼科医ノ名ハ明カナラズ」とあるばかりだ。

わたしにはそれだけでなく、切畑村の見当もつかなかった。村名だけなので、文庫で所在をつきとめるまではさまざまの地誌をひっくりかえさなければならなかった。しかし、それは未知の土地を地図でたずねるようにたのしい作業でもあった。

『大和志料』をくると、山辺郡三《み》ヶ谷《や》村のなかに「切幡」という字があらわれた。その村には八つの字があって、「切幡」はそのおしまいに書かれている。それが切畑村にちがいない。

切幡　高二百十一石一斗三升

藤堂和泉の所領である。石高から見ても大きな村ではない。それが昭和五年には豊原村に属し、いまは山添村に編入されていることもわかった。参謀本部の五万分の一の地図で見ると、なるほど宣長が調べたとおり、大和も東北のはしで、十キロほどで伊賀国境である。伊賀上野から大和東方高原の都介野《つげの》をよぎって奈良県櫟本《いちのもと》へ出る古い街道があり、切幡は伊賀盆地からその高原へのぼった道に沿っている。付近には助命《ぜみょう》、伏拝《ふしおがみ》、毛原《けばら》などといった変わった地名が多い。標高は五百メートルぐらいであろうか。わたしはさっそく山添村役場あてに返信料を入れて照会の手紙を出した。寛政年代に眼科医が住んでいたはずで、その名とわかっているかぎりのことを教えていただきたい、また、そのころ松阪からはどの道をとったか、その道順を知らせてほしい、というものであった。

ほどなく、返事がきた。

そんな眼科医がいたことは、いまのところまったくわからない、とあった。

松阪からの道順は、参宮街道を六軒でそれて初瀬街道をとり、青山峠を越えて伊賀にはいる。峠までは約三十キロ、それほどけわしい峠道ではない。あとは下りで伊勢地、阿保をへて名張に出る。それが長谷寺へ参詣する初瀬街道で、峠から名張までも三十キロたらずの道のりである。

ところが、春庭は切幡をたずねるのだから、名張から名張川に沿って西北へさかのぼったであろう。名張の上流六キロほどに葛尾《くずお》という村がある。そこで名張川と別れて西南へ山道をたどらなければならない。道はかなりの急斜面をまがりくねってのぼり、岩屋、勝原をへて三ヶ谷にはいる。そこから切幡までは四キロたらずで道も平坦だが、葛尾から三ヶ谷までの五キロほどの道は五万分の一地図では皺だらけの等高線を縫っていて、見るからにけわしい。

宣長が京に着いた春庭に書き送った手紙が残っており、それによると春庭の旅は雨天がちで、名張から切畑村へ抜けるときは大雨であったらしい。

「雨天がちにて、殊に廻り道の節、大雨の由、さぞさぞ御難儀察し入り候」

「廻り道」とは、葛尾からの山道のことであろう。春庭ははげしい雨に打たれながら、駕籠にゆられていったと思われる。

手紙にはつづいて切畑村でゆっくり逗留して療治を受けたことにおよび「様子面白く存じ候」とあるから、春庭は着京してその治療にいくらか希望がもてるような報告をしたためたのだろう。

春村と飛弾とは春庭を京の借宅まで送りとどけると、すぐ引き返して五月十七日に津に帰着し、二十三日に松阪に来て父に委細を伝えている。宣長はそれを聞いてまた手紙を春庭に送った。

それにも「道中之様子承り候処、雨天がちにてさぞ難儀致され候はんと存じ候」と書き、切畑村の療治がおもしろいので、どうか怠りなくその薬を用いるよう、くりかえして述べている。

「何分右切畑の療治面白く候間、此上共随分薬御用ひ、事により今一応も切畑へ御出も然るべきと存じ候」

切畑に希望をつないでいるのである。

春庭らは切畑からは都介野高原を横切って初瀬へくだり、そこから奈良をへて京へはいったろう。古地図によれば、高原の道は切畑から小倉、白石、友田、並松《なんまつ》、小夫《しょうぶ》をへて初瀬へ出たと思われた。そこは『日本書紀』に闘鶏《つげ》国と出ている古代の都祁《つげ》郷の地である。そのことは考古学の講義でわたしもいくらか知っていた。

大和平野がまだいちめんの湿地であったころ、この高原には狩猟の人びとが住みついていたらしく、縄文土器のもっとも古い捺型文が出ているというのであった。高原はツゲの原始林におおわれていたのであろう。ついで、四世紀ごろにはいると農耕の部落小国家が確立されたらしく、二百あまりの前期古墳が散らばっているという。さらに、八世紀にはいると都祁山之道という古代の伊勢参宮道がひらかれたことが『続日本紀』に出てくる。そして、それは以後京都から伊勢へ向かう斎宮たちの通路ともなった。

なかでも、わたしの興味を強く引いたものは、明治四十五年に高原の茶畠から奈良朝の高官の金銅の墓誌銘と木製の骨櫃などが出て大騒ぎになったという事件である。墓誌銘によって、骨櫃の主が神亀六年に奈良の都で死んだ従四位下小治田朝臣安麿であることはわかったが、その遺体は遺言によって奈良から二十キロもはなれたこの高原へわざわざ運ばれ、見はらしのよい丘で火葬に付されたという事実はふしぎでならなかった。考古学のノートをとりながら、ツゲの密林のなかから、一条の白い火葬の煙りがまっすぐに立ちのぼる幻影がわたしを捕えた。

そののちの高原は、日本歴史の流れのままに奈良大寺の荘園となり、武士団がおこり、起伏のゆるやかな丘は茶畠と水田とにおおわれたことは「友田、白石、碁盤のおもて」という民謡が残っていることで知られる。

春庭らはそんな高原の道を冷涼な雨に打たれながら切幡から初瀬へ下ったはずである。春庭はその旅行中にも和歌を作って宣長に送っており、その詠草はのちに歌集『後鈴屋集』に収められているので、その高原についても何か歌っているのではないかとていねいに調べてみたが、残念ながら一首も見出すことはできなかった。しかし、春庭は少年のときから父のいいつけで、ほとんど日本全国の地図を書き写している。もちろん、伊賀国、大和国のそれも記憶に刻まれていただろう。駕籠がゆれるごとに見えない網膜にはその地図が鮮明にひろがっていたのにちがいない。

春庭が京都に着いたのは五月一日であったから、そのふしぎな高原をよぎる道中は松阪出発以来七日間であった。わたしは春庭が歩いた道を同じように歩き、切幡では眼科医のことを自分の手で調べたいものと思った。しかし、そんな願いは金も時間もない貧乏学生にすぐにはかなえられそうにもなかった。

京都での春庭は、中立売油小路西入ル南側鍵屋又兵衛宅に止宿した。京都の父の門人沢真風の世話によるものだろう。

真風は鍵屋に近い中長者油小路東へ八丁に住んでいたことが宣長の手紙に見える。本居清造の注記によれば、真風は名は善蔵、江戸の人であるが、そのころは京都で門人をとって国学を教えていたと思われる。宣長に入門した年月は未詳だが、寛政四年に松阪に宣長をたずねている。また、宣長は寛政五年に春庭をつれて上京した旅では、真風の家に止宿し、ここで講義をおこなっている。

在京中の春庭の動静は、宣長の手紙と春庭の歌集『後鈴屋集』とによって推察するよりしかたがない。それによると、宣長はまず道中をずいぶん心配している。四月中には着京しているはずだから、五月四、五日ごろには手紙がとどくだろうと「日々相待居り申し候へ共、今日迄其儀無く、如何と案じ申し候。其地様子早々承り度く存じ候」と書き送り、幸便を得ては十徳やかたびらなどの衣類から御祓い札やお守りまで送りとどけ、「清き所へ安置之有るべく候」としるしている。ずいぶん、心を使っていたようすが知れる。

春庭は着京しても針医の修業にはすぐ取りかかっていない。

宣長はそれが気がかりで、毎便でそのことをたずねている。
「針治療稽古師取りはいまだ相定まらず候哉。承り度く候」（五月二十三日）
「眼科師匠取りの事、随分心安く稽古出来申候方宜しかる可く候。表向聞えに名家へ入門之儀は無益に存候」（六月十五日）
「針術けいこの事御申越し、いさい承知せしめ候。其方もやう次第、何方へ成り共早く入門致され、早くけいこに掛り申され候て宜しかる可く候。もはや此節はけいこに掛り申され候哉。承り度く存じ候」（八月十九日）
「針治稽古之儀はいかが候哉。早く何方へ成り共入門致され、けいこ之有る様にと存じ候」（九月十六日）
「貴殿針治けいこの事、近ごろ針治家へ入門致され、毎日けいこに御出候由、安心いたし候」（十月二十三日）
つまり、春庭が針医修業にかよいはじめたのは、九月十六日から十月二十三日のあいだということになる。着京後四か月あまりも経過している。そのあいだ、春庭はどうしていたのだろうか？
ひとつには、健康がすぐれなかったのではないか。着京した陰暦五月過ぎは、もう初夏である。京の夏は多湿で、おもくるしく暑い。虚弱な春庭は、盲目の長旅がことにこたえたのではあるまいか？　七月二十四日からは病気にかかり、それもよほど吐瀉がはげしく、食事も薬もまったく受けつけなかった。そのときは、春村が世話したつきそいの久助も寝こみ、沢真風にめんどうをかけた。宣長の六月の手紙もはげしい暑気を伝え、「土用入殊の外暑気強く、大にこまり申候」とある。

もっとも、その病気も八月十五夜には癒えたらしく、春庭は月の歌を宣長に送ったが、雨で月はなかった。その歌は『後鈴屋集』に出ている。

かきくらしみやこは雨のふる里もなほかげ見ずやもち月の空

その夜は松阪も雨であった。宣長の同日の日記には「雨天、月見エズ」とある。

そんな暑気と病気とのうえに、再度の切幡村ゆきがあった。それも父が手紙ごとに強くすすめたからで、春庭はあまり気が進まなかったものと見える。

「切畑村之事、今一往あの方へ参られ候事、貴殿にはすゝみ申されざる由、是も尤に存じ候へ共、今一度は参られ候様にいたし度きよし、此方にても皆々申候事に御座候」（八月十九日）

それにつづけて気候もよくなったから、ぜひ治療にいき、薬も怠らずつづけて用いるようすすめている。それで、春庭は八月末か九月はじめに、ふたたび切幡村をたずねたと思われる。しかし、何の効能もなかった。

そんな次第で春庭の針医修業に就いたのは遅れたと思われるが、それよりも春庭自身には針医が必ずしも本意でなかったからではあるまいか。父の強いすすめに従って上京したが、暗澹とした思いに沈んで心は充分に決せず、たえず不安にゆれ動いていたのではなかろうか？

その年寛政七年十二月、宣長の三女能登が神宮の宮掌で御師の安田伝太夫に嫁したが。春庭は京にとどまったまま婚儀に出席しなかったようである。のちの詠歌ではあるが、滞京中に稲懸大平あてに思う心を送ったものが『後鈴屋集』に出ている。

　いせの海こひしからずはあらねどもかへるぞつらきおきつ白波

それがそのころの春庭の心境であったろう。故郷は恋しかったが、帰郷することはつらかったのである。

それには父の心労に接するつらさも含まれていただろう。春庭の修業と能登の婚儀とで出費はかさみ、そのためたびたび春村の養家小西家に借金を懇願している。その年末には四十八両にのぼり、宣長は春村あての手紙で「扨々物入り多大に困り入り候事に御座候」とある。

寛政八年の正月は暖かであったが、十日から急に寒気が迫り、二月一日には強い地震があった。また、松阪では正月二十六日に火事があって四十軒あまりが焼けた。

春庭は正月も帰省せず、そのころになって気分も落ちつき、針医修業に出精したらしく思われる。針医の師は猪川元貞という人であった。

三月ごろ、春庭は百十歳になる火打ちづくりの老人と知りあった。鉄石軒という。歌を乞われて一首贈った。

　めづらしな百年《ももとせ》あまり十年へて猶家わざをうちもたゆまず

おそらく、暗くとざされがちの春庭の思いもいくらかほぐれたのであろう。さっそく、その火打ちと歌とを父に送った。宣長もこれをめずらしく思い、よろこび、歌もおもしろいと評して狂歌を返した。

百の外へおのがよはひ《火》を打出して石よりかたき火打うりかな

そのとき、宣長がはじめて入れ歯をしたことを春庭に伝えると、それを祝福する歌を返したりした。このあたりにはなごやかな父子の交情がにじむ。しかし、いっぽうで春庭は京へ出立した去年を思い、望郷の歌を残している。

立出し去年の月日とおもふにもふるさととほくしのぶけふかな

やがて、春庭は重大な決意を示すにいたる。かねて盲者の身では家督も継げないとして、それを妹飛弾にゆずろうと思い決したことである。そのころの社会的慣習として長男が家業を継ぐものとされ、宣長は春庭に後継者としての教育を幼年から加え、春庭もそれに充分こたえていた。しかし、失明しては父の業をつぐことはできない。父は和歌山藩の御針医格であり、多くの門人をかかえている。その継承はできるはずのものでないことに春庭は長く思いなやんでいたと思われる。

その年の三月、家に帰っていた飛弾は正式に離縁となった。それで、春庭は飛弾に家督をゆずろうと決心していた。その考えは、春村、飛弾につきそわれて上京した旅行中、ふたりにひそかにもらしていたことかもしれない。

ところが、六月に飛弾に再縁の話が持ちあがり、春村から春庭に相談があった。そこで、春庭は春村へ自分の意見を書き送ったのが六月二十二日である。自分は家督相続のことは気が進まないし、飛弾も再縁を好ましく思っていないので、このたびの縁談はことわってほしい。もし、縁談が自分の相続のことに関係するなら、しばらく見あわせてもらいたい。くわしくは春村が上京のおり、相談いたしたい。そういう文面である。

「……宿元相続之儀はとかく進まずに御座候事……」

「右縁談之儀も、宿元相続之事にかゝり候儀に候得ば、まづしばらく御見合せ給はる可く候」

そんな文辞が春庭の固い決意をよく語っている。家督相続はもちろん、学業の志もすでに断念していたのである。そのことは七月二十日づけで飛弾へも書き送った。

その縁談は伊勢の門人荒木田末偶（菊家兵部）が宇治の田丸屋十介へ世話をしようとしたものらしく、それについて宣長は春村を呼んで相談したことが六月十三日づけ書簡でわかる。宣長はやはり春庭に家督を相続させるつもりでいたので、春庭の意向には驚愕したらしく、さっそく春村を上京させて説得にあたらせた。

そのときの事情と宣長の心境とは、八月一日づけ春庭あて書信ではっきりわかる。

「……我等料簡も委細栄次郎（春村）へ申し含め候間、御聞き之有るべく候。貴殿事是非共帰国致され、此方跡続致され候様致し度く候」

帰国してぜひとも相続してほしいというのである。

「夫に付貴殿妻之事も兼々真風主へ度々相頼み候事に御座候。此義急々とりしきり世話いたしもらひ、何事も其方にて相ととのへられ、貴殿帰国之節は同道いたし参られ候様にと呉々望み候事に御座候……」

沢真風に嫁の世話をかねてたのんでいたものらしい。それで、京都で縁談をととのえ、帰国のときにはいっしょにつれ帰るようにという。

この結果、春庭も折れてついに飛弾の再婚をみとめることになり、飛弾は翌寛政九年正月、四日市浜町の高尾九兵衛にとついで事は落着した。さきに菊家兵部が世話していた縁談はそののち不調となり、近所の小泉という人の世話で四日市にきまったものである。

高尾家は四日市の帯刀を許された地主であった。本居清造の注記によれば、九兵衛は風雅を愛し、文学を好み、詩歌、俳諧、音楽、茶道、書画の類、学ばざるはなく、『東海道人物志』『続浪華郷友録』にもその名が見えるという。高尾浦一帯に広壮な邸宅を構え、園池をつくり、閲古楼という高殿、文庫、聖堂を設けたというから豪勢な風流人であったのであろう。頼山陽、菊池五山、僧月僊、松平不昧《ふまい》なども来遊している。九兵衛はその家の三男であったが、長兄は早死にし、次兄には嗣子がなかったので家督を相続した。はじめ清水伝右衛門長敬の娘を迎えたが離婚となり、飛弾はその後妻にはいったわけである。はじめ、宣長は遠方でもあるので気が進まなかったが、先方には先妻との子もなくて老母ひとりであり、春村と妻とが乗り気になったので同意した。婚儀はおもに春村がとりしきった。

高尾家にはいった飛弾は二男四女を生んだ。しかし、三女牛《ぎゆう》を残していずれも早世し、やがて牛に養子を迎えて高尾家を継がせたが、そこに生まれた信郷がのちに本居家の正統を継ぐことになる。春庭の子有郷に実子がなかったからであるが、おもしろい縁由と思える。

とにかく、春庭はこんな経緯をたどって飛弾の再婚をみとめ、家督相続についても一応父の意向に従った。

しかし、内心では相続固辞の決意がやはり固かったのではあるまいか？

寛政九年の正月も、春庭はひとり京都で迎えた。

新年早々に宣長が知らせてきたことの一つは、伊勢強訴《ごうそ》の情報であった。前年十二月二十六日から二十九日まで津近在の百姓が徒党を組んで三方の口から押し寄せ、喚声をあげ、町なかへ乱入し、かねて恨みを含んだ家々を打ちこわした。そのとき、百姓たちは積んであった藁《わら》を残らず燃やしてかがり火にした。あとで調べると、その藁だけでも十八万束をこえるという大騒動であった。結局、津藩藤堂家では百姓たちの強訴を聞き入れたので、二十九日までに騒動は静まったが、藩は藁代だけでも三百両を支払ったし、津では節季の支払い、集金もできず、風説は飛び、正月の松飾りや礼もおこなわれなかった。そういうことを宣長は春庭に書き送っている。

これはのちの伊勢強訴と呼ばれる事件である。藤堂藩が均田制によって税制を改めようとしたことに事はおこった。藩はこれを強行しようとしたのに対し、一志郡の農民三万人が強訴したものである。藩は新法をすべて撤回することによって、ようやく騒動をおさめた。こうした百姓一揆が全国に高まっていた時期であり、宣長も「以ての外の大変に御座候」「京地にてもさぞいろ〳〵説之有る可く候」と書き送っている。

そのたよりとともに、飛弾が正月二十四日、松阪を出発して翌夜婚礼も無事調い、きげんよく再婚生活にはいったことが知らされた。

そのころ、春庭の針医修業はかなり進んでいて、人に療治を求められて出かけるまでになっていたらしい。前年八月十八日づけの宣長の手紙に「針術此節追々少々ヅツりやうぢも頼み参候由、珍重に存じ候」と出ている。

この年、春庭は家族、知人の来訪を相次いで受けた。

まず、四月に次妹美濃と母かつなどがたずねてきた。

美濃は十歳年下である。十八歳で松阪の長井嘉左衛門にとつぎ、長女みねを生んだが幼没させていた。そんなこともあってか、二月十一日、義母みわ、義姉おいほといっしょに西国巡礼の旅に出、京へ立ち寄った。

母は美濃の婚家から旅行中の彼女に人をやることを聞きこみ、長らく春庭にも会っていないというので、三月二十九日、急に上京の旅に出た。その母と美濃らとは四月一日、草津の宿で偶然いっしょになり、翌日つれそって入京し、春庭を宿にたずねた。

かつは四、五日逗留のつもりで出かけたのだが、京では十五日に賀茂神社の葵祭りがあるというので滞在をのばし、十九日に京都出発、奈良、初瀬をへて松阪に帰ったのは二十二日になっていた。美濃らはさらに巡礼をつづけ、五月二十一日（手紙では二十二日）に帰着した。

つまり、母と妹とは十九日間も京に滞在していたことになる。美濃は春庭にとってとりわけやさしい妹であり、彼女はその年の正月の肴代として遊学中の兄に金百疋を贈っている。三人はつもる話に時を忘れたのにちがいない。当然、帰国のことが最初に出されただろう。

あげくは春庭の将来を思い案じ、暗澹となったであろう。あるいは、そのときすでに目をとじた兄に美濃はこれからの手助けを約束し、はげましたかもしれない。

しかし、すべてはわからない。何一つそれらしい記録がいまのところ残っていないからである。

五月になると、松阪の書林主柏屋兵助が上京してきた。

柏屋の店は日野町にあって、山口昭方という。稲懸棟隆の弟なので、大平の叔父にあたる。宣長は若いときからその店をよくたずね、本を求め、話しこんだりした。春庭が生まれた年に宣長は賀茂真淵を旅宿新上屋にたずねたが、その仲介をしたのは柏屋だったといわれる。新上屋は柏屋の東二軒めにあったのだ。そののち、柏屋は鈴屋出入りの書林となり、『玉勝間』をはじめ宣長の多くの著作を出版した。その店のあとは道路になりはて、新上屋も銀行に変わっていることはいつかの山室山参拝の帰りに教えられ、なんだかわびしくなったことがあった。

そのとき、柏屋は宣長の内意を受けて春庭に帰国をすすめた気配があるが、それがはっきり打ち出されたのは六月であろう。そのことは七月十八日づけの宣長の手紙でほぼ推察することができる。

春庭はもう一、二年滞京したい意志を宣長に伝えている。

それに対して宣長は、もっともだと思うけれど、自分も年老いて大儀なので早く相続をゆずりたいと思っているし、春村も同意見なので、ことしじゅうにはぜひ帰ってほしい、といっている。「早く相渡し申し度く候間」と書いたのだ。

手紙はそれにつづけてこう伝えている。――きのう春村が日帰りで来てくれたが、それは貴殿の縁談のことである。貴殿の妻はかねて京で求めたいと考えたが、適当な縁も見あたらないままに春村がこちらで心がけたところ、伊勢白子の医師長島玄瑞という人の娘がよかろうということで、いろいろ聞きあわせた結果も相応だと思う。女は二十四、五歳で、一度伊勢神戸へ縁づいたが不幸にも帰ってきたものである。これについて早く先方へ申しこみたいと思うので、至急便を立てて貴殿の意向をうかがう次第である。妻も春村も同意しているので、至急返事をしてほしい。――宣長はそんなふうに書いている。追伸でも「いなやの義、早く御返事待ち入り候」とくりかえし、別紙にも「とくと間違なく早速御届け下さる様」と念を押した。

これについての春庭の返事は残っていないけれど、母かつが春庭の手紙を春村にとどけた事実がのちの手紙でわかる。春庭は承知したと思われる。しかし、この縁談も結局は成立しなかった。

ついで、春庭は滞京の意志を捨てて八月六日、二年四か月ぶりで松阪の家に帰った。閏《うるう》七月二十一日、春村が迎えのために上京し、八月二日同道して出京、四日、津の小西家に着いて二泊のうえ帰宅したものである。ということは、春村は京都に十日あまり滞在したことになる。帰国の準備やあいさつ回りなどに時間をとられたからだろうが、帰国をあらためて説得しなければならなかったからではあるまいか？

春庭はあれほど望郷の思いを歌に詠じながら、もう一、二年滞京したいといってみたりしているし、その帰郷の足どりはおもく鈍い。むりやりに春村がつれ帰ったような感じさえ読みとれる。なぜであろうか？　ただ、宣長の日記には「六日、健亭京ヨリ帰着」としるされているばかりであるが。

つきそいの久助も春庭といっしょに松阪に帰り、以後本居家の家僕となり、寛政十一年の宣長の和歌山ゆきには随行した。

わたしは東京の本居清造をたずねた帰りに、京都で下車することにした。

東京からは夜行の鈍行に乗った。これで二晩を夜行列車のなかで過ごすことになるが、若いわたしはいっこうに疲れをおぼえなかった。ことに、本居家で春庭の手のひらにはいるような写本を見せてもらった興奮は、消えない微音のように残り、わたしのあたまを火照らせる。そして、それが京都への期待にすぐつながり、余計に脳を熱く燃え立たせる。

針医修業のため滞京していた期間の春庭のあらましは、宣長の手紙と日記とで知ることができるけれど、細部については何一つわかっていないのだ。

第一に、そのころの春庭の世話をみて一番関係の深かった沢真風についても詳細は不明である。宣長の門人であり、もとは江戸の人であったのがそのころ京都に移り、門人をとって国学を教え、あるいは播磨や大阪や越後まで講義に出かけて宣長がさぞ講釈は繁盛しているだろうと推察していること、また、春庭滞京中に江戸の父を失って下向したこと、妻と離婚したことなどはわかるが、素姓、年齢、学業、没年さえ未詳である。詳述で知られる『国学者伝記集成』にも一字の記載もなく、ある人名辞典に『万葉浅茅原』の著書のあることが書いてあったが、文庫のカードをいくらくっても出てこない。春庭離京後の関係もわからない。いったい、どんな人物だったのか？

第二に、春庭が針術を学んだという猪川元貞とは何者なのか？

それよりも、春庭は滞京中、何をしたのか？　針術を習ったこと、和歌をつくっていたこと、ときには四条河原に夕涼みにいったことはわかるが、それがすべてというわけのものではあるまい。せめてもう一、二年逗留したいという意志を持っていたことは明瞭だが、それは何のためか？　針術勉強のためだけだろうか？　のちの『詞の八衢』『詞の通路』につながる語学についての勉学、あるいは吸収は京ではまったくなされなかったものかどうか？

それらは、どれ一つとしてわからない。

京都へいって、まず沢真風の家、春庭の止宿した鍵屋又兵衛宅跡をたずね、郷土史家や古老や寺の住職あたりに聞けば何かの手がかりをつかめそうな気がする。さらに、地もとの図書館や大学の研究室をのぞけば、郷土史資料関係から意外な事実があらわれるかもしれない。せめて、沢真風の墓ぐらいは見つかるだろう。

わたしは自分の予感にふるえた。

京都駅に着いたのは、朝も九時半をまわっていた。ひどく底冷えがきつい。駅の売店で地図を買うと、見当をつけて烏丸線の市電にとび乗った。京都は何度か来た土地でもあるし、市街が碁盤の目になっているので不安はなかった。むしろ、早くたどりつきたい一心の焦りが空転する。

蛤御門でおりた。沢真風の家は、そのすぐ西にあたるはずであった。「中長者町油小路東へ八丁」という詳細な位置まで宣長の手紙に出ているし、京都御所のすぐ近くということは宣長が和歌に詠みこんでいるし、簡単にわかるはずであった。

まず、下長者町通りを油小路まで出た。その一つ北の町筋が中長者町であり、そこから八丁歩測すればいいわけだ。

が、中長者町に踏みこんでみると、露地のように細い道がまっすぐにのび、両側にはムシコ窓のついた軒の低い家々がひっそりつづいているばかりで、人影もない。とにかく東へ御所の方角へ歩きはじめる。竹で編んだ駒寄せをおいた、ひときわ古風な紅殻《べんがら》格子の家があり、小さなお寺があり、格子垣があった。でも、どこにも人は住んでいないようにしーんとしている。

ところが、八丁どころか、その半分も歩かないうちに町筋はつきあたりになってしまう。そのすぐ手前の角には、醬油屋らしい店があって、もろみの高いにおいを放っている。やはり、二階の窓はムシコ窓で屋根は低く、店さきには樽が伏せて幾段にも積んであり、冬の日がさしている。入り口に、時代のついたぶ厚いヒノキの看板がかかっている。

あっ、と思った。

その看板には「沢」という一字が円形でかこまれ、下に「マルサワ」とある。が、それは沢井という店であることがすぐわかってがっかりした。「京名産」「自慢の風味」「もろみ」という文字がそれぞれ刻まれ、そこには「醸造元沢井本店」となっていたのだ。「もろみ」という一番大きな漆塗りの文字が力強くて、しかも親しみやすくて美しい。

しばらく店の前に立っていた。

奥から、五分刈りの白髪あたまにハチマキをした男が樽をころがしながらあらわれた。

わたしは、咄嗟に声をかけた。

「おたくはもと沢さんといいませんでしたか?」

「沢? うちは沢井どす。むかしから」

男はけげんな顔をしている。垂れた半白の眉毛が長い。その男は使用人ということだが、三代前から沢井といってここでもろみをつくってきたのだといった。考えてみれば、沢真風の子孫がもろみ屋になって、姓を沢井に変えるはずもない。わたしは自分で苦笑しながら、主人は在宅か? とたずねた。

「おるすどす。なんかご用で?」

そこで、すこし歴史を調べている学生だといって、このあたりに沢という家はなかったか? と聞いた。

「沢はん? なんの商売で」

「いや、だいぶむかしのことです。百七十年ほど前の」

「ヒャッ、百七十年!」

男は頓狂な声をあげた。それなら、お寺で聞いてみなはれ、このあたりでは一番古うおすから、と教えた。わたしがさきほど通り過ぎた小さな寺のことだった。

しかし、寺へ戻っても若い女が出てきたきりで、住職は檀家まわりに出かけたところだといい、沢という檀家は心あたりがない、と答えた。いわれるまでもなく、真風はもともと江戸の人であり、いくら家が近いからといってこの真宗の小寺の檀家になったとは考えられず、それより、この付近に歴史の好きなお年よりは住んでいないか？　と、たずねた。すると、ここらで古い家は寺と山中はんだけで、山中はんの主人は俳句もおつくりやして歴史にあかるうおす、といった。

寺から少し西へ戻った、駒寄せのある家だった。重い格子戸をあけると、広い土間になっていて夜のように暗い。何を営む家なのか、何度か案内を乞うて女中のような若い女があらわれ、用件を伝えると、ようやく主人と思われる初老の男が出てきた。紬のきものに前だれをかけ、意外に気さくに答えてくれたが、結局、沢真風が宣長の弟子で、宣長は上京中にとまって講義をした、といっても「さあ」をくりかえすばかりであった。沢家では宣長が講義しているのだから、かなり広い屋敷でなければなるまい。

「さあ、いまみたいな家が建てこんだんは、明治になってからどす。むかしは庭の広い屋敷がぽつりぽつり建っとったと申しますな。うちの向かいも仙台屋敷やったそうで」

仙台藩の京都藩邸だったというのだ。すると、この古風な中長者町筋も、沢真風のころとはすっかり変わっているわけだ。

わたしは失望しながら、油小路を北へ歩いた。中長者町の一つ北が上長者町であり、その北が中立売通りである。春庭が止宿した鍵屋又兵衛方はその「中立売油小路西入ル南側」と宣長の日記に出ている。

しかし、その西南の角まで来てみると、大正ふうの高い洋館が建っていた。正面のコンクリートの壁面には、多面形のしゃれた窓が張り出し、窓を大きな半円形がとりかこんでたくさんの同じポーズの裸婦のレリーフがつらねてある。よく見ると、裸婦は左膝をつき、両腕をまげ、乳房がばかに大きく盛りあがっている。壁面をささえた三本の円柱の上にも、裸婦が浮き彫りにされ、腰が極度に大きくふくらみ、下腹部と胸とは球形のように浮きあがって見える。その建物の標識は「西陣電話局」と読めた。

鍵屋又兵衛宅はその一角にあったのではないか？

その向かいに、紅殻格子の古そうな家があったので、飛びこんだ。なまめかしい厚化粧の若おくさんらしい女がすぐ出て来たので、むかしこのあたりに鍵屋という家があったことを聞いたことはないでしょうか？　と、いうようにたずねた。すると、自分たちは新しく移ってきたので何もわからないから、「ラクさん」に聞くのがいい、という。

「ラクさん？」

わたしが問いかえすと、若い女は化粧の匂いをさせ、方角を白い指で示した。

その方角をたどると、「ラクさん」の意味がやっとわかった。そこには黄土色の土塀をめぐらしたかぶき門の邸宅があり、その前には「楽焼窯元楽吉左衛門邸」の石柱が立っていたのだ。昭和八年、京都史蹟保存会が建てたことが刻まれている。

格子門からなかをのぞくと、石畳になって竹が植えこんであり、その葉が寒くゆれている。思いきって、門をはいった。玄関には光沢のある式台がついていて、白い障子がしまったままだ。

しばらくは声をかけかねた。と、ちょうど、屋敷の裏へつうじるらしい露地から、作業服を着た中年男があらわれた。窯は裏に築かれていると見える。

その男は、はじめうさんくさそうにわたしの言いぶんを聞いていたが、

「電話局の前のことはようおぼえんな。鍵屋？　あのへんにはなんでも大きな家があったというけんどな。この家は四百年つづいとるんで、このへんでは一番古い。百七十年前いうたら、うちの十代めぐらいのときやな。そのころの書類見たら出てくるかもしれんけど、蔵捜さなわからんわ」

中年男はお経をとなえる口調で一気にいって、また露地の奥へ消えた。この上は、図書館で調べてみるよりしかたがあるまいと思い、楽家の門の下で地図をひろげた。

図書館は岡崎公園のなかにあって、すぐわかった。老人か若いのかわからない、タコのようなあたまをした司書はたいそう親切であった。まず、『平安人物志』という和本を一枚一枚ていねいに調べてくれた。そこに、宣長が若いころ京都で師事した堀景山や武川幸順、あるいは富士谷成章とその子御杖などの名はあったが、沢真風と猪川元貞とはついにあらわれない。『京都名家墳墓録』の索引にもないし、天明四年版、文化八年版『京羽二重大全』諸

師諸芸の項には針医の名はかなりあがっているが、猪川元貞はいない。富士川游著『日本医学史』の江戸時代鍼科のなかにないことは、文庫で確かめていた。そうすると、沢真風は江戸の人なのでほどなく京都を引き払ったのだろうか？　また、猪川元貞はそれほど針医としての名声がなかったのだろうか？　宣長は、眼科師匠は表向きの名家であることは無益で、心やすく稽古できるのがよい、と書き送ったので、春庭はそれに従ってそんな針医に学んだからなのだろうか？　沢真風が紹介したことは手紙でわかるし、やはりあの界隈に住んでいたと思えるが、手がかりはない。

　まして、春庭が止宿した鍵屋又兵衛はかいもくわからない。天保二年版『商人買物独案内』にも出ていないから、普通の宿屋であったのだろうか？

　あの裸婦のレリーフのあった電話局の旧地をたずねたが、それもわからなかった。あの建物は大正十一年ごろできていて、司書は「女のはだかというので評判になりましてね、わざわざ電車に乗って見にくる男があるかと思えば、娘さんはうつむいて走ってとおり抜けたり、遠まわりしたりしたという笑い話が残っています」と、かすかに笑った。

　そのころの地図で一番詳細なのは、天保二年刊『京町絵図細見大成』である。春庭が在京していた寛政九年から数えれば、三十四年ののちにできた地図になるが、それほど大きな改変はないはずだ。それを見せてもらうと、真風が住んでいた中長者町の東は、広大な水戸屋敷で突きあたりになっていて、その西、両側に町屋がならび、西端は旧家の初老の主人が語ったように仙台屋敷だ。油小路から東へ八丁、御所に近いところといえば水戸屋敷のすぐ西付近になり、やはり沢井もろみ店のあたりになる。しかし、もちろんそんな注記はない。

つぎに、中立売油小路をたどると、電話局のあったところは町屋である。その東も町屋の一廓があるが、それからは柳川屋敷、後藤屋敷、高松屋敷、醍醐殿がつづく。そのころ、中立売通りは御所への本通りで、公卿屋敷がならび、御所出入りの学者、絵師の家があったはずだと、司書はいった。すると、鍵屋又兵衛は屋号から考えても、やはり電話局のあたりにあったとしか思われないが、宿屋かどうかさえわからない。

何もかもわからないのだ。この上は、京都大学の図書館か、国語学研究室かに望みをつなぐよりほかはない。

わたしは司書に丁重に謝意を表して図書館を出、疏水に沿って東山線の市電通りのほうへ歩きはじめた。疏水べりのヤナギはすっかり枯れ、川床の高い水が早く冷たく走っている。ひどい疲れと空腹とが来ているのにはじめて気づいた。渇きがあった。もう午後二時をとっくにすぎているのに、朝早くに駅弁を食べただけで、一滴の水ものどに流しこんでいなかったのだ。でも、わたしは急がなければならなかった。日がかげるのも敏速だし、年末近いことではあり、大学の退勤も早いのにちがいない。

大学は冬休みにはいっていて、廃墟のようにがらーんとして大きな落ち葉が滑走していた。心配していたとおり、図書館のドアにはカギがかかり、一月まで休館するという木の札がぶらさがっている。せめて、『道硒佐喜草』の版本ぐらいは見ることができるかもしれないと思っていただけに落胆した。

これもあてにはせず、文学部の国語学研究室をさがした。暗い二階の一室のドアに、高名な国語学教授の名札がさがっていた。意外に在室している。

背をこわばらせてノックした。

ドアがあいて、額のはげあがった紳士が立っていた。立ったままことばは丁重に「用件は何でしょうか？」といいながら、はいれともいわず、むしろ、一歩も踏みこまさないような姿勢であった。しかたがないので、本居春庭のことをすこし調べている学生だが、『道廼佐喜草』の版本が大学にないものか、また、在京中の詳細についてお教えを願いたい、というようなことを口ごもって述べた。

「春庭のことはいっこうに存じません」

返答はそれだけであった。

わたしは「はあ」というようなことばをつぶやいて、おじぎをするよりしかたがなかった。

ドアはすぐに閉じられた。

煮えるような怒りが、こみあげてきた。

いやしくも最高学府の国語学を専攻する教授ではないか？　それが「いっこうに存じません」とは何事か？　先学への一片の敬意もなくて、ことばの世界がわかるか？　それで教授がつとまるはずはない。知らないはずはないのだ。素姓も知れぬ学生に答えるのがめんどうだっただけだろう。でも、それがことばを大切にする者のやりかただろうか？　許せないと思った。

しかし、ドアはしまったままだ。

暗い階段をおりながら、もう一度油小路のあたりへ引き返そうと考えた。小学校には校区の歴史に興味をもって調べている先生がよくあるものだ。大学なんか糞くらえ！——と思った。

市電ののろくさい動揺は、空腹にひびいた。

中立売通りの小学校にかけこんでみたけれど、あいにく宿直の若い先生しかいなくて、ここでもあてがはずれた。とにかく、うどんでもかきこもうと、電話局のほうへのろのろと歩きはじめた。目は足もとにばかり向いていた。背をかがめ、うなだれきって歩いていたからなのだろう。

そのとき、わたしは太い釘で打たれたように凝然となった。

電柱のかげに、「富士谷成章宅址」という小さな石柱を見たのだ。

天啓といった衝撃があった。

電話局は行く手のすぐ左角にそびえている。五十メートルともはなれてはいない。もし、鍵屋又兵衛宅が電話局の位置にあったとするならば、春庭は二年間を成章宅のごく近所で生活したことになる。もっとも、そのころは成章の子の御杖の代になっていたはずだが、それでも春庭には成章や御杖の学問が当然身近なものとしてはいりこんだはずである。すくなくとも、こんなに近くに住みあっていて、無関係ではあり得まい。しかし、それはこれまでの春庭の関係文献にはまったくあらわれていない。

富士谷成章のことは白江教授の講義でいくらか知っていたし、鈴木朖が成章と宣長との学説を『活語断続譜』で総合し、それが春庭の『詞の八衢』に影響を与えたことはことに記憶に深かったけれど、その家が鍵屋にこんなにも接近しているということは思ってもみないことだった。だから、図書館で『平安人物志』をくったとき、成章と御杖との名は見つけたけれども気にとめなかったのだ。迂闊千万であった。

それだけに、その石標を見たとき、重大な発見に出会ったと信じた。疲れも空腹も消えた。石柱のすぐうしろは長方形の石を低く積んだ垣になり、その向こうは広場になって大きな洋館があった。そこが「上京区役所」であることは、大きな木の看板ですぐわかった。

そうすると、成章の兄の儒家皆川淇園の家もこの近くにあるにちがいなかった。区役所の社寺兵事係の窓口で聞いて、裏手の上長者町の東へまわると「皆川淇園弘道館址」という同じような石標が立っていた。左手に白壁の土蔵があり、そこを石畳が奥へ深くつうじている。サザンカの植えこみが石畳の道のゆく手をかくしていた。

富士谷成章は、早熟して早世した天才であろう。三歳で書をよくし、九歳のとき韓人と筆談して舌を巻かせた、という。

成章の語学説の卓越していることは、他説にきびしい宣長が存分にみとめた。

「ちかきころ京に、藤谷ノ専右衛門成章といふ人有ける。それがつくれる、『かざし抄』『あゆひ抄』『六運図略』などいふふみどもを見て、おどろかれぬ」（『玉勝間』）

宣長は、自分よりさきにそういう人があるとはかすかに聞いていたけれど、例の当世流のかいなでの歌よみだろうと耳も立てなかった、と書いている。大体、このごろの歌よみどもは少し人よりすぐれて用いられるようになると、自分ひとりがこの道を得ているような顔をし、増長しているようだが、その歌、文、学説などはひがごとばかりが多く、すべて未熟である。これはと思うものは大変少なく、まして抜き出たものはたえてない。ところが、富士谷成章はそういうたぐいではない。また、古い説をつかまえてむやみに高尚そうなことばかりいう連中は世に多いが、成章はそういう部類ではない。『万葉集』より古い典籍についてはどうか知らないが、『六運図略』でいっているおもむきを見ると、『古今集』以後の和歌をよく見知っていることでは、近ごろ成章におよぶ者はないと思う。——宣長はそのように絶賛している。

『かざし抄』が成ったのは明和四年、成章三十歳のときで全三巻、『あゆひ抄』は安永二年、三十六歳の成稿で五巻六冊あり、『六運図略』は明和年間に成ったと思われ、『あゆひ抄』に出ている。

「かざし」とは「挿頭」であり、「あゆひ」とは「脚結」である。成章は文を「名」「かざし」「よそひ」「あゆひ」の四つの品詞に分類してその品詞にことばの機能を考え、それを人体になぞらえ、服飾にあてはめて命名した。このことばを人体に結合させたことからして独創的であったといえる。ことばも人間と同じく複雑に生きる統一体だという観念が確立されていたからであろう。

その「名」とは現代文法の名詞である。

「かざし」は文首、語頭に用いられることばというわけで、いまの代名詞、感動詞、接続詞、副詞、接頭語にあたる。「あゆひ」は文の末尾、つまり足の部分に使われることばで、助詞、助動詞、接尾語に相当する。

「よそひ」は人体のきものにあたることばという意味で命名された。その細論と考えられる『よそひ抄』は不幸にも伝わっていないが、『あゆひ抄』のなかに『装図』という用言の活用表がかかげてあるので、成章の用言観を推定することができる。かれは用言を「事《こと》」「状《さま》」と二分し、それはさらに「事」「孔《ありな》」「在《ありさま》」「芝《しざま》」「鋪《しきざま》」の五つに細分される。「事」は動詞であり、「孔」はラ行存在動詞、「在」は形容動詞、「芝」は形容詞のシ活用、「鋪」はそのシク活用で、現代文法の品詞分類に見事に迫っている。

さらに、この分類に従ってあげられたことばの活用が示され、「本《もと》」「末《すえ》」「引《ひき》、靡《なびき》」「往《きしかた》」「目《めのまえ》」「来《あらまし》」「靡状《なびきふし》」「伏目《ふしめのまえ》」「立本《たちもと》」と段別される。その名称は奇異に見えるが、「本」は語幹、「末」は終止形の語尾、「引、靡」は変格活用などの語尾にルをもつもの、「往」は連用形、「目」は連体形、「来」は未然形、「靡伏」は変格活用などの語尾にレをもつもの、「伏目」「立本」はよくわからないが形容詞の第二次語尾と語幹に近いものとをさしたらしい。

成章が『装図』でことばの位相に与えた名称は奇妙至極で難解とされたが、それだけ個性的であり、この活用表が偉大な創造であった感銘を与える。賀茂真淵の『語意考』で示された図が活用図と活用研究の最初とされているが、そこにはまだ語の接続は考えられていなかったし、ことばにおける時間の問題は自覚されていなかった。それに対して、成章はことばの接続に立脚してことばを分解し、『装図』を精緻につくりあげている。時枝誠記もこれを「我国語研究中の活用研究及び活用図の濫觴《らんしょう》である」という。

また、『あゆひ抄』では、助詞を「属《たぐい》」「家《いえ》」「倫《とも》」「身《み》」「隊《つら》」の五種のグループにわけ、さらにそれを細分した。「属」「家」は名詞を受ける助詞であり、「倫」と「身」とは語尾変化をもつ助辞、「隊」はおもに形容動詞に添うて副詞をつくるものである。つまり、語の接続によって助詞を分類し、そのことによって接続の法則を明らかにしようとした。しかも、その方法は実証的、帰納的であり、未踏の研究であった。

宣長があげた『六運図略』は『あゆひ抄』に出ているのだが、日本の文体を六期に区分したもので、そこにことばの変遷を見つけている。それは一大創見で、ヨーロッパでグリムが歴史文法を確立したよりも早い、と福井久蔵は『日本文法史』で述べたが、まったく成章の語学説はすべてに画期的で創見に満ち、宣長が驚嘆したのも当然である。

しかし、成章と宣長とは生前に相会うことはなかった。

「此ふみどもを見てぞ、しれる人に、あるやうとひしかば、此近きほど、身まかりぬと聞て、又おどろかれぬ」

宣長は『玉勝間』に書いている。宣長が成章の著作を知ったとき、この天才はすでに死んでいたのだ。それで、宣長は「さもあたらしき人の、はやくもうせぬることよ」と悲嘆する。

成章が死んだのは、安永八年十月二日、四十二歳であった。そのとき、宣長は五十歳で

『万葉集玉の小琴』『詞の玉緒』を書き、春庭はまだ十七歳で『風土記』や各国地図をせっせと筆写し、この年からはじめて春庭と称したと思われる。

成章は元文三年、東福門院の御殿医皆川春洞の次男に生まれた。四歳年長の兄が皆川淇園である。父は経学の志があったが、老齢でその道の達せられないことを思ってふたりの息子に希望を託し、幼少のころから経史百家の書物を与えたという。

淇園は経学、詩文には字義を知ることが第一だとし、用字の研究に没入した。語学の方法をもって経書の世界に分け入ろうとしたのだ。『実字解』『虚字解』『史記助字法』の著作はその研究のなかで成立したといわれる（時枝誠記『国語学史』）。

淇園は文化四年、七十四歳で没するまでに膨大な著書を残した。字解のほかに漢籍の新解釈も多いし、詩文、校本も大量にのぼる。読書は小説類から道家、仏家の典籍におよんだし、画は円山応挙に習ったとかでうまいものだったし、女を侍らせて酒を飲むのも大好きという多能ぶりであった。門弟は三千人をこえ、その私塾弘道館はいつもにぎわったという。わたしが上長者町で見た石畳が奥深くつづく屋敷は、そのあとであった。

成章のほうは、十九歳のとき富士谷家の養子になった。富士谷家は筑後柳河藩立花侯の京都藩邸留守居役、二百石取りであった。皆川家とは近所であったので養子に乞われたという。柳河藩邸は図書館で見た天保二年の地図に「柳川」と出、中立売西洞院の上京区役所の位置にあり、成章はおもにそこに住んだ。それで、あの「宅址」の石標が立てられたものらしい。そこはむかし北辺《きたべ》大臣源信公の家があったというので、成章はのちに北辺と号し、『あゆひ抄』『かざし抄』の刊本も「北辺成章」と署名され、歌集は『北辺和歌集』と題された。

成章もはじめは兄淇園とともに経学の勉強につとめて漢籍を渉読していたが、突然儒学は兄淇園にまかせればよいと考え、志向を和学に変えて古文献を読破し、それとともに有栖川職仁《よりひと》に師事して三条流の和歌を学んだ。そうして歌学を進めるうちに、歌道入門の階梯として歌語の語法を考えるようになり、ついにことばの世界へはいったものと思われる。『三十六家集』にも「穎悟敏捷にして、人の跡をふまず」とあるが、この天才には兄と同じように儒学を勉強することはばからしくなり、和学に転じてもそれまでの歌学がつまらなかったのであろう。

だが、この天才の業績は世俗にはみとめられることが薄かった。その語学者としての位置が正当に定まったのは、明治にはいってからである。学統も発展せず、宣長のそれとはくらべものにならないほど普及しなかった。それについては、門弟と著書とに乏しく、早世して晩年を持たず、京都にほぼ一生を送って堂上との関係があったため、その抱負を充分に吐露できなかったからだろうとは、白江教授の講義でふれられたことである。

それは上田万年博士の『国語のため』に収められた所説にもとづいている。上田博士はそれにつづけて、成章と宣長との関係を考察し、一つの学問は突如としておこることはないと述べ、ふたりとも中世以来の「てにをは」研究を別々に見て別々の方向に発展させたのではないか、と提説した。

これを否定したのは時枝誠記である。時枝は、成章の考えはまったく別個の源流から出たとする。それは漢語学の語の分類法だというのだ。漢文においては古くから実字、助字、虚字などの語の分類があり、成章の兄淇園は語学的研究をもって経学の方法とした。成章はその漢語学的方法、つまり、文を分解して単語にわける方法を国語に援用した。ところが、漢文は単語がそれぞれ独立しているから分解もやさしいが、国語では単語がいつも連綿相関していて複雑である。そこで、成章のことばの分解は同時にことばの結合の法則の研究がなされなければならぬ。ことばの分解にあたって接続関係が主体となった——というのである。もっともな見解のように思う。

この成章の語学説はその子御杖によって受けつがれた。

御杖は明和五年に生まれ、父成章が死んだときは十二歳であり、また、その四年のちには母にも死なれるという不幸に会ったが、父の死後は伯父皆川淇園、叔父皆川成均の訓育を受けて家学を継いだ。

十四、五歳から歌をよんだが、それには「たゞ父がつくりのこせし脚結抄をば師として」と、みずから書いている。そののちも、御杖に父の遺著は一貫して継承され、『脚結抄翼』という祖述の著書となり、父の画期的な六運説はかれの『六運弁』で詳説され、父の学風は『俳諧手爾波抄』『万葉集燈《あかし》』などの諸書に色濃くあらわれている。それよりも、時枝誠記が「かれは一つの助字にもそのうちにうごく思想の微妙な律動を見のがさなかつた」と書いたような言語感覚に、父の血は流れていたとみてよいだろう。

御杖の学説で特徴のあるのは、言霊倒語説という形而上学である。かれは寛政二年刊の宣長の『古事記伝』を読んだ。これでことばについての疑問はとけ去ると期待したが、宣長は「心えがたき事どもは、神のうへは、人智をもてははかるべからず」としていることに失望する。そこで、御杖は歌学に専念し、国史、万葉について思索をつづける。そのとき、『日本書紀』の「神武紀」で「能く諷歌倒語を以て妖気を掃蕩《はら》へり。倒語の用ゐられたること、始めて茲より起れり」という章句に捕えられる。御杖はここで和歌とは直言するものでなく、「そらしつぐるをいへり」とするものと考える。「そらしつぐる」とはメタフォア、アレゴリイによって表現するという詩学であろう。

これに父成章から受けついだ言霊説が結合した。成章は「言霊は言のうちにこもりて活用の妙をもちたる物を申す也」といった。成章においては、言霊とはことばの法則であり、さらにはロゴスであった。御杖は父の言霊を受け、ひたぶる心のそのままの表現を避けて倒語し、鬱情を言外に生きる言霊として表現する、というのだ。

しかし、御杖の晩年は暗かった。文政三年に妻を離別し、その翌年には不行跡の理由で禄を没収され、主家を追われた。どういう不行跡であったのかはわからない。たぶん、女のことがあったのであろう。そして、文政五年からは半身麻痺して言語もつうじず、生活苦のうちに翌年五十六歳で死んだ。「小子並妻子三人渇命に及ぶ」と悲惨なことばを書き残している。

女好きといえば、成章も淇園も相当ひどかったらしく、ことに成章は腎虚で死んだと、上田秋成が『胆大小心録』に書き留めている。

それによれば、淇園は髪が黒く、歯が抜けず、目もよくて杖もいらないというのが自慢で、秋成に会うごとに「おやじ、どうじゃ」とからかう。それで、秋成が「お前さんこそ骨が細うなったぞ。先に死ぬじゃろう」と逆に冷やかしてやると、そのとおりになったというのである。

いつぞやの出会に、「どうやら骨が細うなつた。さきへお死にやろ。念仏申してやろ」といふたが、はたしてそのとをりじやあつた。講堂もしつくい、溝の曲水も犬のくそのたまる所になつたよし。あほうにはちがいはない。

これが秋成の原文である。秋成がこれを書いたのは文化五年、淇園が死んだ翌年であり、これを見ると、あの弘道館跡の石標が建てられた場所には講堂や曲水もあり、それが淇園の死後すぐに荒廃したことがわかる。

秋成は、成章については、兄よりも賢く、学問でもなんでもよくできて、むかしは俳諧の友だちとしてたびたび出会ったが、のちにはお互いに国詩、国文が好きになり、大阪へ下ったときはときどき立ち寄った――と書いてから、

女ずきで、腎虚火動で、ほへ〳〵しなれたと、かいほうした書生がはなし也。そんなこれもあほうであつた。

成章は好色で、精力消耗してへなへなになって死んだというのである。秋成の記述がどこまで事実であるかは確かめようもないけれど、兄弟をそろって阿呆呼ばわりしたところに親愛の気分があり、現実感があるように思われる。わたしもそういう成章に親しみをおぼえた。

春庭が上京した寛政七年は、富士谷成章が没してもう十六年もたっており、柳河藩邸には御杖が住んでいたはずである。

御杖は春庭より五歳年下なので、二十八歳だった計算になる。春庭よりは若かったが、その五年前には結婚し、前々年には子を死なせて悲嘆の歌をつくり、すでに著書『歌袋』を出版し、『古事記伝』に反発して言霊倒語説を構想していた時期にあたる。もっとも、御杖と称したのは文化八年であるから、そのころは専右衛門成元《なりはる》といった。

この御杖と春庭とに直接の交渉のあったことは、いまのところ何一つ立証することができない。

しかし、ふたりは二年三か月ものあいだ、わずか五十メートルも離れないところに住んでいたのである。それも、人口の少ない、近所に住む人の動静はすぐ知れるころのことだ。お互いにその存在に気づかず、無関係ですませるはずがない。

ことに春庭は若いころ、成章の歌集を書写している。宣長の『学業日録』の天明四年の条に『北辺和歌集』が見え、本居清造の注によれば、春庭が書写したとされ、奥書には、

右は藤谷専右衛門成章哥集也。成章は京師の町人にて、立花家の用達しなり。哥は広橋家の門弟也。北辺大納言の旧跡に家居する故に、北辺と号す。此集も北辺和哥集と題せり。

とあるという。

天明四年は成章没後五年にあたる。『玉勝間』の文脈では、宣長はこのころ歌集とともに『あゆひ抄』『かざし抄』『六運図略』を読んだふうにとれる。春庭の書写記録には『北辺和歌集』しかなく、宣長の『学業日録』にも『あゆひ抄』『かざし抄』『六運図略』はなく、蔵書にもないけれど、宣長がこれらを読んで感銘したことは『玉勝間』に明らかである。そして、宣長は当然これらを春庭に読ませ、感銘を伝えたことは当然考えられる。

そのとき、春庭は二十二歳、すでに『活用言の冊子』を書写し、細字の『新古今集』などを書いてもいた。その若い頭脳に、成章はなんらかの形で吸収されたであろう。

しかし、それはまだ最初の遭遇であり、成章が深められたのは滞京中、その宿が富士谷家にごく近かった時期と考えられる。そこにおいて、若い日に宿った成章の天才はきわめて身近なものとして春庭の記憶によみがえったのにちがいない。

また、宣長が成章のことを『玉勝間』に書いたのも、春庭上京にともなって消息がもたらされたからとも思える。その「藤谷ノ成章といひし人の事」と題する文章は巻八のなかほどに収めてあるが、『学業日録』によれば、宣長が巻七の版下を書き終わったのは寛政七年十一月二十四日、巻八のそれは翌年四月十九日であるから、原稿が書かれたのはその間で春庭上京直後ということになる。

宣長のこの一文には成章の歌集も読んだことが書かれ、その和歌はそれほどすぐれているということはないけれども、いまの歌よみのようなひがごとは少しも見えないと述べ、その死を惜しみ、さらに御杖のことにまでおよんだ。

「その子の専右衛門といふも、まだとしわかけれど、心いれて、わざと此道ものすときくは、ちゝの気はひもそはりたらむと、たのもしく、おぼゆかし。それが物したる書どもも、これかれと、見えしらがふめり」

御杖の著書も読もうというのである。なかなかの好意を寄せているのであるが、ここに書かれた御杖は寛政七年ごろのかれを思わせる。天明四年では御杖はまだ十八歳で、自分で神典を読みはじめたばかりといっているように若すぎる。それに、伝聞による記述であることは明らかで、春庭が上京して京都との交渉が密接になり、そこで伝えられた消息にもとづいて書かれたと推測もできる。

そうすると、この一文は春庭と御杖とはかなり親しく交際していた事実を暗示するのではないか？　御杖は『古事記伝』に反発して言霊倒語説を打ち出したけれど、それは文化五年刊『古事記燈《あかし》』に出ているもので、ずっと後年の回想である。

わたしは春庭と御杖とは、会って交流しあっているように思う。もちろん、春庭の上京の目的は針医修業であった。しかし、かれの内側では学問への執着が断ち切れていたはずがない。針医師の師匠になかなかつかなかったのも、そんな思いがあったからのように見える。どちらも和歌が好きな国学者同士のことだ。それに近くには早くから同学の沢真風も住んでいたし、ふたりを引きあわせないわけがない。

わたしには、いまは区役所に変わりはてた柳河藩邸の一室で、若いふたりの語学者が対座している幻影が浮かぶ。春庭は目を閉じて、御杖が説く成章の語学説に熱く耳を傾けているような気がする。それから、春庭が針医の稽古から帰ったあと、鍵屋の一室でつきそいの久助に『あゆひ抄』や『かざし抄』を読ませ、『装図』をまぶたに描いてしきりに考えこんでいる情景があらわれる。たしかに、春庭はそのとき富士谷学派、特に成章の語学説を一心に吸収していたのにちがいない。父から早く帰国するようにすすめられながら、もう一、二年滞京を希望した裏には、そんな事情がかくれていたのかもしれない。

さらに想像を飛躍させれば、『詞の八衢』の発想も、この京都時代に育っていたと考えられなくはない。

時枝誠記は岩崎文庫所蔵の『御国詞活用抄』の高橋広道の跋文によって、春庭の『詞の八衢』はこの本と鈴木朖の『活語断続譜』とを合一し、補正して作られたものであることを立証した。それは正しいだろう。しかし、春庭はそれよりずっと早く富士谷学説によってその基礎を得ていたのではないか？　『活語断続譜』が成ったと思われるのは、もっとのちの父の死の直前であったし、それを参考にして『八衢』の構想をかなり補正されたとしても、発想と研究とはもっと早かったのではないか？

その点では、後年に『八衢』を決定的に補正した義門のことばのほうが信じられるような気がする。義門はその著『山口栞』（文政元年稿）に書いている。

「『あゆひ抄』も『かざし抄』も、すべては、いと〳〵よき書にて、かの『八衢』ももとこれをまなべるものにぞと、其のゆかりの人の常にいふめるも、しひごとならじ。さて又『装抄』といふものありげなれど、まだ見たることなし。されど、『あゆひ』の端に『よそひ』

の大むねとて、何やくれやといひ、それが図ども物せるを見るに、実に『八衢』などもその書にもとづきけんと思はれて、其いさをしの、いと〳〵たふとし」

『詞の八衢』は『あゆひ抄』『かざし抄』を学んだものとは関係者がいつもいっていたことで、それゆえに成章の著作の功績はまことに尊い、というのだ。このことは『国学者伝記集成』で知ったが、わたしは時枝誠記博士の説よりもこの義門のことばを信じたい。

春庭は後年に『詞の通路』を残して自動詞と他動詞との区別とその関係を説いたが、動詞に自他の区別があることを一番早く発見したのも富士谷成章であった。かれは『あゆひ抄』で、裏表の詞をあげ、「裏とはみづからの上なり。表とは人、物、事の上なり」と述べた。裏とは自動詞であり、表とは他動詞にあたるのである。

「天地の言霊はことわりをもちて静かに立てり」（『あゆひ抄』）

この成章の、ことばの法則性、ひいてはロゴスを語った章句は、同時に美しい詩であるとわたしは思う。ことに「静かに立てり」という表現には、深い瞑想から放たれた確固とした響きがある。

第六章

春庭は京都から松阪へ帰ると、すぐに村田親次の四女壱岐《いき》を妻に迎えた。春庭が郷里に帰着したのは寛政九年八月六日のことであり、壱岐の入家はその十二月十六日であったから、まったくあわただしい結婚であった。

親次は宣長の五歳年少の弟であり、母の生家村田氏の養嗣子となった人である。宣長が青年時代に京都で遊学していた同じころ、親次は一族村田伊兵衛の京都店木地屋に奉公して絶えず往来しており、宣長より五年おくれて松阪に帰り、新町で木綿問屋を営んだので宣長との交渉はことに密接であり、親族のうちでももっとも親密な間柄であった。

壱岐が生まれたのは天明元年一月二十四日の夜であり、そのことは宣長が日記にしたためている。

「今夜新町知加安産。女子生。伊伎ト名ヅク」

知加は親次の妻お近であり、伊伎はいうまでもなく壱岐であるが、その名は宣長自身が命名したのではあるまいか？　宣長は自分の娘の名には、飛弾、美濃、能登というようにすべて国の名を与えているからである。その壱岐誕生の日は、宣長が『古事記伝』巻十八を起稿した翌日にあたり、春庭は父のために『斎部部類』二冊、『浜松中納言物語』四冊の筆写をつづけていた。父子にとっては壱岐が春庭の妻となろうとは予感さえ持っていなかったはずである。

壱岐との縁談がおこったのは、春庭が帰郷してすぐのことで、弟小西春村の発意であった。春庭の結婚についてはその在京中から宣長がひどく案じていたことで、京都の門人沢真風にしきりに世話をたのみ、京都で式をあげてつれ帰るようにとまで申し送ったが、結局、縁談は整わなかった。そののち、春村が伊勢白子の医師長島玄瑞の出戻り娘を世話したが、これもまとまらなかった。やはり、春庭が盲人であったためにちがいない。それで、春村は兄のために親族のうちでももっとも親密な村田家に望みをつないだのであろう。

しかし、壱岐との話もはじめはことわられ、宣長も不賛成であったことが、同年九月十五日づけの春村あて宣長の書状でよくわかる。

「……先頃御世話賜り候新町おいき（壱岐）事、とかく物書き候事、今少しらち明キ申さず、間に合ひまじく……」

と、母のお近がことわりに来たと書いている。壱岐は物書きがよくできないというのだ。春庭は盲人であるだけに代筆の必要が多く、宣長もそれを考えて気が進まなかったようすが知れる。

壱岐には三人の姉があり、長女とひは下蛸地村（三重県飯南郡射和村）の地主喜兵衛に嫁し、次女は尼となり、これも宣長が名づけたと思われる三女佐渡は湊町の亀屋半兵衛の妻となっていたが、ちょうどその長女とひには離縁の話が持ちあがっていた。それで、村田家のほうでは、そのとひを壱岐のかわりにもらってくれてはどうか、といってきた。

しかし、これは宣長が承知しなかった。おとひではあまりにも年がゆきすぎているうえに、大きな子どもがあったからだ。そのことを宣長は春村に書き送って、

「右之通りに候へば、先づ右は此方よりしひても申すまじく、其分ニいたし置き候ひて、外ニ聞き立て申すべく存じ候」

と、しるしている。つまり、村田家との縁談は破談というのに近く、ほかに求めることになって春村も早く適当な縁を探すようにというのである。これにつづく文面には、宣長の焦慮があわれに露出している。

「其御地ニて何とぞ〳〵早く御聞き立て賜りたく存じ候」

それほど、盲人の春庭には嫁の来手がなく、縁談は難渋した。それが急転して壱岐との縁談がまとまったのは、親次が発病したからである。

親次は晩年は病気がちであったが、その年の九月二十五、六日ごろから持病の痰喘が出、食欲が衰えた。宣長が春村に不同意の手紙を出したわずか十日のちのことである。

そのとき、親次はもう死を悟っていたのであろう。死後のことを考えめぐらし、心にかかる壱岐の縁談に決着をつけて宣長に申し入れたと思われる。親次がいったんその縁談をことわったのも、壱岐があまりに幼く、それに春庭が盲人であることに思い迷ったからで、物書きがよくできないからというのも口実であったろう。それが死期を迎えて、壱岐を春庭に託

することに決心したのである。

　いっぽう、宣長は気が進まないものの、ほかに縁を求めてもいっこうに得られそうになく、春村の説得もあって実弟の病床で談合を進め、意見の結着となったもようである。そうして、親次は病床一か月で十月二十六日、六十三歳で没した。いわば、壱岐の結婚は父の遺言にひとしかった。

　壱岐が入家したのは、父の四十九日忌が明けたその翌々日であった。そのとき、春庭は三十五歳、壱岐は十七歳という幼ない妻であった。ふたりはいとこ同士であり、壱岐には年齢のちがいからいっても春庭はむしろ父のように見え、それになんといっても盲人であることは大きな不安であったはずである。あるいはそれとも、壱岐にはまだ妻という明確な自覚もなく、求められすすめられるままに祝言の盃を手にしたのかもしれない。

　その夜は、宣長が日記に「今冬寒気殊ニ甚シ。余寒同様」と書きつけたように、寒気きびしい夜であった。

　盃事をすませた春庭は、素直で少女のような新妻を目を閉じたまま、痛ましい思いで迎えたであろう。盲人の自分に嫁のなり手がないことはかれ自身がだれよりも思い知っていたし、最初は父の気にもそまなかった妻の立場は妻以上に身にしみていたであろう。その夜、屏風をめぐらした新しい寝床で、春庭が壱岐にどういうことばをかけ、ふたりが語りあったかはわからない。ほとんど、ことばらしいものは交さなかったかもしれない。ただ、春庭がいたいたしい妻に感謝の思いを抱き、終生変わらない愛情のほどを心中で誓っていたことはまちがいあるまい。壱岐は、きっと身を固くし、髪を垂れ、ときにかすかにうなずいていただろう。

その夜の婚儀は内々のことであった。

というのは、当時本居家は和歌山藩の御針医格であったので、一般町人とは縁組みできないきまりになっていた。姪などならばかまわないといわれたが、姪とするのには以前に差し出しておいた親類書きに反する。それで、宣長の三女能登の婚家である山田浦口町の御師安田伝太夫の妹という名義にし、新町町年寄りから山田浦口町役人へ願い出、その上で十二月に婚姻願書を門人服部中庸を介して差し出したのであるが、藩主が江戸にのぼっていたためその許可はおりていなかった。だから、ふたりの事実上の婚儀も内密にとりおこなわれたのである。

この婚儀の次第については、宣長自身が『壱岐入家婚儀録』というのを書き残し、本居家に保存されている。美濃紙縦折り七枚、仮綴じの長帳である。

それによれば、壱岐の簞笥は前日の十五日夕、出入りの者二名によって運びこまれた。婚儀の十六日夜には迎えの者として家僕庄介を村田家へつかわし、壱岐は母お近につきそわれ、乳母、小者を供につれて引っ越して来た。その夜の祝儀の馳走は吸物、飯、なます、平、焼き物などであった。平とは平椀のことで、魚、野菜の煮つけなどを盛る。

「同年巳十二月十六日、内々ニテ壱岐此方へ引取り、其夜内々ニテ盃事相済まし候」

『婚儀録』にはそう見えている。すべてが内々に、ひっそり執りおこなわれたのだ。仲人もなかった。壱岐は翌日、内々に里帰りした。

縁組み願いが認められたのは、翌年正月九日になってからのことである。同日、宣長は城代と役所に礼に出向き、また、こんどの婚儀は親類内同士だったので仲人も立てなかったが、改めて森伊右衛門を仲人にたのみ、十三日に結納をつかわした。伊右衛門は飛弾が高尾九兵衛に再縁したときの仲人である。

結納は、樽二本、鰹節一連、帯地一筋であり、家僕庄介が届けた。そして、正式には二十二日に壱岐を引き取るよう、二十一日に届け出た。万事はあとから処理されたのである。

婚礼弘めは正月二十二日おこなわれた。本居家には樽、肴がみやげとされ、集まった親類縁者十九名に扇子、延べ紙、綿などが配られ、家僕、女中など十三人に鳥目が贈られた。まずは型どおりの結婚披露であったが、新郎が目を閉じたままであったことは、にぎやかであるはずの婚儀をやはり異様で深沈としたものにしたであろう。

二十四日夕刻には女客ばかり十二人が招かれ、夕飯が出された。宣長の妹大口寿万をはじめ、春庭の妹飛弾、美濃、能登、壱岐の祖母とは、母のお近、姉の佐渡、仲人の妻おことなどである。なかでも、春庭の妻がきまって安堵するとともに妻となった人のことを思いめぐらしたのは、春庭の三人の妹であっただろう。

その夜には、仲人森伊右衛門と美濃の夫長井嘉左衛門を招いた。献立ては、なます、汁、平、焼き物、坪、飯、吸い物、小皿、菓子であった。坪は小深い椀のことで、したしなどを入れる。おそらく、長井家は婚儀の費用を援助するところがあったので、仲人とともに謝意を表されたのであろう。

翌二十五日にも婚礼を手伝った女たち二十八人を招き、なます、汁、平、小鯛の焼き物、坪、飯、菓子を出した。そして、二十八日には祝いのむし物をとなり近所から松阪町内に配ったが、その数だけでも八十九軒におよび、白米八斗、あずき二升を使っている。つづいて二月七日には近村、山田、津、四日市の二十軒にむし物を配り、合計百九軒となっている。

祝儀の到来物は、鰹節一連、酒一樽、まんじゅう三十、小袖一つの安田伝太夫、鯛一掛、酒二升、まんじゅう五十、小袖代金二千疋の長井嘉左衛門をはじめ、百二十五名におよび、そのなかには大工、餅屋、仕立屋や滞京以来春庭につきそった家僕久助の名も見え、品々は酒、さかな、まんじゅう、延べ紙などさまざまである。

そういうことまで宣長は克明に『壱岐入家婚儀録』に記録し、「此度の婚礼内々故惣体何事も省略……千秋万歳」と書き納めている。そのとき、聟入り儀を追って執りおこなうよう約束したが、それも取り止めたとしるしてあるのは、やはり、春庭の盲目の身を考えてのことであろうか。

壱岐が最初の子を生んだのは、翌寛政十一年六月十八日の早朝である。新町の実家で出産した。女の子であった。二十四日が七夜の祝いの日にあたっていたが、精進日であったため二十五日におこない、伊豆《いず》と命名された。国の名を用いたところ、宣長が名づけたのであろう。このとき、宣長はすでに七十歳であり、あの詳細きわまる『遺言書』をしたためたのは、この翌年のことである。その年の暮れ、宣長は和歌山藩へ出張したが、春庭あての手紙にはこの伊豆のことを必ず書き加えている。

「尚々お伊豆いよ〳〵気丈に候哉。まだあるき申さず哉いかゞ、承りたく候」（十一月三十日）

「お伊豆無事に成人いたし、折々二、三尺づゝあるき候由、其後定めて段々成長致すべしと存じ候。早く帰り候て見申したく候」（享和元年正月二日）

縁談のはじめには不同意であった宣長も世の好々爺と少しも変わらず、まったく相好をくずしているのである。

春庭は京都から帰った年の十一月ごろ、中町の借宅を普請《ふしん》して別居し、針医を営んだことが宣長の書状でわかる。中町は宣長が住んでいた魚町のすぐ東であるが、そのあとはわからない。もっとも、その別居はわずかな期間だったらしく、寛政十年ごろには鈴屋に同居したと思われる。

宣長が没したのは、春庭、壱岐の婚礼弘めがすんでから、わずか三年ののちのことである。

松阪城跡の鈴屋遺蹟保存会のガラス戸棚のなかに、一面の掛け鈴がそっと置かれている。うすぐらい棚の上で、それは燐のように静かに燃えているように思えたことがある。

鈴は「三十六鈴」と名づけられる。細長い板のうえに、六つの小円体を持つ金属が六個、赤い紐でつらねてある。

宣長はそんな鈴を書斎鈴屋の床の壁にかけ、澄明な音をたのしんだという。その鈴は宣長の死後に形見として門人たちに分け与えられ、それを没後二十一年めに春庭が模作させた。それが西陽の強い書斎の壁にかけられてあった。わたしは急にその鈴が見たくなって、三学期もなかばの乾いて冷えた風が吹きわたる日曜日、ひとりで保存会をたずねると、鈴はいつのまにか壁からはずされ、ガラス戸棚のなかに死者のように横たわっていたのだ。

わたしはすでにその掛け鈴について、いくらかのことは知っていた。板の裏面には宣長自筆の短冊と春庭の記事とが張りつけてあり、短冊の歌は万葉仮名で書かれている。

　とこのべにわがかけていにしへしぬぶすずがねのさやさや

一字一字端正に、しかもたのしげに書かれてあり、宣長の手跡のうちではもっとも好きなものの一つである。もっとも、この短冊は後年に張りつけたものらしい。

その短冊の下に張られた春庭の記事は、すでにふれたように父をしのんで模作したいきさつを書いたものである。しかし、その日わたしが見たかったものは、鈴でもなければ宣長の短冊、春庭の記事でもなかった。記事の文字だ。壱岐が代筆していたからである。

日曜日の午後というのに、風が吹き荒れる曇天のせいか、ひとりの参観客もいない。ガラス戸棚の前はほの暗く、さむざむとしていた。

わたしは館長という口ひげの白い老人に「三十六鈴」の裏面を見せてもらえないものか、とたのんでみた。老人は例のように黙ったまま机のひきだしを抜き、鍵束をとり出し、ケースの鍵穴にさしこむ。

「ありがとうございました」

わたしは丁重に鈴を老人に返した。わたしがその裏面の文字に見入ったのは、一分間もかからなかっただろう。三十秒ぐらいだったかもしれない。だが、それでよかった。

壱岐の文字は美しかった。格別すぐれた手跡というわけではないが、やわらかで素直で、奔放なほどのびのびしている。

この記事が書かれたのは文政五年冬である。春庭は六十歳、壱岐は四十二歳、結婚してすでに二十五年の歳月が経過し、長女伊豆はこの年に松阪の浜田伝右衛門にとつぎ、長男有郷を小津清左衛門の養子にした。その二十五年の生活が、この鈴の記事の文字に象徴されているように思われたのである。

あの縁談がおこったときには「とかく物書き候事、今少しらち明キ申さず、間に合ひまじく」といわれた壱岐である。それがやがてはこんな美しい文字で春庭の代筆をしているのだ。そこには、壱岐のなみなみならぬ努力があったはずである。おそらく家事のあいまにひそかに習字をもつづけたものにちがいない。

その家事も多端であった。伊豆を生んだ翌年に実母のお近が死に、男の子のなかった村田家は断絶しそうになり、宣長が医師小林要介を養子にすることに奔走したりしたが、その翌年には宣長の死が襲う。

翌享和二年には、春庭は盲目のため家業をつぐことができないというので稲懸大平を養子にし、春庭はその厄介という名義になり、やがて文化六年大平は家族をあげて和歌山に移住し、春庭は松阪にとどまって後鈴屋社を組織することになる。そうなるとおびただしい門人の応対だけでも多忙である。そのあいだに長男有郷を生み、春庭は『詞の八衢』などの著作にかかり、刊行する。文化十二年には大平の長男建正を養子に迎えたが、四年めには急死をとげる。

まったく、壱岐にとっては、息をつくひまもない生活の連続であったはずである。そのな

かで、どうしてこんな美しい文字が書けるようになったのか？

壱岐はよほど忍耐強くて、しかも心情の清らかな女であったのだろうと思う。やさしくて

芯が強い、色白な小柄な女がガラス戸棚のなかに浮かびあがる。

文字だけではない。壱岐は和歌も作るようになっている。

文政元年、春庭は門下の歌集『門の落葉』上下二巻を編んだが、そのなかに壱岐の和歌は

十二首採録されている。

梅薫風

いづこよりさそひきぬらむ吹く風のなさけもふかきよその梅が香

暮春霞

ゆくはるに立ちおくれじと夕暮をいそぐ霞の空もうらめし

名所萩

露ふかく袖にうつしてみやぎの丶小萩のにしき立ちやかへらむ

当時の歌風である題詠がほとんどで、類型を出てはいないが、いやみは少しもない。素直

に読める。たぶん、これらの歌も春庭を中心とした歌会で作られ、春庭の添削を受けている

のにちがいないけれど、やはりやわらかでやさしい韻律は壱岐のものである。結婚当時は歌などには無縁であったはずなのに、格別歌好きの春庭と生活しているうちに、こうした詠歌も叶うようになったのであろう。

ずっと後年のことであるが、わたしは思いがけず壱岐と美濃との肉筆の短冊を見ることができた。

その学校で短歌を教えてもらった五十洲《いすず》大人が、わたしが春庭に興味を持っていることを知って、何気ない調子で「壱岐と美濃の短冊、持っているよ」ともらした。わたしはそれこそ仰天した。ふたりの肉筆はとくと見る必要があったし、いくら政吉さんにたのんでも出回らなかったし、それを五十洲大人が持っているとは思いもしなかったからである。

「伊勢のさる旧家が売り立てをしたときに、何気なしに買ったんだ。どちらも一円だったかな」

五十洲大人はいつものやや重たげな口調でいった。さっそく見せてもらうと、つぎのようなものであった。

たなつもの百の木草も天てらす皇大神のめぐみゐてこそ　いき

世の中をいとふとなくにおのづからさくらのもとにかくれがの庭　美濃

そういう短冊であった。

美濃は春庭の十歳年下の二番めの妹である。寛政三年二月、十九歳で松阪湊町の豪商長井嘉左衛門にとついだ。夫は新七といい、当主九郎左衛門の弟であったが兄に代わって家督をつぎ、襲名して美濃を迎えたのであるが、この縁談の世話をしたのは本居家の本家筋にあたる小津次郎左衛門であり、かれももとは長井家の男であったのが小津家を継いだもので、その関係からか嘉左衛門ものちに次郎左衛門の嫡子が早世すると小津家を継ぎ、勘右衛門信厚といった。小津も長井も江戸に店を持ち、宝暦五年、紀州藩が大商人の経済力に頼らねばならなくなって藩札発行の業務をうけおわせる御為替組を設けたとき以来、両家はその五家に加えられ、藩の金融業務を引き受けていた。従って、その資本の蓄積は莫大なものであった。宣長の学問が成熟する背景にはこの小津、長井、さらには小西家などの経済力があったのだが、ことに長井家は春村の小西家とともに宣長に多大な援助をおくりつづけた。長井家には二百五十両という宣長の借金証文が残っていて表装されていたそうである。

美濃が長井家にとついだ寛政三年といえば、春庭が目を病んで治療のために尾張馬島の明眼院に出かけた年であり、兄の苦悩をまざまざと見ながら本居家を出たはずである。ところが、それが一つの因縁であったかのように、美濃は結婚後も春庭の人生に密接にかかわりあう。

いま残っている春庭の文書で失明後のものは、多くが美濃の代筆である。すでにふれたように、あの春庭が描かせた『山室山古図』の賛も、文政五年に疋田宇隆に描かせた肖像画につけた和歌も美濃が書いている。和歌の添削もおもに美濃が代筆したという。『門の落葉』

にも美濃の和歌は三十五首も採録されている。宣長は『古事記伝』の版下は春庭に書かせるつもりでいたのだが、息子の突然の失明で板行はゆきづまり、あげくは老齢の父自身が死の直前まで三巻を書いた。そのあと巻二十五から巻二十九までの版下を書いたのは美濃であった。

それというのも、美濃は三人姉妹のうちで一番学問好きで能筆であったからでもあるが、実家に遠くない松阪湊町にとつぎ、長女、長男を生みながら、どちらも満一歳を待たずに早世して育児、家事に手をとられることも少なかったためであろう。

美濃の筆跡は、どれも華麗で繊細である。よほどの才女であったのにちがいない。それとともに、宣長の子女はみんな仲がよくてよく助けあい、盲目の長兄をかばっているが、美濃は格別に兄思いのところがあった。春庭が針術修業のために滞京中、正月の肴代として金百疋を贈り、西国巡礼の途中に十九日間も兄の宿に滞在している。そんな次第で、美濃は終生実家をたずねては壱岐とともに春庭の目となり、手となった。

五十洲大人の家は、その雅号のように五十鈴《いすず》川のほとりにあった。わたしはそこの二階で壱岐と美濃との短冊を見せてもらったとき、はじめは二枚とも美濃が書いたのではないかと思った。「いき」の署名はあるが、美濃の筆跡にあまりにも似ているのである。どちらも当時の書風のお家流によって個性がきわだっていないということはあるにしても、かよいあいすぎている。というより、壱岐の筆跡が美濃に近づいていているうちに、ふと暗示を見た。

それを奇妙なことだ、と考えていているうちに、ふと暗示を見た。

「とかく物書き候事、今少しらち明キ申さず」といわれた壱岐は、入家してから美濃を手本にしてひそかに歌や書を学んだのではあるまいか？　あるいは美濃の教えを受けたのかもしれない。しかし、ときには美濃を敵とし、はげしく嫉妬したかもわからないのだ。そう思えば、素直でやさしい壱岐の白い顔が面のようにこわばり、目が憎悪と悲しみとに青ざめる情景さえ浮かんでくる。そういう想像は壱岐にいけないことのように思われもするのだけれど、とにかく、夫の代読、代筆を義妹ひとりにまかせなければならないということは、妻にはやはり耐えがたいときもあったのにちがいなく、そうした思いの起伏のなかで壱岐は古典を読み、書を習ったのであろう。

それから、仔細に二枚の短冊を見くらべると、似ているけれど違う。

美濃のは歌も才気がおどっているが、書も花やかでのびやかで、いかにも身についた達筆ぶりである。それにくらべると、壱岐の筆跡はたどたどしい。精いっぱい書いたという固さが残っている。しかし、歌調は素直で謙虚で美しい。結局、わたしには壱岐の短冊のほうがあわれに思えて好きであった。

その日からまたかなり長い時が過ぎ、わたしはまた思いがけず五十洲大人から一枚のハガキを受け取った。そのころは、大人とは遠く離れて住んでいたのである。どういう理由でか、そのとき大人は雅号を五十洲からただの「五十」に改めていた。「別便にて短冊一枚さしあげました。お受け取りください。二枚揃えてさしあげたかったのですが、一枚は槍玉君が強《た》ってとのことにて、同君にあげてしまいました」

ハガキには俗気のすっかりぬけた折れたようなペン字で、ただそう書いてあるだけであった。壱岐と美濃との短冊のことにちがいなかった。

槍玉君というのは、わたしと入れちがいにその専門学校を卒業して中学校の国語教師となり、卒業しても五十洲大人が主宰する短歌雑誌に出詠していた先輩である。抜群の秀才で、長身で、圭角があり、歌風と歌論も鋭利で、ことに論評は容赦がなかったので槍玉と呼ばれているらしかった。わたしも一度だけ槍玉先輩に会ったことがある。晩秋の日曜日の午後、寮の自室で日なたぼっこしていると、白江教授が突然にわたしの部屋にあらわれ、紺のセビロを無造作に着たその先輩を紹介したのだ。旅行の途次に母校をたずねたくなって白江教授をおとずれ、寮まで足をのばしたということであった。そして、わたしもその短歌雑誌に出詠していたので、槍玉先輩は会ってみる気になった、と教授は説明した。そのあと、教授はいつもの含羞に満ちたやさしい声で、槍玉先輩がわたしを歌から威勢のいい学生と予想していた、というようなことをいった。とんでもない誤解ではあったが、わるい気はしなかった。

「ずば抜けた秀才でしたからねえ」

そのときも、白江教授は何かのはずみで槍玉先輩のことをそう語った。しかし、当人はテレるでもないし、ニタリとするわけでもなく、顔は青白く冴えたままであったことが記憶に強く残っている。

わたしは五十洲大人からの小包を待ちわびた。二枚のうちの一枚というから、美濃か壱岐かのどちらかであろうが、わたしは壱岐が到着することを切望した。机のそばにかけて、その素直だけれどどこかぎこちない書体から、封建のひとりのあわれ深い女の人生をしのんでみたかった。

やっと、むやみに細長い小包がとどいた。

息をはずませる思いで、包みをといた。短冊は二枚のベニヤ板に、ていねいにはさんであった。取り出して、わたしは失望した。壱岐ではなく、美濃であった。

その夜、槍玉先輩にラブレターのような手紙を書いた。壱岐の短冊が何としてもほしい、太田垣蓮月尼《れんげつに》でもだれでもご所望のものを代わりに送るからぜひ譲ってほしい——そういうことをくりかえして綿々と書いた。

折り返し、槍玉先輩の手紙は来た。

「……さて、お申し越しの壱岐女の短冊ご所望の件、よくわかりました。さっそくお譲りしたいのですが、ちょっとめんどうなことになりそうです。というのは、最近短冊の張りまぜの屏風を作り、壱岐女の短冊もそれに貼ってしまったからです……」

その屏風というのは、古人六枚、今人六枚、計十二枚の張りまぜで、壱岐のは古人のなかに張りこんでしまったので、それをはがすとそこに穴があく、という。

「……壱岐女をはずせば、補充としてやはり蓮月尼か誰か幕末以前の国学者か歌人の、しかも女流がほしいのです。そうしたら、壱岐女の補充として全体の調和も崩れないかと思います。物惜しみするわけではなく、適当な短冊があればお譲りするのも吝《やぶさ》かではありません」

わたしはさっそく蓮月尼の短冊を探し出して送ることを書き送り、同時に喜代獅さんに委細を打ちあけ、大至急蓮月尼の短冊を入手してくれるようにとの手紙をしたためた。喜代獅さんは大阪の場末に「古本礼讃」という変わった看板をあげている本屋で、明治時代の文学、思想書の収集家としても知られている人であるが、本居大平の短冊も持っていた。それが縁でたまたま近づきになったのだけれど、この人なら商売を離れて蓮月尼でも何でも探し出してくれると信じたからである。白髪が美しい社会運動家のような風貌の人であった。

喜代獅さんからは「承知」のハガキがすぐ来、つづいて「なかなか入手しにくい」という連絡があり、やっと送られたのは一か月ほどたってからであった。


かぞふればひとせのむかしさしやなぎまどうつばかりなりにけるかな

そういう「やなぎ」と題する蓮月尼八十二歳の短冊であった。

わたしはすぐそれを書留速達で送った。が、それはほどなく送り返されてきた。それにつけられた檜玉先輩の手紙はこうである。

「さて、どうも具合の悪いこととなりました。きょう、村の表具屋へ持っていって相談せしところ、次のような忠告を受けました」

忠告というのは、屛風がま新しくて糊がきついためにはなれにくく、無理に離しても地の紙を損じやすく、それに壱岐の短冊のほうが蓮月尼よりやや大きいので、剝がした跡が明らかに残る、というものであった。そして、壱岐の短冊の大きさを図で示し、それに赤線で蓮月尼のそれを乗せ、周囲に残る剝がした跡が黒々と描かれ、「これが反対ならよかったんだが」「蓮月の短冊スッポリはまる」と注記されている。

「右のような結果となりましたので、あしからずご了承ください。前便で安請合いしたのに不本意な結果となり、貴意に副えず残念です」

槍玉先輩の手紙はまことにゆきとどいたもので、すべて納得できるはずであった。それにもかかわらず、わたしはすっかり気落ちし、それからむやみに腹を立てた。わたしの怒りが理不尽なものであることはよくわかっていながら、しばらくはどうしようもなかったのである。

四月が来て四年生に進級すると、わたしたちの学校では寮を出てまちなかに下宿するきまりになっていた。学生全部を寮に入れるのには部屋数が足りなかったからで、それで最上級生が寮を出るのだ。それは何かまったく予測のつかない新世界がひらけそうな期待をともない、学生たちの気分を一番浮き立たせることであった。

学生たちは一月にはいると、もう先輩たちをたよって下宿さがしをはじめる。下宿代が安くて、静かで、通学に便利で、部屋が小ぎれいなところが物色された。それに家族が親切で気さくで、若いきれいな娘がいれば一番よろしい。古い神社とその参宮客目あての宿屋、みやげもの屋、飲食店のほかにはこれといった産業のないそのまちでは、わたしたちは最高学府の学生であり、下宿させたがる家は需要よりずっと多かった。そして、毎年何人かのそのまちの娘たちが学生が卒業するのといっしょに連れ去られた。学生がその下宿に入り婿になって住みつくという逆の場合もめずらしくはなかった。

しかし、わたしは下宿しないで、腸とふたりで一軒の家を借りて自炊することにした。学校から丘の道をくだると、アスファルトの新道に出るのだが、それを突っ切って坂道をのぼっていくと旧街道に出る。新道ができるまで、そこが参宮街道で幕末にはおかげまいりの熱風のような群衆の流れも通過した。

街道に沿って、城廓のような旅館や遊女屋が建ちならび、杉本屋、備前屋、油屋などといった近世芸文にあらわれる看板やのれんがかかっている。油屋は『伊勢音頭恋寝刃《こいのねたば》』の舞台となったところだ。その巨大な構えのあいまに射的屋やカフェや小さな遊女屋、小鍛治宗近と白ぬきに染めた藍ののれんをかけた刀剣屋、湯屋、居酒屋、駄菓子屋、三等郵便局などが建てこんでいた。

しかし、もうそのころ、遊里は鉄道の駅の近くに移り、旧街道はすっかりさびれかえっていた。城廓のような遊女屋ののれんの色はあせ、皮膚の荒れた女たちがわずかばかり床几に腰かけ、通りかかれば昼まから学生にまで声をかけた。射的屋では日に焼けた赤い毛布の上で人形がほこりをかぶっていたし、カフェからもれるレコードはすりきれていた。旅館もおかた二階の雨戸をしめきったままだし、天気のよい午前中には雨戸があけられていることがあったが、そのときはきまってたすきがけの女が箒をシュッシュッと鳴らしてはゴミを道へむかって掃き捨てていた。

旧街道は外宮のほうへ向かってゆるやかな勾配をもっているが、遊廓と旅館とがとぎれると、急な坂となる。坂の途中にはちっぽけな芝居小屋のような構えがあり、五人ほどの女が三味線をひいたり踊ったりしている浮世絵ふうの看板があがっている。この坂を間の山といって、そこにお杉、お玉の遊芸の女がいたことは西鶴の『日本永代蔵』にも出ている。女たちは間の山節を歌いながら参宮客に銭を投げさせ、それをうまく受けて身入りにした。その遊芸は大正年代まで代々つづけられたということであったが、その小屋はいつも朽ちた雨戸をおろしたままであった。

坂を下りつくすと、朝熊岳万金丹元祖の前に出る。広壮な店構えで、店には青畳を敷きつめて大きな漆塗り金箔文字の看板を立て、等身大ほどの福助人形がひかえている。しかし、そのほかといっては三宝に万金丹が積んであるだけで、ほとんど人影を見ない。秘法五百年の歴史を持つといい、本居春庭が没して三年めの文政十三年のおかげまいりでは、三月一日から九月二十日までに一万百四十八人を宿泊させ、施行米百四石、金四百六十両を使ったと記録に残っている。

万金丹元祖を少し過ぎると、こんどはやはり大きな漆器問屋があらわれる。店いっぱいに朱や黒の膳、食器を積みあげていて、日がさしこむと異様にかがやく。

旧街道はほどなく小さな木橋を渡る。橋の下を御贄《おむべ》川という細い川がまがって流れている。以前、木橋の欄干の外側に狭い橋がついていて、服喪中の人や生理中の女はそこを渡るならわしだった。橋の正路は斎王、勅使などが渡るのでけがれるというわけであった。

橋のたもとには米屋があり、それからは小ぢんまりした伊勢造りの町家がならぶけれど、むかしは参宮客相手に櫛を売る店が多くて名物になっていたという。

四つ辻に出る。右へ折れると、新しくできた私鉄参宮急行の終点駅であり、左へ直角にまがると世義寺という古い密教の寺につうじ、そこは世義寺道と呼ばれる。その曲がり角には〈すし健〉という食堂兼小料理屋とうどん屋とが向かいあっている。世義寺道にはいると、すぐ左手には散髪屋があって、夜なかでも青と赤との円筒が回転している。散髪屋の真向かいに石の門が立ち、高い松の木がそびえ、そこに東洋史の小松原教授の居宅があった。

わたしたちの家は、その小松原教授の家のすぐ奥どなり、というよりそれにくっついた小屋に似ていた。なんでも、以前、教授の家は旅館だったということで、わたしたちの住居は、そのふとん小屋のあとらしく、それで教授の家に密着していた。

でも、玄関にはガラス格子がはまり、それをあけると土間、右側が台所になっていて、ちゃんと一軒の体裁を持っていた。ただし、土間からあがると、六畳敷きの部屋が二つ、奥へつながっているだけである。

奥の六畳の窓ぎわに、わたしと腸とは机をならべた。窓のそとはちょっとした庭になり、ヤマモモの木が植わり、庭の板塀のそとは露地で、その向こうにはあの御贄川にはいる小川が流れている。

右どなりは家主の小津氏の台所である。わたしたちの家にも台所はついていたが、どうしたわけか水道がなかったので、小津氏の台所の外側に突き出している蛇口をひねるよりほかはなかった。

家賃は一か月五円ということであった。

わたしと腸とは、ふたりの机のあいだに学校から盗み出してきたチョーク箱を置いて、家から金を送ってくるごとにそのなかから金を入れる。わたしが十五円、腸が十円を放りこみ、それで家賃を払い、米を買い、副食物をととのえる。

米は木橋のたもとの米屋に一升ずつ買いにゆく。たいてい、米の仕入れは腸の役目で、かれは学校の帰りにバッグのなかにつめて持ち帰った。一升二十九銭であった。

食器類は自炊した先輩四人分のものをそっくりもらい受けたので、あり余るほどであった。一升だきの釜、鍋、やかん、茶わん、皿から漬物壺までそろい、そのなかにどういうわけかイギリス製のガソリン・バーナーがあった。それで、煮たきにはほとんどそれを使った。ガソリンは古本屋の政吉さんの店の筋向かいに売っていて、ビール瓶をさげて買いにいった。その値段は米よりも高いのにおどろいた。

副食代はできるだけ切りつめることを申しあわせ、予算はふたりで一日十五銭以内とした。それで、いきおい干しイワシ、一つ二銭の芋のテンプラ、ワカメの酢みそ、ケズリブシ、ホウレン草のしたしというのが多かった。

それに、さいわい学校のぐるりにはゼンマイが群生したので、わたしと腸とは昼休みや休講の時間にせっせと摘み、バッグいっぱいにつめた。それを翌朝学校へ出かけるときバケツに放りこみ、木炭を浮かせ、例の蛇口にすえ、少しずつ水を垂らしておく。すると学校から帰るときれいにアクが抜けており、それに油アゲをきざんで煮しめるのである。ゼンマイがなくなるまで、それを毎日つづけた。たいへん美味であった。

わたしたちはその家を〈狢獏巣〉と名づけた。『字源』を引くと、「狢」はムジナのことで、「狸ニ似タル獣、鼻尖リ毛深クシテ穴居ス、性ヨク眠ル」とあり、「獏」については「熊ニ似テ黄黒色ナル一種の猛獣、俗ニ人ノ夢ヲ食ヒテ邪気ヲ除ク」と出ていた。わたしと腸とはこの命名に満悦した。

「けだもののように自由だな」

最初の夜、机の前にふとんを敷きならべて横たわったとき、腸は長いキセルにゴールデンバットをつめて吸いながらそういった。

そうして、わたしは机の右側の壁に本棚をすえ、『本居全集』や『本居宣長稿本全集』『本居宣長翁書簡集』福井久蔵著『日本文法史』時枝誠記『国語学史』を収める岩波講座『日本文学』小林好日著『日本文法史』などをずらりとならべ、その上に政吉さんから買い集めた『詞の八衢』『詞の通路』『やちまた大略』『後鈴屋集』『門の落葉』などを置いた。

第七章

そのころ、実のところは途方に暮れていた。

本居春庭がふとしたことからわたしにはいりこみ、わたしなりにかれが歩いた道を追ってみたのだけれど、それが泥濘のような道であることにようやく気づきはじめたのである。肝心の『詞の八衢』がいつごろから、どのようにしてつくられていったかが、皆目わからないのだ。本居清造の『本居春庭略年譜』にも、文化三年四十四歳の項に「三月詞のやちまた成る」とあるだけである。

本居清造に手紙を書いて、起稿の年月をただしたが、いまのところは本居家にもその資料がなく、何もわからないという返事が来た。『詞の八衢』の著作は、全集でも和本でも読むことができるし、それがかれ自身〈末代迄動カザル説にて御座候〉といったとおりに、動詞活用の法則の発見であったことは疑いようがない。

しかし、それはあくまで結論なのだ。わたしが知りたいのは結論ではない。結論に到達するまでの過程なのだ。ところが、その資料が本居家にもないとすれば、春庭の親戚、門人、関係者の子孫を片っぱしからたずねて、そこに伝わる文書を見せてもらい、あるいは関係文書をすべて洗って手がかりをつかむよりほかには道がない。それはとうてい貧乏な学生のできることでないし、一生かかってもめぐりあえるかどうかわからない。おそらく、徒労に終わるだろう。

ただ、『詞の八衢』が父宣長が死んでからの五年間に起稿されたことはまちがいないだろう。人間のほんとうの自立は親の死によって始まることが多いものだ。

春庭はすでに京都修業中から相続を辞したい気持ちが強く、そののちもそのことを父としきりに談合したと思われる。父もまたついに了解して、寛政十一年二月二十四日、まず大平を本居家厄介という身分にした。この手続きには宣長は大平をつれて同年一月二十一日和歌山へおもむき、藩庁に大平を養子とする願いを出した。死の二年前のことである。それで、宣長の死の翌年、和歌山藩は大平に出頭を命じ、三月四日に師家名跡を継ぐことをいい渡した。大平は服喪のためにいったん松阪へ帰ったけれど、五月ふたたび藩庁に招かれ、同十五日本居家相続を正式に命じられた。

以後、春庭は本居大平方厄介という名義になった。春庭は年願を果たせて、安堵をおぼえたであろう。それとともに、本来ならば自分が相続するところであり、失明の非運があらためて身にしみたであろうし、大平にいささかの嫉妬をおぼえなかったとは決していえないだろう。

父の死の翌年から、針医の業はほとんどおこなわず、門人への講義、和歌指導に専心したらしい。『詞の八衢』の著作にとりかかったのも、この年あたりではあるまいか？　父の死、大平の相続は逆に春庭には生きる力、学問への意欲を燃え立たせたのではあるまいか？

しかし、厄介なことには、宣長の死によって春庭の事跡も分明を欠くのである。というのは、宣長の生前の春庭については、父が克明な日記を残しているし、書簡も収集され保存されているので、そこから推察することができる。ところが、その死によって春庭の消息も急に途絶えてしまう。

春庭の失明以後は、当然のことながら記文はすべて代筆であり、その残っていて目にふれることのできるものは、きわめて少ない。もし、失明後の春庭を追うとすれば、やはり関係文書を紙屑屋のように捜し歩き、さらにその上で、だれの代筆かを筆跡から分類しなければならない。美濃、壱岐の代筆が多いといわれているが、門人のそれも必ずあるだろう。その代筆者も『詞の八衢』の成立には深くかかわっているはずである。

それを明瞭に実証しないかぎり、春庭の人生と学問とはわからないだろう。たとえ、時枝誠記のような専門学者が、岩崎文庫所蔵の『御国詞活用抄』の高橋広道の跋文から『詞の八衢』はこの本と鈴木朖の『活語断続譜』とを合一したことを説いても、それですべてが終わったわけではあるまい。むしろ、明治二十八年に上田万年博士が春庭について「事実はかくの如くなるにも拘はらず、世人にして翁を知るもの誠に少きは何ぞや」「ただこの八衢の上にも、亦通路の上にも、明かに現はれ居る翁の研究的方法が、何処より翁の手に入りしかは、これ予輩の切に知らむと欲する所なり」といった問いは、そのまま残されているといってい い。

しかし、『詞の八衢』の正確な起稿年月、成立過程はわからないとしても、春庭のことば、特に動詞の活用についての関心はずいぶん早くから根ざし、その成立には長い時間がかけられていることは事実である。その源流は、やはり父宣長の語学説だ。

もっとも、宣長にさえも近代の語学という自覚はまだ成熟していなかった。それは、古文古歌を研究しているうちに、自然に生みだされたようなものであり、『古事記伝』執筆のための実用上、考究された知識である。だから、村岡典嗣が『本居宣長』で「わが国の古文古語に関する特別的研究」といった概説があてはまるといえる。それでいて、宣長は未踏の語学説をいくつか打ち出した。

村岡教授の概観に従えば、第一は「てにをは」の研究であり、第二は動詞、形容詞の活用であり、第三は音韻論であり、第四は古書の訓詁についてである。

宣長はすでに二十二歳のときに『かなづかひ』一冊を編み、明和七年、四十一歳で『てにをは紐鏡』を出版した。これは一枚の長方形の図表で、頭部には「てらしみよ本末むすぶひも鏡三くだにうつるちゝの言の葉」というキャッチフレーズのような歌をしているのだが、かれがここで示そうとしたのは現代文法の係り結びの法則であった。かれは係りのことばを「は」「も」「徒《ただ》」「ぞ」「の」「や」「何」「こそ」の八語とし、それらのことばが来れば活用言はどのように結ばれるかを図示したのである。係り結びのことは歌学や連歌の作法などで早く見出されていたが、宣長はいくらかの不備はあったとしてもその法則をほぼ明確につかみ取った。

宣長がこの法則を詳細に実証したのが、九年のちの安永八年に成った『詞の玉緒』七巻である。宣長はことばを玉にたとえ、係り結びの法則をその緒と考え、「てにをは」と係り結びの法則に国語の特性を見たのである。その実証には八代集の和歌だけでなく、『万葉集』『祝詞・宣命』から『古今集』の序と詞書き、『土佐日記』『伊勢物語』『源氏物語』におよび、おびただしい語彙を集めてはそこから法則を帰納していった。本居大平はその序で「わが師の君は、おくふかきこと葉の繁路を」としるしているが、まったく適切である。この引用例を大量に集め、周密に分類し、法則を発見していく実証的帰納方法が、春庭に伝えられた。『てにをは紐鏡』が刊行されたときは、春庭はまだ八歳にすぎなかったが、『詞の玉緒』が成ったときはもう十七歳であり、すでに父のいいつけで古書や地図をさかんに筆写していた。だから、春庭は父のその著作には助手をつとめていたにちがいない。そうして、春庭は父から実証的で帰納的なことばの探究方法を経験をつうじて学びとったと思われる。『詞の八衢』や『詞の通路』にあらわれている春庭は、そうした源流を持っている。

第二の、動詞、形容詞についての研究は、天明二年ごろに成ったと思われる『御国詞活用抄』二巻に示される。動詞、形容詞を二十七会《え》に分け、語尾変化を同じくすることばを五十音順に集めたもので、分類についての説明もなければ、分類ごとの名称もつけてないが、四段活用、下二段活用、上二段活用、加行佐行変格活用、上一段活用、下一段活用、形容詞のク活用、シク活用の区別が実質的には自覚されている。

第三の、音韻論については安永四年の『字音仮字用格《じおんかなづかい》』、天明四年の『漢字三音考』、寛政十二年の板行である『地名字音転用例』の三部作がある。そこでは宣長はオをア行に、ヲをワ行に改めた卓見を示したし、『漢字三音考』は皇国と外国との音韻の差異を論じたもので、外国の音は不正で鳥獣万物の声に近いなどとことさらに外国のそれを卑しめているが、そのなかでも日本語の用言は五十音図に従って変化するものであることを説き、現代文法の未然、連用、断定、命令の段別をみとめている。

第四の、古書の訓詁については『古事記伝』巻一でこの古典についての仮名の用法を帰納的に研究した。さらに『うひ山ぶみ』『玉勝間』『源氏物語玉の小櫛』などにも言語観が散見するが、すべてのことばは時代によって語義が変ることがあることを主張し、語義の歴史的変遷を重視した。つまり、ことばは生きて動くというのだ。これを時枝誠記博士は「契沖以来の語義理解の方法に一時期を画した」と評価する。

これらの宣長の語学説を語る諸著作のなかで、春庭にもっとも密接にかかわるのは『御国詞活用抄』である。これは『本居宣長全集』増補第十巻に収められているが、菊判三十ページにわたって五十音順に動詞、形容詞がならび、それが二十七会に分けてあるだけである。奇妙なことは、その底本は宣長の自筆本ではなく「本居先生艸稿」とあり、凡例が掲げてある。明確に分類しにくいことばのあること、ことばを雅言と俗言とに分けたが、はっきり分けにくいものも多いし、ことにもれた俗言は多いことなどをことわっている。

この草稿の成立も明記されていない。ただ、宣長が天明二年十月八日づけで田中道麿に送った手紙のなかに、つぎのような一条がある。

「活用言ノ冊子、所々御書添下され、忝く存じ奉り候。猶追々頼み奉り候。くはしく別紙に申せり」

『本居宣長翁書簡集』の編者奥山宇七は「活用言ノ冊子」とは『御国詞活用抄』のことだと注している。

わたしはふしぎなことだと思い、東京の本居清造に質問の手紙を送った。

返事の大要はこうであった。

——『増補本居宣長全集』の底本とした『御国詞活用抄』は、もと本居大平の旧蔵で大平の子孫豊穎に乞うて鈴屋蔵としたものである。その筆者はわからない。また、もとの題簽《だいせん》の文字は故意に全部を削りとったあとがあってわからないので、あらたに題簽を貼付し、内題によって『御国詞活用抄』としたものである。

それにつづけて、わたしにとってはきわめて重要なことがしるされてあった。

——『活用言ノ冊子』は動詞、形容詞に関する宣長の遺稿で、一応草案がまとまったときに春庭をして書き調べさせ、そののちも随時自分で補正したり、田中道麿の考えを求めたりして他日の完成を期した稿本であることが確認される。内容、形は『御国詞活用抄』と大体同じなので、前者はその第一次稿本と思われる。

そうすると、『活用言ノ冊子』は春庭が父を助けて調査し、書いたものということになる。それが天明二年ごろとすれば、春庭は二十歳である。かれの目は健全で『雅輔装束抄』や『熊野図』を筆写しているときだ。

きっとそのとき、春庭は、動詞の活用のふしぎさを記憶に刻みこんだのにちがいない。とにかく『詞の八衢』は厳密にはそのころに始まっているといえるだろう。ところが、思いがけない失明がやって来て、春庭は学問も名跡も放擲する。それが京都に針術修業にのぼって富士谷成章の語学説にふれ、燃えあがり、父の『御国詞活用抄』と成章の『装図』との合一を発想する。そして、父の死、相続辞退を契機に著作にはいり、『八衢』の完成に至る。

しかし、ここで立ちはだかるのは鈴木朖の『活語断続譜』である。『御国詞活用抄』と『装図』とを合一したのは鈴木であり、『詞の八衢』はそれを補正したというのが時枝誠記の所説以来、国語学界の定説になっている。

わたしはその定説にひそかながら不信を持ちはじめていた。それが自分の内部でいつのまにかふくれあがって、定説を転覆させたい、一種凶暴な情念にまで育ちはじめていることに気づいた。

狢貘巣の生活は、すぐさま放埒なものと化した。

ふとんは敷き放しで、ホコリが積もり、もぐりこむと湿気でひんやりした。それにもすっかりなれ、わたしたちは大きな目ざまし時計で目をさますと、腸が寝たまま枕もとの石油コンロに火をつけ、茶をわかす。

それから、もっそりおきあがり、口をすすぎ、朝めしにかかる。ふとんにすわりこんで昨夜の残りの飯を釜のますすくいあげ、茶をぶっかけて漬け物ですませる。漬け物は、いつもニッカボッカーをはいている学校出入りの写真屋太光堂がきれいな妻をつれてやって来、甕《かめ》いっぱい糠をつけこんでくれたものである。「スキヤキでもみそ汁でも魚でも、残りはみんな入れなはれ。一日一回かきまわしたらよろしい」といった。わたしたちはそれをそのまま信じこみ、みそ汁の残りのアサリの貝がらから魚までぶちこみ、ダイコンや菜をしこたま漬けていたのだ。

朝食がすむと、釜の残りの飯をべんとう箱につめ、メザシを三匹ずつ新聞紙にくるんで学校へ出かけ、昼休みに使丁室で焼いて食った。

学校から帰ると、たいてい夕方になる。わたしと腸とは米をとぐことによって釜を洗い、一升を一度にたく。おかずはゼンマイの季節が過ぎてからは、菜に油あげを入れてたいたり、みそ汁ですませたり、おカラとヒジキを煮たり、倹約する方針には変わりはなかった。それでか、腸は「いっそ咬菜根書屋と家号を変えるか」といった。

夕方から夜にかけては、しきりに友人連中が押しかけてくるようになった。

連中は戸をあけるなり、「おるか」といきなりあがってくる。狢獏巣には押し入れがついていなかったので、玄関の間の六畳に柳行李をおき、鴨居いちめんにロープを張りめぐらし、洋服、レインコート、紋付、袴、シャツ、サルマタすべてを引っかけていた。連中はその乱雑な衣類の幕を掻いくぐっては万年床の上にあぐらをかく。座ぶとんは二枚しかなかった。

定連は遮莫、祝日古、美盾、信基、茂寿などである。

遮莫はたいてい美盾といっしょに、いつも物臭そうな顔つきをし、声をかけずにあがりこむ。美盾は播州の八幡宮の社家のひとり息子とかいうことで、その名のように美しい顔をし、カメラにこっていた。ふたりは御贄川の小橋をわたった漆器問屋の離れに下宿していた。ひとりの下宿代が食事つき一か月二十五円ということで、最高級の下宿住まいをしており、書架には遮莫自慢の画集類をならべていた。

祝日古はかなり離れた川沿いの古い町の二階に下宿した。そこはむかし三河方面から船で参宮する客が河口の港に上陸し、あるいは小舟で川をさかのぼる道すじにあたり、また、志摩、伊勢の海産物の集散地でもあったので、海産物問屋が建ちならび、ワカメやスルメの臭気を放ち、それに古い醬油倉や酒倉もあってそのにおいが入りまじっていた。祝日古はその落ちぶれた海産物屋の二階に下宿し、ひょっこり塩のにおいを持ってやって来る。ときには、ケズリブシの袋をよれよれのきもののふところから出す。それにすぐ醬油をかけ、わたしたちは酒を飲んだ。

小松原教授邸の前を世義寺に向かうあたりには、定年退職の役人や教員が住む小ぢんまりした家が多く、学生に下宿させるところが少なくなかった。茂寿も信基もそこに下宿し、猗猰巣に近かったので何かといえばやって来た。茂寿は陸軍幼年学校から士官学校に進んだのに、腎臓を患ったために退校し、わたしたちの専門学校にはいって来た男だ。頭脳がよくて一番の特待生で、ことに士官学校にいっていただけに教練では職業軍人のような指揮ぶりを見せ、県下学校の連合演習のときは、いつも中隊長をつとめていた。信基は大阪近郊の古社の社家の長男ということで、色白で公卿のような顔つきをし、動作のすべてがおっとりとした神主であった。

連中にすれば、だれにことわる必要もないし、気兼ねのまったくいらない場所というわけで、退屈するとやって来る。また、下宿の門限に遅れては、わたしどものふとんにもぐりこむやつも一週間にひとりはあらわれた。

連中はあがってくると、万年床の上に車座になり、たわいないことをしゃべりあう。そして、よく花札を引いた。八八、オイチョカブというたぐいであったが、何をやっても最後に勝つのは遮莫にきまっていた。

それが、わたしにはふしぎで、腹が立ってならなかった。碁がくろうとほどに強く、寮の新聞の囲碁欄をいつも引きちぎっていたのは遮莫であったが、それが花札でもだれをも寄せつけないのだ。わたしは遮莫と対で、夜が白むまで争ったことがあった。最初はわたしが勝ちに勝ったのに、どうしたはずみからか負けがこんできて、頭に血は逆上した。そうなると、遮莫はますますえへらえへらし、勝ちつづける。

「もうやめようや。おまえがいくらきばってもおれには勝てん」

つめたい顔色で、つまらなそうに遮莫は札を投げた。じっさい、遮莫にはどう挑んでみても勝ち目のないことは自分でもわかった。それだけに、血はいよいよ燃えた。

やはり、遮莫、美盾、祝日古、腸とで花札を引いていて、火事を出しそうになったことがある。便所には電気がないので、祝日古がロウソクに火をつけてはいっていったが、しばらくすると「火事だア！」という大声が聞こえ、飛びこんで見ると、ホコリが古綿のように積もっているかわやに祝日古は腹這いになり、首を突っこんで何やらもがいている。糞壺には火が燃え、祝日古は藁草履で火を叩いていたのだ。火はわたしたちが水をかけるとすぐ消えたが、火事の原因は簡単明瞭であった。わたしと腸とは小便は庭ですませるし、大便もちり紙などは一度も使ったことはなくて新聞紙や原稿用紙ですませたので、糞壺は紙屑籠同然となり、そこへ祝日古が誤ってロウソクの火を落としたのだ。

そんなふうに狢貘巣の生活は放埒をきわめ、怠惰になった。

家主の炊事場のそとの水道で米をといでいると、たいてい窓のむこうではタマゴ夫人がマナイタを叩いたり、煮ものをしていたりする。まだ三十すぎで、タマゴのような顔立ちをし、いつも女の子をおんぶしながら料理していたのでそう勝手に呼んでいたのであるが、そのうち、いろいろおかずを分けてくれるようになった。玉子焼きであったり、煮しめであったり、汁であったりしたが「学生さん、おあがりよ」と、鍋に入れて窓から差し出してくれるのだ。それも、姑さんの目を盗むように小声で、うしろを一瞥しながら出す。わたしと腸とはそれを差し入れと呼んで大いに歓迎した。

タマゴ夫人よりも、差し入れが頻繁だったのは、すぐとなりの小松原教授からである。小学校四年生の女の子がいて、朝からみそ汁を持って来てくれる。それも白みそと赤みそとがうまく調合してあって、トウフや青ネギの刻んだのが浮かべてある。夕食にはオムレツやビフテキが来たりする。

そのうち、女の子は「おにいちゃーん、ご飯にいらっしゃーい」と呼びにくるようになった。女の子は黒目がくりくりしたおしゃまである。そして、出かけると、小松原教授と夫人とが膳について待っている。その料理はたいそうハイカラであった。魚といえば、煮るか焼くかとばかり思っていたら、蒸して、白くとろりとしたものがかけてあって、ムニエルという料理だと夫人は教えた。ニワトリのキモのバター焼きというのもはじめて口にした。

小松原教授はまだ四十前で、浅黒い顔に鼻梁が高く、強度のメガネをかけていた。それで、どこか学生か文学者のような印象があったが、教授になったのがずいぶん早かったらしく、職員録には二番めにしるされていた。専攻は東洋史で、一般の学生の評判はあまりよくなかった。というのも、休講することが全然なく、脱線もしないので、試験となると勉強の分量が膨大となり、またその問題が大きくて一夜漬けの小細工はきかず、採点は容赦がない。だから、学生の半数以上が落第点をつけられ、いきおいぼやくようになるからである。

わたしは国文学を専攻にしたので、教授に東洋史の講義を受けたのは一年生のときだけだったが、大層おもしろかった。白鳥庫吉直系の西域史の専門であったので、講義も西域に重点がかかり、喚くような大声の講義はことに精彩があり、わたしの空想を刺激した。たとえば『史記』に西域の馬について「血ヲ汗ス」と書かれているのは、皮膚が薄くて血管がすき透っていたからであろうと語り、そのように流沙やさまよう湖や消えた王朝を説いた。それは神道や礼式の講義、教練や武道の時間とは格段におもしろく、そのせいか、わたしは落第点をもらったこともなく、そして、妥協することなくびしびし正当な評点をつける教授がむしろさわやかであった。東京生まれということであったが、いかにも江戸っ子ふうにいさぎよかった。

三年生のとき、有志の学生が集まってドイツ語を勉強するという話が持ちあがり、講師に小松原教授を頼もうということになった。正課外の学生の自主学習のことではあり、なんの謝礼も出ないわけだったが、教授は自分からよろこび勇んでテキストを選び、カリキュラムを組み、これも一回の休講もなく初歩から大声で教えた。ところが、学生のほうははじめは意気ごんだものの、次第に受講者の数はへって、しまいには数人になった。でも、教授はいやな顔一つせず、やはり割れるような大声で講義を最後までつづけた。

そんな教授に対して、夫人は小柄で細身で、色が抜けるように白く、頤に大きなホクロがあるのが魅惑的で、黒っぽいきものがよく似合った。いつもにこやかで、ふきげんな表情を一度も見せたことがなく、一点の悪意も邪気もなかった。それで、腸などは「女にはヒステリーちゅうもんがあるそうじゃが、ほんとうかのう」と本気にいったものである。やはり東京生まれで、理学の高名な教授の娘ということであった。

いつであったか、晩春の夕ぐれが夜に移ろうとする時刻、わたしはひとり近くの銭湯からの帰りに石の門をはいると、凝然と立ちすくんだことがある。見なれた松の木の下の小松原教授の玄関にだれかがたたずんでいたのだが、その顔がこちらを向いた。夜目に白い顔が浮いて、やさしく微笑したのだ。夫人は外出からの帰りらしく、玄関のカギをあけているところであった。教授も娘さんも不在らしく、窓はみんなまっくらで、夫人は喪服のようなきものを着ていられた。そのとき、わたしは美しい女をはじめて見たような気がした。

夫人はわたしたちを食事に招くと、きまって「たくさん召しあがれ」といった。それに従うように、またその料理はいつも美味で、平素がひどい粗食であったので、わたしと腸とはガツガツ食った。スキヤキならふたりで五分の四の分量をつめこんだだろう。それをまた教授と夫人とはさもうれしそうに目を細めて見ていられるのだ。

食事のあとには、かならずコーヒーが出た。わたしと腸とがモカとジャワとの豆を手回しのコーヒー引きでガリガリと粉にすると、教授自身調合し、それを夫人がサイフォンにかける。教授は実にうまそうに二杯たてつづけに飲む。

食事の招待がない日でも、女の子がよく知らせに来た。

「おにいちゃーん、いらっしゃい。お茶がはいりましたよウ」

二日酔いの日曜の朝や、本を読み疲れた夜はことに助かった。それで、わたしたちは女の子を「エンゼル」と呼びならわすようになった。

教授の家はもとが旅館というだけに三人家族にはずいぶん広すぎたが、洋室の書斎はもちろん、どの部屋も本で埋まっていた。縁側の廊下にも棚をつけて、上海商務印書館の帙入りの史書がならんでいる。

いつでもにこやかな夫人が、特ににこにこしているときがある。「小松原はきょうとってもきげんがよろしいの」という。はじめは何事かと思ったが、上海の書店から注文していた双書類がとどいたというのであった。コーヒーに招かれていってみると、教授は荷解きを終わって廊下の棚に本をならべ、その下でタバコを吸いながらじっと見あげている。教授の平素から黒い顔は庭からの外光でシルエットになり、高い鼻が彫刻のようにとがって見えた。

そうして、小松原教授の家に出入りするうち、書斎の『佩文韻府』のとなりにエロシェンコのエスペラント語版『孤独な魂のうめき』を見つけて、はっとした。エロシェンコもまた四歳のときにハシカから失明した詩人、童話作家、エスペランチストということは知っていた。モスクワ盲学校を出てから日本にやって来、東京盲学校の研究生となっているうちに日本語の口述筆記で作品を発表したが、日本社会主義者連合の大会に参加したことで逮捕され、危険人物として中国へ追放された痛ましさは記憶に深かった。その『孤独な魂のうめき』は上海の東洋エスペラント宣伝学会から出た。

これをしばらく貸していただけないか、と教授に乞うと、

「きみはこれ、読めるのかね？」

と、けげんな目つきをした。

「すこしばかりは。辞書も持って来ておりますので」

うそではなかった。中学生のころ、学校の裏門の近くにエスペロ書店という本屋が突然あらわれ、何気なしに立ち読みしているうちに、その長髪の主人から「エスペラントを習ったら英語もできるようになるよ」といわれ、小さなエス和辞書と日本エスペラント学会発行『初等講座』を買わされ、しばらく手ほどきを受けたことがあった。その本は行李のなかに入れてあった。

しかし、エロシェンコが突然わたしの目を引いたというのも、かれが盲目の詩人で一種の語学者で、本居春庭をふと結びつけたからにちがいなかった。

狭い庭はいちめん雑草におおわれ、ときには目まいをおぼえるような濃緑色のかがやきが満ち、そろそろ雨期に近づこうとしていた。

拝藤教授の家も、わたしたちの自炊の宿からごく近いところにあった。庭の裏の小川を石橋で渡って露地をはいった左側にあり、歩いて五分もかからない。

教授は国語学の専攻ではなかったが、近世文学が専門であり、春庭の時代を調べるのにも何かと教えを乞い、あるいは蔵書を見せてもらう必要があった。

玄関わきにはアシビの木が一本植えこんであって、四月にはスズランに似た白い小さな花をいっぱいつけ、指でつぶすとプチンという乾いた音を立てた。

玄関のガラス格子をあけると、まっさきにとんできて歓迎してくれるのは、ふたりの少女である。小学二年と一年との年児で、どちらも利発そうな顔をしてハキハキした物言いをするのだが、ふたりがわたしを歓迎するのはやはり狢獏巣の定連であったからである。となりの小松原教授のエンゼルとは親が教授同士のせいもあってよくいっしょに遊び、日曜日の朝などはわたしと腸とは三人に叩きおこされるハメになった。

「おにいちゃん、まだ寝ているの？　もうなん時と思う」

三人は玄関をあけるなり、わたしと腸との寝床の上にダイビングし、ふとんをひんめくる。

わたしと腸とは平素食費を切りつめておいては、土曜日の夜には浮いた金をさらえて町へ出かけ、ふとった女のいるカフェで追い出されるまで酒を飲むのがならわしで、いきおい日曜日は二日酔いで昼まで寝たかったのだが、いつも三人におそわれたものだ。

教授の書斎は二階であった。教授は紫檀の机の前に端座していた。八畳ほどの部屋には各種辞典類から近世文学の書物が書架によって天井までならべられ、『国語と国文学』『国語国文』といった専門雑誌の旧号が特別注文らしい書棚に年次別に整然と立てられ、五十音順に分類された独特のカード・ケースが座右にあった。カードには雑誌の目録まで区分して記入されているらしく、いつ何をたずねにいってもすぐ所要の文献を出してくれる。それに、女子大出という、顔だちもことばつきもはっきりした夫人がいつもおいしい玉露を入れてくれる。そのころ、教授は近松の研究から俳諧史に興味を移していたらしく、それも小林一茶に集中しているふうであった。教授はやはり口数が少なく、わたしの質問にも最小限にしか答えなかったが、その話にわたしはおどろくことが多かった。

たとえば、一茶の本格的な研究が始まったのはごく新しく、明治四十三年に東松露香の『俳諧寺一茶』が出てからのことで、有名な『七番日記』が信州の一茶同好会からその年に刊行された、という。それは文壇の大勢が浪漫主義から自然主義の全盛に移っていた時期で、与謝蕪村が正岡子規とその一派によって復活した一時期あとにあたる。島崎藤村も田山花袋も国木田独歩も岩野泡鳴も、詩のロマンチシズムから散文へ転向したころであり、かれら個々の年齢が青年期から中年期に移り、美よりも真実を、醜くても生活を、悩みを悩みのままに描こうとした思潮が高まっていた事実が一茶研究の背景にあった、というようなことを教授は重い口調で語った。

「一茶はそれまでは滑稽調の俳人というにすぎなかったんです。それが自我の解放だの、深刻な人生だのといわれて、きっと地下で一茶は目を白黒させてるでしょうよ」

めったに冗談はとばさない拝藤教授が、そのときはおかしそうな高い笑い声をあげた。一茶は弱気なくせにわがままで、わがままなくせにさびしがり屋で、根は善良なくせに伝統的な慣習には反抗してみたく、無作法で、露骨で、偽悪的でもあった。そんな一茶の性格と芸術とは当時の文壇、ひいては社会一般の風潮とつうじるものがあったので流行を見たのだろうというのだった。

「一茶はたしかに弱い男だったと思いますよ。小心で、臆病で、無能力で、しかもそれを誇張するくせもありました」

そんな一茶を、律儀で几帳面きわまる拝藤教授がどうして研究する気になったのかふしぎであった。ところが、つづけて教授はいった。

「でも、一生にわたって膨大な句日記を書きつづけましたし、一度使った紙の裏、なかには過去帳や暦や紙ぶくろの裏まで使ってるんです。それも小さな字で紙面の余白もないようにびっしり書きこむんです。恐ろしいような根気、執拗さだと思いますね。その底力はきっと山国の農民のものなんでしょう」

拝藤教授はそのようなことを静かに語った。教授はその農民的なものに引かれているようすであった。しかし、それは宣長と春庭との人生、学問にもつうじるのではないか——わたしははっと思った。そして、春庭の場合は、一茶の農民を盲人におきかえればもっと身近なものになるのではないか？

それより、ひそかにびっくりしたことがある。

一茶と春庭とはほとんど同じ時代を生きたということである。一茶は春庭よりわずか二か月のちに生まれており、春庭が三十五歳という晩婚であったのに一茶も五十二歳の初婚であり、一茶は春庭よりわずか一年早く死んでいる。もちろん、春庭と一茶とは一度も会ったことも文通したこともなく、なんの関係もない。しかし、このように同じように人生を生きて記録を残した人物はめずらしい。そういえば、春庭が父の相続を便宜上とはいえ門人稲懸大平にゆずり、執拗にことばの法則を追うたところは一茶の性格に似かようものがありはしないか、ふとそう思ったのである。

もっともそのころ、わたしは春庭に立ちはだかる鈴木朖にかかずらわっていた。

鈴木朖については、すでに白江教授の講義でそのあらましを知っており、ことにその奇矯な性格には強く心を引かれていたことであったが、さらにそれを『国学者伝記集成』などで調べてみると、興味はいっそうつのった。

鈴木が尾張国春日井郡琵琶島に生まれたのは宝暦十四年三月三日であったから、春庭のちょうど一歳年少であった。ただ、鈴木のほうがずっと長命で、春庭よりも九年長生きして没したのは天保八年、七十四歳であった。それで、春庭と鈴木との人生は密接に平行しあっていたといっていい。

父は山田重蔵といい、琵琶島の医師であったのも似ている。家系はもと紀州熊野の豪族鈴木氏であったが、三河国に移って郷士となり、さらに名古屋に移住して浪人していたのが、父のときに医師山田重蔵の養子に迎えられて襲名したものである。朖は四男三女の三人めに生まれ、のちにひとり父の旧姓鈴木を継いだ。字を叔清、名を常介という。

朖の没後に門人丹羽勗《つとむ》が書いた墓誌には、生まれて数歳で口に書千余言を誦したとしるされている。門人の誇張があるとしても、早熟の才子であったことはまちがいない。十歳で文をつくり、十六歳で『海東異録』という怪異談や野史を漢文でしるしたものをまとめたが、それに寄せた画人丹羽謝庵の序にも「十歳、文トシテ読マザルナク、読ミテ解セザルナシ」と書かれている。さらに、謝庵は『漫論雑記』で「今年十四、知見開発、聡敏及ブモノナシ。但ダ英気ノ太ダ過グルヲ懼ル」とまで書いた。どこか末おそろしい少年であったらしい。

朖が少年のころ学んだ漢学は荻生徂徠の古文辞学派であった。これはかれの国語学を理解する上にきわめて重要である。かれが十二歳のころに入門した市川鶴鳴は徂徠門の大内熊耳《ゆうじ》の高弟であった。鶴鳴は多門、匡麿《たづまろ》といい、田中道麿が宣長に送った安永九年の手紙に出てくる。

「市川多門といふ儒者あり。此人は、世間一通りの儒者にあらず」

と述べて、もともと江戸生まれだが、この四、五年は名古屋に住む三十七、八歳の人、十三経をそらんじ、弟子取る事がきらいで、弟子という者もなく、平素は医業を営み、人に会っても学問の話はせず、安藤玄中という医師と田中道麿とを友とする――と、書かれている。鶴鳴もまた変人の学者であったのであろう。

なお、道麿は鶴鳴について書いている。鶴鳴は宣長が安永六年に成した『馭戎概言《ぎょじゅうがいげん》』を読んでおどろき、自分もいつも思っていることで、いまの江戸の老中、諸役人にも会得させたいといい、そののち『古事記伝』を見ては「和学の事は此伝につきぬべし」と称賛したという。ところが、宣長が『古事記伝』巻一の総論で徹底して儒教と儒意とを攻撃すると、鶴鳴はやはり腹にすえかねたらしく親友田中道麿のためにという形式で反論『まがのひれ』を書いた。道麿のさきの手紙は、これを宣長に見てほしいというものである。宣長はこれに対して『葛花』を書き、鶴鳴を痛烈に駁論した。書名からして「漢意の酔をさまさせるために、この薬草の一片を提供する」という意味であったほど、苛烈な反撃であった。

その論争のとき、脹は十七歳であったが、まだ宣長にはまったく接近していない。そして、翌年には医者になるのをいやがって祖父鈴木林右衛門の家名を相続し、町儒者を志し、漢籍の研究にふけった。

天明三年、二十歳のとき、藩校明倫堂ができて細井平洲が総裁となった。平洲が鈴木の学識に注目し、自分の門下生として藩校の教授に推薦しようとしたところ、鈴木はあっさりことわった。墓誌には「コレヲ以テ採録サレズ、ヒトリ遺棄ニ遭フ」としるされている。鈴木にはそんな世俗と妥協しない激越な性格があり、それがのちに国語学のきびしさに反映したとも思われる。

しかし、遺棄に会ったことを鈴木はいっこうに気にせず独学にはげんだ。また、世の儒者が門弟の多いのをひたすら求めるなかに、鈴木は自分を信じる者だけを選んで教えたので、門人はいつも少数であった。従って貧乏であったが、平気だったと墓誌はつづけている。

鈴木が宣長に近づいたのは、天明五年、二十二歳のときである。宣長の『てにをは紐鏡』を書き写し、その末には『詞の玉緒』の抄をつけた。そのころから音韻に興味を持ったらしく、明の張伝の『発音録』を補訂したり、宣長の『字音仮字用格』に僧文雄の『磨光韻鏡』を対比させたりしている。鈴木の国語学研究はそのころに始まったのであろう。そして、二十六歳のときに『送本居先生序』を作り、宣長を孔子にたとえたが、いっぽう古文辞学の研究も怠らず、その年江戸へ出て徂徠の諸書を写したりした。

鈴木が宣長に正式に入門したのは寛政四年二月、二十九歳のときである。その年の三月、宣長は春庭をつれて名古屋に来た。鈴木はふたりを迎え、講義に参加した。

しかし、そのとき春庭はもう失明同様であった。それは春庭にとって二回めの馬島明眼院入寮のために名古屋へいったときだったからだ。春庭自身、鈴木と会っているかどうか不明だし、たとえ面接していたとしても、春庭には鈴木を見ることはできなかっただろう。つまり、鈴木は失明した春庭の身代わりのように登場するのである。

その十二月、鈴木は入門早々なのに宣長の『馭戎慨言』に漢文の序文を書いた。それだけ鈴木の漢文の学識がすぐにも認められたからであろうが、それとともに、鈴木は宣長に熱く傾倒してゆく。寛政六年には松阪に出かけ、宣長の『源氏物語』『古今集』などの講義を聴講し、『万葉集』『古語拾遺』『新古今集美濃の家づと』『古今集遠鏡』を読み、稲懸大平、服部中庸と往来するようになった。

鈴木が宣長に結びついた縁由は、田中道麿にあっただろう。道麿は鈴木の師市川鶴鳴の親友であり、享保九年美濃国多芸郡榛木村に生まれているから、宣長より六歳、鈴木よりは三十九歳も年長である。はじめ近江国に住んで大菅中養父《おおすがなかやぶ》に学んだが、賀茂真淵に従って国学を習い、『万葉集』の古風を唱えていた。それが、宣長の、「を」と「お」との所属についての語学説を知って敬服し、安永六年に宣長を松阪にたずね、九年に入門した。『万葉集』についての学識が深く、道麿と宣長との問答録が『万葉問聞抄』であり、ほかに道麿には『撰集万葉徴』『万葉集東語栞』などの著書、『うつぼ物語』の校合があり、また、名古屋に宣長の門人を広めた。

道麿が天明四年十月、六十一歳で死んだとき、宣長は「……ひさにし見ねば、恋しけく、ありけるものを、えかなしゑ、我はかなしゑ、……言たまの、道いそしみて、道まろを、いのちしにきと、きくがかなしさ」と悲痛な弔歌をよんだ。宣長との往復書簡も多く、あの『活用言ノ冊子』についても道麿の書き添えを依頼している。宣長にとって道麿はもっとも信頼していた門人、というより学友であった。

ところで、道麿が没したとき、鈴木は二十一歳であり、翌年から『てにをは紐鏡』を書写し始める。その原本は道麿の蔵書であったかもしれない。その点、鈴木は道麿をも継いだといえる。

それにつけても、鈴木はおもしろい人物である。拝藤教授の書斎で見せてもらった『日本文学大辞典』に出ている肖像も、大刀をうしろに置き、容貌は異形に近い。髪がうすく、額が狭く、眉から下がやたらに広く、鼻が大きくて無精ひげをのばしている。いかにも反俗的な風容である。学才は豊かだったが、世才はなかったというが、もっともとうなずける。

鈴木が「菓子より砂糖、砂糖より鰹節、鰹節より金」と玄関に大書して張り紙した挿話は、白江教授の講義で印象に特に残ったが、かれは講義も内職としか考えず、わざわざ『内職考』という本まで書いている。

それほど貧乏であったのに、「養生の肝要は唯貧賤の身の上に倣《なら》ふにあり」とすましこみ、愉快な狂歌をものしている。

味噌でのむ一盃酒に毒はなしすゝけたかゝに酌をとらせて

子どもらよ茄子は煮えたか酒のんで馬鹿をするがの富士の山かく

しゃれたものである。無邪気で、ここには一茶のようにひねくれた感情はない。

粗忽で家をまちがえることは始終だったという。名古屋東照宮の祭礼を見ないかと書肆《しょし》永楽屋から招かれたときも、別の家へあがりこんでさんざんごちそうになったりした。そうかと思うと、招かれてある家の講義に出かけたが、取りつぎの者がそんなはずはないという。鈴木は怒って大いに罵倒したらそれもあとで家をまちがえたことがわかり、さすがに恥ずかしげな顔をしたそうである。

生涯貧乏で、明倫堂の教授になったのはすでに七十歳のときであり、死の四年前であった。毎日、白い雨が庭の雑草をたたいた。拝藤教授の玄関わきのアシビの花は、もうとっくにどこかへ消えてしまった。

日が長くなったので、差し入れがないときは自炊の夕食もまだほの明るいうちに終わり、それからは乱雑な机に肘をついて腸とふたり、キセルでバットを吸いながら雨あしを見ていることが多かった。

ときおり、ろくに読めもしないエロシェンコのエスペラント版『孤独な魂のうめき』のページをくった。よくは読めなかったけれど、それがモスクワの盲学校時代の短い自伝に数編の詩、短編を加えたものであり、闇の世界が何事をも疑うことを教え、どんな権威をも信じない思想を育てたことはわかった。そして、失明はエロシェンコの言語感覚を特別に鋭敏にし、かれがエスペラントへ向かった事情も理解できた。かれは一九二三年にニュールンベルクでひらかれた万国エスペラント大会で自作詞『ジプシイ女』を朗読し、コンクールで一等になっているし、日本に来てもほどなく美しい日本語で詩や童話を書き得ている。その〈孤独な魂のうめき〉と言語感覚とは、春庭の国語学にもかくれているものにちがいない。

「雨が降る……

朝から雨が降っている……」

エロシェンコは短編『雨が降る』のなかで、そうくりかえしている。

雨を見ながら、宮城道雄の随筆集『雨の念仏』を読んだりもした。その本も、実は前年に拝藤教授が学校の短歌雑誌に読後感を書いていたことで教えられた。教授は、内田百閒が音と声のみに生きる宮城の境地を水墨の名画にたとえたことを引き、自分たちは耳をぞんざいに扱っていると痛感したといい、風の音、雨の音、雪の音、鳥の声、虫の声から扇風機や発動機船の音、祭りのおみこしをかつぐどよめきまできわめて鮮明に捕えられていると述べた。『枕草子』や『徒然草』の昔から四季の移り変わりを書いた随筆や歌文が多いが、音に関するかぎり、これぐらいすぐれた文章は絶えてなかろう、と書かれていた。それから、昔の歌人が春立つといえばすぐ霞を歌い、秋来ぬといえばかならず風の音などを持ち出すのは、機械的な便宜主義のように考えられるが、それは現代人の感覚が鈍磨しているからではないか、少なくとも宮城の感覚はそう反省させるだけの鋭さを持っている、と指摘してあった。

それは、膨大な量にのぼる春庭の歌集『後鈴屋集』に対するわたしの目をひらかせた。それには四季の題詠が多いのだが、『万葉集』や近代短歌を読んでいたわたしには退屈であった。しかし、拝藤教授のいうようにわたしの感覚が春庭のそれより鈍磨しているからにちがいなかった。

をやみなくてふりそふまゝに音たかくさみだれおつる軒の玉水

このなんでもないような雨の歌でも、よく読めば雨の音に耳を傾けている春庭の思いはかよってくる。おそらく失明してからの歌であろう。春庭はきっと鈴屋の階下の一室で、間断なく庭をたたく雨に聞き入り、そのなかに軒から落ちる高い音との交響を感じていたのであろう。

　拝藤教授の一文は「全部口述筆記だそうだが、表現が簡潔で、正確で、無駄がなくて、いや味がなくて、優に大家の文章になっているのは、敬服せざるを得ない」と結ばれていた。そのことは『詞の八衢』『詞の通路』にもいくらか共通するだろうと思った。

　それから、『雨の念仏』のなかの「昔の盲人と外国の盲人」という短文も目を引いた。日本では盲人は特別の位を与えられて優遇されていたことを述べたものである。盲人が貸した金は白洲《しらす》へ出ても必ず取れるので江戸の検校には金貸しをするものもあり、また、目あきの金貸しが検校に金をまわしてマタ貸しするのもあったという。さらに、その地位をいいことにして街道に検校の幕を張り、小大名から金一封を巻きあげたりした、とある。

「幕府の頃は日本では盲人の保護が非常に行き届いてゐて、音楽家の外に、針医にも位がついてゐた。同じ頃の西洋の盲人の話を聞くと、あちらでは乞食より外になかつたさうである。或る国などは、盲人を全然人間扱ひにしなかつた。そして、竹の垣を作つて、その中に盲人と豚とを一緒に入れて、盲人に豚を捕へさせて、捕へて困つてゐるのを目明きが見て喜んでゐたといふ話があるが、それに比較すると、日本の盲人は幸福であつたわけである」

　そんな一節があった。

　春庭の国語学の成立のうしろにも、そうした日本の特殊な盲人保護政策があったことはまったく無関係ではないだろう。もっとも、春庭はその必要もなかったからではあろうが、特権を与えられた盲人の座に加わっているようには見えない。

エロシェンコによって、アメリカの盲人博物学者クラレンス・ホークスの存在も知った。かれは十五歳で失明し、森に住んで小鳥の鳴き声を精緻に分類したという。また、フランスでは盲目の昆虫学者が妹の観察によって正確な分類をおこなったということも聞いた。春庭の人生と学問とを理解するためには、そうした東西の失明した芸術家や学者の著作を読むことも必要のように思われだし、そうなると春庭は、強まったり弱まったりしながら降りつづく雨期のなかに、際限もなくひろがってゆくばかりであった。

雨の日曜日、思いあまって白江教授の家をたずねた。せめて鈴木朖と春庭との関係でも、もう少しはっきりしないかと思ったのである。どぶ川は増水して音を立て、雨脚が間断ない点を打っている。

「困りましたねえ。朖と春庭とのはっきりした関係といいましても、いまのところこれといった文献も出ていないようですし……」

教授はいつものようにひかえめにそういい、「この雑誌ご存じですか？　よかったらどうぞお持ち帰りください」と、差し出したのは『国漢研究』という本だった。その日は、さっそくそれを借りて帰って、すぐに読んだ。

それは、鈴木朖の郷里である名古屋の国文学会が発行している機関誌であったが、昭和十一年六月版の第八十六号は「鈴木朖の研究」特輯号になっていた。

その年は鈴木の没後百年にあたり、追善の一微意を表するためにその特輯号を編んだことが、国漢研究主幹・岡田稔の序言によって述べられていた。

「鈴木朖死して百年、久しく埋没してあらはれなかつたその業績は、近時斯道碩学の研究によつて漸く顕彰せられ、国語学史上重要なる分野を占めるやうになつた。これ実に学界の慶事であると共に、又彼をして地下に瞑せしめるに足る事と信ずる。……」

岡田の序言は高揚した格調をもって書きおこされ、石田元季の詳細な「鈴木離屋翁年譜」がこれにつづくのであるが、所載の論文でわたしは多くのことを教えられた。

ことに、水野清の「鈴木朖の生涯」の一節は『活語断続譜』の成立を簡明に説き、春庭の『詞の八衢』との関連を暗示していた。

「(朖は)寛政十二年『活用抄』を書写し、翌享和元年八月、松坂なる宣長に『活語トマリノ文字ノ説』(『言語四種論』の基礎たりしもの)を宛て、批評を乞うた。其の表書に依れば、既に此頃『言語声音ノ論』『活語断続譜』の起稿を見てゐたのであるから、『断続譜』の初稿『活語断続図説』は、寛政十二年から享和元年の間迄に成立したものであらう。間もなく宣長の逝去に会つたが、以後着々業を進め、『言語音声考』『断続譜』次いで『四種論』、夫々の一応の稿を了へた。斯くて『活用抄』に補訂を加へ、『活語活用格』と称を改め、『断続譜』『四種論』は之に従つて訂補せられた。斯くて完成した両著を『活語活用格』に附刻して世に問はうとしたことはその凡例に明かである。其の事の中絶は何故か、今はそれを詳かにする由もないが、文化三年『詞八衢』の刊行が此等の書(特に『断続譜』『活用格』)の価値を減殺した事は与る所少くなかつたらう」

つまり、鈴木の語学説の骨格は寛政十二年から宣長の死の年に成り、そののちこれを整えて世に問おうとしたがやめてしまったというのだ。しかも、その理由はいまではわからない。ただ、春庭の『八衢』が出たことに関係があるだろう、という。露骨にいえば、『八衢』の出版によって鈴木多年の研究は光彩を失い、春庭によって先を越されてしまったということだろう。

さらに、水野論文の注によって、鈴木の『活語トマリノ文字ノ説』については石田元季の論文「鈴木離屋」が昭和三年十二月の『国語国文の研究』第二十八号に発表されているのを知らされ、文庫で一読して驚いた。あの柴田常昭、芝原春房が出てくるのである。

それによれば、『活語トマリノ文字ノ説』は、名古屋市立図書館に委託されたおびただしい鈴木の蔵書、遺書、手沢本などのなかから見出された半紙十枚ほどの綴り本で、表紙には本居先生あての書状がつけられ、「此一篇活用抄拝見之砌相認申候……」とあって、示教を求めているという。「活用抄」とは宣長の『御国詞活用抄』のことである。そして、その前に「活語断続ノ譜並ニ言語音声論」を執筆しているので追って呈上すると書いている。とすると、そのころ鈴木の品詞、活用、音声と三部をなす国語学説はほぼ記述の段階に達していたことがわかる。

この小稿には本居先生の書き入れがそのまま残っている。所説はおもしろく読んだが、思うところを少し傍書しようとことわり、

「言ノ惣用ノ事ハ甚ダ広ク、イト〱ムツカシキモノニテ、深ク考フルニシタガヒテイヨ〱深クナリテ尽シガタキモノ也。中々タヤスクハ云ヒガタシ。殊ノ外広キモノ也」

と書きこんでいる。ことばの世界はきわめて深遠だというのだ。おそらく、それは鈴木の胸にもしみたであろう。

それにつづけて、鈴屋門人の津の柴田四郎は才子で思索の深い男で、活語のことを考え『詞ノ小車』という草稿を見せに来たが、おしいことには世を去り、同じ村の芝原春房という門人があとをついで研究しているが、両人とも「サテ〳〵ムツカシキ物ニテ尽シガタキモノ也」といっている――そう、書き入れているという。

活用の研究がそのころいかに困難をきわめ、しかも、何人かの先覚が苦闘していたようすが知れるのであるが、この書き入れの文意から石田元季は筆者は宣長でなくて、大平であったと推定した。鈴木が『活語トマリノ文字ノ説』を送ったときは、宣長が病床につく一月前であり、その九月二十九日には死んでいる。

宣長死後二年めの享和三年六月、鈴木は『活語断続譜』を成し、それは文庫に収められていたが、すでに述べたようにそれを時枝誠記が発見して鈴木は春庭の糟粕をなめたのにすぎないという定説をくつがえし、むしろ『詞の八衢』に影響を加えたものとして鈴木に国語学史上の重要な位置を与えた発端となった。『国漢研究』の鈴木朖特輯号には意外にも白江教授がそれを仔細に検討し、鈴木の筆跡鑑定をおこなって自筆と推定していた。

また、扉に「此譜書入共乍御面働……」とある「共」は、時枝も山田孝雄も「候」と読んだが、白江教授は「書入共」と校定していられる。さらに、表紙と本文のはじめに「寛居」の印がおしてあるところから、それを雅号とした足代弘訓の蔵書と考えた。このことはすでに講義のあとの質問で教えられたことであったが、鈴木が批評を乞うた享和三年には弘訓はまだ二十歳だから、さきの『活語トマリノ文字ノ説』は大平に送られたとする石田元季説に従ってこれも同様に大平に乞い、それがのちに弟子の弘訓の手にはいったものであろう、と推理する。そして、『活語断続譜』は『言語四種論』と一冊になっていて、同時の著述ではなかろうかと疑っている。

わたしはそののちも文庫で幾度か、この鈴木の自筆という二書を見た。書形は美濃判で、表紙に『活語断続譜』としるし、紙数全部でわずか十四枚である。そのうち、『断続譜』は六枚、『言語四種論』は八枚で、後者の題字はなくてすぐつづけられ、まったく薄っぺらな冊子にすぎない。しかし、全文がていねいなカタカナ書きで簡明な一種の美しさがあり、ここに膨大な力量がかけられ、凝縮されていることは字づらからでも感銘される。

『断続譜』は上段に動詞、形容詞の終止形をかかげ、それを八等に段別している。一等は「本語ニテトマル」「トニツヅク」「キル、ヤニツヅク」「カシニツヅク」と示し、二等以下もそれに接続する活用形を段別している。つまり、用言の活用を接続関係から見たもので、すでに現代文法の未然、連用、終止、連体、已然、命令の活用形がほぼ自覚されている。

これについて、時枝誠記は「宣長の『御国詞活用抄』『詞玉緒』、及び成章の『あゆひ抄』『装図』が綜合されて成立したものであることは疑ひない事実である」と自信をこめて書いたし、山田孝雄も昭和十年版『国語学史』で『活語断続譜』と『装図』とを比較し、精粗の差はあってもよく似ていることから、「一系統に属するものであることは断言し得べきことである」と断定し、白江教授の講義もそれを受けていた。

しかし、どうもおかしいのだ。

鈴木の活用の研究が宣長の語学説を受けていることはあきらかだが、富士谷成章の『装図』と合一させたという点は、早急にきめられることなのだろうか？　政吉さんから買った『あゆひ抄』のなかの『装図』をひろげながら、文庫の『活語断続譜』とひきくらべると、質のちがいのようなものが亀裂のようにあらわれてくる。『装図』にはわずか十六語があげられているのに、『断続譜』は三十九語で、二倍以上である。そのうち、成章と鈴木とが共通してあげた動詞は、居、来、為、寝、得、見の六語だけだ。そのちがいは、ただ精粗というだけで片づけられないもののように思われる。言語観、言語感覚、ひいては人間そのもののちがいを感じさせる。しかし、それがわたしには明確にわからなかった。

それが『国漢研究』を読み進んで青木辰治「鈴木朖について」のなかの数語にふれたとき、瞬間に納得するものがあった。青木は鈴木がことばを四種に分けたことを述べてから「かの富士谷成章が、言語を名・装・挿頭《かざし》・脚結《あゆい》の四つに分類したのとは違つた行方である」といっているのに過ぎないが、これは鈴木が成章の語学説をまったく知らなかったことを暗示するのではあるまいか？　かれは宣長の語学説、ことに『活用抄』がひらいた活用の研究に啓発されながらも、ただ用言を二十七会にわけただけの不備に不満を持ち、独自の思索で接続関係に着目して『断続譜』へと発展させていったのではないだろうか？　『装図』と形は似ていても、そこに関係は存在しないのではなかろうか？

ほんとうに成章の語学説を摂取し、宣長のそれへ結びつけたのは、実は本居春庭ではなかっただろうか？

わたしは国語学者の権威に反して奇妙な仮説にとりつかれはじめた。

雨はつづいていた。

食事のあと始末をしないためだろう、狢獏巣にはネズミが繁殖し、夜、万年床にもぐりこんで電灯を消すと、すぐネズミの冷たい足が顔の上を走り、糸ノコギリを引くような本棚を噛む音がきしった。小松原教授の家から金網を張ったネズミトリを借り、なかにジャガイモを仕込んだが、いっこうにひっかかるようすはなかった。

戯歌をつくった。

顔のうへをねずみに踏まれしがくやしくて寝られぬわが眼は猫に似つらむか

夕おそく帰り来し土間にはからのままねずみ捕り器がころがりてゐる

祝日古が突然に喀血し、休学して郷里の佐賀へ帰っていった。

ようやく雨期が去った。

すると、天を割って烈しい日光が朝から照りつけ、庭の雑草の草いきれは、嘔吐をさそうほどの臭気を放った。そして、第一学期の試験が来た。

試験がはじまる一週間前から、わたしと腸とは相談して自炊をやめ、外食に切りかえることにした。どの科目も試験の範囲は広く、それに成績は中等教員の免許証の検定や就職にひびくので勉強しないわけにはいかなかった。

旧街道に面する〈すし健〉というすし屋にまかないをたのみ、登校の途中に朝めしをかきこむ。若い女がまぶたのおもたげな目で、ひとことも口をきかずに飯をよそった。ノリ、なまタマゴ、みそ汁、つけものにきまっている。べんとうもつくってもらうのだが、おかずに福神漬けや塩昆布が多い。夕食はほとんど小松原教授から招待があった。あてはずれのときは〈すし健〉で親子どんぶりを食った。

夜の十時になると、角のうどん屋へソバを食いに出かける。志摩の磯部でとれたというまっ黒いソバに、醬油のような黒い汁をかけ、ダイコンおろしがたっぷりかかっている。それを小柄なおばあさんが塗りのはげた盆にのせ、そろそろと運んでくる。はじめのうちは何とまずいソバだろうと思っていたのだが、なれるにつれて欠かせなくなった。手打ちのソバと濃厚な汁とダイコンおろしとが粗野で深い味をつくっているのを知った。

そのあと、たいてい午前三時ごろまで机に向かった。が、能率はあがらなかった。腸は字を書くのがうまいうえに速いので、ノートもすっかりできあがっている。それにひきかえ、わたしときたら腸の反対でノートは穴だらけだ。だから、腸のノートを借りて埋めるだけに時間と苦労とがかかった。それに、腸の記憶力は抜群だったので、同じように暗記をはじめても、わたしが半分にも達しないうちに腸は仕上げてしまうのだ。

その上、わたしには悪いくせがあって、中学のころからであるが、試験勉強をはじめると、小説を読んだり映画を見たりしたくなる。それがこんどはことにひどくなって、腸のノートを大急ぎで写さなければ間に合わないのは自分でもよくわかっているくせに、ふと『詞の八衢』をひらいてみたくなる。すると、それは鈴木朖の『断続譜』となり、富士谷成章の『あゆひ抄』になり、宣長の『活用抄』におよんでしまう。ノートを写すことなどは、ひどくバカらしいことのように思えてき、あげくはそれらの本を引きくらべて時を過ごす。

そのころ、わたしは自分だけの仮説を立てていた。春庭は二十歳のときに父の『活用抄』を書き調べた。かれはそのとき、用言、特に動詞の活用のふしぎさにとらえられたが、失明によって探究は放擲された。それが、三十三歳のときの京都修業で富士谷成章の語学説にふれ、『活用抄』では活用現象の収集と二十七会という大まかな分類とであったものが、成章の『あゆひ抄』を知って次第に体系を整えていく。それに門人柴田四郎、芝原春房らの研究も参考にされただろう。

そこに鈴木の『断続譜』が大平をつうじてもたらされる。それは活用の理論化としては画期的なものではあっても、『活用抄』を発展させたもので、『あゆひ抄』は通過しておらず、多くの不備をはらんだままだ。

春庭はそうした活用の諸研究を踏んだ上で、父の死をきっかけに多年構想してきたことばの世界を著作として形象化しようと決心する。それが『詞の八衢』であっただろう。

『断続譜』と『八衢』とを引きくらべてみる。

その体系の明確さ、精緻さからいえば、比較にならないほど『八衢』のほうがすぐれている。鈴木がほぼ今日の文法の活用形を自覚しているといっても、活用形を接続関係から八等、八段に分けているのに対し、春庭は四段にわかち、連体形、命令形を欠くほかはいまの文法どおりに整理している。それよりも、鈴木にはまったくみられない活用の種類がはっきりあげられている。「四段」「一段」「中二段」「下二段」「変格」である。「一段」とはいまの「上一段」、「中二段」とは「上二段」にあたり、「下一段」はまだ設けられてはいないが、この活用の種類の樹立は未踏のことである。春庭が「末代迄動カザル説」と自負したのも当然と思われる。もちろん、富士谷成章も鈴木朖もまだ自覚に達していない。

その記述では、『断続譜』が図示したのにすぎないのに対し、『八衢』は詳細で正確をきわめている。その接続、用語例、その実証は微細にわたって恐怖感さえ与えるほどのものである。簡略な『断続譜』とは比較にならないし、むしろその点では富士谷成章の著作に近い。春庭はただ『装図』に暗示を得たというだけでなく、ことばの世界を探る深さ、はげしさを成章から学んだのにちがいない。春庭の「詞のはたらきはいかにともいひしらず、いとも〳〵くすしくたへなるものにて」という言語観はもとより父のそれであるが、成章の神学的な言語観ともかようものである。科学的な鈴木のそれとはちがう。……

しかし、この仮説を成立させるには、少なくても三つの実証が必要となる。第一には成章と春庭との関係の確認であり、第二には『詞の小車』と『八衢』との関係の検証であり、第三には『八衢』の成立を明らかにすることである。

だが、三つとも手のつけようもない。第一の成章と春庭との関係にしても、宣長が『玉勝間』で『あゆひ抄』などを称揚し、春庭が成章の歌集『北辺和歌集』を書写し、上京中は富士谷家のすぐ近くに滞在していたというだけではきめ手になりはしない。『詞の小車』は本居清造さえも所在を知らないらしく、どの国語学史にも出てこないし、この世にあるのかどうかさえもわからない。もっとも重要な『八衢』の成立に至っては何一つ手がかりがない。

……

試験は終わった。わたしは自分の仮説にふけって成績はさんざんであった。

そのとき、号外は蘆溝橋で日本軍と中国軍とが衝突した事件を報じた。

第八章

学校では最終学年の四年生の夏休み、朝鮮、満洲、北京へ十日間ほど修学旅行をするきまりがあった。その旅費には学校からかなりの額の補助が出たが、学生も一年生のときから毎学期授業料を納めるたびごとに旅行積み立て金をいっしょに払いこむことになっていた。一年生のときはみんなそれを納めたが、もともと積み立ては本人の自由ということになっていたので、家計の苦しい学生ははじめから旅行を断念して納めなかったし、そうでなくてもたいていの学生が飲み代にあてるようになっていた。腸ははじめから納めなかったし、遮莫とわたしはきれいに飲んでしまっていた。

その年は蘆溝橋事件がおこって戦線は拡大するいっぽうであったので、修学旅行どころではあるまいといわれていたのだが、まぎわになって北京は無理としても満洲はハルビンまでの旅程がきまり、参加者があわただしく募られた。腸は最初から念頭になかったが、わたしと遮莫とは母からうまいこと旅費をだまし取って参加することにした。もちろん、積み立て金をそのつど使いはたしたことはかくし、それどころかそんな積み立てなどまったくなかったことにし、まとまればかなりの金高になった旅費のほかに法外な小づかいまで吹っかけたのだが、母はいいなりの金を送ってきた。わたしと遮莫とには同じ日に金がとどき、ふたりは顔をあわせて悪童のように笑った。

旅行を申しこんだのは在籍学生五十人のうち、十七人にすぎなかった。そんななかにわたしが母に無理をさせながら加わったのは、広漠とした未知の半島と大陸とを見たかったからであるが、小松原教授の東洋史の講義からわたしたちの文化の祖型はそこにあるとしか思えなくなっていたからである。それに、本居春庭のこともいくらかかかわりがあった。

春庭は『朝鮮国小図』と『朝鮮諺文』という二点を書き写している。いずれも父宣長の指示によるものである。

春庭の『書写覚書』によると、『朝鮮国小図』は安永八年八月、十七歳のときに描かれている。宣長が係り結びの語法をまとめた『詞の玉緒』の成った年であり、春庭は『類聚雑要抄』や『風土記』の書写をつづけていた。

『朝鮮国小図』は半紙二枚を横長についで、彩色で半島がえがかれている。その図の右の上に、

朝鮮征
後陽成天皇文禄元年
明神宗萬暦二十年

と朱書してあるから、豊臣秀吉が最初の朝鮮戦役をおこしたときに作られた地図であろう。

それには、京畿、全羅、咸鏡、江原、平安、黄海、慶尚、忠清の八道にわかれ、道のうち

にそれぞれ郡、府、州、県が示してあり、それらの名称は別紙に道別に整理して書き出してある。

　宣長は漢学、国学の勉強だけでなく、海外のことにもずいぶん興味を持ったらしく、春庭に『南部人漂流唐国記』や『琉球事略』などを書き写させており、朝鮮にも同様に関心が深くてこんな地図を作らせているのであるが、その原本がどうして伝えられ、宣長の手にとどいたかはわからない。

『朝鮮諺文』のほうは天明六年、春庭二十四歳のときの書写である。この年の春、春庭は渡辺直麿と大和吉野の花見旅行に出かけ、帰っては備前、美作《みまさか》、甲州府中、備後、北上州沼田村、越前、越後、志州鳥羽、伊賀などの地図や歴代諸陵図、出雲大社図などを精力的に書き写した。

『朝鮮諺文』は美濃紙を半截して横綴じにし、まず「いろは歌」を諺文でしるしている。林子平も天明六年に成した『三国通覧図説』のなかに諺文の「いろは歌」を示しているので、そのころこうしたことは広くおこなわれていたのであろう。

　つぎに子音と母音とにわけて列記し、それには全部カタカナでふりガナをつけ、草字と発音とを書いている。最後に四十語近い単語をならべ、その諺文を書いてカタカナで発音を示しているが、それには、肩、掌、臂、腕からはじめ、火、筆硯、墨、煙草、虱、狗に至り、尻、肛門、女陰、男陰で終わっている。

　この『朝鮮諺文』の原本が「女陰」（シッピ、俗音ショク）、「男陰」（チョッ、俗音イョク）

で終わっているところはいかにも人間くさく思われた。

秀吉の朝鮮戦役で日本につれてこられた朝鮮人の捕虜の数は、かなり膨大なものであった。その捕虜のひとり姜沆は朝鮮の官吏であるとともに学識高い儒学者であり、藤原惺窩《せいか》の思想に強い影響を与えた。惺窩は儒学を僧侶や公家から解放して独立した学問へと高め、江戸時代朱子学の開祖となったが、徳川家康に招かれてもことわって門人林羅山を推したのにも姜沆の影響があったかもしれない。その羅山は幕府の枢機にかかわり、官学昌平黌《しょうへいこう》の基礎をおこし、その学統が江戸時代の教学を支配したことはよく知られている。それに朝鮮の李退溪の朱子学も大きな作用をもたらした。

また、江戸時代、宣長のころまで前後十二回も朝鮮使節団が来朝しているが、明和元年、宣長三十五歳のときの使節団は、実に四百七十二名という大人数であった。一行は壱岐、対馬、下関から瀬戸内海をとおって兵庫に寄港し、さらに船で大阪をへて京都へのぼってから東海道を江戸へ向かい、第十代将軍家治の将軍襲職を祝賀して帰国した。そのみやげには朝鮮人参、木綿、油布、線香、墨、扇子、織物、陶器、米、鱈から鷹まで持って来たというから、そのころの大きな話題であっただろう。また、富士谷成章が九歳のときに韓人と筆談しておどろかせたというのはその前回の使節団来朝のことである。

宣長のころは、そんなふうに朝鮮との関係が深く、それで関心も強かったのであろう。小倉進平が半生をかけたという労著の『朝鮮語学史』をくってみても、「徳川時代に至っては、日韓の修交回復により学界の視線は急激に半島に向けられ、彼の地の言語・文学に関する研究が相当盛んに起って来た」とあり、貝原益軒『日本釈名』、荻生徂徠『南留別志』、天野信景『塩尻』、村田了阿『俚言集覧』、谷川士清《ことすが》『和訓栞』『日本書紀通証』、契沖『円珠庵雑記』などの散発的ながら朝鮮語に言及した書名をあげている。ことに、新井白石『東雅』は朝鮮語を語源とする日本語をあげ、雨宮芳洲は享保年代に朝鮮語学習のための四部の著作をなして卓越した朝鮮語論を示した。なかには藤井貞幹の『衝口発《しょうこうはつ》』のように、日本語彙は上古の朝鮮語から転じたものが少なくないとし、神名、姓氏、国号などもこれで解釈しようとする本も出た。これに対して宣長は天明五年『鉗狂人《けんきょうじん》』をあらわして痛撃したりしている。

ところで、宣長にこの『朝鮮諺文』の原本を伝えたのは、石見の門人小篠御野《おささみぬ》（敏）であったと考えられる。『玉勝間』巻七の「朝鮮の人のことば」という章から推測することである。

それには、天明三年に朝鮮人が石見国に漂着したことがあり、御野はたびたびたずねている。そして、いまの朝鮮人で教養の低い者は訓と字音とをつらねていい、教養のよろしい者は字音でいう、と述べる。訓は朝鮮国の音であり、音は漢字の音だ。たとえば、低い者は刀をハンドウ、火をフルファという。そのハンは刀の訓、トウは字音であり、フルは火の訓、ハアは字音である。ところが、よろしい者は、刀をトウ、火をハアだけという。すべてのことばがこの式である。

御野は宣長に、そう語ったというのである。宣長には階級によってことばづかいがちがうことは、よく自覚されていただろうが、朝鮮では低い者が訓と音とをくっつけて発音することがひどく興味深く思われたらしい。

小篠御野は享保十三年に遠州浜松に隠棲していた武士巌瀬玄統の三男に生まれたのだが、浜松は賀茂真淵の出生地で国学がさかんであるとともに、荻生徂徠の古文辞学派もおこなわれ、かれはこの両学派の影響を早く受けた。ついで京都に出て山脇道作に漢学を受け、稲田大門から医術を学び、外科医の奥義をきわめたという。それが二十五歳のとき、浜田藩医の小篠秀哲に見こまれ、養子になったのである。

御野が宣長に入門したのは安永九年、五十三歳のときであったから、晩年である。これは藩主松平康定が宣長の学問に傾倒していて、自分のかわりに入門させたもので、そのとき宣長は二歳年少の五十一歳であったが、以来、御野は浜田と江戸藩邸とを往復するたびに松阪をたずね、宣長の教えを受けた。そして、天明六年には数か月滞在して八月に帰国したことが宣長の栗田土満あての手紙に見える。

『朝鮮諺文』はこの松阪滞在中の御野から伝えられたものにちがいない。御野は前々年漂着した朝鮮人に何度も会い、諺文を書き取ってはこんな原本をこしらえていたのであろう。そういえば、その単語の選びかたも外科医らしいとうなずけるのである。

御野は早くから音韻に興味を持ち、『磨光韻鏡』の著者文雄《もんのう》に音韻学を学び、次いで宣長の音韻研究に注目した。宣長もこれをよくみとめ、天明四年に漢音、呉音、唐音の音韻研究『漢字三音考』を成したとき、序文を御野に書かせた。御野はまた敬愛をこめて全文漢文でこれを書いた。

さらに天明八年、御野は音韻研究のために長崎におもむき、オランダ人、シナ人に会って宣長の音韻研究の成果を検証している。

「……愚作の漢字三音考、音韻の事なども申し候処、是又紅毛人悦び申候由」

宣長は荒木田久老あての手紙で、そう喜んでいる。御野は音韻研究のためだけでなく、外国人に皇朝の尊いことを説いた。

またこのとき、御野はオランダ人に五十音をしゃべらせ、宣長の「喉音三行弁」と「おを所属弁」を実験した。これは宣長が安永四年に成した『字音仮字用格《かなづかい》』のなかの重要な所説で、五十音図のア行、ヤ行、ワ行の区別を音韻学から明らかにし、従来オとヲとは混乱して使われていたのを、オはア行に、ヲはワ行に所属することを立証し、宣長の音韻研究でもっともすぐれた業績とされていた。それを御野はオランダ人に試したのである。

すると、オランダ人はア行とワ行との区別をはっきりつけて発音した。このことは宣長自身が『玉勝間』巻二に書いている。ヰはウイ、ヱはウエ、ヲはウオと発音し、イ、エ、オとは同じではなかった。「よく分れたり」と宣長は書き「かの国のつねの音もこのけじめありとぞ、此事おのが字音かなづかひにいへると、全くあへり」と御野は告げてきたと述べている。『字音仮字用格』で示した法則と合致しているというのだ。宣長の知的な満悦を浮かべた表情が『玉勝間』の行間によくあらわれている。

そんなふうに、宣長は学問においてきわめて貪欲であり、広い視野を持ち、情報にもめぐまれていた。宣長は京都遊学ののちは終生松阪を動こうとはしなかったが、そのころの松阪はすでに見てきたようにかなり自由な町人都市であり、その商業をつうじて江戸、京都、大阪とは密接に結ばれ、そのうえ宣長自身諸国に有能な門人を持っていたので、その情報と協力とを受けることができた。それで、『朝鮮国小図』『朝鮮諺文』まで春庭に書き写させ、その理論を外国人に検証させたのである。

そのことは当然春庭に受けつがれた。おそらく、春庭は諺文もどうにか理解できたように思われる。わたしは満鮮旅行が近づいてそんなことをあれこれ調べているうちに、ますます絶望的な気分に沈んだ。春庭をほんとうに知るためには、かれが学んだものをすべて学びとり、かれの教養を越えるそれを持たなければならないであろう。

ところが、春庭を追っていくうちにわかったことだが、かれの教養は思ってもみなかったほどゆたかなのである。『朝鮮諺文』一つにしてもそうである。簡単なものであるとはいえ、それを書いた春庭の年齢は、学校教育のおかげで満鮮旅行に出かけようとするわたしとほぼひとしいのだ。春庭は朝鮮旅行などはできもしなかったが、すでに諺文は理解している。それに、春庭の『書写覚書』を見、本居家に照会しただけでも、その写本の量はすこぶる多い。それに十三歳の『にひまなび』にはじまり、失明直前の二十七歳ごろにおよび、古典文学だけでなく、風土記、有職故実、雑録、全国の地図にわたっている。

それらはもちろん宣長の指示で書き写したものである。が、ただ複写しただけというのではないのだ。書写によってすべてが教養に消化されただろう。それに、書写を必要としない

『万葉集』『源氏物語』などの原典は読破していただろうし、それだけでなく父の著作にはかならず助手をつとめて内容を吸収し、また父の講義は欠かさずこれを受けている。春庭が読み、書き写した本を読みつくすだけでも大仕事である。わたしは『宣長全集』だけでもまだ読みとおしてはいない。そのうえ、『書写覚書』の目録を見ても、なんと訓じたらいいのかもわからない本の名がならんでいる。まして、その内容など見当もつかないのである。

春庭に迫るためには、少なくともかれが読み、書き写した文献にはすべて目をとおさなければなるまいと思うと、せつなくなってしまう。そして、『詞の八衢』がきわめて恐ろしい本であるという思いが深まるばかりであった。

わたしたちの修学旅行団は、ふたりの職員が責任者として引率することになっていた。ひとりは老猫のような顔をした東洋倫理学の教授であり、もうひとりは血色のいい顔に将軍のように見事な八字ひげをつけた軍事教練教師の退役特務曹長だったが、わたしたちが下関港に集合すると、ふたりは苦りきった。温和で聞こえた老教授さえも舌打ちをした。

というのは、必ず制服で集合するということになっていたのに、遮莫ひとりは白がすりにセルの袴をつけ、カンカン帽をかぶってあらわれたからだ。いまさら、制服に着替えさせる時間はないし、教授も特務曹長もにらみすえるだけであったが、当の遮莫は平気な顔で、タバコを吹かしていた。

関釜連絡船の桟橋まで、長い黒ずんだコンクリートの道がつづいていた。白衣の朝鮮の女たちの群れが、大きな荷物に背をかがめて歩いていた。その両側には、定間隔をおいて目つきの鋭い男が立ち、冷えた目を配っていた。

釜山港に上陸したのは早朝であったが、すでに目まいするような日光が照りつけていた。そして、異様なことには完全軍装した兵士たちがあふれ、つぎつぎに軍用列車に吸いこまれていた。

釜山から慶州へ向かうとき、蔚山駅を通過した。慶長の役のとき、加藤清正はここに城を築いて二万の兵力で二倍以上の敵を引きつけ、寒気と飢えとに堪えながら守りぬいたことは中学の歴史で習ったが、蔚山駅はだだっぴろい水田のなかにあっけらかんと静まり、プラットホームの砂利がまっ白い陽光を照りかえしているばかりであった。

仏国寺の駅では焼け砂原に真黄のカンナが燃え、古塔がセミの声に包まれて立っていた。

慶州では、純金のかがやく宝冠を見た。それは純金の瓔珞《ようらく》をつけ、五十七個の硬玉製勾玉を垂らしている。古代新羅の王者の頭部がゆれるごとに、宝冠はかがやき、金の瓔珞と勾玉とはふれあい、光り、音楽のような音を立てたのにちがいない。螺鈿《らでん》と純金の瓔珞を垂らした一双の純金製耳飾りも見た。瑠璃丸玉、真珠小玉をつらねた連珠や玉笛や、玉虫の羽を入れた金銅すかし彫りの鐙、乗馬を飾った金銅の杏葉やふしぎな形を持つ什器を見た。庭には曲水の宴に用いたという石の水路が日光を反射していた。もちろん、水はなかった。石は白く乾ききっている。が、したたる汗をぬぐいながらその精緻な設計を持つ石の曲線を見ていると、ちいさな渦を巻いてめぐる水とその上で回転する酒杯をたやすく思い浮かべることができた。

わたしたちはこれまで学校からの研究小旅行で大和の古墳をいくらか見る機会があったし、その出土品も博物館でわずかだが知っていた。いま、それらが一度に色あせた。

それにもましてわたしを打ったのは、列品を説明してくれた若い技官の物腰であった。朝鮮人の研究者で日本語はたどたどしかったけれど、一重まぶたの目はいくらか悲しげに澄み、鼻梁がほどよい高さでとおっている。暑い盛りだというのに、粗末なまっ黒いセビロをきちんとつけ、背筋をまっすぐおこして古代朝鮮の美術を語った。その表情にはあきらかに誇りの感情がにじみ、しかもどこか悲しげであった。それはわたしたちの日常の周囲には見かけないものであった。

慶州から大邱へ出る汽車は三輛をつないでいるだけであったが、それも朝鮮人が数人乗っているばかりで座席はガラあきで、人が走るほどの緩慢な速度で、そのくせ蒸気音を高ぶらせて走った。わたしは遮莫と向かいあって坐っていた。窓にはいつものうい水田がひろがり、その果てに赤茶けた禿げ山がつづいている。土壁に藁屋根をのせた農家が過ぎたが、窓には白衣を着た老人が長いキセルをくわえてこちらを見ている。その藁屋根に日の丸の旗が垂れて、ひどくそぐわない情景に見えた。

汽車は小さな駅に一つずつとまったのだが、どの駅から乗りこんできたのか、ひとりの大学生がわたしと遮莫との席にはいってきた。あの慶州の若い技官とそっくりの気品のある端正な顔をしていた。

いつのまにか、わたしたちに話しかけるようになった。

「慶州へいらっしゃった？　そりゃよかったですね。ぼくは夏休みで東京の大学からの帰りですが、このさきに親戚があるもんですから寄ったんです」

流暢で多弁な日本語であった。

大学生は自分が朝鮮人であることを最初から示した。

「火田民っていうことばがあるのをご存じですか？」

わたしも遮莫も知らなかった。

「山に火をつけて雑穀の種をまき、取り入れがすむと山を移動し、また火をかけるんです」

大学生の目は禿げ山のつらなりに向けられていた。それから、視線をわたしに移すと、

「日本の国家体制は大和の飛鳥でできあがったといわれますね。でも、ぼくも先年飛鳥を見て来たんですが、狭い地形の複雑な台地ですね。慶州に似てますね。どうしてあんなところに宮廷をつくったか、それはどうお考えです？」

それにも、わたしも遮莫も答えられなかった。いわれてみれば、奇妙なことであった。

そのとき、汽車は急にリンゴ園のなかにはいった。木には青い小さな実がぶらさがっている。濃緑の大きな葉がふかぶかとかさなり、汽車はそのなかをかいくぐるようにしてゆっくり進む。窓にリンゴの葉がしきりにふれ、音をたてる。車輛のなかまで青く染まり、大学生の白い顔も葉緑素を帯びたように青ざめている。

かれはひとりごとのようにいった。

「飛鳥は帰化人の集団が住んでいたところだったんですね。檜前《ひのくま》にはアチノオミが十七県の民を率いて住んだといいますからね。ヤマト政権はその技術と知識が必要だったんで、その近くに都をつくったと考えますがどうでしょう？」

丁重な静かな語調でひとり語りをするようにしゃべるのだが、そこには説諭するような、ときには敵意のようなものがあった。

「ぼくたちの国にはいつも大陸から高級官僚が派遣されてました。ところが政変があると、ヤマトへ亡命するよりほかなかったんです」

わたしと遮莫とは、口をはさむ余地がなかった。大学生の語ることは、少なくともわたしたちが日本歴史の講義ではまったく知らされなかったことである。

リンゴ園のなかで汽車はさらに速度を落とした。

「このリンゴ園だって、みんな日本人の経営で、ぼくたちはコキ使われてるだけなんですよ。ぼくはこのつぎでおります。では、気をつけて。朝鮮と満洲をしっかり見て帰ってください」

汽車がとまると同時に、大学生は立ちあがった。そのとき、まったく思いがけなかったことには大学生は器用な手つきでシュッ！と手鼻をかんだ。そして、網棚から大きな黒い革のトランクをおろし、足早にドアへ向かった。もう、わたしたちをふりかえろうとはしなかった。汽車が動きはじめたとき、窓から首を出してプラットホームを見まわしたが、リンゴの葉がまっ青にかさなっているばかりで、大学生の姿はどこにもなかった。

大邱から京城、平壌で下車しながら幹線を北上すると、そこでしきりに見たものはやはり北へ急ぐ軍用列車であった。

わたしたちの急行列車は、よく臨時停車した。と思うと、鎧戸をおろした黒い列車が追いぬき、その後尾にはきまって横に細長い窓のついた貨車がつづき、軍馬が鼻をならべてのぞき、ときにははげしくいないた。そうかと思うと、自動貨車や戦車や火砲を積んだ長い貨車が過ぎた。

ちょっとした駅のプラットホームには、きまって小学生が紙の日の丸を持って整列していた。軍用列車が過ぎると「バンザイ」という声がいっせいにおこり、旗が振られた。小学生のほとんどは朝鮮の子どもであったが、白衣のおとなが列んで旗を振っている駅もあった。

京城でも平壌でもまっさきに神社に参拝させられた。どちらも高台に広大な境内を占め、新しい巨大な鳥居が立ち、石段がつづき、広壮な社殿をつらねていたが、拝殿の前ではきまって赤い襷《たすき》をかけた応召兵に出会った。かれらは在留邦人を先頭にした朝鮮人の行列を従え、行列は紙の日の丸をふっては「バンザイ」を連呼して行進した。歓声は真夏の空へ拡散した。

そうしてわたしたちは鴨緑江を越え、奉天、鞍山、撫順、四平街、新京とたどってハルビンに着いた。どこにも銀ピカの鏡を拝殿に飾った神社があり、そこには学校の先輩が神主になっていて夜は日本化された現地料理で歓迎会を催してくれたが、どの神主も満人の参拝がふえたことを吹聴し、稜威のあらわれである、というようなことを述べた。

そんなとき、遮莫ひとりは退屈きわまる顔つきで鼻毛を抜いていた。平壌神社の参拝をすませて玄武門へ向かう途中、はげしい夕立ちが来た。わたしたちはずぶぬれになったのだが、和服姿の遮莫はことにひどいさまとなった。雨があがると、遮莫は袖をしぼりはじめたが、それを見ていると、途中でやめて袂《たもと》をさぐった。さきほどもらったばかりの神札がぬれてあらわれ、遮莫はその紙をはがした。木ぎれがあらわれ、それをひんめくり、「なんだい、米粒がはいってるだけか」とわたしにいい、ポイと足もとに捨てた。

新京では放射線道路が完成し、その正面には城廓のような関東軍司令部がそびえたっていた。その夜の歓迎会では、満洲国の顧問という中年の男ととなりあわせたが、かれは酔いがはいったのか、激情をあらわしてわたしにいった。

「匪賊討伐で戦死者が出たから、新京神社に祭ってくれとかけあったら、どうしてもいかんというんだ。神さまは死をけがれとしていやがるっていうんだ。そんなバカなことがあるもんかね」

かれは軍属のようなカーキ色の服を着こんでいたが、その腕をふってさらにしゃべった。

「こないだ、村に軍用道路をつけるというんだが、そうすると村の一番いい水田をつぶすことになる。それで満人が少し道をまげてくれるようにたのんでくれっていうんで陳情にいったら、軍命令だから絶対にまげられんというんだ。これで五族協和ができるかね？」

男はぎょろりと目をむいて、わたしの目をのぞきこんだ。王道楽土の建設、五族協和の理想郷ということは、内地にもよく伝えられていたことであったが、現地に来てみればそれが信用ならないことが学生のわたしにもすぐわかった。朝鮮では神主が日本語のわからない若い妓生を淫猥にからかい、夜の町では酔っぱらった出征兵士が朝鮮人をののしり、満洲ではユカタがけの在留邦人が洋車や馬車をタダ同様値切り倒しているのを見た。そういうわたしたちも夜は旅館を抜け出して茶館をのぞき、ハルビンでは教授以下全員が白系ロシア人のハダカダンスを見た。ダンスは花やかな照明と音楽で豪勢に彩られているものと思っていたら、ひどくもの悲しい気分であった。ふたりの白く肥満した肉体が、隣室からもれてくるピアノにあわせ、足をあげるだけのことで、あげくは八字ひげの特務曹長の首に抱きついてかれを狼狽させた。

奉天のアヘン窟をのぞいたとき、遮莫は「おれも吸ってみたい」といった。

帰りは旅順戦跡を見て大連から船に乗ったが、船のなかで遮莫は句帳を見せた。

林檎園韓《から》は賤しき国にあらず

わたしは短歌をつくった。

屋根低き鮮人部落に日の丸がひるがへりゐるはただにうべなはれず

わたしはすっかり懐疑的になっていた。

満鮮旅行が門司で解散になると、わたしは喀血して佐賀の実家に帰った祝日古を見舞うことにした。

祝日古は休学してからも、よくハガキをよこした。

「……こんどの病気ではいろいろお世話さまになりました。小生無事帰省、秋ごろまでこちらで静養することになりました。家に帰ってみて、わが家の親戚一族の事のほかなる落魄ぶりを知り、この際文理科大進学は断念することにしました。

出発前にいうのを忘れましたが、先般御用立てした金五円也は寮の会計窓に小生の名義にて納入して置いてください。ちょうど、四円なにがしの借金があるはずですから。また、腸君に貸した二円也はスキヤキ代として小生名義にて炊事に支払ってくれるよう伝言ありたし。

手紙の言葉づかいがていねいになりすぎた。追って又便りをするつもりなり」

まずそんなハガキを送ってきた。祝日古は文理科大学へ進むつもりでいたのだが、それをあきらめたという。それに、いやに借金のことばかり書いている。その借金はいうとおりに始末し、それを知らせてやると、またすぐハガキをよこした。

「……そちらのこと、自炊生活のことが葉書からプンプン臭ってくるようで、しばし胸の中が熱くなった。封建的な――清潔で礼義正しいこんな郷家にいると、もうむしょうにあのずぼらな生活がなつかしくなってくる。忠告通り秋まで静養するのが最良の策ではあるが、こちらにいると精神的にいかん。従って身体の方もそれだけいかんと思う。帰省以来珍しく追憶愁心に悩まされずにいたところ、きのうへんなきっかけから、急激にメランコリーになってしまった。だからやはり早く帰ることにしたい。

春庭は進んでいるか。小生は『肥前国淀姫神社の研究』をものすべく『肥前風土記』を読んでいます。それに例の書誌学的興味にかられて、昭和十一年度以来の新聞、雑誌にあらわれた『日本的』探究の論文を集め、これを何とか整理してみようと思い、その計画の雄なるに大いに興奮しているところ……」

そのころ、新聞、雑誌に「日本的」ということばがしきりにあらわれていた。祝日古はその用例を集めて傾向を論評するつもりらしい。

祝日古はじつに気のいいやつであった。悪意を一点も持ちあわせない。顔も少年のままにあどけない。品よく整った白い顔はいつも無精ひげをのばしているが、それも鼻の下にうっすらと黒ずむ程度で、しかもふしぎにそろっているので滑稽な感じはあっても、不潔感はない。かれは入学早々いまの大学は皇道を忘れているので廃校にせよという勇ましい演説をぶち、そののちも蓑田胸喜《みのだむねき》などの所説を引っぱり出して皇道論を唱え、美濃部達吉の天皇機関説が国粋主義者によって指弾されると喝采した。そういう祝日古にはどうにも閉口したが、声変わりもしていないような声でまくしたてる表情はひどくかわいらしかった。いうことは過激に似ていてもいっこう迫力がなく、わたしはいつもからかいかえした。それで、わたしも腸も心やすくつきあい、飲み代が欠乏すると祝日古に借金するのがつねであったが、するとかれは払わなければならない寮費まですぐに回してくれた。そのうえ、デュルケムの社会学を知ってからは、例の皇道主義も叫ばなくなり、いっそう祝日古が好きになっていた。

しかし、かれの郷家については、ほとんど知っていなかった。佐賀の旧家で、父は弁護士であったが早く死に、母と妹との三人暮らしというぐらいのことであった。だから、祝日古のハガキに「わが家の親戚一族の事のほかなる落魄ぶり」「封建的な――清潔で礼義正しいこんな郷家」と書いて来ても、想像のしようもなかった。とにかく、血を吐いている祝日古を見舞わなければならないと、気にかけた。

そこは、佐賀からさらに支線に乗りかえた小さな古い城下町であった。家は駅前の雑貨屋で聞いたら、すぐに教えてくれ、その口ぶりからも有数の旧家であることがわかった。

廃城はすっかり姿を消していて、祝日古の大きな家はどうやらその城地の一廓に新築されているらしく、少し小高いところに松の木立ちをめぐらしていた。アブラゼミがはげしく鳴いている。

とおされた部屋は、大正ふうの洋館づくりで、天井がばかに高く、白い塗料が施してあった。こんな洋館はそのころ、この町ではずいぶんめずらしかったのにちがいない。それも父にあたる人が弁護士という新しい職業にたずさわっていたからだろう。

しかし、その洋館にもかすかに亀裂が縦横に走り、白い塗料はよごれている。祝日古が
「事のほかなる落魄ぶり」と書いてきたことが、わたしにも実感となった。ラワン材でふちどりした窓のすぐそとには青桐が葉をひろげ、室内をほの青く染め、それは病んだ祝日古の顔をも亡霊のように見せた。

祝日古は母という人を紹介した。母は色白の細おもてに銀ぶちのメガネをかけ、「祝日古がおせわさまになっておりまして」と、何度も黒っぽいきものから背すじがのぞくほど深く礼をした。なるほど、祝日古のハガキにあったように、清潔で礼儀正しかった。

「ほんに退屈で窮屈ばい。死ぬごとある」

祝日古はいった。帰ってからは一度も血を吐かず、寝たりおきたりであるが、二学期から

はぜひ学校に帰りたいとくりかえした。祝日古がこの平和すぎる古い町で退屈をきわめていることは、たやすく感じとれた。ほんとうにダメになるかもしれない。そういう動かずに淀んだ重い空気があった。

その夜は鳥料理をごちそうになり、二階の十二畳の部屋のまんなかに麻の夏ぶとんをのべてもらった。柱や床の間に吟味された木が使われていることはわかったが、畳は黒ずんで部屋全体に生気がなくてがらーんとし、灯を消すと荒涼とした気配がさらに闇へ拡大された。ときどき、夜ゼミがけたたましく鳴く。

昼まの祝日古の話で、父の死後は炭鉱を営む叔父が一族の中心になってめんどうを見てくれていたが、その人が最近大きな詐欺にひっかかって破産同然となり、従って祝日古も文理科大学進学どころではなく、ゆっくり休学もしておれなくなったのだといった。

「早う卒業して働かんばならんと。ばってん、神主にも教員にもならん。どこぞの研究所か役所にはいって社会調査か統計の仕事ばしようと思うちょる」

祝日古は低い声でいった。そんなに神妙でさびしげな祝日古の表情は見たことがなかった。

そのとき、祝日古は脈絡もなくいった。

「きみが春庭をやる気になったんは、かれがメクラになったけんじゃろ？　もし宣長さんの結構な息子に終わっとったら、気も引かれんじゃったろうて。きみが春庭に引かれとるんは、その学問じゃなか。そいで、きみの春庭研究も学問じゃなか。学問とはべつのもんたいなあ」

わたしは、「ちがう。ことばなんだ」と反論しようと思ったが、やめた。いわれてみれば、わたしが春庭に持つ興味は、学問とは呼べないものかもしれなかった。春庭への関心は国語学の時間に白江教授がふともらした「ことばとはふしぎなものですねえ」という吐息のようなものにはじまり、春庭という歴史的人間のなかにことばの諸相が凝縮されているように思われ、そこへ接近していったのもわたし自身何も学問のつもりではなかったし、しいていえば一個の詩論に近いものであった。それが、とんでもない方角へひろがってしまった。春庭の語学説の評価はほぼ正当に定まっているが、その業績の過程は国語学界でも放置されていることから春庭の追体験にはいりこんで、いまではその人生そのものに興味が移ってしまい、あげくはラチもない。

わたしの春庭に向かうふるまいは、たしかに情動的なもので、研究者が持つ平静な思考を最初から失っていた。それは祝日古の目に余ったのかもしれない。でも、わたし自身は学問であろうとなかろうと知ったことではなかったので、むりに抗弁する気にもならず「うん。まあ、毒を食らわば皿までさ」と笑ってすました。

たしかに、わたしにとって春庭は毒にちがいなかった。その毒はがらんとした闇のなかで、菌のように乱舞するのである。

つぎの朝、駅まで送るといいはる祝日古を「病人が何をいう」と無理に押しとどめ、わたしはその古い小さな城下町を出た。そして、別府へまわり、そこから四国ゆきの汽船に乗りこんだ。こんどは松山の腸をたずねるつもりであった。高浜の港に船がはいったのは翌朝であった。

満鮮旅行の帰りに立ち寄るかもしれないというと、腸はぜひそうしろといったし、それで電報を打つと高浜の桟橋に待ちかまえていてくれた。もっとも、腸は甲板のわたしがわからないらしく、白いカッターシャツを腕まくりして微動させ、ふとい黒ぶちのメガネをおびえたときのようにキョロキョロさせていた。臆病な昆虫に似ていると思った。でも、タラップをおりかけるとわたしを見つけ、走って来てファイバー製の黒いトランクを引ったくった。腸はわたしを小さな電車に乗せ、松山市駅で乗りかえるとまた電車に乗せ、そのつど漱石がこの町に赴任してきたころのようすを『坊っちゃん』を引いて説明してくれたが、最後に電車をおりて目ぬきの商店街にはいりこんだとき、唐突に口ごもるようにしていった。

「叔父は町でも評判の変わり者じゃけんのう」

それは予防線を張ったようでもあった。ほどなく案内される腸の家で、戸主の叔父という人と顔を合わせることになるだろうが、腸は気をわるくするようなことがあってもこらえてほしいと気を使っているようすであった。

腸の家は、商店街の裏通りにはさまれた二階家であった。格子戸をくぐったとたんに、家族が多いらしくて体温が充満しているのがわかり、祝日古の家とまる反対の印象であった。そして、すぐに叔父という人がユカタの胸をはだけてあらわれ、「うん、よう来やんした」とだけいって口をひん結び、腸とわたしとを交互に見くらべた。

二階の窓ぎわの四畳半の部屋にとおされた。すでに日は高くなっていてひどくむしあつく、窓からは狭い裏通りをゆききするアッパッパの女たちの背が見おろされる。

叔母さんがサイダーを盆にのせてあがってきた。やさしげできれいな人だった。わたしに丁重に辞儀をし、うちわであおぎ、それから腸に向かっていった。

「にいちゃん、まずは道後にご案内おし」

そのときはもう二組のタオルと石鹼箱を腸の前においていた。わたしには「にいちゃん」という呼び方が異様に聞こえた。この家では腸はいつもそう呼ばれているらしい。

腸はタオルをさげてまたわたしをチンチン電車に乗せ、この町での子規や漱石や碧梧桐や虚子のことを説明し、終点で電車をおりると細い石畳の坂をのぼっていった。横丁のある角まで来ると、ちょっと足をとめ、「ここは赤ちょうちんちゅうんじゃ。みんな淫売屋じゃ。日が暮れると歩けん」といった。なるほど、そこには灯のはいらない赤ちょうちんがならんで垂れていたが、正午ちかい日光に照らし出されて余計に貧相に見える。

腸は屋根に鳳凰が羽をひろげた御殿のような建物につれこんだ。そこが温泉で、二階の大広間のようなところへ案内されたが、万事がものめずらしかった。はだかのじいさんやばあさんがながながと寝そべっていたり、タバコや茶をのんでいたり、手すりのそとを眺めていたりする。映画の『坊っちゃん』で見たセットそのままだと思った。

そこではユカタまで貸してくれた。腸は着がえるとすぐに長い階段をおりて湯船へつれていった。日中のせいか、わずかの老人のほかに客はいない。黒光りのした石の円筒から間断なしに湯が流れ落ちている。

腸は石の円筒のところへわたしをつれていき、手で石の表面をていねいに拭ってから、

「ほら、万葉の道後の湯の歌が彫ってあろうが」といった。それから、流れ落ちる湯のした
に肩を持っていった。

「こうすると、ええ。疲れがとれる」

湯は腸の筋骨質の肩にしぶきをあげている。

腸がわたしの手を引いた。

「さあ、こうして……はじめはちと熱いがのう」

腸はわたしを歓迎するのに精いっぱいつとめているのがわかった。

湯からあがると、わたしと腸とはサルマタ一枚になり、広間に寝そべり、ときには番茶をすすりながら果てしなくしゃべりあった。わたしは満鮮旅行の見聞を逐一大いに誇張して話してやったが、遮莫が白がすりに袴であらわれて引率教授を怒らせた段になると、腸はキキキキと笑い声をあげた。そして、祝日古の家のもようを伝えると、急に沈んだ顔つきになり
「そうかや。あいつもあわれな男じゃな」とつぶやいた。

そのうち、腸は菊池寛がこの道後の湯に遊んだときの歌をおどけた調子で口ずさんでみせた。

名に高き道後の湯宿一夜居て湯にはは入らずただ寝たりけり
「妙なのんしゃらんな歌までおぼえとるんやなあ」と感心すると、腸は「いや、この色紙を

叔父が持っとるんじゃ。寛が宿屋の女中に書いてやったのを巻きあげたものらしい」と笑った。

そこから、叔父の話になり、腸の身の上話にひろがった。腸が早く両親を失った孤児ということは知っていたが、四年近くいっしょに暮らしながら、それ以上は何も聞きもしなかったし、かれも語ろうとはしなかったことである。

「先祖はまあ、海賊じゃろうな。忽那《くつな》海賊の本拠忽那島の神《こう》の浦の七人組の一軒じゃったちゅうけんの」

神の浦は古くは河野浦と書き、河野水軍の支配地で、南北朝時代に九州へ下った懐良親王は三年間とどまったそうである。

「じいさんは島から松山へ出て来て大工になりおった。一旗あげるちゅう魂胆じゃったと思うのう」

それが明治初年のことで、その祖父は棟梁となり、かたわら夏帽子の製造を始めて成功したという。腸の父はその長男で、野球で名高い松山商業の第一回卒業生であったが、学校時分から文学にこり、田山花袋の『文章世界』に投稿し、近松秋江、徳田秋声らと知りあい、秋江が大正初年に松山に来て、道後の遊廓で遊び呆けたとき、父は金をもってつれ帰ったりした。

「おやじは『清平調』という同人雑誌を出しとって残っちょるが、おふくろとの出会いから恋愛めいた感想まで書いてあって、ほんに妙な気分じゃぞな」

腸はてれくさそうに笑い、番茶をふくんだ。

母は城大工の娘であったが、文学少女で『清平調』の同人であったことから結婚に進んだらしい。

「わしが生まれたんが大正五年七月十一日、おやじが死んだんが八月二日じゃった。わしが生まれて二十二日めに死におったんじゃが肺病の重態でな。おやじは、あの世へいくさわりになる、ちゅうて、あかんぼうのわしをとうとう見ようとせんかったちゅうぞな」

腸はひとりおかしそうに笑ったが、わたしは滅入った。わたしが父に死なれたのも生後二か月であった。その相似が気味がわるかったし、腸は笑っているが父の顔を全然知らない空虚は、わたしにもわかりすぎていた。

ところが、腸の母は夫の死後、夫の弟と再婚し、二男一女を生んだ。母が脳内出血で急死したのは腸が十四歳のときであったという。きょうはじめて会った叔母さんという人はその後妻にあたるわけだった。それで、叔母さんが腸を「にいちゃん」と呼び、それが自然なのも、変人という叔父の目にずけずけした光りがあるのも、その理由がはじめてわかった。つまり、叔父は義父であり、腸は父ちがいの長男であり、それはわたしの思いもしなかったことであった。

その叔父は祖父が目ぬき通りにひらいた帽子を主とした洋品店をついだが、昭和三年の恐慌でつぶれ、俳句をたしなむところから子規煎餅という菓子を焼き、おでん屋をひらいて大勢の子どもたちを養ったそうである。腸あてに送られる小包みに叔父の俳句が書かれていたのも、そんな人がらであったからだ。

「中学ンときは、叔父のおでん屋の皿洗いを毎日やったぞな、卒業するまで」

それで、腸は一日も早く郷里を離れたい気になり、学費の安いわたしたちの専門学校を選んだのだ、といった。

「文法がふしぎに好きじゃった。いつもこれだけは満点じゃった。妙なもんじゃなあ、文法ちゅうもんは……」

腸は上体をおこした。が、わたしは寝そべったままにした。

「文法ちゅうものは、ことばの遊びじゃなかろうかいのう？　文法知らいでも物は言えるし、文章も書ける……」

わたしは目を天井に向けたまま「うん」とだけ答えた。腸のいおうとしていることはよくわかった。失明した春庭にとっては語法の研究はことば遊びではなかったか、といいたいらしいのだ。それはわたしもとっくに考えていたことだし、反論する理由はあまりない。

腸は語調を変えた。

「腹へったろ？　メシを食おうぞ」

それから、わたしたちふたりは温泉場を出るなり、うどん屋にとびこみ、親子どんぶりを二杯ずつ食い、つぎに氷屋で大きなスイカをかぶった。

わたしは狭い部屋で、腸といっしょに寝た。何人かの弟や妹がいたが、みんななれなれしく腸を「にいちゃん」と呼んでいることがわたしの気分をいくらか明るくした。

つぎの朝、わたしは腸に送られて高知ゆきのバスに乗った。前夜、高知へいきたいというと、叔父さんという人が「それならバスがいい。景色がよろしい」と断定するようにすすめたからである。そのバス路線は四国山脈を縦断するもので、ごく最近開通したばかりという話であった。

バスは四国山脈の脊梁を越え、高知県へ出る。松山を出てしばらくは、いっせいに穂をもたげた水田のなかを走っていたが、ほどなく四国山脈に向かって曲がりくねりながら登りはじめる。そして、御坂峠を過ぎると山脈のなかにわけ入った。道は谷に沿ってカーブをかさね、谷には白い水がおどり、水流は次第に細くなっていく。腸の叔父がいったように、景色がよい。それよりもめずらしかったのは、山脈の脊梁部を分け入っているのに、川に沿って小さな村がかくれていて、つぎつぎにあらわれることだ。しばらく朝鮮、満洲の広漠とした平野か禿げ山かばかりを旅行した目には、なつかしく新鮮に見えた。

バスは久万《くま》という村で、三十分間とまった。車掌が無愛想に「休憩します」といって運転手といっしょにさっさとおりていった。ここで乗務員は交代するらしい。こういう経験がなかったのでわたしは面くらったが、五人ほどの土地の人らしい乗客にはいつものことと見え、背のびをして便所に立ち、座席にもどると竹の皮の包みをひらいて大きなにぎりめしを頬ばった。三人は山仕事着のままで腰に刃のぶ厚いナタをさし、あとは老人夫婦であったが、男のほうはあたまがきれいにはげて代赭色にこげ、それがテラテラ光り、老婆のほうは一張羅らしい黒い縞のきものを着こんでいて娘の婚家に孫を見にいくという感じがあった。わたしもかれらにならって腸の叔母さんがつくってくれたべんとうをひらくと、にぎりめしの半分はノリでくるみ、半分には黒白のゴマがふってあり、玉子焼きと福神漬けとがついていた。

バスはまた新しい運転手と車掌とで四国山脈の脊梁のなかを動きはじめたが、道にはやはり必ず川が沿い、その川がいつのまにか進行方向へ流れている。分水嶺を越えたのであろうが、カーブはいよいよひどくなり、そこにあらわれる停留所も別枝下、鷲ノ巣、大見槍、峠ノ越などといういかにも山村らしい名がつづいた。そして、山脈をようやく越えたらしく前面に水田がひろがると、もうそこが終点の土讃線佐川駅であった。松山を朝八時に出たというのに、午後二時をまわっていた。

佐川からは汽車で高知へ出た。わたしが高知をたずねる気になったのは、鹿持雅澄《かもちまさずみ》の墓を見たかったからである。

わたしが最初に国文法を習ったのは、中学三年生のガミナリの時間においてであった。光華という格調ある名を持つ六十歳すぎの老教師であったが、刈りこんだ髪もひげもまっ白ながら固く逆立ち、声量は教室が破裂するほどで、すこぶる精悍で短気な風容だったのでガミナリというあだ名がつけられていたのだ。

ガミナリは夏休みが終わったはじめての国文法の時間、藁半紙半分に謄写版刷りにしたものを配った。それには右あがりの大きな字で「鹿持雅澄」「万葉集古義」などと刷り、万葉がなで一首の和歌が書いてあった。

余以後将生人者古事之吾墾道爾草勿令生曽

ガミナリはこの夏休みに鹿持雅澄の墓を高知市の郊外にたずねたが、土地の人もまったく知らず、夏草を踏みわけてやっと見つけると、万葉がなの一首が刻まれていたといい、その歌は、

あれゆのち生まれむ人は古ことのあがはりみちに草なおひせそ

と訓じると大声で語り、一語一語くぎって歌意を説明した。

「カシの棒で背筋を発止と打ちすえられた」

ガミナリは、その感動を白い泡をとばしながら吐いた。それから、雅澄は土佐藩の下級の徒士で、ひどい貧乏で妻が死んだときも満足な葬式も出せなかったが、米をつきながら『万葉集古義』の大著を完成した――というようなことを説明した。そのほかにも生年、没年などからもっと詳細な伝記を語られたように思うが、すべて忘れた。しかし、「あれゆのち」の歌は奇妙に少年のわたしの耳膜にこびりつき、のちになっても宙でいえた。専門学校に進んで国文学史の講義で鹿持雅澄があらわれたときも、その歌がまっさきに口をついて出た。わたしが文法を好きになったのは、たしかにそのときからのように思いあたった。

雅澄は寛政三年、土佐郡福井村の徒士惟則の長子に生まれ、貧苦とたたかいながら天保十一年に『万葉集古義』の大著を完成した。それは規模の大きな総合研究と緻密な解釈とで、万葉集注釈史上で空前の名著とされる。それに付録の『万葉集品物解』は万葉の動植物辞典の内容を備えているし、『万葉集枕詞解』『万葉集名処考』などの事典類も編んだ。

さらに、雅澄は白江教授の国語学の講義にもあらわれ、万葉学者とばかり思っていた雅澄が、語学にもいくつかの卓説を示しているのを知り、わたしには一層親密な人物となったのである。

雅澄は『万葉集古義』の付録として『雅言成法』『針嚢』『結詞例』などを残したが、そこでは本居宣長の『てにをは紐鏡』の修正の役目を果たした。宣長はもっぱら中世の和歌について係り結びの法則を立てたが、雅澄は『万葉集』ではそれとは別種の係り結びの法則が存在することを検出したのだ。たとえば、『万葉集』では「こそ」を受けて形容詞の連体形語尾「き」で結ぶ事例があり、それが『古今集』以後には「けれ」と変わったなどと立証した。それは宣長が説きおよばなかった係り結びの法則の歴史的変化を明確にした結果となった。

また、雅澄は天保六年の『舒言之転例』で、延言に三種があることを多数の例で立論したし、同年の『雅言成法』二巻では、約言が年代の経過のうちにおこったナマリであることを十一項目にわけて細論した。

雅澄の語学説でもっともわたしの興味を引いたのは『用言変格例』で示された動詞の活用についての所説である。雅澄は動詞の原形を四段活用だというのだ。下二段、上二段活用などは、みな四段活用から転成したとし、四段が常格で、ほかは変格と呼んだ。本居春庭は動詞の活用の種類を確立したけれど、その歴史性には考え至っていない。

こうして、雅澄の語学説が『万葉集』の研究に没入したところから派生したものながらも、きわめて独創的なものであることを知ったのであるが、それとともに国書刊行会本の『万葉集古義』や『国学者伝記集成』などをくってみて、雅澄もまた学問のほかには何もできない、世俗には無能の人物であることがわかり、おもしろく思われた。

井野辺茂雄の記述によると、先祖は飛鳥井氏で雅量のときに応仁の乱をさけて土佐にやって来、国司一条家の客となり、幡《はた》多郡鹿持村に住んだ。そののち、鹿持城にあって鹿持氏を称したが、一条家が滅んで落魄し、やがて山内氏の徒士となったけれど居住地が僻遠であったため生活は苦しく、雅澄の代には「赤貧洗フガゴトク」であったという。『万葉集古義』につけられた井野辺の伝には「幼時学を好まず、遊戯にのみ耽りしが、十八九歳の折幡然志を改め」とあり、以後学問を志したが本など買える家計ではなかった。知人から本を借り歩いては耽読したのである。

雅澄の学才をみとめて支援したのは藩老福岡孝則である。書庫を雅澄に開放し、不足のものは買い与え、筆、墨などもあてがってやった。雅澄はそうした援助で、独学によって大著『万葉集古義』を成したのだという。

そんな貧乏生活だったから、米も毎日小買いをしていたのだが、あるとき、米屋へいく途中花を売る老人に出会った。すると、花の色の美しさに見とれ、米を買う金で花を求め、一日じゅう眺めいっていたそうである。それほど現実ばなれのした人物であったらしい。

家も当然あばら家で、雨の日はかならずひどい雨もりがしたけれど、雅澄は平気で、座をしきりに変えては読書にふけったという。また、事を考えるのには精神の静まることが必要であるが、これにはいい方法があるといって吹聴した。それは米をつくことで、杵の音にあわせて難解の句章をしずかに誦していると、米が白くなったときにはたいてい難解もとける、といっていたという。ガミナリが米をつきながら勉強したといったのはこの挿話をさしたものらしい。とにかく変わった人物である。

「真に学者にして、事務の技能は皆尽なりき。故に門人等、翁の赤貧を憂ひ、官途に推挙したること数回なりしも、暫時にして辞職するが常なりきといへり」

井野辺茂雄はそう書いている。学問のほかはなんの能もなく、生活にはまったく無能力者だったらしい。その点では鈴木朖の性格に似ているし、白江教授が語学者には変人とよばれる人がふしぎに多いといったことにもあてはまる。しかも、雅澄は土佐の辺地で独力で『万葉集古義』百五十二巻をはじめ多くの古書注解や語学書を出している。もっとも、『万葉集古義』が成ったのは天保十一年であったが、刊行されたのは五十年のちの明治二十三年であった。

雅澄は春庭より二十九年遅れて世に生まれている。春庭が眼病を発した年であり、雅澄の学業はおもに春庭の没後に成っているが、土佐という辺地でありながら『詞の八衢』を読んでいる形跡がある。宣長のものにはよく目をとおし、『てにをは紐鏡』で『古今集』以後の用例からのみ法則を立てた点を鋭く批判し、『国号考』をも論難している。

そういう鹿持雅澄をいくらか知るにつれて、あのガミナリが高らかに朗誦した「余以後……」の歌は新しい光りを放ってわたしによみがえってくる。じっさい、雅澄は独力で一生をかけて『万葉集』を中心とする日本の古事を切りひらいたのである。それは苦難をきわめた道であったのにちがいない。それだけに『万葉集古義』を完成して歩んできた道をふりかえったとき、大きな自負とともに純粋な自己愛が高まったのであろう。自分がいとおしかったのだ。それで、世俗をはなれた雅澄も「草な生ひせそ」と歌い、祈らずにはいられなかったのにちがいない。

「余以後……」の歌について、ガミナリは辞世であるとか、墓に刻んであるとかというように語ったと思うが、その点は記憶がたしかではない。『万葉集古義』につけた井野辺茂雄の伝にはその歌をあげ「墓石には……遺詠を刻せり」となっている。それで、高知に墓をたずねたくなったのである。

市役所の社寺兵事課でたずねると、丸刈りの老人は口をつぼめて見せ、わたしの質問を奇特なもののように受けて、土讃線の旭駅でおりて、鹿持山と聞いていけば大きな記念碑が建てられたばかりだからすぐわかるといった。旭駅は高知駅から西へ三つめの駅である。

旭駅から鹿持山へはかなりの道のりがあった。ちょうど午後三時すぎの白熱した太陽が頭上にあり、あぶら汗がしきりにしたたる。すぐ集落がとだえ、長くのびた小山のあいだによく乾いた土の道がまがりくねって延びる。鹿持山はその左手の山のはずであったが、墓の見当はつかない。

ゆくてに屋根の大きな一軒家が見え、その前の田でムギワラ帽をかぶった人が草をとっている。顔をあげると、皺だらけの、しかも目の鋭い老人であった。

「この上が屋敷あとじゃ。井戸が残っちょる。その上の山がお墓じゃ」

と、指さした。

そこから急な坂をのぼると、カヤが首まで茂った平地があり、草のなかに何やら低い石柱がすけて見える。草をわけると、羽虫のようなものがいっせいに飛び立った。

「鹿持雅澄先生誕生地」

石にはそう彫ってあった。昭和三年十一月、高知市の建碑である。すぐそばに井戸の石組みらしいものが残っていて、のぞくと青みどろの水がたまっている。そこに立って見わたすと、雅澄の屋敷が人里をはなれ、しかも敷地も狭いものであったことがすぐわかった。もっとも、井戸のあとのほかは礎石も残っていないらしく、いちめんぼうぼうの草であるが、米をつきながら難句を誦している蓬髪、無精ひげの血色のわるい顔を思い浮かべることができた。

そこから、すぐ上の小山の稜線を見あげると、たしかに大きな石碑のようなものが見えた。それを目あてに、細い急な山道をのぼっていく。日はかんかんに照っているのに、粘土質らしく足がすべり、そのつど草にすがっては手のひらを切った。

石碑は黒い水成岩を磨いて立てたかなり大きなもので、上のほうの文字は首をのけぞらせなければ読めない。「頌徳之碑」と上端に横書きにし、細字で雅澄の事歴がこまごまと刻んである。「昭和十年十二月、社団法人高知県教育会長中島和之撰、川谷広次書」と彫ってあるから、ガミナリがたずねたときにはまだ建っていなかったはずである。

記念碑のうしろが飛鳥井家の墓地らしく、墓がかたまり、草にうずまり、一つ一つさがすと雅澄の墓は左奥のすみにあった。

「古義良範居士墓」

彫りの深い太い楷書で刻んであった。いい戒名のいい墓だと思った。右側面にまわると

「鹿持藤原太郎雅澄」と同じ書体で彫ってあり、裏には細字で事歴が刻んであったが、彫りが浅くてよく読めない。

「大正十□年」とあるが、肝心な一字が欠けていてわからない。

左側面へまわった。

凝然と立ちつくした。

余以後将生人者古事之

吾墾道爾草勿令生曽

ガミナリが大声で朗誦したとおりの歌が二行に、深く彫ってある。けれんや癖の少しもない、堂々として大きく太い楷書であった。

来てよかったと思った。雅澄の野太い声が聞こえるように幻覚され、わたしは汗もぬぐわず、しばらくは立ちつくした。セミがわめくように鳴いていた。

雅澄の墓のすぐ左には、同じ大きさの墓がならんでいたが、「鹿持藤太雅澄妻墓」とあり、「天保七年丙申十二月四日、行年三十九歳」とだけ右側面に刻んである。雅澄の妻は貧苦のうちにそんな若さで死に、葬式もろくに出してもらえなかったのである。そのとき、雅澄は四十六歳であったが、大声を放って泣き、以後妻を迎えようとはしなかったと伝えられる。

井野辺は「早く妻を失ひ、自ら薪水の労を採りて父に事へ、二児を鞠育し、艱難つぶさに到る」と書いている。かれが畢生の大著『万葉集古義』を完成したのは、妻の死の三年のちのことである。


鹿持雅澄の墓をたずね終わって高知のまちなかにもどったときは、夏の日はまだ明るかったけれど、もう六時になろうとしていた。

その夜は下級生の豊明の家にとめてもらうつもりで、学生名簿の住所をたよりに交番でたずねると、そこは城の西のふもとの屋敷町のなかであった。豊明は同級生ではなかったが、学校の短歌会のなかまで親しかったし、高知に来たらぜひ泊まってください、と事ごとにいっていたので、予告のハガキも出さずに押しかけたのだ。

ところが、黒ぬりの門をくぐって案内を乞うと、出てきたのは初老の婦人であり、「豊明は一昨日、出征いたしました」とあたまをさげた。

愕然となった。聞けば豊明は徴兵延期の手続きをとっておらず、第一補充兵役になっていたのが、突然召集令状が来、何もかもそのままにして入隊したところだという。

豊明がいなくては、宿を無心するわけにもいかず「ちょっとこちらへ旅行したものですから」といいつくろい、ほうほうのていで黒ぬりの門を出た。

困ったと思った。歩きながら学生名簿をくると、高知郊外の神社の神主の息子が下級にいることに気づいた。とにかく駅へ出て、そこから電話でたのんでみることにした。

が、電話に出てきた声は父らしいしわがれ声で、本人は剣山に登るといって、けさ天幕をかついで出かけたところだという。これにも落胆した。

こうなっては神戸の家へ帰るよりしかたがないと思い、また夜の船便があったはずなので桟橋へ急いだ。ところが、運賃表を見たとき、財布のなかの残金は、学生の割引き証明書をつけても十銭不足していることを知った。船賃はどう交渉してもまけてはくれないだろう。母に電報を打って、電報為替で送らせるよりしかたがないが、郵便局はとっくにしまっている。なおいけないことは、あすは日曜日だ。それも駅前の郵便局にもどって、はじめて気がついた。

船賃にもたりないわずかな金で、とにかく二日間を食いつなぎ、二晩をあかさなければならない。もちろん、木賃宿にも泊まれない。

のろのろと播磨屋橋のほうへ歩いた。もう日は暮れ、まちは原色の灯を放ちはじめている。急速に空腹感が来た。

播磨屋橋を右に折れると、盛り場で雑踏し、雑多な食べもののにおいが混淆している。わたしは屋台店に首をつっこみ、すうどんを注文し、山盛りにネギを入れてかきこんだ。それから、映画館の看板を一つ一つ見くらべ、一番安い小屋にとびこんだ。金を使わずに無為の時をすごすのはこれにかぎるのだ。スクリーンには阪東妻三郎主演の『怒濤一番乗』という古い画面がうつっていて、しきりにチカチカした雨をふらせていた。

映画がハネてそとへ出ると、雑踏の流れは、稀薄であわただしいものに変化していた。わたしはまた屋台店に首をつっこみ、すうどんを食い、やけくそになってショウチュウを一杯だけ飲んだ。

それから、高知城のほうへゆっくり歩いていった。そこにはベンチもあるはずで、一晩をあかすつもりであった。夜空には雲が厚いらしく、星も月もなく、街路灯が鈍い輪を投げているばかりだ。くらい道は少しずつのぼりになり、天守閣の白壁が夜目ながらしらじらと前方にあらわれた。そこは裏側から城へのぼる道であった。

六角形のあずまやが建っているのが街路灯で見えた。しめたと思った。あずまやの内側はシックイでたたんであり、柱が支えているばかりで壁はない吹き抜けだが、腰板には木の腰掛けがしつらえてある。学生服の前ボタンを全部はずし、学生帽をまるめてマクラにし、ごろんとあおむけになった。真夏のことであり、むし暑い木賃宿よりはずっとましだ。わたしは、すぐ深い眠りに落ちたようである。

突然、はげしい雷鳴を聞いた。

雨が横なぐりに降りつけている。雨はすぐわたしの上に注ぎはじめた。あわてておきあがり、反対側の腰掛けに座を移した。しきりに電光が走り、それを追って雷鳴がとどろく。もう、寝ているわけにはいかなかった。それに、風が変わって、新しい座へも雨は吹きつけてくる。といって、もとの位置の腰掛けはずぶぬれだ。あずまやの中心には太い柱が立っており、それに背をもたせ、やっと腰をおろすが、雨はますますひどくなり、方向をたえず変化させ、中心にまで水が流れはじめた。もう、突っ立っているよりほかはなかった。

雨がやんだのと、海のほうが白んだのとが同時であった。わたしは立ったままで棒のように疲れていた。雨があがると、一散に城から町のほうへ駆け下り、煙突目あてに銭湯をさがしだし、戸があくなりとびこんだ。そして、風呂桶をまくらにはじめてぐっすり寝こんだのである。

からだを白くふやけさせて銭湯を出たとき、すっかり朝になっていた。金がないとなると、余計に腹がへった。駅へ歩いた。駅前の食堂をあてにしたのであった。

駅の前までくると、異様な人だかりが目をひいた。列車通勤の人たちらしい。人ごみのうしろからのぞきこむと、号外が張ってあるのだ。

空中戦の大きな写真であった。

号外の大きな活字は、海軍渡洋爆撃隊が南京を攻撃し、空中戦を演じて敵機を撃ち落とし、多大の戦果をあげて全機損害なく帰還したことを扇情的に報じていた。すでに八月もなかばにはいっており、政府は南京政府断固膺懲《ようちょう》を声明していた。

わたしは唾液を呑みこんだ。きのう豊明が応召したときから急におぼえた不安が、その白い戦闘機の交錯で高まった。わたしも豊明同様、徴兵延期の手続きをとるのがめんどうだったし、それより強い近視なので万々甲種合格になる気づかいはないと思って前年に徴兵検査を受けてしまったのだが、結果は意外にも第一乙であった。

早晩、召集令状が舞いこむのにちがいない。

わたしの春庭も、きっと中絶するのであろう。

第九章

最後の夏休みは終わった。

わたしが狢獏巣に戻り着いたときは、すっかり初秋の夜になっていて、玄関のガラス戸にうつって黄色い灯がともっていた。腸と帰校の日時を打ちあわせていたのだが、やつは一足さきに着いたものらしい。戸をあけると、強いカビのにおいがしたが、もっとも自由なところへ帰りついたという安堵があった。

腸はその朝着いて、小松原夫人にあずけておいたカギで戸をあけ、簡単に掃除し、夕食もたいてあるといった。

「米がえろうあがったぞな」

腸は目を見はるようにまるくして報告した。川べりの米屋へさっそく一升買いにいったらしい。

「三十一銭ぞな」

それまではたしか一升二十九銭であった。戦争がそんなところまであらわれはじめているのに、わたしたちはようやく気づいた。

つぎの日、わたしたちは朝から大掃除をすることにした。入居以来、一度も掃除したこともない便所も、手入れした。すさまじい綿ぼこりが舞った。畳を全部、狭い庭に出し、腸とふたりでシナイの竹でたたくと、微塵は際限なく煙りを立てて噴き出した。

湿気のひどい玄関の畳は、すっかり黒ずんでいて、手にすこし力を入れてたたいた刹那《せつな》、黒いふやけた畳は酔いどれのように、土くれのように正体なく、くずれた。

二学期がはじまった。

北支那方面軍が編成され、海軍は全中国沿岸封鎖を宣言していた。土曜日、いつものように腸と映画を見にいくと、場内が暗くなったとたんに「挙国一致」という大きな文字の字幕が映し出され、つづいて「銃後を護れ」と変わった。それから、『水戸黄門廻国記』という古いフィルムがゆっくり流れはじめ、山本嘉一の黄門と阪東妻三郎、片岡千恵蔵の助さん、格さんが松並木の街道を歩いた。

貉獏巣の近所の家にも召集が来はじめ、「万歳」を連呼する行列がしきりに駅へ向かった。が、わたしも腸も、その風景をまったく無関係のように見流していた。

ただ、ギョロ目の場合は、駅まで送った。かれは東京文理科大学の学生で、そのころ世義寺道の自分の家へ帰っていた。なんでも卒業論文に『本居宣長の教育観』というテーマを選んだので、松阪の鈴屋遺蹟保存会やわたしたちの学校の文庫で調べものをする必要があり、それでしばらく帰郷したままだということであったが、文庫で知りあうと、散歩のついでか、ときどきわたしたちの貉獏巣をのぞくようになった。しかし、かれはわたしの本棚にならぶ『宣長全集』に目をくれながらも、宣長についてはほとんど語りかけようとはしなかった。一度何とかいう長い名のドイツの哲学者の名と詞句とを引きあいに出して宣長にふれたが、わたしにはその長ったらしいドイツ語がさっぱりわからず、それ以上聞きただす気もおこらなかった。顋が張って四角い輪廓の顔に奥目が拡大しているので、わたしはギョロ目と呼んでいたのだ。

召集令状が来たことは、ギョロ目自身が貉獏巣に知らせに来た。何かの手つづきをすませた帰りらしい。「卒業までは大丈夫と思ってたんですがね」といい、そのときは大きなむき出しの両眼を伏せたままであった。かれは徴兵延期の手つづきが遅れたのだという。

ギョロ目の出発の夕がた、わたしと腸とははじめてかれの家をたずねた。古い家柄らしく、伊勢造りの黒塗りの重厚な構えで、庭には古い立ち木が多い。官吏であった父は数年前になくなり、母と未婚の姉との三人暮らしであることもそのときはじめて知った。

陽がかげって急に暗くなった家の前には、「祝出征」というノボリを持った近所の人たちがいっぱい集まっていた。わたしと腸もその人ごみにまじった。と、式台からギョロ目があらわれた。紺の学生服に、赤い襷をかけ、奉公袋をぶらさげている。広い幅の肩を怒らせ、胸を傲然と張って、あいさつをはじめた。貉獏巣をたずねて来た彼とは、ようすがすっかりちがっていた。

雄弁調の別辞が終わったとき、わたしははじめて人垣から抜けてギョロ目に手をさし出した。ギョロ目の握力は強かった。プーンと酒の臭気が来た。

「きみ、きみはぼくを羨ましくは思わないかね？」

大きな目がわたしを見すえた。

「思わんね、ちっとも」

わたしは咄嗟にそう返し、すぐ「しまった」とはげしく悔いた。あのとき、わたしのことばほどギョロ目にとってむごいものはなかったにちがいなかった。ことばは放ったものにかならずかえってくるのだから、この反吐《へど》のようなことばはきっとわたし自身にもどってくるだろう。


町は少しずつ騒がしくなっていったけれど、丘の上の松林のなかの教室と文庫とは、やはり小さな孤島のように静かであった。わたしは昼休みや休講の時間や放課後のひととき、文庫で、僧義門《ぎもん》についての文献を読むようになっていた。嗣子逢伝が書いた『先考義門略伝』の写本をはじめ、請書をとりとめもなく繰った。

「……春庭は形容詞についてもあまり述べていない。単に四種の活用のほかに〈し・しき・しく〉〈し・き・く〉とはたらく詞があることを述べているのに過ぎない。形容詞は若狭の学僧義門を待ってくわしい研究がなしとげられた」

白江教授の国語学の講義で、義門はまずそのように登場した。そして、春庭が『詞の通路』で動詞の自他の問題を探究したことにふれて「動詞の自他については、かの義門もくわしい研究をなしとげているが、伊勢と若狭と遠く離れて地味な研究をつづけていたふたりの学者の親交は尊い。義門はその著『山口栞』の最後に、〈『詞の通路』といへる書を得つ。八衢とひとつ手より出たるもしるく、げにはた詞のはたらきの学問のよきしるべ書にぞ〉と跋をしるしている」と述べられた。

「義門は若狭国遠敷《おにゅう》郡小浜妙玄寺の住職であった。天明六年七月七日に生まれた。天保十四年八月十五日に没した。時に五十八歳。墓は妙玄寺にある。義門が生涯の仕事としたのは活用の研究であるが、早くから活用の段に〈将然言〉〈連用言〉〈截断言〉〈連体言〉〈已然言〉〈希求言〉という名をつけた。〈未然・連用・終止・連体・已然・命令〉という今日の活用形の名前もこれを基本にしていることは明らかで、これらの名前こそわたしたちが義門の功績をしのぶ記念塔である……」

白江教授はいつものやさしい口調でそう語っていったのであるが、あらためて義門の生涯と学問とをたどっていくと、ことばの法則をさぐる道は、地中に無限の坑道を手さぐりで掘っていく、その長い暗い孤独な作業に似ているとわたしには思われた。そこには外光はさしこまず、無機質の乳濁色の微粒子ばかりが充満している。

わたしなりに、本居春庭の『詞の八衢』ができあがっていった過程を求め、父宣長の『御国詞活用抄』から鈴木朖《あきら》、富士谷成章とたどって柴田常昭、芝原春房の『詞の小車』まで追ったが、いつかどこかの炭鉱工事現場で見た長い地中の道を思い浮かべていたのだ。そうして、『詞の八衢』が成った道すじだけはわかったような気がしたが、それがだれの協力によって、またどんな方法によってできたかという具体的な細部になると、やはりわからない。しかも、それを明らかにする証拠物件は、容易に見つかりそうになかった。それどころか、永遠に出現しないのではないかという絶望的な予感がわたしを占めた。このうえは、『詞の八衢』につづく道すじを追うよりしかたがあるまい。それは春庭のそれ以後の人生をたどるうえに必要であるだけでなく、その摸索のなかにこれまでは思いもつかぬ手がかりが天啓のようにあらわれるかもしれないという気がして、義門を調べはじめたのである。

『詞の八衢』には、尾張の門人植松有信の序文がついている。

有信は、この本が動詞の活用を四段、一段、中二段、下二段の四種に分類したことをあげ、「此言葉のはたらきといふことは、いまだ世にあげつらへる人もなく、をしへさとしたる書《ふみ》も見えざりければ……」と称揚している。

有信は序文を書いた日づけを「文化三年五月十三日」としている。また、春庭の奥書きも「文化三年春三月」となっているから、そのころに成ったことはまちがいないとしても、いつごろからどういう手つづきで書かれたかは、なおわからない。版本の末尾には本居大平の跋文があって「春庭、此ひととせふたとせ、これかれの書ども、人にときかせなどするついでに、これがしるべと、引いつべき詞ども、つみいでおきたるうへに、猶よく考へ正して、これは、そのはたらき、これは、それとことなりなど、おもひさだめて……」としるされており、二年ほど前から着手されたとみられるけれど、明確ではない。着想はずっと早い時期だと思うが、それとても証拠はないのである。

『詞の八衢』が出版されたのは文化五年で、成稿の二年のちである。

「……右に挙げたる詞ども猶さま〳〵に活《はたら》きてかぎりなくおぼゆれど、たゞ思ひ出づるにしたがひてものしつるなれば、もれたるなほ多かるべし。そはこれにならひてしるべきなり」

そう、春庭は謙虚なことばで著作を結んでいるが、それが出版されると、たちどころに反響をよんで版をかさね、これを補正し、批判する諸書が続出して、後年「やちまた派」という名称も出たほどであることはすでにふれた。

この上下二冊の小著がそれほどまでに波紋をおこしたというのも、植松有信が序文で述べているように、かなづかいやテニヲハの解説書は、宣長『詞の玉緒』はじめすでに幾種か出ていたが、動詞の活用そのものについてのまとまった研究は、まだ一冊もあらわれていなかったからである。鈴木朖『活語断続譜』と柴田常昭、芝原春房の『詞の小車』は未刊のままであったし、富士谷成章の画期的な著作『あゆひ抄』は公刊されてはいたけれど、動詞の活用についてはまだ混沌と晦渋のなかにあった。その点『詞の八衢』の内容は明確であり、春庭自身は歌作、作文の手引きのつもりではあっても、国語学の自立をはじめて示した著作といえる。たしかに、後年に春庭が述懐したように古今まだだれも言い出していない発明の著述であった。

その影響のなかで、刃物のようにもっとも鋭く立ちあらわれたのが、若狭小浜の僧義門であった。かれは一番深く、それは春庭の同門や門弟よりも深く『詞の八衢』に感動し、理解し、もっともきびしく批判した。その結果、白江教授が講義で述べたように春庭の学説を補正し、発展させ、正しい意味で継承した。しかし、いくらすすめられても春庭に入門しようとはせず、その点でも、世俗に妥協しない一徹者であったと思われる。

義門が生まれた天明六年には、春庭はすでに二十四歳の壮年に達し、あの『朝鮮諺文』や各国の地図を書き写し、父の『古事記伝』第一帙の版下を書いていた。

小浜湾が入り江となって港へ切れこむ水路のほとりに、妙玄寺というさして大きくない寺がある。寺ははじめ、武蔵国川越藩主酒井忠利が母の妙玄尼のために城下に建てたもので、その前後に曲折はあるが、寛永十一年に酒井忠勝の若狭転封とともに小浜に移された。

義門はその妙玄寺五世住職伝瑞の三男であったが、九歳で父と死別して丹後田辺の願蔵寺の養子となった。ところが、父から六世を襲った兄が早世したため、七世を継がねばならなかった。その継目成替式をあげたのは二十三歳であるが、その文化五年は春庭の『詞の八衢』が刊行された年であり、義門はそれを読んで一度に目をひらかれた思いになった。その年はまったくかれの一生と学問とにおいてきわめて重要な時を刻んだといえる。

義門は九歳のとき、父に従って藩主酒井忠勝の菩提所空印寺の歌会に加わり、和歌一首を詠んで一座のおとなどもをおどろかせ、ことに老禅師は「庶クハ専ラ学ニ就カシメヨ。後果シテ偉器ト為ラン」と感嘆し、大きな硯を褒美に与えたと『先考義門略伝』にはしるしてある。そのように、少年のころから英才ぶりをあらわしたらしく、父の死後は叔父慶海に引きとられたが、慶海は『帖外御文真本及拾遺』七巻の編述を成した和語聖教の学僧であったので、義門はこの叔父からまず学問の基礎と情熱を植えつけられたようである。そして、願蔵寺の養子になってからその情熱は燃え、十七歳のときに京都にのぼって浄土真宗大谷派の教学機関である高倉学寮にはいった。本居宣長が没した翌年にあたる。

義門は真宗の教学を勉強しているうちに、一つの疑問にぶつかった。真宗の教書には「信心」ということばがしきりに出てくるが、「信」には「シン」とカナをふりながら「心」には「ジム」となっており、この区別は教書に厳重に守られている。

なぜ、「信心」が「シンジム」なのか？　なぜ、「シンジン」ではいけないのか？——義門はそれを徳龍という学匠に問うた。すると、徳龍は音韻は『万葉集』その他の古書に漢字によって使いわけられていることを教えた。義門がことばにとりつかれたのはそれからであった。かれは古典に読みふけり、そこに「ン」と「ム」との例証をたずねるうちに、音韻の法則の存在を知った。それから本居宣長の『字音仮字用格』『地名字音転用例』『てにをは紐鏡』『詞の玉緒』などを読み進むうちに、語法への興味が義門をとらえたようである。が、義門はもともと語法そのものをきわめようとしたわけではなかった、あくまで宗祖親鸞の教えを正しく読みとり、正しく理解しようとしたのであろう。それには、まず語法を学びとらねばならないと考えているうちに、ことばの沼のような世界へ引きずりこまれたふうに見える。そして、その探究を『奈万之奈《なましな》』と題して記録した。

それが義門の最初の著作であった。その原本も伝本も残ってはいないが、昭和三年に若狭国遠敷の西広寺の蔵から『撥韻仮字考』という一巻が発見され、それが『奈万之奈』の初稿と思われたので、最初の著作が撥音についての音韻学的研究であったことは察しられる。義門はこれに増補をかさねて三十五年のちに『男信《なましな》』三巻を刊行していた。

この『奈万之奈』が書かれたのが、『詞の八衢』が出た文化五年であった。

義門は衝撃を受けた。

「宣長ノ実子春庭ガ著セル『詞の八衢』二冊、是ハ詞ノ活用ヲ論ズル事、人ヲ論ズル事、実ニ古今独歩ノ好キ書也」

後年、かれはそのように書いた。また、自著『玉緒繰分』(天保二年)のはじめに、自分はもと宣長の『詞の玉緒』を深く信じてくりかえして読んだが、思いわびるところがあり、そこに『詞の八衢』を得てその語法に従って考えると、すべてが理解できた、というように述べている。

「うるはしき詞の林ハ彼方《あなた》にこそと、遠くよりながらゆかしう思ふばかりにハなりにしかば……」

つづけてそうもしるしている。『詞の八衢』によって、うるわしいことばの林が見えた、というのだ。ここに義門の感動は詩となり得ていると思った。義門はかなりの数量の和歌を残しているが、わたしはそのどれにもさして詩を感じることはできず、この「詞の林」ということばにのみ精神のどうしようもない高まりから発する詩のひびきを受けたのである。詩とはそういうことばであろう。

東京の本居家には、義門が春庭にあてて送った七通の手紙と『宗祖聖人の絵伝十五段の歌』とが巻子にして所蔵されている。いずれもずっと後年に本居清造がととのえたもので、わたしはのちにその義門の書跡を見ることができたが、筆致は渦を巻くようにおどっていて、癖が強く、読みづらいながら、上質の料紙を使って美しかった。

手紙の第一通は、文化十年七月二十日づけである。

残暑見舞いにはじまり、さきごろはじめて推参したところ、すぐに会ってくださり、そのうえ種々雑談をうけたまわり、教示をこうむり、実に宿望を達して多幸の至りであった、と深い謝意をのべている。

ついで、あれから京都に出てすぐに御礼申しあげようと思っていたが、繁忙にとりまぎれてごぶさたしたことをお許し願いたい、とするす。そして、そのあと、面謁を得た際にお願い申しあげた愚考の小冊について、ごめんどうながら評決をいただきたい、定めて妄解も多いと思われるので、ご指摘いただければ幸甚である、と書いている。

義門が春庭をはじめてたずねたのは、文化十年春であった。『詞の八衢』が出てから、五年の歳月が流れている。この五年間、義門はきわめて多忙のようであった。妙玄寺と願蔵寺との二院の住職を兼ねていたうえに、妙玄尼院号贈進のことを若狭藩と本山とに願い出、あるいは宗祖五百五十回遠忌を執行したりした。

文化八年春には、尾張五人僧の異安心問題という大事件がおこり、義門はその解決に奔走したと思われる。義門は京都の高倉学寮で教学を学んだとき、香月院深励に師事したのであるが、深励の門下霊曜に従う五人の僧が、名古屋御坊の輪番や役僧の布教を激しく批判し、信念もなくてただ形ばかりの信仰談を聞かせるのに過ぎないと攻撃した。怒った相手は逆に五人を異解者として訴えた。ちょうど幕府は宗界の刷新を政策として打ち出していたため、事件は公儀の問題となり、紛糾した。義門は深励と霊曜とに師事していたので弁護につくしたと思われる。もっとも、事件は五人僧の負けとなり、深励は休役、霊曜は閉門蟄居《ちっきょ》を命ぜられて終わった。

そうした身辺の激動のなかにも、義門は古学、語学の探究を積みかさねたようである。毎年のように上洛しているが、文化七年には京都滞在中の国学者藤井高尚に接近し、入門して『古今集』の講筵に加わったとされる。高尚は寛政五年に本居宣長に入門して二度松阪をたずねており、歌文でその学識を示した人である。『伊勢物語新釈』『三のしるべ』『松の落葉』『消息文例』などの著書があり、学識広い文章家としてよく知られている。かれは備中吉備津神社の神主であったが、たびたび上京して講義を催しており、また、文化七年の冬から翌年春にかけては持病の肺患の治療のために京都で仮住まいをしていた。義門はその機会をとらえたのであろう。義門を高尚に紹介したのは、同郷の語学好きの親友で早く高尚に入門していた石田千穎ではなかったかといわれる。

高尚が文化八年に消息文集『おくれし雁』を出版したとき、これを読んだ義門は「給はせる」などと出ている語格の不審五個条を師である著者に書き送った。それに対して高尚は不審は一々もっともであり「皆的中」と答え、誤りを難じられて怒るのは、「学者の有べき事ニ非ズ」「更ニ御遠慮あるべからず」と返書している。研究の自由は宣長がつねに主張していたところであるが、高尚のこの返書もまことにさわやかである。義門は高尚から何よりもこの研究の自由を学んだであろう。高尚はその随筆『浅瀬のしるべ』にも「あしきふしをもさだめいふことこそまことにものまなぶひとのしわざならめ」と書いている。

それに応じて、義門の批判も、つねに苛烈であった。一音のことばをも容赦しなかった。かれがおもにそのきびしい批判を集中したのは語法についてであり、後年の高尚はどんな腰折れ文を書いても、義門の批評を経由しないと不安だとしるしたほどである。

義門はそういうきびしい目で『詞の八衢』をくりかえし読み、疑問と思われることを書きとめていった。それが『詞の八衢疑問』であり、春庭に送ったのが文化八年冬であった。それに対して春庭がどう答えたかは伝わっていない。

義門はそののちもなお『詞の八衢』の分析をつづけ、思いついたことを反古の裏などに書いていくとずいぶんの分量に積もった。それをさきに春庭に送った疑問に加えて清書しようと思ったが、そのひまもなかったので、さきに書いたものはそのままにして新しく考えついたことをしるしまとめた。それが『詞の八衢疑問』の第二稿で文化十年三月十九日に成り、所説は二年がかりで前稿よりははるかに緻密になっていたと思われる。

――『詞の八衢』上巻の「四種の活用の図」に「一段の活」として「い（射）」「き（着）」「に（似）」「ひ（干）」「み（見）」「ゐ（居）」をあげ、その下にそれを受けることばとして「ず」など十六語が置いてあるが、そのうちの「ぬる」はなくてもよいのではないか？

義門はそのように不審を逐次に列記していく。たしかに、この「ぬる」は「射ぬる」とは用いないから誤りである。質疑の内容は、そんな接続に関することから命令形「よ」、用言の体言化、引用文の批判におよんで三十九条の疑問を提出しているが、半数以上は用言の活用にかかわっている。その質疑といっても、ここに引用したのは「異本ではないか」とか、「筆者の誤か」「うたがはし」「あやまりなるべし」「写誤ならん」「猶考ふべし」「よく正さましき事也」というふうにいちいち指摘している。それは「疑問」というより厳密な「批評」であった。それとともに、義門はその「批評」にもとづいて自分の活用体系を立てて一書にまとめ『詞の道しるべ』と題した。

義門はこの『詞の八衢疑問』第二稿と『詞の道しるべ』とを持って松阪へ向かったが、そのとき、名古屋に立ち寄って植松有信をたずね、かれにも疑問を呈した。

有信は『詞の八衢』の序文を書いているが、そのなかで「あぢはへしらで」「千《ち》にかよはせ、万《よろづ》に転《うつろ》はせて、考へこゝろむるに」とあるが、「あぢはひ」「かよはして」「うつろはして」「考へこころみる」の誤りであるから改めるように述べたのである。義門が「あぢはへしらで」については『新撰字鏡』などを証拠として誤りを主張したのに対し、有信の弁解はあいまいであったらしく、義門は別のところで「サテ又八衢ハ斯ヤウナコトノ穿鑿ノ親玉ノ書ナルニ、ソノ序文ニ」というような調子で、有信の誤りを糾弾している。『詞の八衢』を語法の「親玉の書」といっているのはおもしろいが、それだけに序文に語法の誤りのあることを許せなかったとみえる。

義門はその足で春庭をおとずれた。

春庭は五十一歳を迎え、かれ自身の身辺にも大きな変化があった。父宣長の死後、養子として本居家をついで紀州藩に出仕していた大平は、文化六年六月、家族をあげて和歌山に移り住んだ。春庭は松阪にとどまり、後鈴屋社を組織し、父の多くの門人を引きつがなければならなかった。盲人の身では、門人の応対、講義、和歌指導など煩労なことであっただろう。『拾遺和歌集』の注釈をつくろうとしたが、成らなかった。沿海の騒ぎが高まっていたころである。

そこへ義門の本質をえぐるような痛烈な批判が寄せられ、さらに訪問を受けることになった。そのもようを伝えるのが、春庭あて義門書簡の第一通である。

「実に宿望を達し多幸の至、千万忝《かたじけな》く存じ奉り候」

と、義門は満悦している。たしかに、春庭に会うことがかれの宿望であったであろう。それを果たした喜びが、この文面におどっている。

ふたりは時を忘れてことばについて語りあったのにちがいない。有信が序文で犯した誤りも春庭はあっさりみとめたらしく、義門は後年「予心付クベキヲ思ヒ脱セリト。春庭ハ奇麗ニイハレタコトアリ」(『真宗全書義門講纂』)と述懐している。

春庭あて義門書簡の第二通は、訪問の翌年の文化十一年十月十三日づけで、向寒の時候見舞いから書きはじめられている。

――旧年春、お伺いしました節にお願い申しあげておいた愚稿の一冊についてのご高評のこと、ひとえにお願いします。そのなかに「ん」と「まし」とをまったく同一に心得て扱った図は改めたく直しました。そのほかにもかれこれと自分ながらまちがいを知ったような次第ですので、ご賢評くださいますのには僻説ばかりでお笑い草と存じますが、なおひとまずご添削のほどをお待ち申しております。

義門は大要そのように手紙をつづっている。文化十年春の春庭訪問のときに『詞の八衢疑問』とともに持参した『詞の道しるべ』についての批評を切に願っているのである。

『詞の道しるべ』は『詞の八衢』批判ののちに義門が自己の活用体系をしるしたものであるが、草稿を書きあげると同郷の友石田千穎に見せた。すると、石田は返書してこの本の名は『詞の道しるべ』としてほしいと述べ、和歌一首をおくった。

八ちまたのちまたこと〴〵ふみわけて猶もおくある道のしるべか

『詞の八衢』を徹底的に検討しつくし、なおその奥にことばの道はつづいていることをきみはしるした、と歌ったのであるが、ここに義門と『詞の八衢』との深いつながりがよく示されている。

これに対して義門は二首の和歌を返した。

いりそめて中々我はまよひにきこと葉の道のおほきちまたに

まよひこしわがあとなれど是によりふみゝむ人はさもあらばあれ

ここにはことばを探る道の苦渋と、その道に入りこんだ義門の嘆息とがこめられている。そんな経緯から『詞の道しるべ』と題されたのであるが、春庭に提示したあとも義門は考究をかさねて補訂していることを手紙は告げる。まさしく義門の語学は『詞の八衢』からはじまったのである。

それにしても、義門が春庭に『詞の道しるべ』を提示してから一年半ほども放置されていることは奇異である。それで、義門はことばは丁重ながら、しきりに催促しているのだ。これに対して春庭はどうこたえたのか？『詞の八衢疑問』にしても、春庭の反応はわからない。『詞の八衢』はそののち版を改めて重版されているが、義門の批判によって補訂した形跡はない。これはどういうことなのか？

『詞の八衢疑問』と『詞の道しるべ』とは、さいわいにも文庫に納まっていた。閲覧すると「寛居」の印が押してあって「足代式部蔵」としるされている。鈴木朖『活語断続譜』同様、春庭語学の祖述者足代弘訓の蔵書であったのである。

その奥書きをみると、この一冊は春庭がこの月一日ごろから伊勢の妹婿安田伝太夫のところに来て講義した折りに、自分に見よといってとり出したのをしばらく借り、従者神岡吉茂に写させた——としるしてある。日づけは「文化十年五月二十三日」である。とすると、春庭は五月一日ごろに弘訓に見せたということになる。義門が春庭に面接したのはその年の春であるから、二か月ほどの後日にあたる。

この短い奥書きによっても、春庭がすぐに『詞の道しるべ』を読んで、なみなみならぬ感銘を受けたことはわかる。だから、祖述者弘訓に読ませ、弘訓も手写したのである。

事実、この義門の一書は『詞の八衢』を正しく継承し、補正し、越えるだけの高い内容をふくんでいた。春庭がふれなかった形容詞の活用もあらわれ、活用を六段にきめる方向へ動きはじめている。義門はこの『詞の道しるべ』を起点として生涯をかけてねり直し、現代文法の用言の活用の法則をほぼ完全に確立するのである。

義門の手紙は、さらにつづく。それによって、春庭はその年の四月十日ごろに義門へ手紙を送ったことがわかる。

「其節御噂之自他御弁等、御成考に御座候はゞ拝見仕りたく待ち奉り候……」

そのころ、春庭は動詞の自他について考究をつづけていることを義門にもらしたらしく、かれはそれをぜひ見たいというのだ。

春庭が自動詞、他動詞の研究を『詞の通路』にまとめたのは、文政十一年、六十六歳の二月であり、その十一月七日に没している。いわば『通路』は春庭の辞世の書となったのであるが、その研究は実に十四、五年前からはじめられていたことがこの書簡で立証される。そして、春庭が知的情熱の高まりのなかに、こんどは動詞の自他の研究へはいっていたようすがしのばれる。というより、春庭の研究の対象は動詞の活用であり、『八衢』の稿をおこしたとき、自他の問題は当然ふくまれていたのであろう。

これにつけて、義門も目下の探究の消息をもらしている。転語の研究の第一稿は脱稿し、いま清書をしているので明春にはお目にかけられるだろうということ。つぎに、かなづかいについて契沖『和字正濫抄』や楫取魚彦《かとりなひこ》『古言梯《こげんてい》』などにもれ、あるいは誤られていると思われることを考えているうちに、そのノートもたまったので追って清書するつもりであること。この二つを報じてから、これについて何かよい考説の書はないだろうか？　と伺う。そして、義門は書く。

「寒郷乏書は古今之歎にて口惜しく存じ奉り候。然るべき書ども御座候はゞ御知らせ下されたく存じ奉り候……」

若狭小浜は譜代大名酒井氏十万二千五百石の城下であり、軍事的には山陰地方と畿内とを結ぶ要地であったが、そのころの文化の中心京都へ出るのには遠敷川をさかのぼって琵琶湖西岸へくだる近道をとっても四日はかかる。図書が出版されても、当時は発行部数も少なかったし、ことに義門が関心を持つ語学書類は手にはいりにくかったし、どういう本が発行されているかという情報にも乏しかった。ともに学問を語りあえる知識人も少ない。義門は「打ちとけて親しくかたらふ人」を得ず、「田舎住ひのかなしさや」と別のところで嘆いている。

江戸時代の小浜はたしかに辺地であったが、ことに義門のようにはげしく知識を求める人にはなおさら辺境と思われたであろう「寒郷乏書の嘆」はこの手紙で痛切である。

それだけに、義門が春庭をはるばるたずねた思いは深く、その学問に決定的といっていい影響力を与えたのにちがいない。

春庭あて義門の手紙の第三通は、文政三年六月二十日づけである。第二通からは、五年余の歳月が経過している。

その五年間には、当然、春庭にも義門にも身辺にそれぞれの変化があった。

文化十二年、春庭は本居大平の長男建正を養嗣子にすることにきめ、建正は医学を学ぶために京都へのぼった。

春庭には有郷という長男があり、その年にはまだ十一歳であったが、父は早くから息子を他家へ養子に出し、自分のあとを継がせない意志であった。そのかわり、大平の長男を養嗣子に求めたのである。

春庭にとっては、血統よりも父宣長の学統を守ることのほうがずっと重要であったと思われる。宣長の社会的名声は没後にますます高まり、偽筆までしきりにあらわれるようになっていた。門人はひろがり、ことに伊勢には多かった。それを支えるのは、盲目の春庭には息苦しい重荷であっただろう。それに、春庭は当時の平均寿命の五十歳をすでに越え、実子は幼少であった。また、盲目の身では和歌の添削や講義だけの収入にたよる生活は、不安であっただろう。それで早く後継者を得たいと考えたあげく、建正の養子となったものと思われる。

建正はその年すでに二十八歳に達し、学究者の資質を受け、国語学への興味も持っていたらしい。そのかれを養嗣子にすれば、宣長の学問の正統を継いでいることになっている和歌山の本居家と血統においてもとけあう。春庭はそう考えたにちがいなかった。また、建正に医学を学ばせようとしたのも、どこまでも父の生きかたを規範としていたからであろう。この養子内定には、春庭の生活と心境、ことに苦悩がそのままあらわれているように思える。

ところが、望みを託した建正は、上京して四年め、文政二年八月十六日、にわかに病死してしまった。

大平、春庭の落胆は大きかっただろうが、すると春庭はこんどは大平の次男清島《きよしま》を養嗣子にしたいと主張した。そのときの事情は、本居大平が津の小西春村へ書き送った同年十一月末日の手紙でわかる。建正が死んだ三か月ほどのちにあたる。

その手紙で、大平は清島を養子によこせという春庭の申し出にいささか困っているようすが見える。

――清島を松阪へ引っ越させれば、安心である。いまでも生活は雅事だけでどうにか成り立っているから、清島が来てくれればいよいよ繁昌するだろう。とても他家から相続人を求めることはできないから、何分にも勘考してほしい……。

春庭からはそのように大平にいってよこした。これに対する大平の苦衷は、こうである。

――春庭の考えはもっともであり、まずは宣長大人の御跡式の相談であるから、清島を引っ越させるのは重々かたじけないしあわせである。松阪は古学の根元の株であり、一門の安心になることなら、どんな意見にも従うつもりである。しかし、それについては和歌山、松阪両本居家双方の将来などいろいろ考えあわせなければならない。……

大平は、そこからいくつかの提案を示すのである。第一には、有郷を他家へ出す件である。それは春庭のかねてからの考えで、いよいよそれを実行に移すとのことであるが、有郷は宣長の嫡孫であるから、正統に相続できるようにありたい。

「……故翁の嫡孫に而、正統に相続出来候様あらまほしく候也」

大平はそう書いている。そして、有郷はいまは年少であるけれど、一、二年のちには春庭の手助けもできるであろうから、それまで当分のあいだ後見者があれば雅事もたゆみなく繁昌すると思われ、ついてはこのことは親類ともよく相談してほしい、と述べる。大平にすれば清島を出すのが惜しいというわけでなく、師表であり義父であった宣長のあとは、ぜひ嫡孫につがせたいというのが本心であったろう。大平の宣長への敬慕は、宗教的感情にまで化していた。

それに対して、春庭にとっては血統より学統が第一であり、父としての感情は少しもまじえていない。その点、春庭は理知的、というより冷徹した人間であったように見える。それでいて、気性のはげしさをもかくし持っている。有郷を他家へ出す意志を捨てようとしないのだ。

大平の提案の第二は、春庭の長女伊豆を清島の妻に迎えようということである。建正の死後、清島を惣領に願い出て和歌山藩庁のお目見えもすんでいるので、公式には養子に出すことはむつかしい。元来、和歌山と松阪とは本家、別家ということではなく、同じ家のうちであるから惣領を養子とすることはみとめられない。しかし、松阪の家株は大切なので、どうしてもというのなら公辺にはどのようにも申しひらきするが、できるなら穏当にしたい。それよりも、伊豆を和歌山へもらい受けたい。清島を一、二か月松阪へつかわしおくので、婚儀諸事がすんだうえ和歌山へ同道してはどうであろうか？

これについて、大平はずいぶん気をつかったことを書いている。和歌山は広い城下でおもしろいこと、ありがたいこともいろいろあり、何一つ不自由なことはなく、松阪から来ている女性もあって交際もできるし、心配なことは何もない。それに、この縁談は外聞、実質ともよろしいので、早くとりきめたい――。

さらに、どうしても有郷を他家へ出す気なら、そのあとへは小西春村の長男春重夫妻に引き移って家事、雑事を受け持ってもらえば、これまた宣長大人の嫡孫で長々めでたいことである――。

大平はこんなふうにまで血統をいいたてるのである。大平は宣長の最古参の門人として実子同様にかわいがられ、春庭の失明のために家督をついだが、血筋を受けていないことに、いつも一種の負い目を持ちつづけていたのであろう。

だが、このせっかくの大平の提案した縁談もまとまらなかった。二年のちの文政四年九月二日、問題の中心であった清島が病死したからだ。長男、次男を立てつづけに失った大平の悲嘆は深かったであろう。春庭もひどく失望したはずである。それで、伊豆は文政五年正月、松阪の旧家浜田伝右衛門にとつぎ、有郷は翌月、小津清左衛門の養子となった。もっとも、有郷はほどなく離縁され、結局春庭の意志に反してかれが後鈴屋を継ぐことになる。

こうして、文政初年の春庭は養子問題でずいぶん煩労していた。

また、この時期の春庭は和歌に出精していて、歌集『後鈴屋集』と門人の歌集『門の落葉』とを編んでいる。わたしは政吉さんから『歌合』と表記する一冊の写本を手に入れたが、それは文化十三年に春庭が判者となって催したものの記録であった。それに集まったのは井《い》面守訓《ももりのり》、中川経倫、藤波氏則、薗田守民、井面守常、中川経美、佐八定統、同経栄、益谷末寿、大国盛業の十人で、いずれも伊勢神宮の神主である。さきの『詞の八衢疑問』を足代弘訓に見せた伊勢山田の安田伝太夫宅での講義といい、春庭は失明の身の不自由にもかかわらず、たびたび伊勢に出向いていることがわかる。これも家学の普及のためである。

この『歌合』には「本居春庭評」として二度の「月次歌合」の詠草も載せられている。そこにならんでいる門人の名は五十人を越える。そのころの春庭はむしろ和歌できこえ、その歌会もにぎやかであったことがわかる。そこに出ている判者として春庭の和歌は、つぎのようなものである。

樹陰納涼

かげふかく涼しき木々のなかりせばなにゝよりてか夏をすぐさむ

個性も実感もない歌であるが、これもそのころの詠風とすれば、やむを得ないだろう。

いっぽう、義門は文化十二年四月に『さし出の磯』という小稿を成した。奇妙な表題であるが、歌枕の「沖つ汐さしでの磯の浜千鳥風寒からし夜はに友よぶ」(『玉葉集』)をふまえて、さしでがましいことをしるしたものという意味である。

この『さし出の磯』は、村田春海《はるみ》の歌文集『琴後集』に見える活用の誤りに発端して書かれた。春海は賀茂真淵門下で当代随一の文章家と名声が高かったが、その歌文集十五巻七冊

が刊行されたなかに、

　きならせし春の衣を……

　きならしし露分衣……

というように、同じ「きならす」という動詞が二様に活用されている個所があった。それについて、義門の友人石田千穎は江戸の国学者清水浜臣に質疑の手紙を書き送った。すると、浜臣から、版下を刻む前によく検討しておいたから誤りがあるはずはなく、すべてこういう動詞の活用を論じた『詞の八衢』はよい本であるが、あまりこまやかすぎてかえって古い語法にかなわない点もあるから、これになずみたまうな、と返書してきた。千穎はこれを承認することができず、義門に伝え、反論を著作にまとめてほしいと求めた。それで、義門は『琴後集』における活用のまちがいを指摘し、活用の法則の重要さを強調し、「かの八衢の説こそよからめ」と述べた。そのころ江戸の国学ではかなづかいはよく論考されながら、活用についてはあまり重視しない学風があり、義門はそれを不満としてはげしい筆致で衝いたのである。

　それだけではない。義門はその論述の過程でしきりに『詞の八衢』の誤りをもとりあげ、植松有信の序文の活用のまちがいをくりかえして指摘している。その検討ぶりは『詞の八衢疑問』『詞の道しるべ』よりもはるかに精緻になり、春庭の骨までしゃぶりつくした印象がある。しかも、『詞の八衢』にもいくつかの誤りはあるけれど、なお活用研究の第一の書物であることはみとめて、活用研究の困難さと必要性とを説いてやまない。それとともに、義門は考究中の活用の諸問題をすべて投げこむように一気に書きこんだ。文脈はやや晦渋に沸騰している。

また、義門は『さし出の磯』を書いた前年には、俗言と雅言とを対照した辞書『類聚雅俗言』を編んだ。初学者がたやすく雅語を引き出せるように、俗言をいろは順にならべてその雅言をしるし、索引までつけたものだ。義門のことばの探究は休みなしに集中してつづけられていたのである。

さらに、義門は文政元年十一月、『山口栞』上下二巻を書きあげた。詞の林にわけ入るための手引きという意味であるが、手引きというようなものではなく、そこには春庭もおよばなかった活用論がいくつかあらわれている。上巻ではおもに動詞の活用を、下巻では形容詞の活用について論じており、活用語を五十音図に従って配列して活用の所属を論考しながら、一語一語についての古書による検証は精密をきわめ、そこには鬼気すら感じられる。そして、義門が『詞の八衢』の研究から出発してつねにそれを自己の学問の主軸にすえ、ことばの探究を深めてようやく独自の活用体系の形成にはいろうとしている経過を示している。

その上巻には、既成の活用研究をすべて綿密に検討し、成果を吸収したあとが察しられる。賀茂真淵『語意考』、小沢蘆庵『振分髪』、宣長『御国詞活用抄』、富士谷成章『あゆひ抄』『かざし抄』を考察して研究の展開を仔細にたどり、その結論として『詞の八衢』はこれら先学の研究を大成したものであり、信頼できることではこの書におよぶものはないと断言した。そして、この自分の研究もそのもれていることばを考えて発展させたものであることを告白している。

ここで注目されることは、富士谷成章と春庭との関係についての義門の考察である。

「……『あゆひ抄』も『かざし抄』もすべてはよき書にて、かの『八ちまた』なども、もとこれを学びたるものとある人のいへる、げにさるべし」

『詞の八衢』は『あゆひ抄』『かざし抄』を学んだものだと、ある人がいったということはすでにふれた。つづいて、成章には『装抄』という書があるといわれ、これはまだ見ていないが、『あゆひ抄』のはじめに「よそひ」の大要として図が掲げられており、それを見ると『詞の八衢』もこれを取り入れたことは疑いない、と述べている。

ところが、当の春庭は自説を古今未到の独創と自負してはいても、成章から学んだということはどこにもらしていない。かれはまだ目が健全であった二十二歳のころ、成章の歌集『北辺和歌集』と『あゆひ抄』中の文体史論『六運図略』とを筆写し、それは本居家に伝えられているが、『あゆひ抄』『かざし抄』の筆写の記録はないし、版本も所蔵されていない。

しかし、わたしは失明した春庭が針医修業のために上京していた足どりを追ったとき、偶然にもその止宿先が富士谷家とあまりにも近接している事実を知り、その滞京中に春庭は成章の活用研究を学んだと信じこんだ。春庭はすでに青年のころに成章の歌集と文体史論とを手写していて未知ではなかったけれど、かといって、春庭が成章の活用説を学びとったという明確な証拠はない。

それが、この『山口栞』の一節を読んでわたしの確信となった。ついでそこから、一つの想像がひろがった。義門はそのことを「ある人のいへる」としるしている。その「ある人」とはだれであったのか？　親しい石田千穎か、城戸千楯《きどちたて》であったかもしれない。しかし、春庭自身がふともらしたことかもわからないのだ。そうではないといいきれる理由はない。なぜなら、義門が春庭を訪問したのは『山口栞』初稿を書いた五年前のことであり、そのときふたりは活用について語りあったはずだからである。ことに「寒郷乏書」を嘆きつづけた義門は、語学研究書のことを執拗にたずねたのにちがいない。そのとき、成章のことも示唆され、宣長未刊の『御国詞活用抄』も示し語られたのではあるまいか？　京都の宣長門下で書林を営む城戸千楯が『御国詞活用抄』を書写したのは文政二年であるが、義門はそれよりも早くこれを読んでいる。とすると、その機会は春庭訪問のときではなかったか？　あるいは、そのゆきがけにたずねた名古屋の植松有信であったかもしれない。『山口栞』以前に書かれた『詞の八衢疑問』『詞の道しるべ』『さし出の磯』には著作の性質にもよるが、成章の著作を読んだという形跡がまったくみとめられないのである。

とにかく、義門は春庭訪問によってその研究を大きく展開させたことはまちがいない。それとともに、『山口栞』に、『詞の八衢』が成章の説を受けたと明記されたことは信じてよいのではないか？

わたしは義門をいくらか読んだことに、すっかり満足した。

義門が『さし出の磯』をつきつけて論難した清水浜臣が飄然と京都にあらわれたのは、文政三年四月のことである。

浜臣は『近世三十六家集略伝』に「温厚にして人とあらそはず、従ひ学ぶの徒には懇切に教示す。ゆゑに其名一世に高く、門に遊ぶもの頗る多し」と書かれているが、酒と旅行とが好きで、社交的で屈託のない人物らしかった。町医師清水道円の三男で、十七歳のときに村田春海に入門し、翌年不忍池のほとりに住んで泊洦舎《さざなみのや》と称した。浜臣はその家号でよく知られているけれど、その泊洦舎というのも、池のほとりのアシを刈って建てた粗末な家にすぎず、でも主人は四時のながめにすっかり満悦していたらしい。

浜臣の本居学派との接近はかなり早く、宣長が『古事記伝』を完成して頌題をつのったとき、二十三歳であったが、

から人の学の道をはるばると此御代にこそふみつたへけれ

という一首を応じた。

浜臣は賀茂真淵に傾倒していて、その反古を収蔵したりして古学の顕揚につとめたところに功績があった。著書には『万葉集』『伊勢物語』などの注考があるが、国語学では義門が不満としたようにかなづかいを重視し、楫取魚彦がつくったかなづかいの辞書『古言梯』を増補している。

浜臣の文政三年の上京は、三月に吉野に花を見、その帰りに和歌山に本居大平をたずねて真淵のことを語った、そのすぐあとのことである。

そのとき、義門もちょうど上京中であった。かれはすぐさま石田千穎の紹介で浜臣を錦小

路室町西の旅館にたずねた。浜臣は『新撰字鏡』を講義していた。

義門はその折りの印象を後年、たちどころに親しくなってむかしからの知りあいのように思えた、としるしている。そこで、『さし出の磯』の写本を取り寄せて示すと、浜臣は活用をかなづかいの大事なのと同じにするわけにはいかない、というように語り、自分の『泊洦筆話』を見せた。すると、義門はそれにも語法上の誤りを発見し、すぐさま宿に帰って『磯の洲崎』という一書を書きあげ、活用の法則の重要さを強調して浜臣におくった。義門は活用のこととなると、まったく容赦しなかったのである。その書で義門は「かへす〳〵も詞の活といふことは、いと〳〵やんごとなきものぞ」といいきっている。

浜臣はそのあと八月に松阪へ下り、春庭らと会った。小津守良の家で歌会をひらいているが、そのときは秋の雨が庭のハギの花をぬらしていた。


むら雨のふる枝の萩のぬれ色はながれにあらふ錦かと見ゆ

浜臣がそう詠じると、春庭は送別の歌をおくった。

別れては又いつかはと思ふにもいとゞなごりの惜しきけふ哉

その歌会に参加したのは、ほかに殿村安守《やすもり》、楠木正典、三井高匡らであった。

義門が春庭に第三通の手紙を書き送ったのは、浜臣が松阪をたずねる二か月前のことである。それで浜臣に会っていろいろ質問して『磯の洲崎』を書いたので、それを送るから目をとおしてほしいと申し入れている。

こんなふうに、この五年間、春庭と義門との身辺にはそれぞれ変化があり、新しい関係をも生じていたのである。

義門の第三通の主文は、やはり前回に春庭をたずねたとき批評を求めてあずけた『詞のはたらき』のことである。その原稿を近ごろ何くれとなく勘定してまた書き立てたので高評をお願いしたい。また、この原稿は遠からず出版したいと考えているが、苦しくないだろうか、何分ご明論を願いたい。――そのようなことから書きはじめている。

――また、ご苦労をかけて恐れ入りますが、ここに一つお願いがあります。さいわいにこんど箕田水月雅宗が松阪へまいりますので、くわしくは直接申しあげるようお願いしました。わたしの『詞のはたらき』一冊はまったくご高撰の『詞の八衢』に因循してその枝のように書き出したことですので、お序文一章をお加えくださいますようお願い申します。それで、その一冊をご覧に入れますが、勝手がましいことながらこの原稿のほかにひかえもありませんので、遠からずご評決くだされ、お返しくださいますようお願いします。くわしくは箕田君からお聞きくださいますように……。

大要そのように書いている。

『詞のはたらき』は『詞の道しるべ』を中書して『活語指南』と改称した稿本を示すと思われるが、初稿は文化十年に書かれて春庭に直接とどけられたから、じつに七年間も放ったらかされていたことになる。どうして春庭はそんなにも長く答えようとしなかったのか？　しかも、義門はそれに怒っているわけではなく、低頭してこんどは序文をたのんでいるのである。

それにつづいて、昨年本居大平から借用して鈴木朖の『活語断続譜』を読んだことを述べ、これもよほど活用の研究に骨を折っておりありがたいことに思うと書き、こういう。

「……但し御高撰の八衢の簡明なる御図ら《より》是らの書見候に付てもいよいよ感服仕り候」

『活語断続譜』を見るにつけても、『詞の八衢』の活用図の簡明なことに感服するというのだ。義門は活用の研究を進めるにつけ、春庭の著作を鈴木のそれよりずっと高く評価しているのである。

清水浜臣との面会のことはそのつぎに出て来、一昨年和歌を送ったところ、こまごまと評をいただき感謝の至りで、こんども少々文章、和歌をお目にかけるので、批評を願いたいと書き、そこから文面は『詞のはたらき』のことがくりかえされる。そのなかに注目すべき個所がある。

「愚述中、御撰之八衢に聊か異なる事も書き出候は、故尊大人『玉勝間』等の中にもの給ひし様に、唯学の道を思ひて偏れる心なからんの心しらひに御座候へば、其段御海容成しくださるべく候……」

「愚述」とはもちろん『詞の道しるべ』改め『活語指南』である。自分の著述には『詞の八衢』と少しちがったことも書いてあるというのだ。義門は徹底的に『八衢』を検討し、批判し、誤りをもただしている。しかし、これは宣長が『玉勝間』などのなかでもいっているように、ただ学問の道を思うてのことで偏見はないつもりだから、そのことはおゆるしねがいたいという。

『玉勝間』に宣長が書いたのは「師の説になづまざる事」「わがをしへ子にいましめおくやう」などの章をさすのであろう。宣長は古典をとくのに師の説とちがったことも多く、師の説のわるい点のあるのを弁別することも多い。それをあるまじきことだと思う人があるらしいが、これが自分の師賀茂真淵の心で、いつも教えられたことは、のちによい考えが浮かんだら必ずしも師の説にちがうといって遠慮してはならないということだった。これは尊い教えで、師のたいへんすぐれたことの一つである――。そのように述べている。宣長は真淵から何よりも研究の自由を教えられたというのである。

「吾にしたがひて物まなばむともがらも、わが後に、又よきかむがへのいできたらむには、かならずわが説になづみそ。わがあしきゆゑをいひて、よき考へをひろめよ……」

義門はそういった宣長の学問観を自分の信条としていたようである。しかし、宣長の没後となると、義門の正当な意見も鈴屋一門にはそのまま受け取られているとは見えない。宣長の自由主義は失われ、保守化し、学閥化しはじめているように思われる。

義門が箕田水月に託した『活語指南』と『磯の洲崎』および詠草について、春庭の返書は容易にとどかず、それで義門はその年の十月二十一日づけでまた手紙を書き送った。それが第四通である。

箕田水月からもそののち何のたよりもなく、おぼつかなく思われていた折り、伊勢山田に住む本居大平門人の一河茂樹に会ったので、とりあえず頼んだとしるし、春庭に序文を早く書いてくれるように、くりかえし催促し、「愚意亦御憐恕下されし」とまで懇願した。それも、茂樹が明朝出立すると聞いたので、夜なかに灯下で書いた。

追伸には清水浜臣のことをまた書いている。石田千穎が歌を送ると、浜臣は、

ほとゝぎすみやこの空の初声はきかるるもうれしなくもやさしゝ

と、返歌した。が、この「きかるも」は「きかるゝも」であり、「やさしゝ」も俗言にまぎれた誤用であるとし、それについて春庭の意見を求めている。そして、「そも江戸風にや彼地人の多くは詞の活といふ事は大事に仕るべきにもあらずと申し候は、いと諾し難く存じ奉り候」と例の江戸学風の活用軽視を難じている。

しかし、それにつづけてまた『活語指南』の批評をくりかえし乞うのである。「但しこれらは末之事、何分第一には『活語指南』之御評深く願ひ上げ奉り候」と、訴える。

こうした義門の手紙をたどっていくと、少年のように至純で一途な学僧の像が浮かびあがる。かれのあたまのなかにはいつも活用のことばかりが火のように燃え、それをいっさいの妥協なく心魂を集中させて追い、清水浜臣の返歌にまで活用の誤りを発見して迫っていく。その義門がただひとりの師表としたのは春庭であり、それゆえにその批評を求め、序文を願ってやまないのである。

それに対して春庭が容易に応じていないのは、『活語指南』を門下の足代弘訓にも読ませ、かれから回答させようとしたからと思われる。それについても、義門は「又申し上げ候。

『活語指南』は足代権太夫のきみにも御みせ下さる思召にも御座候はゞ、早々仰せ下され候様、御取計ひ下さるべく候」と熱っぽく督促する。

　しかし、義門の熱望が放置されていた理由はそれだけではなさそうである。鈴屋一門には、義門に対する軽侮と反感とがあったふしがある。かれが『活語指南』と『磯の洲崎』との二書を託した箕田水月とは、宣長の古道説をつぎ、記紀の宇宙創造説を解釈する『三大考』をあらわした服部中庸のことである。十二石三人扶持の与力の子で、のちに城代与力にもなった人だ。春庭より六歳上の年長者でもあり、宣長の信頼も厚く、春庭が妻壱岐をめとるときに奉行筋との事務処理にもかれがあたった。晩年に引退して京都に住んで箕田水月と称したときに、義門は知りあったのである。

　しかし、水月は宣長の哲学を第一義として語学にはさほどの理解も持っていなかった。それに、義門が二書を託した文政三年、義門は三十五歳であったのに対し、水月は六十四歳という高齢であった。それで、二書を託されても熱意を持つことができなかったと思われる。水月はそののちの文政六年、本居大平あてに送った手紙で「若狭義門、言葉の事を六ヶ敷申し候。『友鏡』と申すものを慥へ申し候。此法師も小見世を張り候ひて大道へは趣き申さゞる性得に御座候」と、軽侮の思いをあらわして書いている。水月にとっては、義門はことばのことばかりやかましくいうつまらぬ人物にすぎなかったらしく、春庭への仲介をたのまれてもいい加減に放っておいたようである。

　しかし、水月とちがって語学に関心の深かった春庭や大平や足代弘訓らは、義門の語学の知識を早くからみとめていた。そのことは、春庭が『詞の道しるべ』をすぐに弘訓に読ませていることでもわかる。あるいは義門をほんとうにみとめたのは、春庭ただひとりではなかったか？

義門の出現は鈴屋一門に知れわたったが、それとともにその鋭い批判は春庭をのぞく一門に一種の恐怖感をも呼んだように見える。宣長の没後、一門は学統を守るのに焦慮さえあらわしはじめていた。そこへ『詞の八衢』をだれよりも鋭く微細に批判した人物が突然に立ちあらわれた。それは一部には学統をおびやかすおそろしい存在と見えたかもしれない。それで、いっそのこと義門を入門させようという意見は早くから出ていたと思われる。もっとも、ただ自己勢力の維持をはかったことだけから出たのではなく、義門の実力をある程度は評価したうえのことである。

義門を入門させようとする動きについて語る資料に、大平の門人で三河国吉田藩士であった中山美石《うまし》が伴信友にあてた手紙が残っている。信友は宣長の没後の門人で近代考証学を打ちたてたことでよく知られるが、若狭の小浜藩士であり、義門とは同郷であったところから、入門の仲介をたのまれた。

中山美石は、手紙に書く。

——本居大平から義門が語法にくわしいことに感心したむねの手紙をもらった。義門は藤井高尚に入門しているから同門といってもよいが、春庭に入門させるのがよいのではないか？　語法は春庭が粉骨して功をなしたことであるから、義門が『詞の八衢』の誤りなどを正した著作を出版すれば、春庭も大いによろこぶだろう。しかし、世人は春庭の非を他門で見つけ出してあらわしたように見るだろうし、それは気もちのいいことではない。それで、義門を春庭の門人とし、著書に春庭の序か跋文かを入れるほうが、義門の心のおくも尊く見えていいだろう。そのことを鈴屋門人で京都で本屋を営んでいる城戸千楯にほのめかしたが、まだ正式には申し入れていない。ついてはあなたの考えで決めてほしい……。

中山美石は義門を入門させないとまずいというのだ。

これに対して信友は答える。

「……鈴屋翁春庭ぬしの説の違へりと見たる事などを論じ候とて、ことのほかなる悪逆などしたるものゝごとくしかりのゝしり候」

義門は宣長や春庭の説の誤りを「悪逆」のように罵倒しているというのだ。つまり、信友は義門の批判の痛烈さに腹を立て、先学の誤りでもいちいち指摘せず、自説をいえばいいはずだ、と述べ、さらにきびしい義門評を加える。

――義門はすこしも本を読まない人で、よい書物を見せても表面だけを読むだけで、まして良書を見たがることがない。かれは拱手して考えるのが得意である。テニヲハの考えもわかりにくく、ほんとうによいのかどうか自分は申しかねる……。

信友ほどの傑出した学究でも義門を正しくは見ていない。義門がしきりに良書を求めたことは、春庭あての手紙でもわかるし、つねに書籍による研究を怠ってはいない。それを同郷でありながら、信友はそんなふうに一種の悪意をもって評している。同郷のゆえにかえって義門の容赦ない批判に反発したのかもしれない。「拱手して考へ候が得手に候」というのは、考証家の信友にとって語法の構築を独創的に推し進める義門の学的態度もそのようにしか見えなかったからであろう。

結局、この信友のすすめにも、義門は応じなかった。すでに藤井高尚に入門していたためといわれるが、あるいは義門には学問と入門とは無関係であり、そんな必要をみとめなかったからではないか？　学問とは先学の説であっても徹底的に批判して真理へ迫ることだと信じていたように見える。かれには世俗や常識はなかったのである。

春庭から義門へ『活語指南』を批正して序文を書こうといってきたのは、やっと文政四年二月上旬になってからである。稿本を箕田水月に託してからだけでも八か月、自分で『詞の八衢疑問』第二稿と『活語指南』の初稿『詞の道しるべ』を春庭に持参してからなら、じつに満八年という時日が流れ去っている。それだけに、義門のよろこびようは絶倒に近かった。「雀躍仕り欣喜遙拝、誠に以て忝なき仕合せに存じ奉り候」

義門は春庭への手紙のなかで、そう書いている。誇張はない。かれはきっとおどりあがって喚声をあげ、それからひれ伏して松阪のほうを遙拝したのにちがいない。

この手紙が本居家に残る第五通であり、日づけは文政四年三月一日である。

その年の若狭の早春は数十年来にめずらしく晴天がつづいて暖かであったが、三月にはいると寒気が襲ってしのぎにくい日がつづいた。義門はそういう気候の報告からはじめて、すぐに「雀躍」「欣喜遥拝」の感動を書きつけている。

春庭は、『活語指南』は私見を書き加えたのちに足代弘訓へまわし、弘訓から返送するように伝えた。弘訓は春庭の語学の忠実な祖述者であったからであろう。

また、春庭は序文などをたのまれることが多いが、文章は和歌とちがって格別むつかしいので全部ことわっており、ただ『活語指南』一書だけには序文を書くつもりだと伝えた。じっさい、盲人の春庭にとって、和歌は表現が端的であるが、文章となると代筆させて練るのは厄介だったのにちがいなく、その序文の類は中津元義『小倉の山ふみ』の序、『竹内直道歌集』の跋、佐藤方定『奇魂』の序、曽根孝直の古道説『中子之比礼』の跋文ぐらいで、あまり目につかない。それだけに義門のよろこびも大きく「別して深く感戴仕り候」と手紙に書いている。

義門は春庭の序文到着次第、『活語指南』を書林城戸千楯から出版するつもりであり、千楯にすすめられてもいたようである。

千楯は京都錦小路室町で書林蛭子屋を営んで市右衛門といっていたが、早く寛政九年、十九歳で宣長に入門して国学を学び、宣長の上京のときにはこまごまと世話をし、また『玉勝間』を出版した人である。宣長の没後には大平に入門し、紙魚室《しみのむろや》と号し、『雅言通載抄』『万那備能広道《まなびのひろみち》』『和歌布留の山踏』といった著書もある。

千楯は文化十年以前、書林の近く、大橋長広邸の露地に鐸舎《ぬでのや》という国学研究所を同門の長谷川菅緒、近藤重弘、湯浅経邦とともにひらいていた。鐘に似た大鐸を戸口にかけ、来訪者は鳴らすことになっていたというが、これも宣長の鈴屋にならったものであろう。そこでは古典の講義、歌会がおこなわれ、藤井高尚、本居大平も招かれて講義した。もともと京都は伝統学芸の勢力が強く、宣長自身古学の浸透しないのを嘆いているが、千楯も大平あての手紙のなかで「鈴屋古学といえば異端之如く申し成し候」（文化十四年九月二十六日）と訴えている。それで、鐸舎をひらいたのである。

義門はたぶん石田千穎に紹介されたのであろうが、ただことばを追究してその異端の学派に接近し、たびたび鐸舎の講義に加わった。大平の長男建正ともそこで知りあって活用について語りあっているし、大橋長広とは親交を結んでのちの『活語雑話』には序文を書いてもらっている。そして、義門の最初の出版となった『天爾乎波友鏡』（文政六年）も、鐸舎から出た。

千楯は国学でも歌文と語学とに興味が強かったらしく、宣長の『御国詞活用抄』は別として、義門が富士谷成章の『あゆひ抄』、さらに鈴木朖の『活語断続譜』を知ったのは、千楯をつうじてではなかったかと思われる。鈴木の著作は未刊であり、それを千楯は書写しているからである。また、そののちの義門の稿本には、千楯と語法について問答したことがたびたびあらわれているし、千楯は早くから義門の語学的才能をみとめて『活語指南』の出版をすすめたのであろう。そのかわり、古道学者の箕田水月からは、義門同様、小人鼠輩とのの しられている。事実、その思想は宣長に追従して俗流を越えることができず、鐸舎も文政九年に崩壊してしまった。そのなかで義門だけは、独自の語学研究を進めたと思われる。

さて、義門は出版について、春庭にこう述べている。

——『詞の八衢』はおおせのとおり難解の書ではあるが、近ごろにはだんだん理解する人も出てきたのか、求める向きもあるので、自分の『活語指南』も出版すれば、いよいよ『詞の八衢』を見ないでは叶わないようになるだろうし、自著もおいおい広まるだろうと思う。城戸千楯からもすすめられたのでいよいよ上板しようと決心した次第である……。

以上が第五通書簡の主文であり、ほかに和歌に加墨して返してくれた礼と、お目にかけたい稿本もあるが他行がちで清書できないので、追って御覧に入れることがしるされている。追伸として、何か国産の品を献じたいが、遠方で不便なので菓子料として南鐐一片（二朱銀）を進上すると書き、三月中は上京するので、序文をたまわるなら城戸千楯あてお送りいただきたい、と念を押している。

ついで、義門はその翌月三月二日づけでまた春庭に手紙を送った。それが第六通である。自分の『活語指南』の稿本は足代弘訓から直接に返してくださるとのことであったが、序文だけでなく批正もお願いしたことなので、いま一応は勘訂批評をいただけないものか、と伺っている。

出版のつもりでいるが、それにはまちがいも多いのではないかと心配だし、「世間に学師先生多しといへども、活語の事を相談仕りて明論を得候べき方とては絶えて御座なく候故……」と書く。それで、少々遅れてもかまわないから、何分にも批正のほどを願うのである。つまり、充分な批評を加えられず、足代弘訓から直接送り返されては不本意だというのであるが、ここにも春庭への傾倒ぶりがあらわである。

ついで、鈴木朖の『活語断続譜』を読んだことを述べる。鈴木も活語のことをくわしく弁じてたのもしく思うが、『詞の八衢』の卓識にはとても及ばず、当地でも『断続譜』を理解する人はない。自分は少々わかるが、これも多年『詞の八衢』を熟読した結果で、高恩と思う。それにつけても、『八衢』の業績をますます感戴した。鈴木朖とは近ごろ文通して大慶に思っているが、活語に達した人とみとめられているかどうか伺いたい。――そのようなことも義門は書き送っている。

とにかく、義門は春庭を畏敬しつくしているのである。それだけに、序文をもらえることがうれしく、また不安でならなかった心情が手紙ににじんでいる。

ところが、春庭からの序文はとどかなかった。

それどころか、その四月二十五日、足代弘訓から、『活語指南』の出版は見合わせたほうがよい、といって来た。記述がくだくだしくて読んだ者はみんなわかりにくい、といっているというのだ。

たしかに、義門の『活語指南』は平明ではない。いま、わたしが写本で読んでも難解である。しかし、その難解さは、これ以上どう砕きようもないものであることはすぐわかる。まず、活用形の図表を掲げては、その用例をあげていくのであるが、一語の例外もみとめようとはせず、その用法を古典の実例で一語ずつ検証していく。そのなかには『詞の八衢』の所説を引き、誤りはきびしく指摘する。その筆致はほとんど改行もせずに、一語の修飾もなく、ただ証拠ばかりをたたみこんでいくので、まことに息苦しい。しかも、その記述はすべて主体が凝らしつくした思考からだけ発していて、それが文体となって、よほど注意力を集中しないと読みとれない。これを足代弘訓やその一門がくだくだしいと感じたのは当然かもしれないが、そのころでは義門の独創に満ちた論考そのものがかれらにはよく理解できなかったのであろう。

しかし、この弘訓のくだくだしいから出版は見合わすようにという手紙に対し、義門はすこしも感情をそこねていない。これには義門もよほど腹を立てただろうと思って資料の手紙を読み進むと、かれは怒るどころか心底から感謝している。驚いた。一点の悪意も持ちあわせない奇妙な人物に見える。

文政四年六月五日づけで、義門は足代弘訓に手紙を出しているが、自分の文章のくだくだしいことは友人の石田千頴もいっていたことだし、城戸千楯もそのように石田にいったと聞くし、ずいぶん心を使ってはいるがいわゆる下手の長談義という風情になってしまう、と率直に承認している。

出版を延期せよという忠告にも、すぐさま温情千々万々忝《かたじけな》いといい「げに〳〵左様なり」と承服している。ふしぎなほどの善意と寛容と謙虚とを示している。しかし、出版は延期になっても、春庭の序文はぜひほしいのでたのんでいただきたいと念を押す。義門は書き直したうえで、春庭の序文をつけて出版する意志を捨ててはいないのである。

こうして、『活語指南』の原稿が春庭から義門に送り返されてきたのは、文政四年八月であった。もちろん、春庭の序文はつけられていなかった。

春庭から義門へ『活語指南』と『磯の洲崎』とが送り返され、それとともに懇切な手紙が届けられたらしい。その手紙は残っていないが、八月三日づけであったことが、その文政四年九月二十五日づけで義門が春庭に送った手紙でわかる。それが第七通である。

それには、『活語指南』『磯の洲崎』の原稿をたしかに受け取ったことから書きおこし、春庭がところどころ符箋をつけてくれたことを「御苦労之至」と感謝している。この原本は残っていないので、春庭がどんな私見を加えたかはわからないが、ただ送り返したというだけでなく、春庭なりに仔細に読んで思うところを書きこんだことはまちがいない。

それから、春庭は足代弘訓とちがって出版をすすめ、序文を書くことも承知している。春庭は義門を充分にみとめているのだ。それで、義門は「誠に以て欣喜無量」と多謝している。

しかし、ことしはじめから文通するようになった足代弘訓から、出版はしばらく見合わせるよう諭されたことを告げ、それも「尤も至極之懇情」と謝す。ついては明春には何とかして『活語指南』に手を入れて松阪まで持参し、さらに伊勢山田まで足をのばし、春庭の高評、弘訓の校訂を受けたいので、序文は年内に脱稿していただきたい、と希望する。義門にすれば、春庭の批評にもとづいて手を加え、直接春庭、弘訓に見せるつもりであった。

この旅行では、尾張の鈴木朖をもたずね、松阪、山田からは和歌山へまわり、本居大平を訪問する計画であった。このことを義門は春庭に伝えている。しかし、どういう理由でか、この旅行は実現せず、義門の春庭訪問は文化十年の一回きりに終わったのである。

そのころ、義門は鈴木とも文通をはじめていた。「甚だ頼もしき人に御座候様子、『活語断続譜』に顕れ申し候」と春庭に書き送っている。しかし、それも『詞の八衢』にくらべれば迂遠であり、心得ちがいもあり、去年の夏、そのことを鈴木に書き送ったところ、何の返事もなく、機嫌に障ったのではないかと心配している。

「私は誰殿にまれ、思ふ事申し過し候一癖之有り候……」

義門はだれかれなしに、思うことはいう癖があるというのだ。じっさい、ことばのこととなると、かれは先学であろうとだれであろうと思うままに質疑し、批判したので、自分でもそれを「一癖」と自認しているところがおもしろい。偏屈者の鈴木も、その「一癖」に会って気分をわるくしたのかもしれない。それで、春庭に取りなしてほしいと書いている。また、鈴木には『言語四種論』という著作があるが、機会を得てぜひ読みたいとつけ加える。

八月三日づけの手紙で、春庭は義門の和歌も添削して返送したらしく、かれはそれを感謝するとともに、こんども和歌一綴を送って評覧を乞うた。

「是は私共宗旨祖師之伝絵と申して書及び四幅絵図之有り、夫をよみ申し候事にて……」

浄土真宗の宗祖親鸞の絵伝を和歌によんだもので、これはそのまま本居家に伝えられている。

宗祖聖人の絵伝十五段の歌

第一段　いとやんごとなき家に生れ出ながら、

九歳といふとしに出家して比叡山にし
てものならひ玉ふ処

天原てる日を近く仰ぎつゝ雲の上にてさかゆべき身を
あや錦たちかへてきしこけ衣よな〳〵いかにひゞの山かぜ

そんな調子で第七段の入滅九年め、亀山天皇が浄土真宗本願寺と名づけたところまでを和歌にし、つぎの奥書きで終わる。

縁起絵図ともに報恩の為にすとあれば
喜びとすゞりの海の浅からず思ひとらせし筆のかしこさ
末とほく見つゝしのべと残しける誰もみぬよの色をうつして

義門が国語学者であるよりさきに、真摯な真宗教徒であり、かれが国語を勉強しはじめたのも宗祖の教書を正しく読みとるためであったということは、この一連の和歌でよくわかる。絵伝の歌の文字はとりわけていねいにしたためてあって美しい。よほど思いをこらして書いたものであろう。

その奥書きの「報恩の為にすとあれば」という詞書きと二首の和歌は、もちろん親鸞を思いえがいて書きつけられたものであろうが、義門はそのとき春庭の学恩への感謝をもひそかに重ねあわせていたような気がする。さらにいえば、この歌は親鸞に託して春庭にささげられた感謝の表現であったかもしれない。春庭にもそのことがわかっていて、それでこの連作は添削して義門へ送り返されることなく、手もとに大切に保存されたのではあるまいか？

この連作こそ、春庭と義門との心のかよいあいを一番よく伝えているもののように、わたしには読めた。

しかし、この第七通と絵伝の和歌とを最後にして、ふたりの交渉を語る資料はいっさいない。手紙も何も残っていないのである。

ただ、文政六年五月に義門が足代弘訓へ送った手紙が残っている。

――ついでながら、『活語指南』の序文のことを松阪先生（春庭）へまたご催促成し置かれたい。

春庭が『活語指南』に限って序文を書こうと確約してから、二年がたっている。それでも履行していない。義門の心情がいつも純真で謙虚であるだけに、この春庭の不実は不審で、わたしにはいやらしく思われた。

たしかに、この時期、春庭は身辺多忙であった。養子にしようとした建正、清島は相次いで急死するし、そのあいだに母の死がはさまり、つづいて長女伊豆の結婚、長男有郷の養子問題がおこった。歌集『後鈴屋集』『門の落葉』『道廼佐喜草』などの編著もあり、そして文政五年還暦を迎えると、肖像画をかかせたり、父宣長遺愛の鈴を模造させたりしているのは、死の準備のつもりであっただろう。

だが、一編の序文が書けないわけがない。しかも春庭は『活語指南』をみとめ、出版をすすめ、序文執筆を約束しているのだ。それをなお書かなかったのは、足代弘訓の抑止があったからにちがいない。それで、義門は弘訓へ催促の手紙を出したのであろう。

でも、その催促も徒労であった。義門が熱望した春庭の序文は、ついに届かなかった。その五年ののちの文政十一年、春庭は世を去ったからである。

まったく、義門は学問に対しては、謙虚であった。自説はだれにでも見てもらい、その批判を誠実に受け入れた。だから、足代弘訓からの手紙もすべて承認している。そのかわり、追究の激烈さは、そのころの国学者のなかで類を見なかったのではないか？　師でも先学でも、少しも遠慮しなかったし、妥協しなかった。それは何も語学に限ったことでなく、義門の性格そのものであった。

義門は「須弥山儀器」の製作に熱中したことがある。須弥山とは仏教の宇宙観の象徴である。それは世界の中央にそびえ立ち、日月もこれによって回転すると説かれた、一種の天動説だ。ところが、そこへヨーロッパの地動説がはいって、須弥山説は迷妄とされた。これに対してインド暦法の研究家でもあった普門律師は仏説にもとづく暦象を主唱していたが、義門は律師の講説を聞いてから須弥山説の研究にはいっていった。そのあげくは、教説の造形である「須弥山儀器」の製作を思い立った。畳二枚ほどの大きさのもので、中央に須弥山をおき、分銅によって日月が回転するという、当時としては大がかりな模型製作であった。これをつくりあげるのには三年間かかり、そのあいだ、江戸から鍛冶職三人を招いて自分の寺に住まわせ、資金を募り歩き、それも足らなくてしきりに質屋にかよったというから、その熱中ぶりは異様であった。

その完成は文化十四年、春庭を松阪にたずねた四年のちであったが、ほどなく義門は須弥山説に情熱を失い、ことばの研究に没入するようになる。何事をも実証に徹しなければ気のすまない義門は、「須弥山儀器」をつくってみて地動説を信じないわけにいかなくなったのであろう。

つぎに、義門は妙玄尼の調査に熱中し、探訪をつづける。

妙玄尼は若狭藩祖酒井忠利の母で、前封地川越で妙玄寺を開基したということになっている。文化七年、義門はこの妙玄尼に院号を贈進してもらうよう、若狭藩主と浄土真宗本山へ願い出たところ、藩の評定所からは妙玄尼の出自がはっきりしないから調べて報告せよ、といってきた。

妙玄尼は寛永二年、九十六歳で没しており、義門が院号追贈を出願した年からは、もう百八十五年もむかしの故人にあたる。尼は石川氏の出で、徳川家康の直臣酒井正親の妻となって藩祖忠利を生んだということになっているが、正室ではなかったのではないかという疑問が持たれていた。そのことは義門の兄実伝が住職であったころ、姫路藩から問いあわされていた。姫路藩祖酒井重忠は正親の長男にあたり、その系図では母は妙玄尼になっていない。それで、妙玄尼は妾妻であり、その子忠利は妾腹ではないか、というのである。実伝は寺の旧記にもとづいて調査したがわからず、「天、多年をかさば、自ら赴きて古を訪はんと欲す」といい残して死んでしまった。

ここで、義門の激しい妙玄尼追跡がはじまる。

義門は文書による調査ののち、文政六年九月、事歴踏査の旅に出た。伊勢亀山で尼の出身である石川家の菩提寺をたずねて系図や位牌を精査し、その分家を洗い、三河国にはいって酒井家関係の寺をかたっぱしからたずねて伝承を求め、菩提寺の墓碑を調べあげる。

江戸に着いてからは、若狭藩邸へ報告書を出し、追贈を運動し、姫路藩邸に出かけて系図を調べ、古系図家大島大右衛門や蝦夷を探検した博識家の近藤重蔵、蔵書家屋代弘賢らを連日訪問しては手がかりを探った。しかし、尼公の正伝はつかめない。義門はそのときの記録『蹤問の日記』に「嗚呼、斯迄は骨折り申し候へども、只今は何処にか正伝あらん……」と嘆いている。実際、連日、だれかれの門を叩き、深夜まで記録を検討し、書類をまとめ、その骨折りと絶望とは本人の嘆きのとおりであった。

義門がやっと端緒をつかんだのは、江戸出発を予定していた十一月十九日、小浜出発以来二か月を過ぎていた。近藤重蔵の紹介で古系図家田畑吉正をたずね『酒井家、石川家伝記御答』を示され、酒井正親は三度正室をかえ、妙玄尼は三度目の妻であったことが確認されたのである。義門は出発を延期し、小浜に帰りついたのは、その年の十二月二十五日になっていた。そうして、妙玄尼事歴の調査は果たされ、やがて盛大な遠忌が営まれ、院号が追贈され、正伝を書きあげたのであるが、この踏査の記録を読むと義門の追跡の執拗さ、集中力はすさまじいばかりだが、それでいて遊びに熱中した子どものように明るい。しかも、義門は決して強健な肉体にめぐまれていたわけではなく、むしろ、病弱でさえあった。それに、金もなかった。旅費がつきて藩邸に前借りを願い出ている。

義門のことばの探究も、この妙玄尼考証のように激しく無邪気なものであった。その一生そのものが片時の休息もない探究の連続であったが、かれはその経験のなかから独自の学問を切りひらいていったのである。

この妙玄尼踏査のための江戸旅行において、義門の語学研究は大きく展開した。旧知の清水浜臣をはじめ、岡本保孝、高田与清、狩谷棭斎、岸本由豆流、太田全斎、石川雅望らの江戸の第一級の学者と交わることができて、義門の視界は大きくひらけたからである。語学についてでは江戸の研究は遅れていたので、強い自信を得ただろう。かつては『詞の八衢』を重視しなかった清水浜臣も、江戸での再会のときには必読の書だといって、前説を撤回した。

そんな義門にとっては、春庭を畏敬しても入門をすすめられることなどは無意味に見えたであろう。もともと、義門は純粋な真宗教徒であり「親鸞は弟子一人ももたず候」という教えを守って、かれ自身、入門を願ってくる者もすべて友人として取扱ったのである。

ところが、春庭は別としても、宣長を失った以後の鈴屋一門は、学統を維持するのにあせって、むやみに宣長を神格化し、その学問を形式化していた。その俗流門人には、義門の学説の内容だけではなく、その生きかたそのものがとうてい理解されなかったと思われる。それで、中山美石をつうじて入門をすすめてみたり、足代弘訓が『活語指南』の出版、春庭の序文を抑えたりしたのだろう。弘訓のそれにはかれ個人の状況や感情も入りまじっているにしても、理解の不足は疑えない。

かれらにすれば、『詞の八衢』の徹底的な批判を含んだ著述が門外から出されることは、権威にかかわるとでも恐れたのであろう。

しかし、義門のほうもそういうかれらの心情を理解することができなかった。というより、まるきり頓着なかった。かれが『山口栞』を書きあげたとき、伊勢では文政五年荒木田末寿(益谷大学)が批判して『山口栞踏分』をあらわした。末寿は寛政二年に宣長が光格天皇遷幸を拝観に上京したとき、まだ目の健全だった春庭とともに一行に加わった古い門人である。『踏分』は『山口栞』を書き写して、それに私見を朱筆や張り紙で加えたもので、本質的な批判ではない。そのはじめには、語法をなめらかに、またこまかく考えようとしたためか、「いとくだ〳〵しく見わきがたく」と書き、一種の敵意のような気配も感じられる。が、義門のほうはいっこうに敵意を感じていない。『山口栞踏分』は友人荒木田久守の手をへてすぐ義門にとどいたが、かれは「いと〳〵面白く感服の条々多かり」といい、「此末寿ぬしと聞ゆるはいと綿密なる才学と覚しくゆかしともゆかし」と感謝し、相手をほめそやしている。さらに、足代弘訓は当代の弘才と聞いて批評を乞うたが、いまだに何ともいってくれないのに「此の末寿てふ人よ、あなたのもし」とまで書き、のちにふたりは交際するようになった。

だが結局、春庭の『詞の八衢』はそんな義門によってのみ正当に継承されたといってよい。春庭を発展させたものは、おびただしい閥内の連中や身うちではなかった。いわば、閥外の異常な人物の新しいエネルギーによってのみ、正当な補正と展開とを与えられた。それは何も春庭の場合、あるいはことばの学問にだけ限ることではないだろう。

義門は真宗教徒であったけれど、ことばの研究にはそのイデオロギーを混入させることはなかった。かれはまだ充分に自覚していなかったとはいえ、ことばをあくまで科学の対象としようとつとめていたといえる。その点で、宣長、春庭を越えた。

宣長は係り結びの法則を確立するなど、語法で大きな業績を残したが、かれは日本語が世界で一番すぐれた言語だと信じていたし、係り結びの法則も古代から不変であるといった。だが、義門は日本語の神秘性などは問おうとはしなかったし、さらに係り結びの法則にも時代によって変化のあることを見つけ、宣長の不変説を疑った。

春庭は神代からことばに一定の法則のあることをみとめ、それは古語だけでなく口語にもあてはまることを述べた。「今の世のなべてのものいひさとび言にも、詞のつかひざま、てにをはなど、おのづから其定りありてひとつもたがふことなく」(『詞の通路』)といったのは、口語の文法をもみとめたことである。そこにはことば、そして語法の変化を発見していたことである。が、春庭は国学のイデオロギーを加えたために、中古言を雅言とし、口語を堕落したものと規定し、ついに偏見におちいり、まったく惜しいことに、近代語学の歴史的研究をひらく端緒を失った。

これを受けた義門は、用例を広く調べて語法が春庭説のように神代から不変ではないことを知って、しきりに疑問を提出した。『詞の八衢』に神代よりおのづから定ありて云々といへるなどは、全くしかなりとは思はねど」(『磯の洲崎』)というように不信を表明した。もっとも、それは疑問の提出に終わって、ことばの歴史的変遷を究明する自覚にまでは到達しなかったけれど、たしかに春庭を創造的に継承したことはこの一事で立証されるだろう。義門は語学を春庭よりも大きく科学へ近づけ、そこから動詞活用に「将然、連用、截断、連体、已然、希求」の六段の語形を決定し、ほぼ現代文法に受けつがれたのだし、春庭がおよばなかった形容詞の活用法則を確立したのである。

そのころ、白江教授の講義は「文法学概論」から「言語学概論」に移っていた。そこで、世界中のどの民族も、ことばは神から授けられたものであり、一定不変と信じきっていたことは知らされていた。『旧約聖書』創世記で神が光りを昼、闇を夜などと名づけたことや、インドでは梵天が衆生《しゅじょう》に四十七言を教えたことなどが引例された。

そうして、西洋でもことばは長く神の授与とされ、ギリシア語、ラテン語が不変の規範とされた。その点では、宣長や春庭などの国学者の言語観と大差はないし、日本だけの謬見ではなかったし、国学者を迷妄と呼び捨てることはできない。ただ、十九世紀のはじめにサンスクリットが発見され、しかもそれがギリシア、ラテンの諸語と起源が同じであることが明確になって、西洋の言語学は急転換した。ギリシア語、ラテン語を規範とすることがまちいで、ことばはつねに変化し、流動し、成長するものだという認識が確立され、歴史的研究法がおこった。そうした講義を受けるにつれ、春庭も語法の変化には気づきながら、やはり語法の不変性を信じることからは脱出できず、それを疑ったのはそのころ義門ひとりであったことを知ったのである。

義門が春庭にしきりに批正を求めた『さし出の磯』『磯の洲崎』『活語指南』『山口栞』な

どが公刊されたのは、いずれも春庭が死んでずっと後年のことである。義門は一つの論考を完成するのに、長い年月をかけて改稿に改稿を重ねた。たとえば『さし出の磯』は初稿から出版されるまで二十八年、『山口栞』は十八年かかっている。『活語指南』は義門の死の年の天保十四年、初稿から実に三十四年のちに板行された。
「返す返すも学問は博からずとも密に」（『活語余論』巻六）
この義門のことばを暗誦して、わたしは息を深く吸った。

第十章

本居宣長の忌日である九月二十九日がめぐってきて、わたしたちの学校では例年どおりに山室山の奥墓に参拝することになった。わたしにとってはもう四度めの、そして、これが学校行事としては最後の山室山ゆきであった。

こんどは、わたしたちの学年は電車で松阪駅に集まり、そこから山室山へ向かった。

その年の残暑は長かった。道が松阪の屋根の低い町なみを抜けて花園の野にかかると、黄色くうれはじめた稲のうねりは、中天に近い日光でまぶしく燃えていた。

前年は、祝日古としゃべりながら歩いたのだが、かれは病気で帰郷したままであった。ハガキをしきりに寄こしては、早く学校へ戻りたいとくりかえしていたが、当分はまだ無理らしかった。

その日の道では、腸と遮莫とばかりしゃべりあって歩いた。飲み屋の酒代が値あがりしたこととか、カフエの女どものうわさとか、教授の悪口だとか、どれも他愛ない会話が脈絡もなくつづいたが、そのうち遮莫は突然に梅原龍三郎の『桜島』の連作のことを勝手にまくしたてた。遮莫はいつも美術雑誌や画集を買いこんでいたので、『桜島』もそれで見たらしく、

話から想像できたのは、それぐらいのことにすぎなかった。
たわけで、それだけ『桜島』の連作には気分を動かされたのかもしれない。わたしが遮莫の
してもらってやっとわたしたちの学校にはいってきたやつだから、二年間を鹿児島で過ごし
校にはいったものの二年つづけて落第したために放校され、ごていねいにも中学五年に編入
わたしには見当もつかないし、相槌《あいづち》の打ちようもない。遮莫は中学四年から鹿児島の高等学
「赤」とか「青」とかといっては時間による桜島の激しい色調の変化を語りつづけるのだが、

が、遮莫は一席しゃべり終わると、

「あんなバカみたいな山じゃないんだ」

無精ひげの頤をしゃくった。

道は丘に沿うていて、その向こうにはもう山室山が見えた。それは暗緑色におおわれ、こんもり盛りあがり、いくらか水蒸気にかすんでいた。

それから、遮莫は腸に山口誓子の新興俳句のことをしゃべりはじめ、『黄旗』のなかの何句かを口ずさんでみせたが、腸はかならずしも同意するふうに見えなかった。その話題もわたしには遠かったので、ひとり黙って歩くよりしかたがなかった。

ふたりの話がちょっととぎれたすきに、問いを割りこませた。

「篤胤をどう思う？」

腸はとっさにわたしに視線を返し、またか——という、ややうんざりした顔つきを見せながら、何も返事しない。

が、遮莫は即座に、

「大きらいだな。あんな大俗物で、野心家で、自信家で、政治屋で、狂信家で……」

さらに悪口をさがすように一息入れたが、

「でも、歴史には必要なんだろうな、ああいう気ちがいみたいな男が」

そこで話は切れ、遮莫はまた新興俳句を語りはじめた。

わたしは本居春庭の後半生をたどるために義門とのかかわりあいを調べるのといっしょに、『平田篤胤全集』をも拾い読みしていた。春庭の後半生においてもっとも重要な関係を持ったのは義門であるが、それに次ぐ人物は篤胤であり、かれはすでに義門の登場のなかにもからみあってあらわれていたので、否応なしに読んでみなければならなかった。そして、こんどの山室山ゆきでは春庭と篤胤との関係を探ってみるつもりにしていた。それで、山室山が近づいたとき、そんな突拍子もない問いをかけてみたのである。

腸がうんざりしたような顔つきになったのは、狢獏巣でたびたび篤胤についての腸の感想を求めたからであるが、遮莫の反応は何事も太く憎々しく断定するかれらしいものだと思いながら、やや期待がはずれた。神職の子弟の多いその学校では、篤胤を神のようにむやみに祭りあげる連中が多く、ことに秋田県から来ている石頭などは、同郷人の篤胤の名が出るたびに不動の姿勢をとったものだ。わたしはそんな篤胤崇拝をひそかに軽蔑しつづけていた。篤胤が国学の四大人に数えられ、宣長の国学を完成し、明治維新の思想的原動力になったことは中学の教科書で教えられていた。その学校の「国学史」「日本思想史」「神道史」などの講義でも篤胤は同じような像をもってくりかえし登場してきた。わたしはそうした篤胤に反発し、あげくは生理的に嫌悪するようになっていた。さらに、宣長をいくらか読み進むうちに、篤胤とその門流は宣長を正統に継承したのではなく、強引にねじまげたのだ、と思った。

たとえば、国学の四大人といえば荷田春満、賀茂真淵、本居宣長、平田篤胤ときまっていたが、これも篤胤の没後にその門人大国隆正が『学統弁論』で定めたことにはじまるのを知った。それが書かれたのは幕末も安政四年のことで、それがのちに国定教科書に採用されて定説になった。松阪四五百森《よいおの》の本居神社はもと明治八年に山室山の奥墓のほとりに建てられたのを同十五年に移建したのであるが、そこに主神の宣長に配して春庭ではなくて篤胤を祭ったのもそうした時流によるものであった。神社創立の発起人となったのは春庭の孫信郷をはじめ、川口常文、野呂万次郎、垣本安基楽、岡村美啓などであったが、その中心は川口であった。かれは松阪郊外大足の出身で、内宮祠官八羽光穂に国学を受けた熱狂的な勤皇論者だ。結城神社の修築、吉田松陰の顕彰などを主唱し、また、私有の山林原野を官有とする政令に執拗に抗議した人であるが、三重県中属を勤めていたころに本居神社を創建して篤胤を配神とした。宣長、篤胤はかれらの思想的象徴であった。

また、宣長は何かといえば「神ながらの道」を唱えたように思いこんでいたが、その著作をたどるにつれ、これも多分に誤解していたことだと知った。なるほど『玉くしげ』に「古語にも神随天下《かむながらあめのした》しろしめすと申して、ただ天照大御神の大御心を大御心として」というような記述はあるが、「神ながら」をかならずしも規範として強調しているわけではない。わたしが宣長と「神ながら」とをすぐ結びつけたのも、いつしか平田篤胤に影響されていたのにすぎなかった。明治二十九年発行の東京裳華房版の『偉人史叢』第四巻である長田偶得著『平田篤胤』という百四十ページほどの略伝を政吉さんの店で手に入れたのであるが、それをひらくと「真筆」として筆跡がまずあらわれた。

惟神

謂随神道亦

自有神道也

右日本書紀本文本註

平田篤胤謹書（印）

その「惟神」の二字はとてつもない大きなものでびっくりした。そして、その「惟神」の大字は、わたしの場合には宣長にかぶさっていることを思い知ったのだ。そんなふうに宣長に重なっている篤胤を払いのけないと、宣長も春庭もほんとうのところは理解できないだろう。

だが、そののち春庭との関係から篤胤を調べていくうちに、わたしの考えが少しずつ変化するようになった。といっても、明治末年から大正七年にかけて出た法文館版『平田篤胤全集』だけでも大冊で十五巻もあり、それに研究書を加えると膨大なものになり、宣長ほどではないにしても、目をとおすのは容易なことでなく、拾い読みの程度であった。それでも、篤胤の像は奇怪至極にふくらむばかりで、その混沌がわたしをとらえはじめた。正体は容易につかめそうにはなかったが、その性格を自分の周囲を見まわしてあてはめてみると、鼻柱が強くて感情が激しく、何事をも太く独断する点では遮莫が一番近いように思われた。それで、かれなら一種の共感をもって石頭などとはまったくちがった篤胤観を示すのではないか、とひそかに期待してみていたのである。それで、やにわにそんな問いをぶつけてみたのであるが、期待はどうやらはずれた。でも、それは遮莫の近似から来る無意識の反発ではないかとも思われた。

そのころ、わたしは、篤胤は宣長の偉大な誤解者だ、というふうに考えていた。

宣長の奥墓の前に神饌とサクラの苗木とをそなえ、ノリトをあげ、詠進歌を披露していつものように参拝は終わった。

わたしはすぐ群れをはなれて奥墓《おくつき》の左へまわり、平田篤胤の歌碑の前に立った。

那伎迦良ハ何処能土尓《なきがらはいづこのつちに》
成里努斗毛魂波翁乃《なりぬともたまはおきなの》
母登尓往可那牟《もとにゆかなむ》
平阿曾美篤胤

かなり大きな楕円形の自然石には万葉がなで三行、そう刻んである。その裏面には、平田篤胤の所詠を田丸藩士加藤三郎五郎藤原成次の求めに依って慶応三年六月、男鉄胤《かねたね》が謹書したむねが彫りつけられ、台石には「同志」として、紀州藩の滝本源三郎敬道、田丸藩の中村次郎右衛門能直、久野造酒康正、太田角太夫久遠、村山百左衛門遠長ほか六人の姓名がしるされている。台石からは身長に近い高さである。

和歌の文字は、たいそうていねいに書かれてある。

その書体は歌碑のすぐうしろに立つ宣長の墓の「本居宣長之奥墓」の文字のそれにすこし似ている。これは宣長生前の自筆をうつしたものであるが、鉄胤は建碑の場所がら、できるだけそれに似せようと意識して書いたのかもしれない。だが、見くらべるとどうしようもないちがいがすぐあらわれる。

宣長は穂を少し切った筆で字を書くのが流儀であるが、ゆったりとして乾いている。筆太でない几帳面な筆致であるのに、悠然としたゆとりがある。それに対して、篤胤の和歌の文字は直線では似ていても、曲線となるとべっとりまといつくねばっこさがある。これは鉄胤が義父を祖述しているうちに受けついだものであろうか。篤胤の筆跡は爬虫類を連想させるほど異様に執念深い感じで、気味がわるい。

この和歌は文化十年、篤胤が三十八歳のときに刊行した『霊《たま》の真柱《みはしら》』下巻に出てくる。

人は現世ではだれでも万国にすぐれた天皇の御民として生きるが、死ねばその魂はみな神となって幽冥界におもむく。そこは大国主神が支配するところで、この世からは見えないが、闇の世界ではなく、衣食住の道も現世と同じであり、その霊魂は社や祠や墓に群れて助けあう。師宣長の霊魂も生前に定めた山室山の墓所にしずまり、幽界にはいった門人たちと歌文を作り、古典の誤読を正しているにちがいない。師宣長は死ねばけがらわしい黄泉《よみ》へゆくといわれたが、これはふと誤って多事のために正すことができなかったからで、上古から墓所は魂をしずめるためにつくるものであることを考えたからこそ、それを生前に設けられたのである。

篤胤はそういう冥府論を『古事記』『日本書紀』『万葉集』をはじめとするおびただしい所伝を引いて展開し、陰陽五行説、仏教、漢籍、蘭学を批判する。そのなかには「ゴッド」「天神《ゴッド》」というヨーロッパ語まであらわれるのである。そして、自分も思うままに書物をあらわし、名を残して、

「さて、此の身死《まか》りたらむ後に、わが魂の往方《ゆくえ》は、疾《と》く定めおけり。そは何処にといふに、なきがらは何処の土になりぬとも魂は翁のもとに往かなむ」

　そのとき、篤胤はことし先立った妻をもつれ、ただちに翔《かけ》って師の前に侍従し、現世では怠った歌の教えを受け、春は師の植えおいたサクラの花をいっしょにたのしみ、夏は青山、秋はもみじ、月を見、冬は雪を眺めながらのどかにいつまでもつき従う——という。先立った妻とは、文化九年に三十一歳で急死した六歳年下の綾瀬のことである。結婚生活は十一年であったが、妻は貧窮のなかに異常の研究をつづける篤胤を助けぬいたあげく、過労で死んだ。そのときは篤胤は呻くような悲痛な和歌をよんでいる。

　哀てふ事の限りを知れとてや世の憂きことを吾に集へけむ

　この妻の死で篤胤の冥府についての思索は深まったといわれ、それで妻をも山室山へつれていくという。ここには亡妻への鎮魂の思いもこめられているが、それから、篤胤はこうつづける。

——自分は師の門人では末弟なので、先輩をわずらわさないで師のことばを受けつぎ、漢意をさえずるものや誤った仏法を説く醜法師など、邪道をひろめようとさわぐけがらわしい徒があれば、かたはしから磐根木根を踏みさくように屈伏させる。また、たまたま大御国に射向かう夷《えみし》があって師の心を痛めるなら、この篤胤が見てまいりましょうとしばしの暇を乞い、山室山の日蔭のカズラを襷《たすき》にかけ、矛を右手に、弓を左手に執って太刀をはき、虚空をかけて神軍を集め、その先鋒をつとめ「やをれ、夷の頑《くな》たぶれ、辛き目見せむ」と雄叫びをあげ、賊の軍中にかけ入り、鎌で打ち払うように追い伏せて犬、豚のようにふみにじり、あるいは首を引っこ抜いて蹴散らせる。それから、山室山に帰って師に復命しよう。
「あな愉快《こころよき》かも。此は、篤胤が常の志なり。あはれこの予《おの》が言挙よ。然てぞや人の、ことごとしとや見らむかし……」

まったく幽鬼がとりついているようなすさまじい語気である。狂気といってもいい。が、篤胤にとってはウソいつわりはなかっただろう。激情がそのまま律動になり、呪詞のような独自の文体をつくっている。こんな文体は宣長や春庭の文章のどこにもないだけでなく、そのころのすべての文章家のうちにもまったく見あたらないだろう。

しかし、当の宣長のほうはそんな絶叫、無気味な笑いを浮かべられて、すっかり閉口しているのにちがいない。いろいろ物色したすえに山室山の頂上に奥墓を選び定めた宣長は、自分の墓のすぐ前にこんな勇ましい歌碑を打ち立てられ、苦りきっているだろう。宣長は墓所についての詳細な遺言をしたためたとき、妻や家族とも離れ、サクラに包まれた自然のなかでゆっくり眠りたかったはずだ。篤胤がいうように、宣長が黄泉の国はきたなくけがらわしいところといったのは事実であるが、それももう以前のことで、墓所を定めたときは、人間は自然に帰るべきだというふうに単純に考えていたのにちがいない。それが、宣長の思想の核をなした「もののあわれ」の到達点であっただろう。

篤胤とその門流とは、まちがいなく宣長を敬慕していた。しかし、根本のところで宣長を理解することができず、ただ観念だけでむしろ喧噪に押しかけたように見える。結局、篤胤とその門流とは、宣長の「もののあわれ」を汲みとることができなかったのではないか？

この歌碑が建てられた慶応三年六月といえば、徳川幕府崩潰の気運が高まっていた最中である。幕府は第二次長州征伐に失敗してその処理に苦慮し、権威は落ちて痛烈な落首がつぎつぎにあらわれていた。黒船から神奈川、函館についで兵庫の開港を迫られてついに決定した直後であり、いっぽう薩長同盟はすでに前年に成り、乾退助、中岡慎太郎、西郷吉之助らが挙兵倒幕を密約したのも前月であった。そして、十月には幕府は政権を朝廷へ投げ出した。つまり、革命の前夜にあたって平田国学は全国に浸透し、門人は急増していた。

島崎藤村の『夜明け前』に書かれていることであるが、平田派同志の多かった信濃伊那谷の山吹村に、国学四大人を祭る条山神社が建てられたのもその年の三月であった。そこは伊那の谷を一望におさめる山の上に、片桐春一を中心とする平田門人が、復古と再生とのゆめの象徴として四大人の遺品を御霊代《みたましろ》として祭った。荷田春満の子孫からは黄銅製の円鏡、賀茂真淵の遺族からは四寸九分無銘白鞘の短刀、本居家からは銅製の鈴、平田家からは水晶の玉、瑠璃玉、遺愛の陽石が贈られたという。

山室山の篤胤歌碑も、そうして高まった平田派門人の復古運動の時流のなかにあらわれたものであろう。建碑の中心となった加藤成次ももちろん篤胤の門人であった。かれが属する田丸藩というのは山室山の東南約二十キロに城下町をひらき、そこは熊野街道筋の宿場としてにぎわったところであるが、幕末には松阪同様紀州藩の所領となっていた。松阪に近く、春庭の門人録にも田丸藩町奉行二俣照親の名が見えるほどだから国学は早く根づき、その土壌に幕末には篤胤門流の勢力がのびてきたものであろう。加藤成次は篤胤没後の門人録に慶応三年に四十三歳で入門したことが見えるが、ほかの藩士の名は記録されていない。

鉄胤は篤胤の娘をめとって養子となった人である。宣長が死んだ享和元年に伊予藩士の子に生まれたのだが、二十三歳で養子に迎えられ、篤胤の没後はひたすらその祖述につとめた。かれはつねに父の遺教を伝えるのにすぎないという態度をたもち、入門者はすべて篤胤没後の門人として扱った。それで、幕末には門人は全国に四千人におよび、討幕運動に参加する者も多かった。

明治新政府が成って祭政一致、政教一致を理念に神祇《じんぎ》局を置くと、鉄胤は判事を命じられ、門人をひきいて文教の中心を占め、明治新帝の侍講ともなった。さらに、教導取調局が設けられて国民教化の方法が検討されると、鉄胤はこれに参画し、大学校が創立されるとその教授、大博士を命じられた。しかし、ほどなく教学は欧風に転じて激変が来た。はじめは独立して太政官の上位に置かれていた神祇官も、明治四年、突然神祇省と改称されて太政官の管下にはいり、それもほどなく教部省と格下げになってあげくは文部省に併合されてしまい、平田派の有力者たちは多くが神官として地方へ散っていかねばならなくなった。鉄胤も明治六年には七十三歳という老齢でもあり、前年には後継者の実子延胤を失って失意のうちに隠退した。もっとも、鉄胤は明治十五年まで存命し、没年は八十二歳という高齢であった。

そういう歴史の陰影を刻みながら、山室山の宣長の奥墓の前に篤胤の歌碑は立っていた。


篤胤はともかく、わたしが鉄胤の名を知ったのは学校での講義においてではなく、実は島崎藤村の『夜明け前』によってである。

わたしが最初に日本文学にふれたのは、藤村においてであった。小学生のころ、名古屋から出ていた『少年文壇』といううすっぺらな投書雑誌に投稿していたのだが、その発行者は島崎藤村の傾倒者だったらしく、毎号藤村の写真か筆跡かを巻頭に飾り、藤村の解説をのせていた。それで、少年のわたしは藤村が一番えらい文学者だと思いこみ、童話集『幼きものに』から読みはじめ、中学にはいると詩集や『幼き日』『千曲川のスケッチ』あたりから『桜の実の熟する時』『春』と読み進み、その作品のほとんどを読みつくしていた。それで、昭和四年から『中央公論』に『夜明け前』が連載されはじめると欠かさず読んでいたのであるが、その第二部が昭和十年にやっと完成されると、『勢陽』という学校の文芸雑誌に三十枚ほどの『夜明け前』小論を書いてみたことがある。

それは小論といっても幼稚な感想のようなもので、あらすじを書いてから藤村の文学活動と青山半蔵の人生とを関連させ、そこに詩と自然主義との関係のようなことを述べたてて浅薄な歴史小説論におよんだ。そして、明治維新を下部から描きながら、主人公を中間的な庄屋に設定したために徹しきれなかった、などとなまいきに書き、そのころの青野季吉、立野信之、林房雄、椎崎法蔵、篠田太郎らの所論を引用したり反駁したりした。まあ、青臭い公式的な読後感にすぎなかった。

だが、内心では『夜明け前』によってはじめて明治維新を映像として知ったと思った。この近代の革命については学校の講義でも教えられてはいたが、きわめて抽象的なものであった。平林初之輔の『日本自由主義発達史』といううすい本を読んで、攘夷を叫んでいた連中が開国に一転した理由をはじめて知っておどろいたという程度であった。それが『夜明け前』によってはじめて歴史の物音を聞いた思いであった。

それとともに、平田篤胤の思想がいかに庄屋層の人びとのこころに沁んでいき、実践運動にまで広がっていたかを知ることができた。青山半蔵が平田鉄胤に入門する次第も、誓詞を酒魚料、扇子一箱とともに差し出すと、鉄胤は誓詞帳に書き入れ、束脩を先師の霊前に供え、以来懇意にして学事に出精するようにいわれた——と書かれており、それはすぐわたしのなかで明確な情景となった。

だが、わたしが『夜明け前』小論を書いたのは、昭和十年十月のことであり、まだ本居春庭を知ってはいなかった。だから、宣長についてもそれほどの興味はなく、小説にかなり詳細に書かれている本居、平田派の国学運動に関する記述も読み流しただけであった。

それが春庭との関係から読み返してみると、また別趣の印象があった。もっとも、春庭については一行もふれられているわけではないが、宣長と篤胤とはしきりに登場してくるのだ。「国学者としての大きな先輩、本居宣長の遺した仕事はこの半蔵等《うし》に一層光つて見えるやうになつてきた。何と言つても言葉の鍵を握つたことはあの大人の強味で、それが三十五年に亘る古事記の研究ともなり、健全な国民性を古代に発見する端緒ともなつた。……大人が古代の探究から見つけて来たものは『直毘の霊《なおびのみたま》』の精神で、その言ふところを約《つづ》つて見ると、『自然《おのずから》に帰れ』と教へたことになる。より明るい世界への啓示も、古代復帰の夢想も、中世の否定も、人間の解放も、又は大人のあの恋愛観も、物のあはれの説も、すべてそこから出発してゐる。伊勢の国、飯高郡の民として、天明寛政の年代にこんな人が生きてゐたといふことすら、半蔵等の心には一つの驚きである。早く夜明けを告げに生れて来たやうな大人は、暗いこの世を後から歩いて来るものの探るに任せて置いて、新しい世紀のやがてめぐつて来る享和元年の秋頃には既に過去の人であつた。半蔵等に言はせると、あの鈴の屋の翁こそ『近つ代』の人の父とも呼ばるべき人であつた」

そういう記述がある。これは宣長の本質についての見事な要約だと思った。ことに、「言葉の鍵」「自然に帰れ」はくりかえして書かれているが、それは宣長のもっとも大切なところをピンのように鋭くおさえている。別のところでは、「古の大御世には、道といふ言挙げもさらになかりき」のことばをあげ、『直毘の霊』を長く引用し「翁の言ふ復古は更生であり、革新である。天明寛政の年代に、早く夜明けを告げに生れて来たやうな翁の指し示して見せたものこそ、まことの革命への道である」と強調される。わたしはこれまで革新者としての宣長をまったく知っていなかった。

　また、青山半蔵は学友の蜂谷香蔵に向かっていう。

「……吾家《うち》の阿爺《おやじ》が俳諧を楽むのと、わたしが和歌を詠んで見たいと思ふのとでは、だいぶその心持に相違があるんです。わたしは矢張、本居先生の歌にもとづいて、いくらかでも古《むかし》の人の素直な心に帰つて行くために、歌を詠むと考へたいんです。それほど今の時世に生れたものは、自然なものを失つてゐると思ふんですが、どうでせう」

　宣長は和歌を好むのを「性也又癖也」といって膨大な詠草を残した。それでいて和歌として独立して鑑賞できる分量はすくない。あれほど和歌が好きで、あれほど多作して、しかも秀歌のとぼしいという例はめずらしい。それが何ともふしぎに思われたが、宣長の本意はやはりこの半蔵のことばにつきていたのにちがいない。そして、その和歌がまずそのころの富商、地主階級の教養として受け入れられ、それを通路として国学がしみこんでいったようすもうかがえる。

　ついで、半蔵は篤胤についてはこう考える。

「あの本居宣長の遺《のこ》した教を祖述するばかりでなく、それを極端にまで持つて行つて、実行への道をあけたところに、日頃半蔵らが畏敬する平田篤胤の不屈な気魄がある。半蔵らに言はせると、鈴の屋の翁には何といつても天明寛政年代の人の寛濶さがある。そこへ行くと、気吹《いぶき》の舎大人《やのうし》は狭い人かも知れないが、しかもその迫りに迫つて行つた追求力が彼等の時代の人の心に近い。そこが平田派の学問の世に誤解され易いところで、篤胤大人の上に及んだ幕府の迫害もはなはだしかつた。『大扶桑国考』、『皇朝無窮暦』などの書かれる頃になると、絶版を命ぜられるはおろか、著述することまで禁じられ、大人《うし》その人も郷里の秋田へ隠退を余儀なくされたが、しかし大人は六十八歳の生涯を終るまで決して屈してはゐなかつた。同時代を見渡したところ、平田篤胤に比ぶべきほどの必死な学者は半蔵等の眼に映つて来なかつた」

この宣長と篤胤とのちがいを「寛濶」と「狭さ」というさりげないことばでいっているが、これも根本をついているし、「不屈な気魄」「迫りに迫つて行つた追求力」「必死な学者」も篤胤の人間と学問との性格をよくあらわしている。何でもないようなことばではあるが、適切に選ばれていると思った。

例の条山神社の御霊代に篤胤の遺愛の陽石が選ばれた事情も、かれの性格をよく物語っている。篤胤が男性の象徴の石を自分の霊代として残し伝えたいとは生前に考えていたことであったが、遺族は衆人に見せるものでないといって出ししぶった。それで、厳重に封じて鎖をかけて祭られたのであるが、藤村はこんな会話をはさみこんでいる。

「そこがあの本居先生と違ふところさ。本居先生の方には男女《おとこおんな》の恋とかさ、物のあはれとかいふことが深く説いてある。そこへ行くと、平田先生はもつと露骨だ。考へることが丸裸だ――いきなり、生め、殖せだ」

それもこのふたりのちがいをきわだたせている。それは学問、時代、環境のちがいというより、個性の大きなちがいを指し示したといえる。篤胤には原人のような、ときには狂的な生命力がみなぎっている。

また、篤胤の著作としては、三十五歳のときに「医学大意」として書いた『静の岩屋』(『志都の石屋』)が引用される。

「さて又、近ごろの西の極《はて》なる阿蘭陀といふ国よりして、一種の学風おこりて、今の世に蘭学と称するもの、則ちそれでござる。元来その国柄と見えて、物の理《ことわり》を考へ究むること甚だ賢く、仍ては発明の説も少なからず。天文地理の学は言ふに及ばず、器械の巧みなること人の目を驚かし、医薬製煉の道殊にくはしく、その書どもゝつぎ〳〵と渡り来りて世に弘まりそめたるは、即ち神の御心であらうでござる……」

このあと引用は長くつづくのであるが、これについて、篤胤は外国からはいって来るものを異端邪説として蛇蝎《だかつ》のように憎み嫌った人のように普通思われているが、そうではなくて「異国の借物をかなぐり捨てて本然の日本に帰れと教へる人ではあっても、無暗にそれを排斥せよと教へてはゐない」と半蔵にいわせる。ついで、『静の岩屋』には「夷」ということばも平常目になれ耳にふれるのとはちがった事物を指していうのに過ぎないと教えていることとをこまかくあげているが、それだけでも篤胤についての理解がやさしくゆきとどいているのがわかる。この青山半蔵の思想は、同時に藤村のそれだといっていいだろう。そして、『夜明け前』第一部はこの『静の岩屋』のことばを再度引用して終わっている。

「一切は神の心であらうでござる」

わたしは本居春庭との関連から篤胤をどうしても知らなければならず、手はじめに『夜明け前』を読みかえしたのであるが、するとこれまでにない感銘があった。少年時代から読みついできた藤村が、こういう形でまたわたしに戻ってくるとは思いもしなかったことである。あらためて文学——というよりことばの世界のふしぎさにおどろいた。

おどろいたこととといえば、篤胤の文体が宣長や春庭とまったくちがう点であった。それまで篤胤を毛嫌いして原文を一つも読んでいなかっただけに、覚醒に似た感銘があった。これについて『夜明け前』は「誰にでも分るやうに、又、弘く読まれるやうに、その用意からごく平易な言葉で門人に話しかけた講本」としるしてあったが、わたしにとってはとうていそれですまされなかった。

この「あらうでござる」という口語調のものは『志都の石屋』のほか、『古道大意』『俗神道大意』『歌道大意』『西籍概論』『出定《しゅつじょう》笑語』『悟道弁講本』『講本気吹颸』など「大意もの」と呼ばれている著作に用いられた文体である。講義の筆記をそのまま用い、芝居用語の「ム」の符牒を使い、「文中に此印し有るはゴザルとよむべし」と注記している。

もちろん、この「大意もの」は大量にのぼる篤胤の著書の一部にすぎず、大半は普通の擬古的文章語で書かれている。しかし、一部といっても「大意もの」の文体が用いられたところに、宣長、春庭との差違が出ているし、篤胤との関係で春庭を考えるうえでも一つの焦点とすべきだと、わたしは考えた。

篤胤が生まれたのは安永五年八月で、宣長よりは四十六年、春庭よりは十三年の後輩にあたる。

生まれたのは秋田久保田の城下である。父は秋田藩士大和田祚胤《さちたね》であった。藩士といっても貧乏足軽で、しかもその四男だったので、少年時代の篤胤は里子にやられたり、養子にさせられて飛び出しては呵責されたり、ずいぶんみじめであったらしい。かれ自身『仙境異聞』に「己は何ちふ因縁の生れならむ。然るは蓐の上より親の手にのみは育てられず、乳母子よ養子よと、多くの人の手にわたり……」と歎いている。それに、十二、三歳のころ、父から「汝は胆太く生れたる奴なり。今より心せずば甚だ悪き人となりなむ」といわれたと述懐しているから、激烈な気性は生まれついたもので、それが東北のきびしい自然と逆境とのなかで強まり、性格を決定づけたのであろう。

二十歳で、江戸へ出奔した。藩、家庭、友人にもいっさい無断で、わずかな旅費を握って出たという。鉄胤がのちにつくった篤胤の年譜『大壑《だいがく》君御一代略記』には、それまで漢学や武術諸般の修行をしていたが、「常に大きに憤激し玉ふこと有るに依て、俄に志を起し」としるしてある。その「憤激」の原因が何であったかはわからぬ。おそらく積もった不満が爆発したのであろうが、その家出も篤胤の場合はきわめて自然に感じられるばかりである。

江戸でもずいぶん苦労したらしい。年譜にも「其間の辛苦艱難、云ふべきやう無かりき」とある。『偉人史叢』の長田偶得『平田篤胤』には、たよる人もいないので放浪をつづけ、大八車の車夫や火消し人足になったりした、という。その火消しでは「ムシ死」という残酷な私刑を目撃して逃げ、こんどは名優市川団十郎の庇護を受け、その子の家庭教師のようなことをしたそうである。

それらは平田門流に伝えられた一種の伝説であろうが、篤胤が江戸でたよるところもなく漂泊し、そのなかで激しい性向をいよいよつのらせたことは事実にちがいない。

そうした江戸暮らしも五年あまり過ぎて常磐橋の商家の飯炊きになっているとき、備中松山藩士平田藤兵衛篤穏《あつやす》にみとめられて養子になった。それにも篤胤が飯を炊きながら声をあげて本を読んでいることが上厠中の藩主の耳にはいり、それが三年つづいていたことから家臣の平田篤穏に探らせ、それが縁になったという挿話がついているが、篤穏は山鹿流兵学者で、篤胤が入門して寄宿しているうちに見こまれたのが実情のようである。こんなふうに篤胤はしきりに伝説に装われる人物であるが、とにかくその養子縁組みで以来平田姓を名のるようになり、ようやく生活の安定を得て勉学にはげんだ。寛政十二年、二十五歳のときであったという。そこから宣長の著作を知り、傾倒するに至る。

篤胤は宣長の没後の門人ということが定説であった。名簿《みょうぶ》を送ったが宣長の生前にまにあわなかったというのである。このことは鉄胤の編んだ年譜の享和元年の条に出ている。

「今年春初めて、鈴屋大人の著書を見て、大きに古学の志を起し、同七月松阪に名簿を捧げ玉ふ」

ところが、宣長はほどなく病んで九月二十九日に死んだため、許可を得ることができなかったという。それだけではない。ずっと後年の天保十二年以降のことであるが、篤胤自身が秋田で佐竹藩庁へ出した履歴書にはっきり享和元年に「伊勢へ登リ本居門人ト成事」と書いている。また、天保九年ごろの佐竹藩士あての覚え書きには、寛政五年に伊勢へいって宣長に随身したと明記している。そのころ、篤胤が松阪へ出向いたという事実はまったくない。それにもかかわらず、篤胤は一種の公文書に堂々と自筆しているのだ。

ところが、本居家には文化二年と思われる三月五日づけの、春庭あて篤胤の手紙が残っていて、篤胤はその年に春庭に入門したことが立証される。

　その篤胤の手紙はかなり長文である。

「今般小田清吉と申す仁、其御表へ参られ候に付、幸便に任せ未だ拝顔を得ず候へども、一筆啓上仕り候」

　手紙はそう書きはじめられて時候見舞いに移り、自分は若いときから道の学を志していたところ、とかく儒学の聖人の道よりほかにはないものと心得、数年出精勤学したと述べる。小田清吉は本居大平門人録に名が見える。

「然る所去々年中始て古翁の『馭戎慨言』『大祓詞後釈』拝見仕り候ひて、数年の旧夢一時に相覚め、其節迄所蔵仕り候漢籍等は残らず相払ひ、取あへず古翁之御著書共相尋ね、大略は蔵書に仕り候ひて、昼夜に拝見仕り候所、誠に天地初発已来無比の御事と深信無限に存じ奉り候」

二年前——つまり、享和三年にはじめて宣長の『馭戎慨言』等を知ってゆめが一時にさめ、所蔵していた漢籍類は全部払い捨て、宣長の著書をさがして大略は集めたというのである。宣長の死の二年のちであり、とすると、享和元年に名簿を捧げたなどということはあり得ない。そのことは、これにつづく篤胤の文面が一層明らかにする。

「さりながら御名をさへに始めて承知奉り候程の義故、此地にも御弟子方の御座候事も存ぜず、人々に相尋ね候ひて、漸く此地にも和泉和麻呂主、平野芳穀《まさよし》ぬしなど之有る事をも存じ、知人と相成候ひて倶に日々相励み勤学仕り候。扨亦私義、古翁之御書物共拝見仕り候より巳来、欽慕奉り候情、昼夜相止み候事御座無く、世にまし〳〵候間に御名も存ぜず、同じ時代に生れ合はせ候身の御弟子の数にも入り侍らざりし事、本意なくうらめしく、実に悲痛に堪へず存じつゞけ奉り候所に……」

宣長の生前には、その名も知らなかったというのである。

ここに出てくる和泉和麻呂とは、江戸箱崎三丁目に住んでいた和泉真国のことであろう。真国は賀茂真淵の評価について村田春海と大論争をやった人物である。平野芳穀というのは寛政十二年に入門した名古屋藩医で、そのころ江戸詰めであったらしい。

篤胤の手紙はつづく。

「……去春不思義にも翁に見え奉り候ひて夢乍ら師弟之御契約申し上げ候。是偏へに私義斯くばかり慕へ奉り候心庭を、御霊の見そなはし賜はり候ひての御事と如何ばかり〳〵有り難く存じ候。則ち右夢中之事共は、松平周防守様御家中斎藤彦麻呂と申す仁、是は大平大人の御門人にて、古翁の御像を絵書かれ候事をよく得られ候故、相頼み候ひて掛ものに仕り候ひて朝暮仕へ奉り候事に御座候」

去年の春、ふしぎにもゆめに宣長を見、師弟のちぎりを結んだ。これはこれほど敬慕している心底を宣長の霊が見てくれてのことだろうと、ありがたいきわみである。この夢中のことは大平門人で宣長の画像をよく描く斎藤彦麻呂にたのんで掛けものにし、朝暮拝している。

——そういうのである。

このことは春庭の歌集『後鈴屋集』前篇下の雑歌のなかにも見えている。

平田篤胤の年ごろ道に心ざしふかく、わが故翁のあらはされたる書をも明くれ見つゝふかく信じて、いかで対面せばやとおもひわたりつるを、道のとほくかくは心にまかせぬ身にてつひにそのことなくてやみぬること、つねにくちをしう思ひためるに、去年の三月の末つかた夢に人の来て、鈴屋の翁のこゝにものせられてありつるが、今なむかへられしとつげるにおどろきてとるものとりあへず、からうじて品川といふあたりにおひしきて、まづ思ふこゝろのかたはしうちかたらひなどして、をしへ子の数さへなむくはゝりぬると見たりつるは、かつ〳〵もとしごろのねがひつるほいかなふこゝちしていとうれしう思ひけるまゝに、猶ゆく末ながくしのぶたよりにもと、やがてそのありつるさまをうつさせてこれに歌よみて書きくはへてよとあるに

ずいぶん長い詞書きののちに、春庭は二首をしるしている。

わたつ海のふかき心のかよひてやそこには見えし人の面かげ

夢にてもかたる見るめをかづきつる契はふかき春の海つら

ゆめに宣長があらわれ、篤胤はそれを品川まで追っかけて入門したというのは奇妙だが、春庭もそれを素直に信じ、むしろ深くよろこんでこんな和歌を賛しているのである。春庭は父を神のように信じていたからであろう。

この和歌は後年出現した年次別の春庭歌稿では「文化二年九月二十五日当」のつぎに出ているから、篤胤がゆめで宣長に入門したのが文化元年春ということはまちがいない。

篤胤の手紙はこのあと、入門の誓願を述べて終わる。

「扨亦君には久々御眼病に成られ御座候由、遠音ながら承知仕り候。居候ひて申し上げ候も千万に恐れ入り存じ奉り候へども、已来君の御門の数に召し加へ下され候はゞ、学文仕り候身の名誉となすべく、大悦何事か此の上御座あるべけんや。幾重にも〳〵御承知下され候様、神妙に願ひ上げ奉り候。彼の漢人も申し候如く書は意を尽しがたく、実に心底の百分一も書取り難く、余は推して御察し下さるべく候。委曲は小田氏へ口達相頼み候通りに御座候。先は右御願ひ申し上げたく略義乍ら斯くの如く御座候。恐惶謹言。

三月五日　　平田半兵衛篤胤

本居健亭様

尚々時節折角御凌ぎ遊ばされ候様存じ奉り候。」

春庭が目を病んでいることは篤胤もよく知っていて、居ながらに入門をたのむことに恐縮している。そして、門人の数に加えてもらえるなら、学問する身の名誉、これ以上の喜びはないと書く。何事にも不屈で傲岸で激烈な篤胤が、ここでは神妙に懇願していていじらしいほどで、とても舞文とは思えない。これが篤胤の一面にちがいない。この手紙の文字からして、色紙や短冊のそれとは筆致がずいぶんちがっていて、義門の手紙の筆跡をどこか連想させる。

この篤胤の入門願いに対して春庭が返事したと思われる手紙が、奇跡のように別のところに残っている。それは弥富破摩雄が発見したもので、昭和八年の素人社書店版『近世国文学之研究』のなかに「篤胤の鈴屋入門に関する新史料」として発表されている。

その篤胤あて春庭の手紙は「六月三日」づけになっている。当然、文化二年のことである。

「小田清吉殿、参宮便、始めて御状忝く拝見致候。仰せの如く未だ貴顔を得ず候へども、愈々御壮福成られ御座候由、珍重の御儀に存じ奉り候」

これですぐ、篤胤の手紙に対する返書であったことがわかる。篤胤が手紙を託した小田清吉は伊勢参宮のついでに立ち寄ったこともわかる。

「就ては貴君御弱年の程、道の学に御志御座候ひて、漢籍の学びのみ成され候処、去々年頃より先人の著述物彼是御覧成され候ひて、皇国の誠の道の有り難き事ども、深く御信仰の趣、御紙面の次第承知大慶に存じ奉り候」

春庭はここで「信仰」ということばを用いている。篤胤が皇国の道に寄せた思いは、まことに信仰にちがいなかった。春庭も父が示した道を信仰していることを返事に託して告白しているようである。

「近来御地の和泉和麿、平野芳穀主達、御心安く成られ候由、御励みにも相成り申すべく一入と存じ奉り候」

これも篤胤の手紙にそのまま照応する。

「扨、先人の著書御覧に付、御欽慕の情深く、去春の比夢裏《ころ》に御対面成され、師弟の契約をも成され候事御座候由、御紙面の趣猶又小田氏の御愛語にも承り、当地社中も承り、皆々御志深き御義と申し候事に御座候」

例のゆめで宣長に入門したということを春庭も社中も、少しも疑ってはいない。

「扨、今般小子へ御入門の思召、御紙面並に小田氏御伝言にて承知致し候。右に付御扇子料として南鐐壱片御恵贈御念の義忝く拝受致し候。いづれも遠路隔り居り候衆に付、毎々文通にて疑問等御座候事に御座候はゞ、已来御書通にて承るべく候間、折々絶えず御隔意無く御申し越し成らるべく候」

篤胤の手紙には見えないが、入門のしるしの扇子料として南鐐壱片（二朱銀）を小田清吉に託したことがわかり、春庭はこころよく篤胤の入門をみとめ、疑問は隔意なく文通するよう伝えている。

「右早速御報申し入るべく候処、彼是取紛れ延引に及び候。此節大暑に御座候。折角自愛成らるべく候。猶後音の時候を期すこと、恐惶謹言。

六月三日

本居健亭春庭

平田半兵衛様

尚々斎藤彦麿主画き認められ候よしも小田氏よりも承り、珍らしき事に存じ奉り候。猶追々申し上ぐべく候。　以上　」

これによって三月五日の篤胤の手紙の返事が六月三日に延引したこともみとめられるし、以上の二通が完全な往復書簡であることは疑いようがない。

春庭が篤胤のために斎藤彦麿描く画像の賛歌を書き送ったのは、この手紙のすぐあとであろう。この手紙に対して篤胤は礼状をしたため、そのとき賛を乞うたもので、同年十月はじめごろのことと思われる。

この往復書簡によって、篤胤は享和三年はじめにはじめて宣長の著書を知って傾倒し、その翌文化元年にゆめで入門し、文化二年に正式に春庭に入門したことが明らかである。宣長の生前にはまだその名も知らず、まして名簿を送ったが宣長の死に間に合わなかったという事実はない。それにもかかわらず、篤胤は没後の門人を自称し、佐竹藩に提出した履歴書には生前に松阪へ出向いて入門したと堂々と自書している。それは篤胤の虚偽であったのか？

この矛盾について、村岡典嗣は解釈する。篤胤は深く幽冥界の実在を確信し、享和元年伴信友が村田春門《はるかど》の仲介によって本居大平が没後の門人にみとめた事実もあり、当然幽冥界の宣長に入門をゆるされたと信じていた、というのである。たしかに、篤胤はそういうことを信じきれるほど宣長を景仰していたのであり、没後の門人の自称も自分をいつわってはいないのにちがいない。そして、ここに篤胤のきわめて主観的な人間と神学とは象徴的にあらわれているといえる。

しかし、篤胤がそれを自称するようになったのは、春庭に入門してのち、もう少し時が経過してからではあるまいか？

篤胤は春庭に正式入門する以前から、本居学派に接近していた事実はあった。

篤胤の最初の著述は『呵妄書《かもうしょ》』で、これは太宰春台が『弁道書』で儒教中心に道を論じたのを激しく駁説したものであるが、これには文化元年三月の堤朝風の序文がついている。朝風は篤胤より十一歳の年長で、天保五年に没した。

朝風は本居大平の門人録に名が見える。幕府の賄組頭をつとめ、有職故実にくわしく、蔵書家で『近代名家著述目録』五巻などの著書がある。篤胤とは前年あたりから親交があったらしく、『呵妄書』にも「我友平篤胤」としるしている。また、やはり文化元年刊の『玉かつま道しるべ』の跋にも、篤胤は宣長の『玉勝間』から初学のために朝風と分担して抜抄したことを述べている。『鈴屋翁略年譜』は伴信友が編んだものとされるが、これも実は堤朝風が書いたものだと篤胤はのちの『古史本辞経』に書いた。

「今に悲しく思ふは、堤朝風なり。篤実潔白たぐひなき人にて、信友よりも旧き学びの兄なるが、若かりし程より、鈴屋翁の年譜をかき記さむと志して、享和三年の事なりき」

朝風は、春庭と大平とに乞うて『本居系図』と『家の昔物語』とを借り、年譜をつくったが出版することができずに歎いていた。文政六年、自分の家で朝風と信友とがはじめて出会ったとき、朝風はそのことをいって信友に年譜の原稿を貸した。すると、信友はそれに少し筆を加え、自分のものとして出版してしまった。――篤胤はそういって怒るのである。

「抑人の伝、また年譜などを書くこと、紙数は少かるも、大きに心用ひある事にて、実は容易ならぬ事なるを、最も情なき事ならずや。朝風かつて人を怨むる事などは、云はざりし人なれど、せめて書のはしに、我が名を一言だに云ひて有まし物と、今はにも云へりし事の、今も耳に留まれり」

これは篤胤と信友とが不和となってからの文章なので難詰する筆致であるが、これを見ても朝風とは没年まで親交をつづけたことはうかがわれる。篤胤が古学を知った動機は、明治三十年版、中野虎二『国学三遷史』には買い入れた反古紙のなかに『古事記』の古本があったのを妻が見つけたのにはじまるとしているのが、篤胤にまつわる伝説の一つであろう。むしろ、松山藩士の養子となった篤胤は、朝風が幕臣であった関係から接触する機会があり、蔵書家のかれによって宣長を知ったのではあるまいか？　朝風についての篤胤の断片的な記述からそんなふうに思われるが、はっきりした証拠があるわけではない。

つぎに、江戸詰めになった時期の鈴木朖とも親交があった。文化元年三月、篤胤は、敬、義、仁、智、勇について漢文でしるした『五徳説』というものを書いているが、それは鈴木の『徳行五類図説』をかれと折衷して増補訂正したむねを末尾に記録し、「同門鈴木朖」とことわっている。また、文化三年七月、鈴木は篤胤の『新鬼神論』に序文を寄せ、かつて江戸詰めのころ、同門ということを聞いて篤胤をたずね「一見、旧相識ノ如シ」と書いた。鈴木は篤胤より十二歳の年長で、早くその才能をみとめたらしく、のちに尾張藩に推挙したほどであった。もっとも、これは妨害があって成らなかった。

こうしてみると、篤胤は春庭に正式入門する以前から、江戸在住の宣長門流とはかなり親密に往来し、同門とみなされ、自分もそう思いこんでいたと思われる。が、それはやはり享和三年以前にさかのぼることはない。

篤胤は春庭に正式入門してのち、すさまじい速度で大量の著述を連発し、独自の神学を構築していった。まず、文化二年、三十歳、『新鬼神論』の初稿を書き、十一月、春庭と大平に送って閲評を乞う。これは鈴木朖、藤井高尚の序文を得て文政三年刊行された。一般に『鬼神新論』で知られる。

「我翁の云く、迦微《かみ》とは、天地の諸の神たちを始めて、其を祀れる社にまします御霊をも申し、又人はさらにも云はず、禽獣草木の類ひ、海山など、其余何にまれ、尋常《よのつね》ならず、すぐれて徳のありて可畏《かしこ》きものを、迦微とは云ふなり」

「我翁」とはいうまでもなく宣長のことであって、その神観をそのまま受けつぎながら鬼神の実在を主張し、天を理とする儒教の思想を膨大な中国古書を引用しては本来はそうではなく、天つ神が宇宙を主宰している伝説が失われたためだと論証しようとする。それには四書五経から『左伝』『史記』『晋書』『漢書』『荘子』『淮南子』『蒙求』『五雑俎』『捜神記』などのおびただしい漢籍から鬼神にかかわる古伝をぬき出し、これに程子、朱子、楊明修など後代の儒学者の解釈を引いて批判し、さらには新井白石の『鬼神論』や荻生徂徠や太宰春台、伊藤東涯の鬼神についての諸説を是非する。その引用書だけを見ても、篤胤の漢籍についての知識は茫然とする思いがある。これは篤胤が山崎闇斎の学統であった祚胤を父とし、少年のころ藩儒中山菁莪について漢学を習い、宣長を知るまでは江戸で漢籍をひたすら読んで蓄積した結果であろう。篤胤はそれを『新鬼神論』で一気に放出させたふうで、狭く拙劣な空理で測ろうとはせずに、大直日神の素直な心をもって神代の正しい伝説を学びとっていけば、鬼神のことについてではなく万事に錯誤におちいることはないだろう、と結論した。

ついで翌文化三年には、未定稿ながらも『本教外篇』を書く。篤胤はここでは当時禁書であったキリシタンの教書を取り入れ、その影響を受けている。それらの教書は明末から清初にかけてシナで伝道した宣教師たちの教書が漢文訳されてはいって来た『畸人十篇』『三山論学紀』『七克』などである。それらを篤胤はどういう径路でかひそかに入手し、研究し、意訳抄訳して『本教外篇』に吸収したあとが見える。それを指摘したのは村岡典嗣で、やがて天御中主神を主宰神とする一神教的観念と霊魂不滅論とへ向かうという。

文化七年になると、島崎藤村が『夜明け前』で引いた『志都の石屋』の初稿が成る。門弟に対する医学についての講義筆記録である。篤胤は文化元年から真菅乃屋と号して自宅で講座をひらき、同四年には医師となって元瑞と改めた。平田家は五十石の微禄のうえに藩財政の逼迫から支給は半減されたので生活の方便に医師を選んだものらしく、『志都の石屋』もそうして医学を講義した筆記で『医道大意』とも呼ばれる。

この期間、篤胤の門人は少しずつふえた。最初はたった三人だったのが、五年めの文化五年には十五人になった。また、この年には神祇伯白川家から諸国付属の神職に古学を教授するように委嘱されたりし、古学の講説がようやく本業化したので翌年には医業もやめ、養父も世を去り、著述に没頭した。そのころ、書室にはこんな口演をかかげていたという。

「此節別して著述取急ぎに付学用窮理談の外、世俗無用の長談御用捨下さるべく候。塾生と雖も学事疑問の外、呼ぶことなくば来るべからず。道義弁論に於ては終日終夜の長談なりとも少も厭ひこれ無く候事」

塾生といっても学問のことのほかは呼ばなければ来るなといいながら、道義弁論なら終日終夜でもかまわない、というところはいかにも篤胤らしいが、またそのころの専心ぶりがここによくあらわれている。

そうして「大意もの」と呼ばれる講義筆記をもとにした『古道大意』『俗神道大意』『西籍概論』『出定笑語《しゅつじょう》』『歌道大意』が成った。すべて口語体である。

「……其ノ限リノ無イ大虚空ノ中ニ、天御中主神ト申ス神オハシ坐シ、次ニ高皇産霊神《たかみむすび》、マタ神皇産霊神ト申上ル二柱ノ、イトモ〳〵奇ク尊ク妙ナル神様ガ在ラセラレタデゴザル」

『古道大意』はいわば篤胤の神学概論で、日本が神国であることを説いたものであるが、天御中主神の主宰神のもとにムスビ＝生産の二神があって世界を創世したと考えたようである。そして、神によってつくられた国であるから、人間も「自然ニシテ、正シキ真ノ心ヲ具ヘテ居ル。其ヲ古ヨリ大和心トモ、大和魂トモ申シテアル」と述べ、「生レナガラニシテ、仁義礼智ト云ヤウナ、真ノ情ガ、自ラ具ハッテキル、是ハ天ッ神ノ御賦下《つけ》サレタ物デ、則チ是ヲ人ノ性ト云フ」と規定する。それは、藤村が『夜明け前』で引いた『志都の石屋』のことば「一切は神の心であろうでござる」に帰せられる。オランダについても、気ながに徹底的に物を考える殊勝な国で、唐のようにつまらぬ推量はかさねず、「ドウシテ考ヘテモ知レヌ事ハ、コリヤ人間ノ上デハ知レヌ事ジヤ。造物主《ゴッド》トシテ、天ッ神ノ御所業デ無テハ、測レヌト云テ、トントオシ推量《はかり》ナコトハ云ハヌデゴザル」というように、唯一神教的な神観へ近づいている。

『俗神道大意』の「俗神道」とは、空海が真言教義を神道に習合した両部神道、吉田兼倶《かねとも》が唱えた唯一神道、山崎闇斎の儒学的な垂加神道などをさす。篤胤はそれらを邪教として激しく糾弾し、両部神道では行基、最澄にもおよぶ。「日吉ノ神ヲモ山王権現ニシテシマッタヂヤ」というように、権現も最澄の門流の仕業だときめつけ、日蓮もその亜流だといい放つ。

唯一神道については、世間は吉田家を神祇道の統領長官と思っているが、出自は卑しく「先祖ヨリ代々、奸曲ナル巧ヲ致シテトウ〳〵世ノ人ニサウ思ハレタモノ」で、教義は神仏習合付会の説にすぎぬと痛撃する。垂加神道はその上に朱子学と陰陽五行説とを加えたもので「其牽強付会ナル事、何トモ歟トモ云ベキヤウモ無キムヅカシキ事ト成ッタ」とこきおろす。そしていう。「ソロ〳〵古ヘニ復ルベキ、ザシガ見エテ、大ブオモシロクナッテ来タ……」

篤胤の不敵な顔が見えるようである。

『西籍慨論』はさきの『呵妄書』の論理をうけ、儒学者一般を批判したものだ。鈴木朖同様、孔子を宣長になぞらえて称揚するほかは、孟子については「国々ノ諸国ニ、謀判ヲス、メ歩行《あるき》シ悪者」「聞クサヘ穢ラハシク」と非難した。また、荻生徂徠、太宰春台、山崎闇斎の学派を孔子の教えを知らぬ者と罵倒した。

『出定笑語』は仏教批判の書で、『仏教大意』とも呼ばれる。玄奘三蔵の『大唐西域記』によって古代インドの地理風俗を述べ、『長阿含経』をもとに釈迦の出生から出家をしるして頑愚だと冷評する。ついで仏教が人情に反することを非難し、仏教諸宗派の成立と伝来とを説き、「スベテ無理ナル事ドモ故、コ、ノ訣ヲ弁ヘタモノハ、釈迦ガ説ニハ因ラヌハズノ事デゴザル」と否定した。このために、篤胤は富永仲基の『出定後語』や服部天游の『赤裸々』の仏教論に学びながら、諸経を読破し、諸宗派の歴史を研究し、そこにあらわれる高僧まで深く考察し、「釈迦の真の物なく、尽く後人の偽作りたる物なること、更に疑なき事なり」という断定をくだした。そこには無理な批判が多いが、この博覧のほどはおそろしい。

『歌道大意』はもちろん歌道概論であるが、ここでは宣長の歌論から一歩も出ていない。ここに篤胤の盲点があったといえるだろう。篤胤はついに宣長の和歌観を体質的に理解できなかった。それは篤胤自身ひけめを自覚していたことにちがいなく、山室山の歌碑の和歌をよんだとき「世に居るほどはおこたらむ歌のをしへを承賜はり」と書きつけている。

こうして、篤胤の「大意もの」のあらましをたどると、宣長に傾倒しつくしながらまったく別個の神学の体系を組織しはじめていることがわかる。『歌道大意』をのぞいて、篤胤はきわめて戦闘的な駁論のうちに自説を固めようとする。それは『夜明け前』に「不屈な気魄」と書かれた激しいものであった。そのため、漢籍から仏典まで読みつくし、さらにキリシタン教義や蘭学にまで目を向けている。篤胤は仏教研究にあたって、宣長が『玉勝間』で富永仲基の『出定後語』を称揚したことをあげ「仏書ノ学ビモ、ヤッパリ翁ニ、習ツタヤウナ物デゴザル。トニカク翁ニ、アタマノ上ラヌト云ハ、実ハロヲシイ程ノ事デゴザル」とまで書いているが、宣長は篤胤のように仏教を経典、宗派まで広く探っているわけではない。その点篤胤は『夜明け前』に「迫りに迫つて行つた追求力」としるされたとおりで、その博覧ぶりは宣長を越えた。しかし、かれの博覧ははじめから自説を補強するためのもので、そこから学びとるという態度はなかった。それで、篤胤の神学は恣意的で多くの牽強付会をともなった。

それに、篤胤には和歌、つまり文学、ことばに対する興味が欠けていたと思われる。だから、宣長を景仰しながら、憧憬を集中させたのはその古道説でしかなかった。これはもともとことばに対する感覚を持たなかったからかもしれない。『夜明け前』で宣長の強みとされた「言葉の鍵」は受け取っていないように見える。あれほど宣長の著作を深く読みわたりながら、語学説にはほとんど興味を示していないのもそのためであろう。本居春庭の『詞の八衢』が刊行された文化五年は、篤胤が『志都の石屋』の稿本をしるした二年前にあたるが、これを読んだ形跡はまったくない。春庭に丁重きわまる入門の懇願書を送っても、それは春庭が宣長の実子であったというだけのことであって、その語学をみとめたわけではない。篤胤には語学などは関心のそとにあり、ひたすら主観的な神学だけをつくりあげていった。そのことが哲学としても、宣長と篤胤とでは同系といわれながら質的な差違を生んだように思われる。

篤胤は「大意もの」で「ござる」調の口語体を用いた。これは宣長と春庭、ひいては鈴屋一門にもまったく見られなかったことである。江戸時代には文語体の雅言に対して、口語体は俗言と呼ばれた。宣長は奈良時代以前の国語を「古言」、平安時代または以後の歌文に使う国語を「雅言」とし、後世の口語を「俗言」と区別し、作歌、作文のためには「雅言」を規範とした。

春庭の『詞の八衢』にもそれが見える。たとえば、「得《う》る」は「俗言にはえる」とか、「落つる」は俗言では「落ちる」とか、というように要所には口語活用を注記して、雅言と俗言とをきびしく区別し、混用を戒めた。ところが、篤胤はその俗言で一連の著述を発表し、雅文体のものにも平気で俗言をまじえた。

現代語は明治二十年代に言文一致運動などによって基礎がつくられたが、言語構造では江戸時代と大差がなく、音韻、文法の大綱は江戸時代後期にできあがったということは通説である。十七世紀後半に近古語は近代語へ移り、十八世紀なかばから現代語が芽生えた。宣長のころにあたり、ついで、春庭や篤胤の主要な活動がおこなわれた十九世紀はじめの文化文政期は現代語が発展した時期であった。そのことは篤胤の「大意もの」に語彙は別としてそのままあらわれている。

つまり、「大意もの」が書かれたその時期は、日本語の激動のときでもあった。これを安藤正次は『国語史序説』で二元対立の時代と呼んだ。文語と口語との二元があり、人びとは二重の言語生活を送らねばならなかった。いっぽう、上方語《かみがた》と江戸語とが対立し、封建制度の成熟によって方言と言語の階級性とには差違が深まっていた。

篤胤の時代は、江戸語が上方語と対立し融合しながら独自の成立をとげたときである。それは洒落本、滑稽本、人情本、歌舞伎、落語にいちじるしくあらわれていた。そういう生動する江戸語のなかにあったので、啓蒙主義者でもあった篤胤は無自覚ながら口語体を自然に用いたと思われ、その点、まさしく篤胤は時代の渦のなかに生きたといえる。これは上方語圏にあった宣長や春庭にとってはとうてい考えおよばないことであっただろう。その一点をとってみても、宣長を時空をへだてて受けついだ篤胤がまったく新しい展開をみせていることが思われるのである。

また、そんなことばの転換期であったことが、無意識のうちに春庭に『詞の八衢』を書かせたのであろう。完成された中古語を雅語とし、ことばの流動にともなう混乱から守ろうとして、文法を刻苦して組みあげたともいえる。それは春庭だけではない。この時期に義門をはじめ国語学者がいっぱいあらわれてことばの研究が進展したのも、国語そのものの激動期の別の表現であった。つねに、ことばの激動のときにことばの研究も大きく展開するのである。

門人をもしりぞけて著述に没頭していた篤胤は、それにもあきたらず、こんどは駿河国府中（静岡市）の豪商であった門人柴崎直古の家の一室を借り、そこにとじこもった。文化八年十二月のことである。

篤胤はひきこもったきりで、夜昼なしに著述にふけった。寝床もとらせず、机に向かったまま書物を読んでは執筆をつづけた。食事を勧めても、本を読みながら机の上で箸をとった。それが十日もつづいた。直古の家人はからだにさわりはしないかと心配し、今夜から寝床にはいるようにと強くすすめた。すると、篤胤は、すこし眠ろうか、といって、寝床にはいり、高いびきを立てて眠りに眠った。眠りは二晩もつづいた。そうなると、家人はまた心配になっておこしてやると、おこすなといったのにと不平をもらし、また机に向かって著述に没入した、という。

これは門人の新庄道雄が篤胤のこのときの著作『古史徴』の序文に書いていることである。まったく人間ばなれしたようなすさまじい勉強ぶりであるが、それほどの誇張があるとは思われない。篤胤はそれぐらいの集中は平気の、一種異様な体力、気力の持ち主であった。偏執者といってもいい。その点でだけでも『夜明け前』の表現のように篤胤にくらべるほどの「必死な学者」は同時代にはいなかったかもしれない。

そうして篤胤が書きおこしたのが、主著『古史成文』『古史徴』『霊の真柱』の第一稿であった。

『古史成文』は神代巻三巻が書かれたが、『古事記』と『日本書紀』とを総合編集し、古代の本典を定めようとした編著である。宣長は『日本書紀』は漢意の修飾のために正確に古伝をしるしていないとしてしりぞけ、もっぱら『古事記』によって古代を知ろうとしたのであるが、篤胤は『古事記』にも錯乱があり、『日本書紀』は『古事記』を補う貴重な資料であるとして自分流に整理し、これに『延喜式祝詞』『新撰姓氏録』『古風土記』『古語拾遺』などの所伝も加え、古代学の正伝としようとした。その典拠を示したのが『古史徴』であり、さらに『古史成文』を逐条解説する『古史伝』の腹案もこのときに成った。これらはのちに三部作として篤胤神学の中心著作となるが、宣長とは別個の道を歩きはじめたことを示すものである。ここで篤胤は宣長が『古事記』を第一としてその解読解釈に沈潜し、ことばによって古代の心を追体験してそこにしるされたことをそのまま信じたのに対し、篤胤は『古事記』第一主義を疑い、古伝を事実、さらには規範として受け取ろうとした。そうして、篤胤は独自の観念論的神学を築きあげようとしていたのである。

それを語るのが、やはり直古邸で草稿の書かれた『霊の真柱』二巻である。

「この築立《つきた》つ柱はも、古学する徒の大倭心の鎮《しず》まりなり」

篤胤はそう書きはじめている。それには霊のゆくえの安定を知ることが先決で、それには天、地、黄泉の創世と現象とをくわしく考察しなければならないとして、服部中庸の『三大考』を引用し、敷衍する。

服部中庸はすでにふれたように宣長の古参の門人で、晩年には箕田水月と称し、あの僧義門の春庭あての手紙を託されてあまり好意を示さなかった人物である。というのも、中庸は宣長の学問の中心は古道説にあると信じてその継承を存念し、鈴屋門人が歌文や語学にばかりつとめているのをにがにがしく思っていたからであろう。

中庸が『三大考』を発表したのは寛政三年で、春庭が目を病みはじめ、篤胤はまだ十六歳で郷里秋田にいたころにあたる。「三大」とは天、地、月をいい、宇宙観を述べたものである。

中庸は『古事記伝』の説をつぎながら、天地の開闢、神々の出現、神と地と黄泉との分離を十葉の図を入れて述べた。大虚空に天御中主神、高御産巣日《たかみむすび》神、神産巣日神の三神があらわれ、ムスビの神の産霊によってすべては生成され、天と地とは分かれ、地から垂れて黄泉が分離したとする。そして、天は日であり、そのなかの国を高天の原といって天照大御神が主宰し、地で皇国は天にもっとも近い所を占めて皇御孫命がおさめ、黄泉は月であって月読命が支配すると考えた。

この宇宙観にはヨーロッパの天文学説が根底になっていて、地動説にもとづいている。「近き代になりて、遙に西なる国々の人どもは、海路を心にまかせて、あまねく回りありくによりて、此天地のありかたを、よく見究めて、地は円にして、虚空に浮べるを、日月は其上下へ旋ることなど」を考え得た、としるしている。そうした宇宙観にくらべれば、仏教や漢籍に書かれた天地創世説は空理にすぎず、むしろ『古事記』の古伝と合致し、それによって理解できるとする。ただ、西国人の窮理も知識経験のおよぶ範囲を越えていないので、古伝によって考えられるかぎりの考究をつくしたいというのである。コペルニクスの地動説がケプラーによって実証されたのが十七世紀はじめであったから、その天文学説は二百年ほどして鎖国時代の国学にまではいりこんできたわけになるが、中庸はさらにそれを観念によってきわめようとした。

宣長はこの中庸の考究に興味を寄せ、草稿のときからいろいろ所見を述べていたらしく、それがまとまったときには外国人もいいださなかった創見だとして『古事記伝』巻十七に加えた。篤胤はそれをほぼそのまま『霊の真柱』に受け入れながら、天地分離の時期など多数の項目について異見を示し、独特の幽界論を展開していった。人間が死ねばみな黄泉国へいくというのは誤りで、大国主神が支配する別個の幽界があるという考えである。

篤胤は府中の直古邸にとじこもって、そうした生涯において重要な著述と思索とを開始したのち、翌文化九年二月にはまた江戸に戻ったが、第一稿を練り直して成稿を急いでいるときに妻綾瀬に死なれた。それは篤胤の冥府思想をさらに深め、自分の死後は亡妻をつれて山室山の宣長のもとに翔ることを信じ、あの「なきがらは何処の土になりぬとも……」の詠歌ともなり、そのことが『霊の真柱』に書きこまれたのである。

ところが、服部中庸の『三大考』については、宣長の門流でも早くから異論があった。その風潮を代表するように、篤胤が直古邸にこもろうとしていた文化八年、すでに本居大平によって『三大考弁《みふみ》』が書かれていた。

「神代の御典の天地の始の事はまことに伝へなきこと共のみにて知れざることとなれば、必ず知らずてあるべき」

天地創世のことなどは『古事記』に書かれておらず、わからないことだから知らなくてもいいのだ、というのが大平の考えである。これはあきらかに宣長がつねに主張していたことであった。宣長は『うひ山ぶみ』で古学を「何事も、古書によりて、その本を考へ、つまびらかに明らむる学問也」といったように、すべて文献を第一とし、文献でわからないことはわからないとした。天地開闢についても「人の智《さとり》限りのありて、実の理は得《え》測《はかり》識《し》るものにあらざれば、天地の初めなどを、かくの如くあるべき理ぞとは、いかでおしては知るべきぞ」といった。天御中主神、高御産巣日神、神産巣日神についても「如何なる理ありて、何の産霊によりて成り坐せりと云ふこと、其の伝へ無ければ知りがたし」と述べた。この文献にむやみな推理を加えてはならないというのが、実証主義者宣長の基本的な態度であった。大平はその師の方法を忠実に受けついだまでで、その点、中庸の『三大考』は違反の推論だというのである。大平にとっては、宣長が『三大考』を創見として『古事記伝』に加えたことも、一つの参考にすぎないとしか考えられなかった。

　そこへ文化十年になると、篤胤の『霊の真柱』が出版された。それには大平が非難した『三大考』が肯定され、展開されている。当然、鈴屋一門の反響を呼び、それとともに、篤胤の名は一度に知れわたり、批判の的となった。大平のもとへは、『霊の真柱』の考えはいいかどうか、篤胤は門人なのかどうか、といった問い合わせが集まったほどである。

　それに対して、篤胤は大平の『三大考弁』を反論する『三大考弁々』（文化十一年）を書いた。大平はもちろん師匠筋にあたるけれど、篤胤の論調はそんなことはおかまいなしに、痛烈をきわめた。

——自分の門人の森川匡雄が医学修業のために西国を旅行したときに『三大考弁』という本を写して帰って来た。ところが、大平の著というが、読んでみると名をかたった偽書としか思えない。説は幼稚で、文辞はまずい。大平が書いたはずがない。が、匡雄はたとえ偽書でも大平の名が明記してあるので、読むものはそう信じるだろうから、非説を弁別してほしい、という。それで四日間ほどつぶして弁じた……。

そういうふうに書きはじめ、逐一容赦なく論駁していくのである。まず、大平が天地の初めのことは古典にも見えないから必ず知らなくてもいい、といったのに対して、

「外国人にならふとしもなけれど、量術《はかりわざ》にも何にもあれ、熟々《よくよく》古伝の趣に照し、今の現に事実《ことのあと》に合せ考へて知らるるかぎりは知るべきなり。古書に記し伝へずとも、現にその事のあるをも、捨てて言はざらむは、道に心の厚からぬわざならし」

古典に書いてないことでも、事実と考え合わせて知るようにつとめねばならない、というのが篤胤の基本的な考えである。これは宣長や大平の文献主義とはまったくちがう。書いてないことも考えるのが道だというのである。いわば大平と篤胤とは立論の前提がまるきり反対で、いわば水かけ論であるが、篤胤はいちいち激烈なことばを浴びせかけていく。

「かれ蛇足の説なりとはいふなり」

「こはいとも礼なき失言といふべし」

「三大考を読むことの麁《あら》き故か。またはしひて言ひくださむとするひがみ心か」

「いかにうるさくをさなきわざならずや」

「この段に云へる説などは殊にをさなし」

そういうきめつけが、段ごとにあらわれ、終始偽書あつかいにする。大平は若いときから宣長の教えをうけて、歌文のことはよくわきまえていると聞くので、一つ二つの誤りはあっても、こんなに初めから終わりまでまずい文を書くはずがない、といって「さればこの弁書、かのぬしの名をいつはりて書けるなること、いよ〳〵疑なし」ときめつける。

「此を以て大平ぬしの説にあらざる事も、又浅学なるほども知れたり。かゝる人に、神代の事の説をきくらむ弟子もありもやしけむ。あはれむべし」

もちろん、篤胤は『三大考弁』が大平の書と知っていながら、ニセモノあつかいにし、罵倒したのである。

これは当然に大平と一門を怒らせた。文化十三年、小林茂岳《しげおか》は『天説弁』を書いて『霊の真柱』を批判した。茂岳は『古事記伝』などの版木を彫った植松有信の養子となった人だ。阿波国徳島の春枝広高が『霊の真柱』について大平に質疑したのを茂岳が代わって答えたという形式をとっているが、内容は篤胤の『三大考弁々』に対する反論である。

それに対して、篤胤はすぐ『天説弁々』という上下二冊の反論を出し、冒頭にいう。

「此は去年大平に贈れる『三大考弁々』を見て、答ふべき辞なく、負惜しみと云ふ禍《まが》心の立添ひて、諺に云ふ疫病《えやみ》の神を傭ひて、敵《かたき》を討たむとすと云ふ如く、彼を以て負けたらば、此をもて勝てむと構へて記せる書にて、皆非説《ひがごと》也」

そういう調子で、篤胤は『天説弁』を逐条爆砕していく。論法は『三大考弁々』よりずっと破壊力を増し、罵倒し、からかう。自分が『三大考』を論じたのは龍が龍を論じたようなもので、それをミミズがどうして聞きわけられるか？　雁が飛ぶのを見てアブが飛び立ち、鶴の飛ぶのを見て石亀がジタバタするようなものだ、と嘲笑したりする。茂岳の反論を膨大な古典を引用し、あるいは自説が外国の説によるという非難には解剖学のことまで援用して打ちひしごうとする。篤胤のいうことは激しい語気に満ちて説得力があるように読めるが、要するに宇宙創世神話の観念的解釈にしかすぎない。ただ、篤胤はあらゆる文献、資料をつくして宇宙創世の事実をきわめようとする。それが篤胤のもっとも関心のあるところで、かれなりに根源を問うものであった。ここで宣長がひらいた巨大な人文科学は、後継者と自認する篤胤において神学ないし宗教へと転じた。

篤胤は『三大考』をめぐる論争のなかで神観を成熟させていくとともに、『古史成文』『古史徴』の推敲を重ね、その注釈『古史伝』の執筆をつづけた。『古史成文』は天地未生からウガヤフキアエズまで百六十五段としたが、『古事記』の二倍以上の労作となった。篤胤は『古事記』にならって推古の巻まで十五巻に仕上げるつもりであったが、神代部三巻に終わったのはかれの関心が宇宙観に集中したからであろう。

「あはれ篤胤を知るものそれ唯この成文なるかも。篤胤を非《そし》るものも是れ唯この成文なるかも」

篤胤がそう自記したように、『古史成文』にこれまでのすべての学問と思想とをこめたのである。

『古史徴』が四巻に整理されて刊行されたのは文政二年であり、これにも起稿から八年の歳月がかけられた。そのはじめには『古史徴開題記』がつけられたが、これは本文の成稿ののちに書かれたもので、古伝説論、神代文字存在説を述べてから、『古事記』『日本書紀』を詳説し、『成文』に用いた多種多様の古典を解題したものである。『開題記』につづく三巻は『古史成文』百六十五段の各段について逐一徴証をあげるが、それには祝詞が重視され、『神道五部書』などの後世の文献まで自由に用いられている。しかし、それはデータによって古代を実証しようというのではなく、直観に従って取捨したのでしばしば客観性を失った。だが、それが平田神学の本領でもあった。

『古史伝』は三部作のうちもっとも遅れて文化九年に起稿されたが、十七年間をかけて書きつがれ、二十八巻におよんだ。宣長の『古事記伝』にならって、『古史成文』を詳細に注解したのであるが、そこには篤胤のすべての学識がどろどろのままにこめられた。所説には、天之御中主神は北辰上空の紫微垣の内にあるといったり、「海」は「生み」と同じ語義で大地の玄牝であるところだとしたり、曲解としかいいようのないものが多いが、その理非とは別に、篤胤の迫りに迫った必死の気魄は行間から浮きあがってくる。そうして、『霊の真柱』での主張はときに変更されて強化され、天之御中主神を無始の宇宙万物の主宰神とし、幽界では大国主神が人間の霊魂を審判すると強調された。これはキリシタン教書の影響といわれるが、とにかく一神教的色彩を強めて宣長の実存主義的世界とはかけはなれていくのである。

ところで、この平田神学の成熟がはじまった文化末年といえば、篤胤の生活はもっとも悲惨な時期であった。おさない次男を死なせたし、愛妻に先立たれたあとの再婚もうまくいかず、そのうえ大病に襲われ、当然、借金に追いまくられた。本も『霊の真柱』の版木も娘の雛人形も質に入れなければならず、流れそうになるごとに無理な金策に走りまわり、篤胤自身、伴信友あての手紙に「絶窮」と書いている。それでも『古史伝』などの著述の筆は休めず、むしろ「絶窮」がいよいよ篤胤を戦闘的に鋭角的にふるいたたせたようである。

そんな生活にやっと安定が来たのは文政元年になってからである。武蔵国越ヶ谷の神道狂いといわれた油商山崎篤利が入門し、その世話で再婚もかない、『古史成文』『古史徴』の出版も実現し、門人も百九十人になった。

篤胤が「気吹舎《いぶきのや》」と改め、名を大角と称したのもその時期の文化十三年のことである。篤胤ははじめて鹿島宮、香取宮に参詣して房州銚子に遊んだとき、天然の石笛を拾った。吹くと石は激しく鳴った。

其名をば皇国《みくに》に著くいはぶえの音を大空に挙げむとぞ思ふ

そんな気負った和歌をよんだが、そこから家号をきめたという。「気吹」とは吐気であるが、かれには野心であり、気魄であり、わざわいを吹き放つ力であった。そこにも、宣長の「鈴屋」とはちがった篤胤の性格があらわれている。

文政三年の暮れから、篤胤は奇妙なものに熱中しはじめた。天狗小僧についての異様きわまる執心のことである。

江戸下谷池ノ端七軒町の小商人越中屋与惣次郎の次男寅吉は、色が青く、カンが強くて下痢と寝小便ばかり垂れるのに、五、六歳になると予言をするようになって人びとをおどろかせた。下谷広小路の火事も前日にいいあてたし、父の負傷や泥棒のはいることもぴしゃりと予言した。

七歳の春、寅吉は丸薬売りの老人の奇怪な仕業を見た。老人は店をしまうと、丸薬を入れる四寸ばかりの壺にはいり、どこへともなく飛び去っていく。寅吉も老人にさそわれるままに壺に足を入れると、空を飛行して常陸国南台丈《なんだいじょう》の山頂に来ていた。加波山と我国山とのあいだの天狗の行場のある山だという。そのうち、岩間山へ移って五年間に百日断食の行をし、天狗の首領杉山山人という師に門弟の誓文を書き、武芸、書法、祈禱まじない、製薬、武器製作の術を習ったという。

寅吉はいったん江戸に帰って小坊主になっていたが、突然に岩間山の師匠があらわれ、随行して伊勢、西国の山々から唐土の山まで巡歴し、あげくは筑波山六所神社の社人白石丈之進の門弟となり、白石神道というのを学んで白石平馬の名をもらう。それが岩間山の師匠から江戸へ帰るようにいわれ、浅草観音仁王門前へ送られた。文政三年三月のことで、寅吉は十四歳であったという。

ところが、江戸に舞い戻った寅吉は下男にやとわれたりするがさっぱり役に立たず、下谷長者町の物好きな薬種屋長崎屋新兵衛に養われることになった。長崎屋とは国学者山崎美成のことであるが、好事家で滝沢馬琴らと珍奇をたのしむ耽奇会をつくっていたような人物だったから、寅吉をも好奇心から家に置いたらしい。

篤胤はこのことを屋代弘賢から聞き、いっしょに長崎屋をたずねて寅吉を見た。三白眼の異相であった。篤胤がまず寅吉の脈をはかると六、七歳の幼児のように細い。腹部を按診すると、充実して力がある。

このときから篤胤は寅吉に異様な興味をおぼえ、詳細な観察記録をつくり、根掘り葉掘りの聞き書きをとった。その筆録が文政五年にまとめられた『仙境異聞』三巻である。もっとも、篤胤は妖怪の好きな人物だったらしく、それは文化三年の『稲生物怪録』の序文にあらわれ、文政四年には『古今妖魅考』を書いて古今和漢の文献に登場する妖怪のことを究めようとしている。

篤胤は寅吉をしきりに気吹舎へ招いてはその話を聞き出すことにつとめた。寅吉は神前にそなえてある石笛を一番おもしろがり、吹き鳴らしてはよろこぶ。それで伴信友に贈った石笛を返してもらい、寅吉に進呈させたりした。そのとき、信友は寅吉に「……万世神界にて御重宝下さり候はゞ」と譲り状を書いたというからふざけているが、篤胤は大まじめであった。

十月十六日、寅吉はあす筑波山へはいるとあいさつに来た。篤胤はおどろいて、門人五十嵐対馬を途中まで送らせることにし、筑波山の天狗の師匠杉山山人へ手紙を書いて寅吉にことづけた。

「今般不慮に貴山の侍童に面会いたし、御許の御動静略承り、年来の疑惑を晴し候事ども之有り、実に千載の奇遇と辱く存じ奉り候。其に就き失礼を顧みず、侍童の帰山に付して一简呈上いたし候」

篤胤は天狗の存在を信じきり、その手紙がとどくことをすこしも疑ってはいない。天狗どもの勤行盛んなことを祝福して、

「抑々神世より、顕幽隔別の定まり之有る事故、幽境の事は現世より窺ひ知り難き儀に候へども、現世の儀は御許にて委細御承知之有る趣に候へば、定めて御存じ下され候儀と存じ奉り候」

篤胤はその神学において顕界、幽界を区別し、幽界のことは現世からは窺えないけれど、逆に幽界からはわかるのだと信じていた。だから、幽界のことが知りたいばかりに寅吉に接近し、こんな手紙まで託したのである。寅吉はそのころ江戸の評判となり、屋代弘賢、伴信友、山崎美成をはじめ、高田与清、佐藤信淵、国友能当、大国隆正や門人多数も篤胤といっしょに寅吉を見た。だが、かれらは好奇心からに過ぎず、寅吉を信じきってかれをつうじて幽界のことを探ろうとしたのは篤胤ただひとりであっただろう。

「拙者儀は、天神地祇の古道を学び明らめ、普く世に説き弘めたき念願にて、不肖ながら先師本居翁の志をつぎ、多年その学問に刻苦出精いたし罷り在候。併しながら現世凡夫の身としては、幽界の窺ひ弁へがたく、疑惑にわたり候事ども数多これあり、難渋仕り候間、此以後は御境へ相願ひ、御教誨を受け候て疑惑を晴したく存じ奉り候」

幽界のことがわからなくて困っているので、どうぞ教えてほしいというのであるが、篤胤は、古道は古伝にもしるされていないことでもあらゆる方法をとって明らかにすべきだと考えていたので、幽界と往来する寅吉を絶好の対象と信じ、筑波山入りに熱っぽく期待したのである。

「此儀何分にも御許容成し下され、時々疑惑の祈願仕り候節は、御教示下され候儀相成るまじくや、相成るべくば侍童下山の砌に、右御答へ成し下され候様偏へに願ひ上げ奉り候」

寅吉下山に託して教えてくれるなら、生涯毎月、相応の祭りを勤行すると申し添える。

「偖また先達て著述いたし候『霊の真柱』と申す書御覧に入れ候。是は神代の古伝によりて、及ばずながら天地間の真理、幽界の事をも考へ記し仕り候ものに御座候。凡夫の怯き覚悟を以て考へ候事故、貴境の電覧を経候はゞ、相違の考説も多く之有るべしと、恐々多々に存じ奉り候。もし御一覧成し下され相違の事ども御教示も下され候はゞ、現世の大幸勤学の余慶と、生涯の本懐之に過ぎずと存じ奉り候……」

『霊の真柱』をも寅吉にことづけ、天狗の批評を求めるというのだから、正気の沙汰とも思えないが、篤胤の心情に虚偽はない。こういう篤胤なら、ゆめで宣長に入門したと信じこみ、没後の門人を称したことも当然のことと思われる。

「一向に古道を信じ学び候凡夫の誠心より、貴界の御規定如何と云ふ事をも弁へず、書簡を呈し候不敬の罪犯は、幾重にも御有恕の程仰ぎ願ふ所に候。恐惶謹言」

日づけは「文政三年十月十七日」であり、署名、花押、あて名は、

常陸国岩間山幽界
　雙岳山人御侍者衆中

と、なっている。

寅吉を五十嵐対馬に送らせた追伸があるが、それにしてもなんとも恐れ入った手紙である。『三大考弁々』『天説弁々』で見せた激越な語調はここからは想像もできないことで、微動もしない確信をもって展開された幽界論も、ここではたいへん心細い。結局、幽界のことは篤胤もわからないのだ。かれの幽界とは、むしろ情念の世界であることがこの手紙ではっきりわかる。そのことは、寅吉が山にはいるときに贈った五首の和歌にもあらわれている。

寅吉が山にし入れば幽世《かくりよ》の知らえぬ道をたれにか問はむ

ところが、そのせっかくの寅吉もわずか十四日で気吹舎の門を叩いた。山の師は讃岐国の山まわりのときにあたっていて留守であり、寒行も休みになっていたので帰って来たという。あの手紙と『霊の真柱』とは杉山山人に渡したのかと聞くと、師はとっくにそのことを知っていて、よしよしとうなずいたばかりであった、と答えた。

これには、篤胤はすっかり失望したのにちがいない。しかし、かれはなお寅吉をすこしも疑おうとはせず、以来、寅吉を気吹舎に住まわせ、備中松山藩に届け出までした。そのうち、寅吉は人から聞いたことを出まかせに幽界のこととしてしゃべっているのだという風聞がおこり、篤胤に忠告する門人もあった。なかには、篤胤が山師だから寅吉に教えていわせるのだ、とそしる声も出た。

が、篤胤は寅吉を信じきった。寅吉は手のつけられぬ粗暴なふるまいを見せるようになったが、篤胤は別にとがめることもなく、門人として入門させた。そのことは『気吹舎門人帳』に記載されている。さらに、篤胤は八年あまりも寅吉の世話をしつづけたというからおどろく。しかし、寅吉のほうはいっこうに古学を勉強しようともせず、一時は医者になろうとしたらしいが、それも果たさず、あげくは坊主になって消息を絶ってしまった。

篤胤がそのころ、奇怪な人物に引きつけられたのは寅吉ひとりではなかった。

寅吉があらわれた二年のちの文政五年、烏忠兵衛というふしぎな男をも迎え入れた。カラスの鳴き声を聞きわけることができるというので江戸で評判になり、烏——という通称で呼ばれるようになっていた。篤胤はこの烏忠兵衛を気吹舎に招いては、いろいろ質問してかれをも門人にした。門人帳には「下野国　福知忠兵衛典則」といういかめしい姓名で記入されている。

篤胤が忠兵衛に興味を持ったのも、人間以外の世界をすこしでも知りたかったからであろうが、寅吉ほどの記録は残していない。カラスは幽界とはあまり関係がなかったからだろうか。

ついで、文政六年には生まれかわりの勝五郎という九歳の少年を気吹舎に住まわせた。勝五郎は武蔵国多摩郡中野村の百姓源蔵の次男で、生まれる六年前に六歳で死んだ百姓久兵衛の子の勝蔵の生まれかわりということになって評判になった。勝五郎がひそかに前世を語ったといううわさが広がり、領主が取り調べたところ、事実に相違ないとみられた。

篤胤はこのことを屋代弘賢から聞くと、勝五郎親子を気吹舎に招いて見聞した。それも、勝五郎は人見知りをして前世のことはしゃべりたがらないと聞き、妻と娘と寅吉とに相手をさせたのを篤胤は物かげで聞いていたというから念が入っている。その記録が『勝五郎再生紀聞』である。

勝五郎ははじめ久兵衛の子として生まれたが、六歳で死んだときのこと、埋葬されたこと、白髪の老翁に誘われて花の咲くところで遊んだこと、七月の霊迎えで家に帰ったことなどをよく記憶して語った、という。そして、老翁のさしずで源蔵の妻の腹のなかにはいったのだ、と告げた。篤胤はそれを聞いて、その老翁は産土の神であると判断した。

「誠は人の世に生れ出る事は、神の産霊《むすび》により、一日に千人死ぬれば、新に千五百人生るる由縁なる中に、いと稀々に、人を物とも、物を人とも、又人を人とも再生せしめ給ふ事も有るなるを、仏者其稀なる事を常に敢て然《しか》と論《あげつら》ふ也けり」

篤胤は『勝五郎再生紀聞』にそう述べてから、持論の幽界論を強調した。

「幽冥の事の大本は大国主神統治《すべおさ》め給ひ、其末々はまた国々所々の鎮守の神、氏神、産土の神など世に申す神たちの持分けて司りたまひ、人民の世にある間は更にも云はず、生れ来りし前も身退《みまか》りて後も、治め給ふ趣なり」

篤胤は幽界論の証明のためには、九歳の少年の語るところにも耳を傾けたわけであるが、かれは勝五郎をも十一歳のときに門人に加え、しばらくは気吹舎に寄食させた。

こういう寅吉、鳥忠兵衛、勝五郎のような者を門人にしたのは、宣長はもちろん、当時の数多い学者のなかで篤胤ただひとりであったにちがいなく、そこにも篤胤の特異きわまる性格があらわれている。

せゝらぎに潜める龍の雲を起し天《あめ》に知られむ時は来にけり

篤胤は抱負に燃え立って、宿願の京都へのぼった。江戸を出発したのは文政六年七月二十二日、篤胤はすでに四十八歳であった。

上京の計画はすでに七年前からあり、西国門人の招待も受けていた。しかし、息子の死や再婚やらの家事、それに相次ぐ著作、寅吉執心などで果たされなかった。それらが一段落ついたので養父以来出仕していた松山藩板倉家からも退身し、まったく自由の身になって上京の旅についたのである。旅行の目的は著書を宮廷に献上し、本居大平と春庭とに会い、山室山の宣長の奥墓を拝することであった。篤胤の精悍な目はいっそう光り、ときにたのしい期待で幼児のようにうっとりしていたであろう。

雪の消えた富士山を見やりながら、東海道を西へひたすら急いで熱田神宮に参拝し、八月六日、京に着いた。旧暦とはいえ、京都盆地は残暑でむれていたはずである。

翌日、篤胤はまず錦小路室町の書林蛭子屋に城戸千楯をたずね、ついですぐ近くの鐸舎《ぬでのや》をおとずれた。そこには旧知の藤井高尚が滞在している知らせを受けていたからである。高尚は二年前の七月、江戸に出たとき百日以上も篤胤の家に泊まったほどに親しかった。このとき、高尚は春から大阪へ出て同門の田鶴舎《たずのや》村田春門をたずね、『古今集』などの講筵をひらいたのちに上京し、持病の肺患を養っていた。

ところが、篤胤が鐸舎をたずねると、高尚のほかに意外な人物がいた。『三大考』の著者で論争の発端となった服部中庸である。すでに文通はあり、また入門の世話をしてもらったこともあるが、初対面であった。そのとき、中庸は六十七歳の高齢で、あたまをまるめて箕田水月と称していた。あの義門から春庭への手紙をことづかったのは三年前にあたり、義門はこのとき妙玄尼の事歴探究の旅に出ていた。義門については語学に興味を持たなかった中庸は、ことばのことをむずかしくいい立てて小見世《こみせ》を張る法師と軽蔑したが、自分の『三大考』をだれよりもみとめ、大平をはじめ同門の批判にも荒々しく反論した篤胤には、声を放つばかりに喜んで相対したのにちがいない。すぐその場で古道を論じあい、中庸がのちに大平へ書き送った手紙に「大道の議論に及び候処」としるしている。

この手紙は初対面以後篤胤とほとんど連日のように語りあい、かれが和歌山の大平をたずねようとしたとき、紹介のために大平へ書き送ったもので、日づけは九月十一日であるが、それには驚愕の思いをこめて篤胤のことを伝えている。

「……弁舌滝の流るるが如く、博覧広才万人に勝れ、実に故大人の後此の如き人物未だ見聞に及ばず、先師のお弟子、大兄、春庭翁を初め五百余人之有り候へども、篤胤に及ぶべき一人も御座無く候」

まったく、すごいほどの賛辞である。

「此度著述の書『古史成文』『古史徴』、富小路殿御取持にて雲上に聞え上り申し候……」

「富小路殿」とは公卿の富小路貞直のことである。宣長が上京したときに講義に列して親交を結び、春庭が『道廼佐喜草』を書いたときに序文をしるし、また篤胤の『霊の真柱』にも序文を書いた人である。歌文を掌る家であり、早く宣長を知って国学に共鳴していたので、篤胤の著書献上をも仲介したのであるが、つねに国学者と宮廷とを結んで庇護し、国学の強力な支持者とみられていたらしい。『道廼佐喜草』の序文には貞直の筆跡がそのまま用いられているが、青蓮院流の書体ながら長毛の筆をくねらせてひげのようにはねあげており、それから察すると、かなり個性の強い公卿であったらしい。

篤胤が貞直の世話で献上したのは九月一日で、著書は『古史成文』『古史徴』のほかに『古史徴開題記』『神代御系図』『霊の真柱』と『古史伝』の抄写などであった。まず、光格上皇に献上されたが、貞直の娘は光格の小侍従となっていて三人の皇子を生んでいたというから、その点でも貞直は宮廷でかなりの勢力を持っていたとみえる。ついで、仁孝天皇へは向日神社の神主で篤胤に信服していた古学者六人部節香、是香父子の手をつうじて献上された。その結果、貞直は『古史成文』の序文を書くことになった。篤胤は貞直から賞詞を受け、たびたびご馳走にあずかり、「言語道断のありがたき御序文なし下され候」と、門人に書き送った。上京のときに「せゝらぎに潜める龍の雲を起し……」とよんだのも、古史を献上しようと念願して神のみくじを引いたら、天へ向かうという啓示を得たからだという。過剰なほどの自信家の篤胤は自分を龍と思いこんでおり、著書献上が風雲を巻きおこして実力を顕示する機会だと考えていた。それは抑制を重ねつづけてきた野心の爆発だったともいえる。

それで、著書献上をこんどの上京の第一の目的とし、そこに希望を燃えたたせていたのであるが、その目的もこうして果たされたのである。

それにつづけて、中庸は書く。

「……其外『古史伝』百巻著述之有り候。『古事記』『日本紀』を初め、六国史其他皇朝の書をば目を通さゞる物なく、出雲の神賀詞《かんのよごと》を初め、鎮火祭、鎮魂祭、道饗祭《みちあえのまつり》等の諸祝詞、諸国風土記、宣命の類、都《すべ》て神代に懸り候事どもは、悉く文言等迄空にて読みうかべ申し候」

古典類から祝詞まですべてを読破していて、しかも宙でいうとおどろいている。これは事実のままであろう。

「書見著述に掛り候ては、二十日三十日にても昼夜寝る事なく、労《つか》れ候へば三日五日も飲食をせずして臥し、又覚め候時は元の如し。中々凡人にては御座無く候」

篤胤の勉強ぶりは府中の門人柴崎直古邸にこもったときのもようが『古史徴』序文に伝えられるが、中庸のこの二十日、三十日も寝ずにはげんだというのは、どうみても誇張にすぎる。あるいは篤胤自身がしゃべったことかもしれず、それもあり得ることだが、かれが凡人でないという中庸の驚嘆はそのまま受け取っていい。そして、中庸は「其卓見才知驚き入る事に御座候」とつづけ、篤胤はとても自分などの及ばないところだが、先師教示の次第、古学建立の考えなどを親切にたずねるので、自分が聞いたことは全部伝えてやると、大いに感服した——と、述べる。

「……第一は故大人、中庸へ御教示の、歌読み文かく事は小事の一つ也。神代の道を釈く事は大道の大道也。しかるに我をしへ子数百人ありといへども、皆詞花言葉のみを学びて、古学を出精し大道を継ぎて教を立てんとする者一人もなし。是我が愁とする処也。何卒は歌読み文章かく事はつとめずして、大道に心を寄せ候へと御示し之有り候……」

　中庸は宣長の教えの根本は古道説であり、その継承を自分ひとりに遺言されたと信じていた。享和元年九月十三日、例年の月見の会が本居大平の新座町の別荘で催されたあと、中庸は宣長の供をして月明の夜道を帰った。その道で、中庸はこれからは公務もひまになったので歌文にはげみたいともらすと、宣長は歌文に心を寄せず、もっぱら神代の道を考えて古学にはげめ、とさとした。歌文を好む門下は多いが、古学の志をつぐ者がひとりもないのは歎いても余りあることだから、かねて教えておいたとおり、古学の志を継いでほしい、と宣長は中庸に嘱して、ほどなく世を去ったという。

　このことは篤胤が上京した翌年に増訂した『玉だすき』に、中庸が文政六年九月に宣長を祭った祭文に出ていると書かれている。それとほぼ同じことを中庸は大平あてのこの手紙で書いているところをみると、かれは篤胤と出会ったとき、宣長の遺志をねんごろに語り明かしたものとみえる。しかし、この手紙と『玉だすき』とにしるされた宣長の遺志がそのとおりのままであったかどうかは疑わしい。たしかに宣長の晩年の関心は古学にあり、しかも古学に興味を示す門人が少なかったけれど、といって歌文を「小事」といいきるはずはない。それは宣長が終生おびただしくよみつづけた和歌のあとを見れば、わかる。それに語学や文芸学や考証学にも関心はなお深かった。ただ、宣長は多くの門人の個性をよく知っており、中庸の性格と才能とから考えて、古学の継承を伝えたもののように思われる。が、中庸は何事も自己を中心に考えて行動する人物であったらしく、宣長がなくなってかなりの時日のたったそのころでは宣長のことばが固く信念化されていたのであろう。それは晩年のなげきを加えて、心情のあふれた文面となった。

「浅学下根にて其事ならず、せめては一人の英雄を得て、其志を継がせんと思ひ給へりしかど、年七十に及べども未だ其人を見ず、実に故大人の尊霊に向ひ奉る度ごとに、涙滝の流るゝが如く、口をしく思ひ給へりしに、此度篤胤を得て、生前の本望を達し候に付、故大人の教示有りの儘に相伝へ申し候」

「其事ならず」の其事とはもちろん中庸が受け取った宣長の遺志であるが、ここで篤胤を知った中庸の感情は激して、待望の「英雄」とまで持ちあげている。また、篤胤も激情をもって中庸に共鳴し、こたえたようである。

「篤胤又義気天につらぬき、天地に徹して、重く中庸が申す旨を受け、もとより故大人の御為には教子の兄弟に候へども、とりわけ実に義に結び候ひて、中庸を兄と拝し申し候。仍て兄弟の約則、故大人の尊霊の前に於て契約仕り候」

ついに中庸は篤胤と兄弟のちぎりまで結び、あすにも死んで黄泉へいったときは、宣長の遺言に違わなかったことを申しあげる、という。

「自然中庸明日黄泉に趣き候へ共、故大人に向ひ奉りて御遺言に違ひ申さゞる旨を申し披かんと、大慶之に過ぎずと存じ奉り候……」

それが原文である。中庸にすれば、宣長の遺志を守ってきたつもりなのに、先師が『古事記伝』に加えてくれた『三大考』まで一門から攻撃され、それも後継者の大平が非難した。中庸は悲憤しただろう。そこにただひとり未知の篤胤という人物が突然にあらわれ、『三大考』をみとめて果敢に弁護した。それだけでも中庸にはうれしいかぎりであったのに、偶然会え、会って話してみると、学識は広大であり、気魄はすさまじい。中庸の長い鬱屈した思いはここに発露した。そんな中庸の心情が文面には大げさだがリズムをつくって激しくおどっている。それは『三大考』の文章よりもずっとおもしろい。

それに、中庸はしずかに迫ってくる死を自覚していただろう。その切迫した感情も手紙の裏に沈痛に流れているようである。事実、服部中庸はこの手紙を書いたわずか六か月のちに世を去った。

篤胤は上京して服部中庸のような生涯無二の知己を得たけれど、鈴屋一門の大半から反発を受けた。

その中心人物は城戸千楯と大阪の村田春門とであった。春門は大阪城代松平周防守康任の歌道指南に任じ、国学、和歌、書法、会式の権威とされていた。

かれらの反感は着京早々にあらわれた。藤井高尚は篤胤とは旧知であり、学識もよくみとめていたので、鐸舎に止宿させていっしょに宣長の教学を講釈させるつもりであった。その意向は篤胤と会った最初に打ちあけた。篤胤もひどくよろこんだ。

ところが、城戸千楯が強硬に反対した。鐸舎には大平、春庭、高尚のほかには一切泊めるわけにはいかないし、まして篤胤に講釈させることはできないという。高尚はことばをつくして説得してみたが、どうしても承知しない。すでに篤胤と内約していた高尚は閉口し、服部中庸を呼んで千楯にかけあうようにたのんだ。

中庸は篤胤を招いて高尚とともに事情を話し、その本意を問うた。篤胤は怒って、それなら鐸舎での講席はとりやめて、ほかの場所で講義しようという。そこで、高尚と中庸とは大平門人の土山駿河守武貞にたのんでその邸宅で第一回の講筵を設け、数人が集まり、以後は出席者の回り持ちで篤胤の講義を聞くことになったが、それもすぐにできなくなった。千楯が妨害したからだという。それで、あとは好意を寄せる六人部父子の向日神社で数回講義したのにとどまった。もちろん、自信家の篤胤には憤懣やるかたなかった。

城戸千楯が篤胤に対して反感ないし敵意を持ったのは、性格も学風も鈴屋門における立場もまるきり違っていたからである。千楯は京都での宣長門人正統の最古参だという自負があり、宣長学の普及のために鐸舎をつくっていた。そこに篤胤が突然にあらわれ、宣長にゆめで入門したと公言し、大平をもこっぴどく非難するのがまず気に食わない。

千楯は大平あての手紙で、そのことをあからさまにいっている。

「……先づ最初の夢中に門人と成ると申され候一事にても、小生は不得心に御座候。本人の口より申され候事故、嘘やら誠やら相分り申さず、実に夢中に故大人許容ありし事ならば、小子にも故大人より夢中に、平田はお弟子に相違なき趣告げさせ給ふ迄は、小子は同門とは決して承知仕らず候」

千楯は夢中の入門など信じられず、従って同門とは思わぬというのである。もっとも、これは表面の理由づけで、東北出身の原人のような強烈な篤胤の個性と上方商人の千楯のそれとの決定的な違いに根ざしているだろう。それに、学風も違っていた。鐸舎では歌文と古語との研究がおもで、中庸や篤胤の観念的な神学をみとめなかった。千楯はその手紙に「逢ひたる処文雅の之無き人故、何も聞くべき事なく」と敵意をあらわに見せて、中庸から鐸舎で講義させるように世話をたのまれたが、社中はみな不信仰のようすで、いまでもひとりも篤胤には近づこうとしない、と述べる。古学のことは先師宣長の著述があるし、篤胤の説は『古史徴』などが出ているのでそれを見れば足りるというのである。

そんな次第であったから、千楯は篤胤には着京のときに会ったきりで、多忙を理由に旅館をたずねようともしなかった。「学事見識いかにしても故大人思召とは似たるやうにて非なる所あるやうに小子は存じ居り候故、強て繁用中を欠して相尋ね候了簡も御座無く候」とも書いている。

そんな千楯には、篤胤と兄弟のちぎりを結んだ中庸も不快であった。中庸も鐸舎をたずねるとき、すぐ近所の千楯に声もかけず、無視した。それについて、千楯はこちらもあまり好きでないから、尋ねてくれないのはかえってつごうがいい――と、いやみを書いている。

この千楯の手紙は、中庸が大平へ篤胤紹介の手紙を書き送ったわずか七日あとに発送された。こんなまる反対の手紙を相次いで受け取った大平は、ずいぶん困惑しただろう。藤井高尚も篤胤と千楯らとの確執にはさまって疲れ、ほどなく郷里の岡山へ帰ってしまった。

この千楯の敵意に篤胤はいっそう戦意を燃え立たせた。千楯が書いた『万那備能広道《まなびのひろみち》』という国学入門書を見て、古学の深遠な道を知ることができず、広道どころか山中の狭い道だと酷評し、商人の下劣な搔き集めの書だと罵倒した。

しかすがに商人なれや人の幸かき集めたるこの書《ふみ》みれば

何道も捨てざるさまにかきとりて商人ごゝろ直《ただ》に見えけり

鐸舎も「腐れ屋」とこきおろした。

細ばしら小屋の醜《しこ》屋に鈴の屋の名につぐ鐸の名こそ惜しけれ

腐れ屋に鐸の屋としも名をつけて宮人さびす人ぞをこなる

千楯は紙魚室《しみのむろや》と号し、これには藤井高尚も和歌を贈っているが、篤胤は紙を食う毛物だと嘲笑した。

あき人の宮人さびて歌は詠めど商人ごゝろ隠しあへめや

紙をくふ毛物が熊の皮ごろも着たるはいかで包み果つべき

そうして、千楯らをアブやカにたとえ、自分を牛の角になぞらえ、痛烈な一首をつくった。

虻や蚊のいかにつくとも牛の角さしあへめやも其牛の角

服部中庸も、さきの大平に送った手紙で千楯らを「蠅声虫の子」とののしった。

「扨篤胤事、京都鐸の屋に集まる蠅声虫の子等は、其才学の高きを妬憎、自己の不学短才を包みて一人も出でず、此頭取は千楯也。其由藤井高尚ひそかに中庸に告げたり。然る故に故翁の門人、篤胤に参会して其力の程をだに見る者なし。実に愚不肖の小人鼠輩、故翁の徳を失ひ、光を損する是より大なるはあらず……」

中庸の語気も激しいが、千楯も負けてはおらず、後便で大平に書き送ったなかには篤胤を「大山師」だときめつけた。ちかごろ、外部から篤胤のうわさを聞くと、京での評判ははなはだよろしくない。中庸は大いに世話をしているが、外評はたいへん悪い。これは京の気風がとかく他人を悪くいうくせがあるからだが——といって、例の夢中入門のことをまた持ち出す。

「京地にても学者は学者ヂヤと篤胤主を申し居り候へども、夢中に故翁門人になりしなどと申す儀を、大山ものの様に噂致し、信じ申さゞる趣に御座候。其外学風、故大人の安心と違ひ、大に山気アル人など〻申す由に御座候」

これでみると、京でも篤胤の学識はだれもがみとめていたことがわかるが、宣長にくらべて篤胤にイカサマ臭い山師の印象がつきまとった点は性格から考えてあり得ることだろう。とにかく、篤胤は学問はできるが宣長の見識とはおもむきがちがうと、千楯はくりかえし、

「実に我国の古言の趣を得ぬ人也。諸書を我ものにして自由に理屈を付くるは得たる人也。サレバソレヲ実ニとりて見ればイカニ考フレ共皆虚也。又奇異ヲ好マル、ハ大ニ古道ニ益アルヤウにて大ニ背ケル処アリ。畢竟ハ天晴の学者の実ニ古道を得ぬ人なるべしと存じ候。違へりや、あなかしこ」——。

宣長の実証主義を受けつぎ、しかも商人としての常識的合理主義が身についている千楯に

とっては、篤胤のきわめて恣意的な観念論は「虚」としか考えられなかった。

それにしても、千楯の筆法は一体に陰湿である。中庸が篤胤を天下一の学者と吹聴し、鐸舎の不実を大いに怒り、篤胤に近づこうとしない連中を「散々腰ぬけの様に悪く」いっているると聞くと告げ、その中庸も僧形になって如意棒を腰にさし、りっぱな禅師になっていたのに、仏嫌いの篤胤をひいきにしているとからかった。

「……平田上京より俄に仏嫌ひの平田氏に御ひいきにて、腰に如意をさしながら、かゆきかく行き御世話成され候を、他の人々密に笑ひ居り申し候。平田帰国已後は又々道心堅固の禅師なるべしなどと噂致し居り候趣承り申し候……」

千楯はいつも自分の反感を第三者のことばやウワサとして書きつけ、その文脈は陰険で底意地がわるい。その点、篤胤と中庸とは同質でその罵倒のほうがカラリとしてむしろ爽快であり、両者の性格のちがいがきわだってあらわれている。篤胤も六人部是香あての手紙で、千楯らのやり口を歎かねばならなかった。

「強敵猛獣などの、日中に切懸り噛付くをば、如何にも致し候方之有る事にて、左様の族は手捕りにも致し候修行は多年致し置き候へば、事とも存ぜず候へども、幽闇の地に潜まり、毒刺いたし候鼠輩小虫の態を禁止仕り候術は、いまだ修行致さず候故、扨々うるさく存じ候」

白昼襲いかかる強敵猛獣なら手捕りする修行もしたから平気だが、暗いところにかくれてチクチク毒を刺すネズミ、小虫を禁止する術は修行していないので、さてさてうるさい——

というのである。この文面も篤胤らしい。それにつづけて、同門なので異論があれば論争すればいいのに、それもしないでただ陰険ににくむのにはどうしようもない、と歎く。

「本是れ同門の流に候へば、如何ぞやと思ふ事もあらば、面識にて議論も致すべき所、左もなく唯一向に憎み候ひて、陰悪を行ひ候には詮方なく、長大息仕り候外御座無く候」

篤胤には、かれらのやりかたは「陰悪」としか思いようがなかった。また、千楯らが論争を挑んだとしても、篤胤の学識と強弁と気魄とには圧服させられただけだろう。かれらもそのことはよく知っていたので、むしろ無視して排斥したものにちがいない。

大阪で家塾田鶴舎をひらいていた村田春門は、篤胤着京の翌日、伴信友の手紙でその動静を知っていた。信友は「篤胤弥々勢すさまじく候処、此程主に申したる事ありて、永の暇玉はり」と、篤胤のそのころのすさまじい活動ぶりと浪人したことなどをやや憎々しげな筆調で報じた。

信友は篤胤と兄弟のちぎりを結んだほどの親友であった。

ふたりの交友がはじまったのは、文化二年、本居大平の紹介によってであった。そのとき、信友三十三歳、篤胤三十歳で、一面識で意気が合って義兄弟を約した。篤胤は「篤学の同志を得候て大悦之に過ぎず」と大平に書き送り、信友は「私大事の学友」といった。事実、信友の国史、国文の文献考証は精密をきわめ、篤胤の『古史徴』の基礎資料となった。そののち、ふたりの親交は年とともに深まり、篤胤は幽契の交わりと称し、自分を荒魂、信友を和魂と呼んで、「心にくきは江戸にては、彼男一人に御座候」と門人に手紙したほど信頼し、兄事した。

ところが、文政元年『古史徵』の出版から急に仲がわるくなった。篤胤が信友の旧説を無断で載せたというのである。信友が削除を要求すると、篤胤は信友の依頼によって名をあげて引用したまでだと反論し、例の痛烈な和歌をおくった。この人は悪口するときには得手でない和歌を用い、それも相手を毛物扱いにする。

此人は人にやあると熟《よ》く見れば否《あら》ぬ毛ものぞ人の皮著る

これに対して信友は、篤胤の博識多才は実に惜しいが、かれの慢心は何分にも恐るべきもので風かみに置ける人物ではない、と心境を述べた。そうして、篤胤が上京した文政六年には絶交状態になっていた。

村田春門は伊勢白子の人で、宣長の門人村田橋彦の養子となり、天明四年、十九歳で宣長に入門した、いわば最古参に属する門人であった。春門は入門してほどなく橋彦と不和となり、白子に領地を持つ旗本小笠原播磨守の用人となって江戸に住むようになり、そのとき信友や篤胤と知りあった。

信友は若狭国小浜藩の小身の家中に生まれて御勘定頭六十石の伴家の養子となったが、十六歳から江戸藩邸で藩主長男の酒井忠進の小姓となり、和漢の書を読み進んだ。やがて、本居宣長の著書を読んで心酔し、入門しようと思ったが手づるが見つからない。そのとき、江戸住みの村田春門が門弟だとわかり、春門をつうじて入門の名刺を松阪へ送ったが、宣長の死でまにあわなかった。春門はそれに同情し、大平にたのんで名簿を霊前に供え、没後の入門というように取り計らってもらった。信友が二十九歳のときであった。

そののち、篤胤も春門を知ったが、かれの場合には格別に親しんだわけではない。むしろ、気質のあわないところがあり、傲岸な篤胤は春門に対して信友のように先輩扱いもしなかったらしく、どちらも好感を持ちあわせなかった。これに反して信友は、入門の世話を受けたこともあり、春門が大阪で家塾をひらくようになってからも親密に文通し、のちに『鈴屋翁略年譜』をつくったときには春門に序文を乞うた。春門もまた信友を評して「正シイ哉、上下ヲ着シテ端座スル如シ」といった。でも、篤胤は『鈴屋翁略年譜』も堤朝風の資料を信友が盗んだのだとののしった。

信友は酒井忠進が藩主を継ぐと秘書役に栄進し、忠進が京都所司代になると従って京都に住んで勉学をつづけ、そののちはおもに江戸で勤務した。そして、文政四年に隠居し、江戸に住んで考証の著作に没頭していた。だから、篤胤の動静もよく知っていたし、篤胤の上京のときは隠居二年めであり、しかも絶交状態であった。それで、春門へは「篤胤弥々勢すさまじく」というような悪感情を露出させた手紙を送ったものとみえる。

春門はそんな手紙を信友からもらい、ついで八月十八日には城戸千楯の来訪を受け、篤胤上京の委細を知った。春門は文化九年からは鐸舎の経営に参加していたので、千楯との関係は密接であった。千楯は春門に篤胤が大阪にも来るだろうなどと話したが、そのときふたりはさかんに篤胤の悪評をやったのにちがいない。

ところが、上京した篤胤からは春門に何もいってこない。すると、九月十七日になって大平の手紙がとどいた。それは九月十一日づけ中庸の手紙に対する返事であった。

中庸が大平に篤胤紹介の長文の手紙を書いたのは、篤胤は和歌山へまわって大平をたずねるつもりでいるが、『三大考弁々』のこともあって大平は機嫌をわるくしており、会ってくれるかどうかもわからないと心配したので問いあわせたものである。万一にも会ってくれないということはあるまいが、篤胤は面会をことわられるのなら和歌山へまわってもしかたがないから、大阪からまっすぐに大和にはいるといっているので返事を願いたい——中庸はそう大平へ書き送った。

大平はその返事を中庸とともに春門へも送った。返事がつくのが篤胤の出発後になっては困るので、それなら必ず大阪の春門のもとに立ち寄るだろうと思ったからである。

「大平が平生の気質誰々に逢はぬなどいふ事なく、しかも案内なれば久しく待たせなどやうの事なく、認めかけたる書状にても、公用の外には書きさして面会する事に御座候」

大平はつねにだれにでも会うことを強調し、「篤胤主には先年より早く逢はまほしく、一日も早く逢ひたく存じ居り候に御座候」とまで書いた。もし同道してくれるなら、三人でいろいろ話しあいたいとも述べた。

それで、春門は篤胤を待った。が、何のたよりもない。素通りしたのではないか、とそのことを春門は大平に書き送った。

「……春門、学風も（篤胤とは）あひがたく、殊に児輩の如く存じ候故に、直に通り候ひて、尊家へ相伺ひ候やとも存じられ候」

　春門は学風があわず、篤胤を子どものように思っているから、大阪を素通りして直行するかもしれないというのである。学風のちがいについては、別便ではっきりこう述べている。

「故大人おかくれ後は御余光を蒙り候輩、国々に於て思ふさまざまに異説を申し、学風をおこさんと仕り候。内にも篤胤如きものかれこれ承り候」

　つまり、春門は千楯同様に篤胤を異端だと断定するのである。

「元来篤胤其以前学問発起の時分、江戸に於て右世話も仕り候事にて御座候へば、たとへ学風はとまれかくまれ、実意を存じ候はゞ、一通り安否は相尋ね候筈の事に候……」

　ここには春門の皮肉にゆがんだ口もとが見える。春門は江戸で篤胤の世話もしたので、学風はちがっても誠意があれば、一応は安否をたずねるはずなのだが……という。

　これについて、後年、鉄胤は江戸で世話になったことがないと言明し、それだけでなく春門の非行をあばいた。春門は小笠原家中であったころ、主家の金を使いこみ、そのほかにも悪行があって禁固となり、江戸の同門学友が助けたが江戸にはおれなくなって大阪へ逃げ、姓をたびたび変え、剃髪して異形となったという。これら中庸、千楯、春門らの手紙が残っているのは大平が残して整理し、それを篤胤の門人羽田野敬雄が写して鉄胤に伝えたからである。鉄胤はそれに論評と補遺とを加え、『毀誉相半書《きよそうはんしょ》』（一名『本教道統伝』）と題し、天保五年以後に公刊した。その鉄胤の言いぶんがどこまで事実であるかはわからないが、とにかく春門も癖のある複雑な人物であっただろう。

わたしはたまたま政吉さんの店で、春門の掛け軸を見つけた。表装もお粗末で、値段はおどろくほど安かった。「草花」と題する和歌であった。

　秋づけば片山陰の蔓木さへはなさけりけりをる人なしに

歌は繊細でわるくはない。文字も書きこんであって細い筆線は女手のように流麗でもある。それでいて、シンが妙に強く、女のようなやさしさのなかからのっぺりして不敵な坊主頭が立ちあがるように感じられた。とにかく、篤胤とは対極的な筆致であり、城戸千楯のそれに似かよっている。性格もそれに見合っていたのであろう。

十月十九日夜、篤胤は京都を出発して和歌山へ向かった。二か月半におよぶ滞京生活では、著書献上のことは成功したが、中庸をのぞく鈴屋一門に排斥され、いつも癇癪をおこしていただろう。

翌朝、大阪に着いたが、村田春門を訪問した形跡はない。そして、二十一日夜には和歌山城下に着き、旅宿吉田屋にはいった。

二十二日夕刻、篤胤は本居大平を訪問した。

大平は『紀伊続風土記』の編纂に従事していた。これは藩主徳川治宝が文化三年におこした百九十二巻におよぶ大事業で、完成したのは天保十年であるが、篤胤訪問のときには仁井田模一郎らと城内西の丸に開設された編纂所につめることが多く、自宅では門弟に国学、歌文を教えていた。陸奥《むつ》宗光の父伊達宗広が入門して来たのもこの三年前のころである。

篤胤の訪問には二年前に入門した家中の石井寛道が案内したのであるが、大平の左右には門人の山田弥作、安田長穂、島友斎、和田九内、塩路周蔵らがならんで待ち受けていた。大平と門人らにすれば、『三大考弁々』で罵倒に近い反論をつきつけた篤胤である。遠来の同門を歓迎するというより、警戒に緊張して訪問を待ち受けただろう。また、篤胤のほうもそのことはよくわかっていたので、剛気なかれも多少の不安を持って出向いたにちがいない。

そのとき、篤胤は大平に短冊を差し出した。

武蔵野に漏堕《くきおち》てあれど今更により来し子をも哀れとも見よ

これは哀願をこめて、阿諛《あゆ》に近い。『三大考弁々』で執拗に激烈に大平を論駁したこととはまるきりちがう。篤胤にはそういう振幅があったが、大平はこれには意外であったらしい。大平は後年の手紙に「いと物和かなる男にて顔つきも柔和にうちゑみつゝ」と書いている。それに大平は謙虚で寛容な常識人であり、誠実な苦労人であった。筆跡も素直でケレンがなく、それなりに気品を具えている。

大平は篤胤の著述の勢い、論弁の厳酷にはこだわらないといい、酒肴を出してもてなし、しばらく逗留せよとすすめ、懇談は午前二時すぎまでつづいた。このことは篤胤が中庸に報告した手紙に見える。

翌日は門人石井寛道の招待で漢学者たちと船で和歌浦、玉津島、紀三井寺に遊覧し、その夜も別れのあいさつを兼ねて大平を伺った。

ちょうど歌会がひらかれていて、門人七、八人が集まっていたが、大平は席上、篤胤が前日呈した和歌への返歌八首を贈った。それは奉書にしたためられ、手ずから篤胤に渡された。

人のつらかむばかりものいひし人けふあひみればにくゝしもあらず

「人のつらかむばかり」とは、『三大考弁々』で示した篤胤の論調をうまくいいあらわしている。それが会ってみると、いっこうに憎くないというのであるが、篤胤には気性のはげしさとともに、悪童のように無邪気な一面があったのであろう。

かむばかりことあげつらひいひし人後悔にきといふはまことか

つづいて大平がそんな歌を示しているところを見ると、篤胤はどうやら過去の論弁のゆきすぎを陳謝し、後悔していることを告白したととれる。篤胤は率直な性情であったが、またそういうことを平気でこだわりなくやってのける人物でもあっただろう。

大平はそれにつづけ、これから自分の教えに従うならば同学の弟と呼ぼうといった。

後つひにわがをしへ言うべなはゞおなじ学のあにおとゝいはむ

また道のため学問のために猛々しく論弁してもとがめはしない、という意味の和歌を与え、

道のため学びのためにかくばかりいそしむ人はまたあらめやも

と、篤胤の学究ぶりを推称し、古伝は私心なく読むこと、宣長の教えを思うなら古典を誠実に読むことを和歌に託した。

神の代の伝へのまにまいひときてわがわたくしの心なそへそ

実《まこと》もてふみはよみとけ鈴屋の大人のをしへの心おもはゞ

大平のとどめの和歌は――、

世の人に道ををしふる人ならばかへり見しつゝ道はをしへよ

ここにはいつも謙虚な反省を忘れなかった大平の人がらが出ている。それに対照的なほど、すべてに突進する篤胤も、そのときだけは神妙に首を垂れていたと思われる。

ついで、大平は『衝口発《しょうこうはつ》』『鉗狂人《けんきょうじん》』の版本を贈った。『衝口発』は京の考証学的儒者で考古学者であった藤井貞幹が天明元年に発表した一種の日本文化論で、日本の古代文化はすべてシナ、朝鮮に由来することを十五項目にわたって詳述した。なかには、神代の年数は信じがたく、神武紀元は約六百年くりさげねばならぬという卓説もあるが、和歌も朝鮮の辞とするというようなこじつけも多い。宣長がこれを一条一条反論したのが『鉗狂人』であり、かれも古代学についての豊富な知識を展開しながらも極端な外卑思想にもおちいっている。大平がこの二書を特に選んで篤胤に与えたのは、その志向を考えてのことであろう。

それとともに、大平は宣長の言挙げの和歌をも書いて贈り、宣長が使っていた机を見せて生前のことを伝え、霊代とするサクラの笏に霊名を書いて与えた。宣長が生前に使っていた二本の笏は春庭と大平とが受けついだが、その模造を譲り、さらに、京の画工鴨水井特がかいた宣長画像も惜しげもなく与えた。

これには篤胤はすっかり感激した。中庸あての手紙で委細を報告し「誠に云はむ方なく忝く、ほとほと涙とゞめ兼ね申し候」「篤胤もこぼれんとする涙をやう〳〵に押へて罷り出申し候」と書いた。

ところが、大平の篤胤に贈った和歌がほどなく、鈴屋一門に波紋をおこした。伊勢宇治の荒木田末寿が激しい調子の批判文を書いたのである。末寿はすでにふれたように内宮風日祈内人を家職にする鈴屋の古い門人で、宣長が光格天皇遷幸を拝観したときには春庭とともに同行したが、宣長が両宮の祭神天照大神と豊受大神との神性を論じて『伊勢二宮割竹弁《いせふたみやさきたけのべん》』を書くと、これを反駁して『伊勢二宮割竹弁難』（享和三年）を成した。神宮関係の著作が多いが、祠官としては珍しく蘭学も勉強していて暦学の著書もある。また、義門が書いた『山口栞』を批判して『山口栞踏分』を示した人物でもある。かれが『山口栞踏分』を書いたのは前年の文政五年のことであり、宣長にさえ反論を書いたほどだから、攻撃的で、鈴屋正統以外のことにはすぐに論難する傾向があったらしい。

末寿はこの年すでに六十歳であり、はばかることなく大平の贈歌をきびしく非難した。

——篤胤は自分を少名彦大神、大平を神皇産霊大神になぞらえているが、傲慢である。篤胤は宣長生前の教え子でもなかったのに、ともすれば教え子といっているが、その本心は自分がいい出した新説を世人が肯定しないのを恐れてのことである。自分は師の心をよく知っているから、自説も師の心にかなうものだというためのうしろ楯にする仕業で、いわば龍のひげにすがって天に昇ろうとする計略だと思われる。先師をゆめに見て入門をちぎったなどといい加減なことをさえいい出したのは、ばかげたことである。先学のしるした書物を読んで、それで悟りを得たのなら、先学はすべて師であり、ことさらいい立てるには及ばないではないか？

まず、末寿はそんなふうに篤胤を弾劾し、ついで大平を追及する。

――大平の贈歌を考えると、これは篤胤に会ったときに作って直接与えたものではなく、のちになって推量して詠んだのであろう。なぜなら、「つらかむばかり」というのは、『三大考弁』『天説弁』などを篤胤が弁破したことをさすのであろうが、かれはいつ、その説を後悔したといったのか？　自分はそんなことを聞いていない。もし、この「後悔にき」という歌を篤胤に直接聞かせたのなら、かれがどう答えたのか、聞きたいものである。

末寿にすれば、篤胤が自説を後悔したなどといったことは信じられないし、だからこの歌はあとで大平が一方的に作ったのにすぎまい、とする。さらに、追及は激しくなる。

――「つらかむばかり」に篤胤がいったとき、どうしてそのつらを打ち砕くばかりに反撃しないのか？　ただし、あの『天説弁』などを見ると、互いにつまらぬことをいいあっていて「いとも〳〵見苦し」。でも、自分がここでいいたいのはそんなことではない。ことばの表現はなだらかであっても、心強くさえあれば、いくらでも不遜な人間の頬を打ち砕くことはできるものだ。それなのに、つらかまれたままに報いることもできず、自分の口からこんな歌を詠んだのはどういうことか？

末寿は「あさましき心ならずや」と問いつめる。それから大平が「後つひにわがをしへ言うべなはゞ……」と詠んだのに対し、うべならうか、うべなわないかは篤胤の『古史徴』を見てもはっきりしているのに、そのうべなわないことのいけない点を明確に説き諭しもせず、ただ「うべなへ」とだけいうのはどういうわけか？　また、篤胤を「かくばかりいそしむ人はあらじ」と思ったのは、かれの努力をほめたことだろうが、その欠点をとがめることもできずにこういってしまっては、すべてをよいことと許したようなものだ。それはどうか？「わたくしの心なそへそ」「実もてふみはよみとけ」「かへり見せよ」という和歌はみなもっともであるが、それならまず自分がそうすべきなのに、大平の論弁などを読むと、いいようもない推論ばかり多いのはなぜか？　いま、師宣長の事跡を思うにつけ、大平のくやしいことばかりするのを歎くあまり、自分はこうまでいうのだ。いま『古史徴』だけでなく、鶴峯戊申《しげのぶ》の『天の御柱』や富士谷御杖の『古事記燈』などという狂書がたくさん出ているのに、大平は師のあとをあずかる身でありながら、黙って見すごしているのはどうしてか？　先師宣長の魂はどう思っていられるか？……。

末寿はそのように、篤胤よりも大平のだらしなさを責め立てるのである。

この批判書は十一月二十五日づけで、宇治の大人、つまり荒木田久守に送られた。久守は荒木田久老の次男で数度養子に出たのち、実兄の死で荒木田家を継いだ。本居春庭には文化七年に入門したと記録され、当時四十五歳であったが、養子先を転々したり、足代弘訓に寄食したり、かなり放浪癖のある男だったらしい。そのせいか、晩年にはとうとう家を破産させたが、その半面には交友関係が広く、情報にも通じていたとみえる。義門の『山口栞』も春庭から借りて写し、さらに末寿の『山口栞踏分』を義門に送ったのも久守であったが、こんどは大平の篤胤に贈った和歌を写し取ると末寿の批判を求め、それに同意を示して知友に配った。「平田などの学風は己が新説をたて丶、それに古書をぬきとりてよきやうに引きあはせたるものなり。一部をつらねて古書の文義をとくはえ解きおほせぬこと丶ぞ思ふ」

久守は末寿の批判書にそう書き加え、伊勢、江戸、上州、信濃などの知友にまで配布したのである。この久守の付評がよく示すように、城戸千楯、村田春門、荒木田末寿を中心とする自認主流の門下は一致して篤胤の主観的方法に反対し、それは篤胤の激烈な応対に比例して高まり、あげくは非難は大平にまで向けられた。もっとも、嗣子鉄胤の説明によれば、末寿は文政三年に江戸に出て篤胤にも入門したが、実はそれも主宰する万人講を拡張したいための方便で、篤胤が門人の加入をたのまれたのをことわったことから誹謗するようになったのだという。さらには、鉄胤は末寿も久守も神宮祠官というが巫祝の類の神商人で「伊勢コジキと云ふは彼等の類」とこきおろしている。

文政八年、本居大平は荒木田末寿の批判に対し、陳弁の書状を書いた。――末寿は贈歌は直接篤胤に渡したのではなく、のちに作ったものだろうというが、自分が奉書に書いて手渡し、篤胤がひらき読んだことは事実で、同席の人たちが知っているところである。しかし、口に出していっては自分も篤胤も物さわがしくなり、互いにいってはならないことも出ればかえって学問の妨げになるので、面と向かっては語らなかった。篤胤は物やわらかな男で、顔つきも柔和に微笑しながら語るし、自分も談論は口不調法なので先方の態度に応じたのである。「犬のにげ吠などの如く後に心やりによめるにはあらず」犬の逃げ吠えのように、あとになって贈歌したのではないというのである。温和な大平もよほど腹が立ったらしく「犬の逃げ吠え」というような、かれにすれば野卑な比喩を使ったとみえる。

——「後悔にき」と歌ったのも、篤胤が「先だちてはいろ〳〵申し上げ候事、真平御用捨」などと、俗にあやまり口上をいったからである。それから、盃を交したときに、同席の島友斎が「仲直りのさかづき也。へへへへ」と笑ったこともあった。そういうありさまだったので自分は和歌に詠んだまでで、それをとがめるのは、その場のようすを知らぬ人が古戦場の論を百年のちから言い立てるようなもので、詮のないことである。

大平はそう陳弁する。これでみると、篤胤は平伏して陳謝したわけではない。「真平御用捨」と冗談めかして軽くいなしたものである。いかにも篤胤らしく、その場の情景がみえる。また、島友斎がへへへへと作り笑いをして仲直りの盃に酒をついだというのは、世俗臭いが、それもみんながその場を荒立てまいとしていたからであろう。

それにつづけて大平は書く。

「篤胤が著述のひがごとはえ論破せずして、ただ歌にのみまけをしみの如くへらず口をよみたるやうに、益谷神主の取りなされたる御論説は、大平一言の申しわけもなし」

大平は率直に非力をみとめるのである。宣長のあとをつぎながら、師の説にそむいた篤胤の説をそのままにしておくのは、大平の力がたらぬからだというのは、目のつけどころのよい説だ、とも受け入れる。ただ、自分は浅学で論破できなくても、世には具眼の高才も出てくるであろう、と述べる。

——篤胤が「後悔にき」といったのは、『三大考弁々』の論旨のことではなく、文章の表現が失礼になったのを悔いたのかもしれず、立説そのものを悔いたのではないだろう。だから、その場の対面のあいさつではまぎらわすようにいったのだろう。それを自分は篤胤が立説そのものを悔いたように和歌でまぎらわした。篤胤も自分もその方便であった。これが双方の真実というものだろう。でも、その方便のどちらが正直であったかは、後世の人が明弁してくれるだろう。

つまり、大平は篤胤が所論そのものを後悔して撤回したのでないことを知りぬいていた。ただ、おだやかに誠実に篤胤を迎えたかったのであろう。そこで、大平は自分の立場を告白する。

——自分が宣長のあとを継いだのは学力博識のすぐれたためではない。宣長が京から松阪に帰郷して学問古学の業を始めたときに、父棟隆と従兄直見とともに入門したからにすぎない。学才の秀英なためでないことはあなたもご存じのはずである。篤胤を弁破しないのがよいかわるいか、また、篤胤が僻学であるか正論であるかは、百年、いや三、五十年のちに見定める人があるだろう。

大平は批判は後世に待つ、といい、篤胤を正当に評価する。

「篤胤が僻《ひが》ごととてもわずかに百に十ばかりのひが事なり。其余は古学の為に今の世に篤胤ばかり自ら励み、人をもはげましむる人なし」

この断定の響きは、大平のものとも思われぬほどに強い。それが対面して篤胤から受けた実感であったからであろう。その気もちは篤胤にもつうじ、それで「ほと〳〵涙とどめ兼ね申し候」というように中庸に報告したと思われる。

——篤胤が『三大考弁々』で大平に噛むようにいったのは後悔すべきことで、それが江戸諸先生の自説を張ろうとするいつもの癖である。あなたも若いときに書いた『伊勢二宮割竹弁』には師に失礼の過言が見える。自分もそれを書きとめている。ご覧になりたいなら、いつでもお見せしよう。

大平の末寿に対する陳弁はそれで終わっている。

こうして、篤胤は鈴屋門流に波瀾を巻きおこしたのである。かれは上京のとき「龍の雲を起し」と自負したが、結果は鈴屋一門に強烈な渦をつくった。そこにはさまざまなものが浮きあがった。学統を守ろうとする堅固な意志や団結や誠実さとともに、不潔や腐敗や縄張り根性もあらわれ、つまり門流の人間性がむき出しになった。それは義門が登場したときの現象と同じであったが、篤胤の場合はあらわな形となった。

十月二十四日、篤胤は大平との面会をすませて和歌山を出発し、紀の川に沿ってさかのぼり、大和を目ざした。二十五日には橿原の八木にとまり、法隆寺、龍田神社などをたずねて奈良にはいった。そこでは春日大社、東大寺に参詣し、南へ下って三輪神社に参詣し、初瀬、名張をへて青山峠を越えたのは大風が吹き荒れる十月二十九日であった。この脚力も論調のようにすさまじい。

青山峠を越えると伊勢の国で、稲の刈り入れの最中であった。松阪にはいったのは十一月一日であったが、そのときは殿村常久《つねひさ》と本居春庭の家へあいさつに立ちよっただけで、伊勢神宮へと急いだ。内宮、外宮の参拝、二見浦の見物をすませ、また松阪に戻ったのが十一月三日で、旅宿大和屋にはいり、殿村常久に知らせた。すると、常久は富樫広蔭、小津久足をつれて宿に来た。常久の兄安守も来るはずであったが、歯痛のために加わらなかった。篤胤は三人と深更十二時まで語りあった。

安守をふくめたこの四人は、春庭の後半生に密接にかかわりあい、また宣長の学統の展開を見るうえに重要な人たちである。

殿村家は松阪中町に木綿問屋を営む豪商で、江戸大伝馬町に出店を持っていた。和歌山藩が藩札発行を松阪商人に請け負わせて御為替組五家を指定したとき、殿村家もそれに加えられて藩の金融業務を代行した。また、大年寄りをつとめ、苗字帯刀を許されていた。安守は安永八年にその分家に生まれたが、本家をつぎ、養父佐五平が宣長の門人であったところから寛政六年、十六歳という年少で鈴屋に入門した。以来、宣長の講席、歌会に加わり、また、寵愛を受けて遊行のたびに随伴した。宣長の死去の直前に京都の絵師鴨水井特を招いてよく知られる肖像画をかかせたのも安守であり、出版にも援助して『歴朝詔詞解』には序文を書いた。

宣長の没後、大平一家が移住したあと、春庭は後鈴屋を組織したが、それには安守の物心両面の援助があったと思われる。春庭が父の遺愛の鈴を模造したときも、安守が相談相手になって交渉から費用まで引き受けたし、春庭の歌集『後鈴屋集』や『古事記伝』の出版にも骨を折っている。春庭が生活を針医にたよらず、著述と門人の指導とに没頭できたのも、安守の経済的な援助があったからで、春庭の最大の後見者であった。事実、安守は政治力、経営力もあって、御為替組の仕事もかれが中心になり、藩の用達を引き受けて敏腕をふるったという。

安守はおそらく春庭のためであったろうが、義門の『山口栞』を書き写している。荒木田末寿の『山口栞踏分』はこの安守本によって書かれたのであるが、かれ自身の興味は国学からむしろ文芸、それも小説へと移っていた。文化十一年、滝沢馬琴が『南総里見八犬伝』『朝夷巡島記』を出版すると、安守はこれに魅了され、篠斎と号して鋭い批評である『犬夷評判記』を書いて馬琴に送った。すると、馬琴は安守の義弟琴魚あて書簡にこう書いている。

「……第一の御忠告近来稀なる珍書に候へば、開封其のまゝ再三熟読誠に以て甘心大悦只此事に御座候。年来小説を好ませ給ふ御眼力、きつとしたる事なり、恐らく当今の小説を斯くまでに見る人稀なるべし」

安守の小説についての造詣の深さと批評眼の高さはこれで察しられる。この『犬夷評判記』は馬琴の序をつけて文政元年に出版され、このときから馬琴との親交がはじまった。馬琴の求めに応じて宣長の肖像画や筆跡を贈ったり、蔵書を貸したり、後年、馬琴が金に困ると用立てたり蔵書を買ってやったりした。安守の妻の弟にあたる琴魚が早く小説家を志望して馬琴に弟子入りしたのもその影響であろう。

また、馬琴はある人への手紙のなかで、安守をこう評している。

「全体本居宣長の弟子にて和学者に御座候へ共、性として和漢の小説よみ本をこのみ多く蔵弁いたし居り候故、見巧者にて評判も此者の評よろしく御座候。さりながら、一癖ある男子にてとかく人をほめてのみおかぬ癖ありて、鎗を出したがり候。才物に御座候。歌も上手によき歌折々聞え候也」

安守はただおっとりした富商の大旦那ではなかった。むしろ、ゆたかな環境のなかで自由な精神を押し広げ、気ままにふるまった剛腹な人物であった。小説好きで、鎗を出したがるのもその一つのあらわれであっただろう。遊びも好きで鳴り物にも凝り、京都から画家が来ると何日も泊めて遊ばせ、応挙の弟子の素絢などは三年も居つづけたという。応挙といえば、安守はその写実主義が好きであったらしく、松阪の豪商の慶事には狩野派か土佐派、唐画を掛けるのが風習であったが、いつも応挙を平気で掛けていた。また、慶事には台所に「倹約無用」という張り紙を出したという挿話もある。そういうところを見ても家風やしきたりにはいっこうに縛られぬ人物であったらしい。もっとも、自由すぎてのちにはなかま一族、朋輩から指弾を受け、五十三歳で隠居して和歌山に移り住まねばならなかった。

みな人の袖の白露むすぼれておく霜ふかくしのぶ冬かな

春庭がなくなってその一周忌に、安守はそんな追悼歌を残した。形式ばかりの追悼歌が多いなかに、追慕の実感がしみじみと沁みとおるような美しい歌である。

さて、平田篤胤のことは松阪へ来る前から安守にさまざまに伝えられていた。和歌山の同門山田百枝から、篤胤が和歌山にあらわれた翌日には風評が安守にもたらされた。篤胤は卓説の人ではあるが古書を自分勝手に取捨し、服部中庸は格別に称歎するが何事も仰山にいうこの人の癖なので信じにくいし、大平は自論をはっきりいわぬ人なので評論もしない――という ふうに書き寄こした。

これに対し、安守はこう返事している。

――自分は目下は廃学同様なので他人の学風を批評する柄《がら》でもないが、篤胤の著書を一覧したところでは、どれも古人未発の卓論でおもしろく、心よく、ことわざにいう痒いところに手のとどくここちがあり、実に英雄の業だと感じ入る。古書を自分勝手に引きつけて極論するために、古伝は誤りの多いものだといったりするのはどうかと思うけれど、篤胤の量見では古伝の疑わしいことは疑って古事を批定したのが『古史成文』であろう。脇目から自分勝手と見えるところが、篤胤には確かに考え定めた卓見であろう。そう思って見ると、古書中の疑問も氷解されておもしろく思う。

「其説を信伏は仕らず候へども、其論は感服仕り罷り在り候へば、当地へ来て面会仕り、奇説妙論いろ〳〵承るべしと相楽しみ罷り在り候」

安守は篤胤が松阪に来たら会って奇説妙論を聞こうと楽しみにしているという。自認主流門人のように、むやみに否定し、排斥しようとはしていない。それにつけ、城戸千楯とは志が合わぬようすだが、千楯も一見識をもっているからありそうなことだ。服部中庸は『三大考』の著述者だからもちろん考えが合う。村田春門はどうであろうか？　いずれにせよ、篤胤は鈴屋門人と称して古学を唱えている英物であるから、学兄として交わり、その説をも用いなければならないと思う。平田の妙説卓論はいいが、それを信用しすぎてその上をと奇異の説を出すのは戒めなければなるまい。

「平田は当時鈴屋門の猛虎なり。をしいかな、それを伏する人なし。藤垣内翁、春庭翁などの手にもあひがたし」

安守が篤胤を猛虎とたとえ、大平、春庭の手にもおえないといっているのは適切でおもしろい。が、安守は手におえないというのは、及ばないということではないとする。服部中庸が大平、春庭の両翁も篤胤に及ばないとみたのは、かれが篤胤と志が合って両翁とは合わないところがあるからだ、と断定する。両翁、中庸、篤胤四人の本質を見ぬいている。

「私共存じ候には、平田才智たくましき所はともかくも、学風に於ては両翁の上に立つべき人とも存じ申さず候」

篤胤の学風は宣長の本意、古学の正学とも申しにくく思うが、しかし、奇説、異端と疎み、そしるのもまた誤りである。疎みそしるのは、いわゆる負け惜しみであろう。何分にも一家の説として立てておいて取り用いたいと思う。

「扨かく認め候ひてくり返し見候へば、よいと申すのやらわるいと申すのやら知れぬ様な認めぶりにて我ながらをかしく存じ奉り候」

手紙の途中で安守は自分の書きぶりに苦笑しているのであるが、そのころの篤胤評としては一番平静で公正で的確である。中庸のようにむやみに持ちあげるのでもなく、千楯や春門や末寿のように排斥するのではない。それでいて、宣長との本質的なちがいは見ており、篤胤の独創も正当に承認している。安守は滝沢馬琴も認めただけの批評眼の持ち主だったと思われる。

「当時古学者中の一英雄に候へば、私共は唯なにかなしに其わるいかしらぬと存じ候処はすて、よい説ぢやと存じ候によりて面会いたして何か咄も承るべしと楽しみ居り候事に御座候」

わるいと思う説は捨て、いいと考えるところに従って面会し、何か話を聞くのを楽しみに篤胤を待っているという。この安守のゆったりと構えている度量は、たしかに偏見のない自由人のものである。

松阪に着いた篤胤を宿にたずねた殿村常久は、安守と同年の異母弟である。十九歳で宣長に入門し、殿村別家を継いで和歌山藩の金融を代行した。かれは国学にはげんで『宇津保物語年立』『千草の根ざし』『夜舟物語』『但馬日記』『かたばみ草』『皇国うひまなび』の著述を残したが、おもしろいのは本草学の興味があり、『千草の根ざし』はその研究である。兄安守との関係から滝沢馬琴とも親しく、常久が文政十三年五十二歳で病没したとき、『八犬伝』のなかに事跡をしるした。それには、「性謙譲ニシテ名利ニ遊バズ。……未ダ嘗テ人ト争ハズ」とあるから、安守とはちがって温和で学問好きな人物であったとみえる。かれも安守とともに春庭を助けた。

常久に同行した小津久足は、百足町の豪商の嫡子で殿村家とは姻戚であった。十四歳のときから春庭に入門した。篤胤が松阪に来たときはまだ二十三歳の青年であったが、のちにやはり滝沢馬琴の知己となり、『八犬伝』に三人の親友のひとりにあげられた。馬琴は自分でも変人なので同好知音でないと交わらないといい、安守と久足と高松藩士木村黙老との三人だけの名をあげたのだが、晩年に窮迫したときに小説類を金五両で久足にゆずっている。また、伊賀、大和の国境月が瀬渓谷は斎藤拙堂の『月瀬紀勝』で紹介されてから天下の梅林として知られ、明治の文学者の多くがたずねたところであるが、久足は拙堂よりも早くこの梅林を探勝して紀行を書いた。そのなかで「然るに歌人の此地に遊びし事を聞かず。這は世の中の歌人は多く風流にうときものにて芳野の外はふりはへて遊行するも稀なればなり。殊更本居門の歌人は俗臭甚しく、たゞ机島筆海にあたら月日を区々として苦しめらるゝも多ければなるべし」といった。本居門流といっても、その感覚は安守同様一門の旧套からつき抜けていたことがわかる。春庭の没後には嫡子有郷の後見となった。その蔵書は膨大な量にのぼり、馬琴の手紙は百通も残されていたという。

もうひとりの同行者富樫広蔭は、春庭の最晩年にもっとも重要な関係を持つ人である。寛政五年、和歌山の木綿問屋に生まれたが、三歳で父に死なれて貧苦のなかに成人し、二十八歳で本居大平に入門して国学を学んだ。文政五年、三十歳のときに求められて大平の養嗣子となり、本居庄右衛門長平といっていた。かれは語学に興味が深く、春庭の学風を慕って養嗣子となった年の五月、松阪に来て後鈴屋に寄宿していた。もっとも、翌年には和歌山に帰り、多病を理由に本居家嗣子を辞して曽祖父の家富樫氏を継いだが、すぐに松阪に戻って春庭について学び、秘書と助手とをつとめていた。篤胤を迎えたのはちょうどその時期で、おそらく春庭の代理のつもりで宿へ出向いたのであろう。広蔭はそのとき三十一歳、かれはそののちもずっと春庭に従い、学業を助け、春庭の没後は久足とともに有郷の後見となった。

そうした安守、常久、久足、広蔭らによって篤胤が歓迎されたという事実は、興味のあることである。松阪では京都、大阪、あるいは和歌山や伊勢ともちがって、偏見なく迎えられたのだから。それは春庭の学問を考えるうえにも重要である。


篤胤は松阪に着いた翌日、つまり十一月四日、念願の山室山の宣長の奥墓へと向かった。殿村常久、小津久足、富樫広蔭の三人が案内に立ち、殿村、小津両家からみごとな弁当の寄贈があった。

一行は従者に弁当、湯茶を持たせ、にぎやかに山室山への道を歩いたことだろう。それはわたしたちが何度かたどったのと同じ道で、そのころはいくらか細く、けわしかっただろう。すでに初冬で、刈り入れは終わって田はさむざむと広がり、掛け干しの稲が長い影を引き、山の雑木は黄ばみはじめていたはずである。篤胤はひとり上気し、大声で何かをしゃべりつづけて歩いただろう。

道はけわしい山室山の坂にかかり、やがて篤胤は宣長の墓にぬかずき、和歌を捧げた。

束の間も忘れずあればけふ殊に偲び申さむ言の葉もなし
をしへ子の千五百と多き中ゆげに吾を使ひます御霊畏し
我魂よ人は知らずも霊幸ふ大人のしらせば知らずともよし

篤胤の感慨は深かったのにちがいない。だが、かれの場合は常人とちがって、宣長との幽契をいよいよ固く信じた。そのことは「吾を使ひます」「人は知らずも」の詞句にあらわれている。自己陶酔といってもいい。門流の排斥などは問題にしていない。

篤胤はのちにも山室山を詠んだ和歌をその『気吹舎歌集』に残している。

天の下に群山あれど山むろの山にまされる山はあらじな

やまむろの翁は道のおやなれば花さへ花の祖にぞありける

山室山をあやに懐しみ麓なる草のかき葉もうらやまれぬる

ことばの貧しい歌ばかりで情感はないけれど、率直すぎるほどの歌いぶりではある。

山室山参拝を終わると、篤胤はその足で魚町の後鈴屋に本居春庭を訪問した。

篤胤は和歌を贈った。

こひ〳〵て有経し大人の面影を其御子に見るけふの嬉しさ

たしかに、篤胤は春庭の失明した顔を見ながら、宣長の面影を探っていたのにちがいない。春庭がどういうことを語ったか記録に残っていないが、問われるままにおもに父の思い出を述べたであろう。春庭は前年に長女伊豆をとつがせ、長男有郷を小津家の養子にし、肖像画をかかせてひそかに死の準備にはいっていた。それだけにゆめで入門したというほど父を敬慕する篤胤をただうれしく迎えたであろう。

篤胤は春庭に乞うて宣長の自画像を拝し、前年安守のはからいで模造した鈴をも見た。それから、宣長の使い古した筆三本を所望した。いずれ、『古史伝』を出版するとき、版下の文字は一行でも先師の古筆で書きたいと願っていたからである。すると、春庭はこころよく大小三本の古筆を与え、和歌をつけた。

故翁のつかはれし筆ののこりたるを平田主のこひ給へるにまゐらすとて

手ならし〻昔おもひておほろかにかきなゝがしそ水ぐきの跡

短冊には妹の美濃が代筆した。そのとき、春庭は父の古学は篤胤に引き渡したという淡々とした安堵があったかもしれない。篤胤はこの筆を大平からもらった御霊代の笏、画像とともにのち長く神牀におさめ、終生、尊敬を怠らなかった。

篤胤は後鈴屋を辞去した。それが春庭とのただ一度の面会となった。春庭は五年のちに他界するのである。

その夜、篤胤は殿村安守に招かれ、深野屋で春庭の門人と語った。安守、常久、久足、広蔭らが集まった。そのもようは、安守が十一月十一日づけで大平に書き送った手紙で知れる。

「漸く一夕の事故、格別こみ入り候処迄の咄も出来申さず候。『出定笑語』『妖魔新論』等の草案はなしをおもに承り申し候。おもしろき事に御座候」

『妖魔新論』とは『鬼神新論』のことである。篤胤はおもに自著の構想を流れるような弁舌でまくしたてたらしい。

「其内議すべき事なきにしも候はねど、先づ惣体ここちよく面白き説共にて、夜のふくるを忘れ申し候。何に致せ、当時の英物、さるかたに頼もしき一人と存じ奉り候」

安守には、篤胤は予想どおりの人物だったようである。そのとき、大平の贈歌も篤胤から見せてもらい、「いづれも〳〵に御座候へども、就中『人のつら』の御詠ひろく大きく何事なく御妙作と甘心奉り候」と書き、荒木田末寿のような見かたはしていない。また、篤胤が大平のことを「誠実の大人なり」といっていたことをも伝えている。

安守は二、三日逗留するようにすすめたが、篤胤は帰府を急ぐといって翌日には松阪を出発した。

篤胤が四か月に近い関西旅行を終えて江戸に帰り着いた時は、文政六年十一月十九日になっていた。

すると、その年末、京都吉田家から神職に古学を教授するように委嘱された。実はこれも関西旅行の際、篤胤が吉田家を訪問して運動したことが実現したのであるが、これはまことに奇妙なことであった。

篤胤は『俗神道大意』で、吉田家は素姓もしれぬ卑賤であるのに奸計をもって足利将軍に取り入り、諸国の神人をおどしかすめとって配下につけた「ニクキコトノカギリ」と罵倒し、その説く吉田神道は仏儒の説を折衷した俗流にすぎないと弾劾した。それが上京の直前に前説を撤回し、京都ではわざわざ吉田家を訪問し、あげくはその教授になった。理解しにくいほど変節である。

事実、吉田家は日本史第一級の策謀家系といっていいだろう。

吉田家は天児屋根命の子孫と称し、卜部氏を姓として代々亀卜で宮廷の神祇官に奉仕した家筋であったが、十五世紀に吉田兼倶《かねとも》があらわれて吉田神道を大成した。

兼倶は後土御門天皇の侍読となり、『日本書紀』『中臣祓』の秘説を講じて従二位に叙せられた人物であるが、かれは天照大神が八百万神を主宰するとして一種の唯一神教を唱導し、吉田山の神楽岡に八百万神を祭る壮大な斎場をつくった。これには将軍足利義政の妻で財政を握っていた日野富子を動かし、弘仁八年に嵯峨天皇が比叡山如意岳に設けた「日本最上神祇斎場」の再興であると宣言した。しかし、もともとそんな歴史的事実はなかったのだから、すべては兼倶の策計によるものであった。

そこに伊勢の外宮と内宮とが相次いで火災を出す事件がおこった。すると、兼倶は伊勢両宮が風雨雷鳴に乗じて吉田山の斎場に来場したと朝廷に密奏した。さらにそののち、巨大な円光が東方から飛来して吉田山に落ちたので拝すると、伊勢神宮の多数の神器であったといふらした。それも、神器は二見浦の潮に乗って来臨したのであるといい、その証拠に鴨川の水が塩辛くなると予言した。これを疑った世人も予言の日時に鴨川の水をなめると塩辛かったので兼倶を信じるようになったという。兼倶が前夜に膨大な量の塩を上流に運び、こっそり流したからだと伝えられる。とても信じられないようなことであるが、そんな風評が残されているところでも、兼倶の策謀のスケールの大きさが推量される。

ここから兼倶は吉田山が日本国中の惣社であるから、神宮や神社に参詣しなくてもこの斎場に来ればいいと宣言し、「神祇管領長上」と自称した。ついで、諸国の神社には神号、神階を、神官には裁許状を授与する権利を朝廷に認めさせた。その証書も容易に偽造できないような巧妙な仕掛けであったという。そのうえ、応仁の乱で宮中の八神殿が荒廃すると、これを吉田斎場に移し、神祇官代として諸社奉幣などの神事をおこなうことを許され、神社行政を一手に握ってしまった。

兼倶の予言から神器飛来、鴨川の水の塩化まですべては謀計であった。それも日本史にはめずらしいような壮大で緻密な謀計であった。同時に、政治権力と結びつく手ぎわもあざやかである。兼倶が日野富子を動かしたのもそれであったが、かれは子息の宣賢に当時の官学の家元清原家を継がせたのも吉田神道の宣布をねらってのことであったろう。また、その子孫たちも豊臣秀吉が政権をとるとこれに結びつき、徳川家康が豊国寺の打ちこわしにかかるとその手先になった。そして、江戸時代になると吉田家の権力はいよいよ強固になり、全国の神官は吉田山の斎場に集まった。神位、神階も、神職の資格も代人は一切認められず、神主が直接吉田山で一定の練行を終えないと与えられなかったからである。それとともに、吉田神道は全国に広がり、神祇伯の白川家をまったく圧倒していた。

この吉田神道を俗説とし、吉田家の地位を代々の奸曲によると暴露したのは、名古屋東照宮の祠官吉見幸和の『増益弁卜抄』(元文四年)であった。篤胤はこれを受けて『俗神道大意』で吉田家とその神道を攻撃したのである。もっとも、足代弘訓によれば、これも伊勢内宮の神主が勢力挽回のために書かせたのだという。

ところが、篤胤はそれを十一年のちにはあっさり一転させ、真の古道だと称揚し、吉見幸和説を反論した。この転換は篤胤に吉田家関係の入門者がふえたため、吉田家は篤胤を抱きこもうとし、篤胤のほうは自家の神学を吉田家の権力と機構とを利用して拡張しようとしたからであろう。この吉田家と篤胤との結合は、結局、政治的妥協ということにすぎまいが、それも篤胤の怪奇な性格には政治的野心家の一面があったからである。事実、そののち篤胤は事ごとに「吉田学師職」を誇示し、吉田家の江戸出張所長である目代になろうといろいろ運動したりもした。そこには俗臭がぷんぷんにおうが、これによって篤胤の名声があがったことも事実である。

ついで、篤胤は江戸に帰るとすぐ門人碧川篤真を娘と結婚させ、嗣子とした。それが鉄胤《かねたね》であるが、後継者を得て篤胤は上総、下総方面へ布教を進めることができたし、生活も安定して研究と著述とにはげみ、その研究はインド、シナの古代、あるいは道教へと傾いていった。

篤胤は『古史徴』の著作を進めるうちに、自分の神学を普遍化するためには東洋の古伝を調べあげて照合しなければすまなくなったものであろう。インドについては玄奘の『西域記』から古経典までを検討し、古代インドの宇宙成立伝説を編んで、『印度蔵志』の稿本をつくった。シナの古伝説は『老子』などの古代の遺書と伝えられるものからぬき出し『赤県太古伝』と題した。ついで、それを総論として『黄帝伝記』などシナ古伝説の論考多数を成し、易学、暦学の研究へ進んで、古易を解説した『太昊《たいこう》古易伝』や、日本の古暦だとする『天朝無窮暦』などの著作にふけった。

これらの後期の研究は、近代の比較神話学の方法を無自覚的に用いたともいえる。しかし、篤胤にあっては日本の古伝が絶対と信じられており、東洋の古伝もそれを傍証し、自説を補強するものだとしか考えられなかった。つまり、世界に通用する神学の確立がその目的であって、諸神話を客体として比較検証し、そこに法則、真実を発見しようとするものではなかった。結論は最初からきまっているのだ。だから、篤胤のすさまじいばかりの博覧、追究にもかかわらず、学問としての成果は何も生みだされず、かれ自身も収拾しようもない混沌のなかをさ迷うほかはなく、所論は多く付会におちいり、その神秘性、非合理性を昂じさせるばかりであった。

その半面、政治的野心家としての篤胤はしきりに幕藩権力に近づこうとし、松山藩を退身する前から、尾州藩に仕官しようと計画して手のこんだ運動をつづけていた。松山藩の小禄よりご三家の尾張藩に身を寄せるほうが万事好都合というのであろう。これには鈴木朖が熱心に推した。鈴木は篤胤の古道論には反対であったが、その学識は認めた。だが、『天説弁』を書いた小林茂岳が植松有信の養子にはいって尾張藩侯の侍読をつとめており、篤胤を異学者として反対したために話は流れた。しかし、篤胤は執拗な工作をやめず、老臣鈴木丹後守などの有力者に働きかけ、長文の嘆願書を出し、手段をつくした。そして、九年めでやっと素願を達したが、わずかに臨時雇いの三人扶持であった。篤胤はこれに満足せず、このうえは藩士に召し抱えてもらおうと水戸、薩摩の家老や寺社奉行にまで手をまわして運動を休めなかった。

ところが、その尾張藩の薄禄も五年めに突然の召し上げとなった。「御差支之儀之有り候に付」とあるばかりで、理由はわからない。篤胤は悲嘆して和歌を作った。
今はあさ三つの実もなし老猿の土をはみてや神習はなむ
「三つの実」とは三人扶持のことで、かつては自分を龍とたとえたのが老猿という情ない歌いぶりになっている。つら嚙むばかりの勢いとは別人である。天保五年、篤胤も五十九歳になっていた。

召し上げの原因は、篤胤は人を迷わすものという訴えが幕府へ出されたからだという。宣長学や篤胤の名声が高まるにつれ、当然反動として拮抗する学者も多くなった。川越の医家沼田順義は中年で失明すると検校に補せられ、江戸湯島に移って和漢の学を修めていた人だが、賀茂真淵、本居宣長の国学を妄説と怒り、『級長戸《しなど》の風』をあらわして宣長の『直毘霊』に反論したりした。順義は漢学を大学頭林述斎に学んだ関係から、篤胤ら古学者の異説であることを訴え、それで述斎が意見書を幕府に出したのだともいう。尾張藩はもともと古学者をそれほど必要としなかったのに、篤胤が有力者を強引に動かしたためにしかたなく三人扶持を与えはしたが、官学の統領から意見書を出されてはめんどうなのであっさり解雇したものらしい。

すると、篤胤はこんどは水戸藩を目ざして藤田東湖に働きかけ、水府史館出仕を願った。屋代弘賢を動かし、また長文の嘆願書を出したりした。しかし、財政難の理由でことわられた。それは表向きのことで、東湖は篤胤は奇男子で気概は感服するが「奇僻の見は最早牢固として破るべからず候。憾むべし」といった。儒学者の合理主義はとても篤胤の神秘主義などは受け入れることができなかった。

天保十二年、篤胤は六十六歳を迎えた元日、幕府から著述禁止、秋田への退去を命じられた。この命令も不意であり、理由は明らかにされなかった。

以来、篤胤は郷里秋田にとじこもったまま、二年のちの天保十四年閏九月十一日の夜に病没した。江戸へ出ることをしきりに計ったが、成就しなかった。


思ふ事の一つも神に勤めをへずけふや罷るかあたら此世を

それが辞世の和歌であった。死にきれない悲憤が宿っていて、篤胤の和歌としては一番、胸を打つ。殿村安守が猛虎と評した六十八年の激烈な人生はこうして終わったのである。

篤胤の退去は、その思想が幕府体制をおびやかすものであったための弾圧といわれてきた。島崎藤村の『夜明け前』にもそういうふうに書かれている。

が、篤胤には体制に反対する意志は少しもなかった。その証拠には親藩の尾張藩に就職するために異常なほどの根気で運動をつづけ、それが解雇されると水戸藩へ熱心に働きかけた一事をみてもわかる。たしかに、篤胤は仏教、儒教から同門の国学まで激烈に攻撃した。しかし、幕藩体制は少しも批判していないし、むしろ結果的には支持し、擁護している。学界の権威には仮借のない攻撃を加えても、政治権力には追従している。それにもかかわらず幕府によって江戸を追われた。

これについては『天朝無窮暦』の著作が疑惑を招いたといわれている。事実、篤胤が三十年がかりで真正の暦法を案出したと自負するこの著述が出ると、幕府の天文を管掌する司天台から糾問があり、篤胤はすぐに答弁書二冊を書いて差し出した。追放の前年である。この時期は老中水野忠邦が天保の改革を準備し、蛮社の獄がおこって高野長英、渡辺崋山ら二十六人の洋学者グループが逮捕された翌年にあたる。事件は林述斎の実子で洋学をきらった目付鳥居耀蔵《ようぞう》によって引きおこされたのだが、幕府は洋学にもとづく幕政批判を弾圧するだけでなく、洋書を翻訳した暦書、医書、天文書などが世上に流布されることを警戒していた。飢饉はつづき、海辺はしきりに波立っており、新知識によって社会不安が高まることを極度に恐れていたのだ。篤胤の『天朝無窮暦』は古伝の世界の所論であって、改暦につながるような内容を持たなかったけれど、そうした情勢ではやはり危険な新説として警戒されたのであろう。

それに、篤胤は尾張藩解雇のころから、いくらか幕府当局から好ましくない人物と見られていた。尾張藩解雇の年、篤胤は屋代弘賢に乞われて尺度の制を調べ、『皇国度制考』と『赤県度制考』とをまとめた。そこでかれが主張したことも、日本の尺度はすべてシナの制をもととしたとする狩谷棭斎の説を反駁して、日本には古代から固有の度制があったというのが要点であった。

ただ、弘賢が篤胤に度制を調べさせたのにはふくみがあった。そのころ、量と衡とは一定していて座が設けられていたが、尺度はまちまちで基準尺がない。それをきめて尺座を新設するなら五万両の利益になる、というものである。

ここに、また伴信友と村田春門が登場する。

信友は篤胤とは不和ながらも時には訪問していたが、その日、篤胤は度制を研究していることを信友に語り、弘賢のふくみをもらし、近日願書を出すばかりになっていることも打ちあけた。これについて信友は、尺度の新定は社会に混乱をおこすし、それも私利のための無用の新制はいけないと考えたが、諫めても聞く篤胤ではないと思ったのであろう、そのことを村田春門にひそかに告げた。その手紙が残っている。

そのとき、春門は水野忠邦から国学歌文の師として大阪から江戸に招かれ、側近にあった。春門は忠邦が文政九年に大阪城代となると、その国学、和歌の師として迎えられ、忠邦がついで京都所司代に昇進すると堀川の所司代屋敷に出向いて古典の連続講義、歌会の指導をおこなった。さらに、忠邦が老中となると、春門は息子の春野とともに懇望されて江戸に招かれたのである。春門も権勢にたくみに取り入る才子であった。

春門は信友から篤胤らの度制のことを知ると、すぐさま忠邦に密告した。忠邦も尺度の新制には反対し、弘賢のもくろみはついに実現しなかった。

このことをのちに知った篤胤は、江戸から追われたことも信友と春門とが忠邦に密告したためであると信じ、秋田へ下ったのち、江戸の鉄胤に「水越（水野越前守）へ、ザン〔讒〕セル奴ハ、一柳（村田春門）ト伴奴ナルコト疑ナシ」と書き送り、それを信じこんだまま死んだ。しかし、度尺事件は追放された年からは七年前のことであり、それが直接の原因であったとは考えられないし、信友、春門側の資料も見あたらないので真相はわからない。ただ、同門が終生からみあい、篤胤が往年の親友を罵倒しながら死んだということだけは事実である。

篤胤と信友とはあれほど互いに学識をみとめあい、義兄弟のちぎりまで結んだというのに、こんな結末になったというのも、所詮は学風と気質とのちがいとしかいいようがない。ふたりとも当時第一級の学識を持ちながら、篤胤が思想家、宗教家として観念論的神学の確立をめざしたのに、信友は徹底した文献考証主義者であった。そこから、信友は宣長もおよばない精緻な古代文化研究の多くを残した。特に壬申の乱を考証した『長等《ながら》の山風』などは、いまも生命を失っていない。しかし、国学の思想的活動には、ほとんど目を向けなかった。

篤胤と信友とには、そういう学風の決定的なちがいがあった。でも、その差違を生んだものは、やはりふたりの気質であっただろう。肖像画を見ても、篤胤は贅肉のない、頬がこけた顔で精悍に目をすえているのに、信友はしもぶくれがして慎重に構えている。篤胤は陽石を愛蔵したのに、信友は蔵書に「コノフミヲカリテミムヒトアラムニハ、ヨミテハトク〳〵カヘシタマヘヤ」という印を押していた。それが象徴的に語るように信友は文献主義に徹し、それで義門の語学研究さえ拱手して考えるものとみなした。まして、篤胤の恣意的思索についていけなかったのも無理はない。それに、信友は武術の達人ではあったが、篤胤のような戦闘的行動を好まなかったふうがある。義門が春庭の語学を批判したことにも「ことのほかなる悪逆」のように受け取った。信友はつねに抑制を自己に課した。

篤胤は激情家で独善家で愛憎も激しかったので、はじめは信友と幽契を結びながらもケンカしたとなると、「伴奴」と口ぎたなくののしった。しかし、信友のほうは篤胤がそれほど自分を憎んでいるとも気づかなかっただろう。だから、篤胤が江戸を立ち去るとき、ひそかに別離の歌を作った。

こゝよりはなこその関を身のうへにかへるやいかに雪のふるさと

ここには静かな友情がある。この和歌からも信友が篤胤を売ったとは考えられない。ただ、信友は篤胤と対立した村田春門、城戸千楯とも終生交際をつづけた。信友は礼譲をおもんじて同門の先輩としてかれらに対していたからであろうが、性格的にも合うところがあったためのように思われる。それに、同門の正統を守ろうとする利害関係もあっただろう。篤胤の上京によって巻きおこされた鈴屋一門の葛藤も、思想や学風による離合対立とする前に、性格や利害に根ざしているように思われる。

わたしは春庭の後半生を知るために、篤胤との交渉を一応調べてみるぐらいのつもりであった。

ところが、篤胤の春庭訪問をめぐってあらわれたものは、門流の複雑な、というより猥雑な人間関係であった。しかも、その葛藤は篤胤の場合は死ぬまでからみあっている。というのは、宣長の天才が開拓し、築きあげた巨大な人文科学が、その死ののちに急速に分解しはじめていたからであろう。その分解が篤胤という悪霊のように強烈無類な個性の出現によって葛藤をむき出しにしたといえる。

では、分解ののちには何が残ったか？

宣長の学問が史学、文献学を含む文学と哲学とに大別され、前者が伴信友、後者が平田篤胤に代表されることは村岡典嗣以来の定説である。これに、前者には本居春庭らの語学、萩原広道の『源氏物語』研究、小国重年の歌格研究などがあげられる。それから前者と後者とは争いあったとされる。たしかに、そのとおりにちがいない。

しかし、人文科学として残ったものは、伴信友の史学と本居春庭から義門に引きつがれた語学ということになるのではあるまいか？　服部中庸を受けた平田篤胤の神学は、近代の神話学や民俗学の方向へ動きはじめながら、端緒をも確立せず、ずっと後年の柳田国男、折口信夫を待たねばならなかったように思う。ただ、篤胤の神学は学問としての業績はあまり残さなかったにしても、狂気をはらんだ思想は、動乱期をゆり動かす一つのエネルギーとなった。むしろ、篤胤は死後に維新の呪術者と化した。あげくにその門流は、幕末には京都等持院の足利尊氏の木像の首を引き抜いたり、維新後は廃仏毀釈に奔走したりした。しかし、その神学は宗教として自立する前に、明治政府によって国民道徳にすり変えられて宗教的生命を失っていった。それどころか、明治二十年代になると、神道を無上のものと信じる国学者は「獅子身中ノ虫」（小中村義象）とまでいわれた。

こうした宣長の学問の分解のなかで、これまで金持ちの旦那芸ぐらいに思われてまったく見すごされてきたのは、殿村安守であった。著書にはさきの『犬夷評判記』のほかには歌集『夏野のさ百合』五巻があるぐらいで目ぼしいものはない。だが、当時の現代小説に目をむけて鋭利な文芸批評をおこなったというのは、宣長の学統の分解過程にあらわれたまったく新しい傾向である。

安守の影響は殿村常久や小津久足におよび、松阪に独自の気風をつくった。そのことが顕著にあらわれたのが、篤胤来訪のときである。熱風のような篤胤の上京は、鈴屋一門に渦を巻きおこしたけれど、そのなかで自主的な姿勢を毅然として保っていたのは安守らだけで、それは一番、見事なものであった。松阪だけは無風地帯のようにおだやかで、篤胤に掻きまわされてはいない。それはかれらが中立の態度をとったというのではなく、学統のなかで新しい気風をひらいていたからである。それは義門に対しても同様で、足代弘訓や服部中庸や伴信友のように冷視してはいない。『山口栞』をもちゃんと筆記し、清水浜臣が松阪に来たときにも、歌会に出席している。排他的でも迎合的でもなく、いいものをいいとする批評を持っていたからであろう。

本居春庭が安守らによって守られ、助けられたということは、大きな幸福であった。それは直接な形ではないにしても、春庭が語学研究を成就したことに関係しているだろう。あるいは自由人で財力を持つ安守らに支えられたからこそ、春庭の研究も熟成したといえるだろう。

わたしは平田篤胤という狂気の天才をめぐる何人かの故人たちをたずね、山室山奥墓の前に置かれた篤胤の歌碑の前に立ったとき、義門が天保十一年、京都高倉学寮で『山口栞』を会読していったことばを思いおこさずにはいられなかった。

「『詞の八衢』二冊、是ハ詞ノ活用ヲ論ズル事、人ニ論ス事、実ニ古今独歩ノ好キ書ナリ」

わたしは最初、会読の筆記本で「人ニ論ス事」を「人ヲ論ズル事」と読んで感動した。しかし、『詞の八衢』は動詞の活用について詳細に論じているけれども、別に人間を論じているともみえず、不審に思って異本を調べて「人ニ論ス事」とあるのを知り合点したものの、わたしはむしろ曲解のままにことばを論ずることは人を論ずることなのだと受け取っておきたいと思った。わたしの場合は、『八衢』からそれをめぐる人間を教えられたからである。

山室山から帰って数日のち、となりの小松原教授からいつもの夕食の招きがあった。エンゼルに呼ばれ、わたしと腸とはいそいそと出かけた。今夜あたり、また招待があるだろうとふんで、夕食のしたくもしていなかったので、ふたりは目をあわせて思わずニタリとした。

が、部屋にとおってみると、どうしたわけか、いつもとちがって教授の姿がない。夫人がクリーム色のジャケットに洗いたてのエプロンをつけ、スキヤキなべをこがしているところであったが、エンゼルもその横に黙ってすわっているばかりで、はしゃぎ立てない。いつもとどこかがちがう。

「さあ、たんと召しあがれ」

やがて、夫人は白い美しい顔をわたしたちにむけ、微笑した。

「先生は？」

とっさに、箸をつけかねた。

「いいのよ、小松原は今夜、遅くなりますから……」

夫人がビールをついだ。わたしと腸とは一気にあけた。夫人はコロコロと笑った。

「ほんとにおいしそうですわねえ」

コップはまたすぐに褐色の液体で満たされた。

そのとき、夫人は笑いをおさめた。

「あたしたち、ここを出ることになりましたの」

わたしも腸も、咄嗟のことでことばを失った。

「小松原は姫路の高等学校へ転勤になりますの。でも、内定ですから、まだ黙っててくださいね」

なんでも、ある教授と入れかわりになるのだという。この町の出身の教授がしばらくわたしたちの学校につとめたのち、満洲国の新しい大学に移り、それから姫路の高等学校に戻った。その人と交替するのだそうだ。それまで小松原教授の家へは何度もよばれたが、そういう話はひとことも聞きこまなかったし、学生たちでうわさするものもなかった。よほど話は隠密に進められたものらしい。

「もう姫路の家はきまっておりますの」

夫人はさらに意外なことまでいった。わたしたちが山室山にいっていた日に、姫路に家さがしに出かけたのだという。

「あすから引っ越しのお手伝いしてくださいね。本が多いもんですから」

夫人はまたビールをついで笑いかけた。でも、わたしも腸も笑いかえす気にならず、ふきげんになるばかりであった。

そのときはまったく事情がわからなかったけれど、それからすぐに内実を知った。

小松原教授は学校をていよく追われたのだ——。

その姫路の教授は何でもまずいことがあって学校にいづらくなり、郷里でもあるわたしたちの学校に戻る工作をこっそり進め、学長もそれを好都合として迎え入れることになったものらしい。小松原教授は最古参で扱いにくいうえに、妥協しようとしない。もともと学風が自由主義的で、神道教育などに共鳴するようすもなく、それが国粋主義者の学長や学校幹部の気に入らないことは学生のわたしたちにも見えすいていた。だから、小松原教授はこの話を一方的に押しつけられたものらしい。

わたしはひとり学校に腹を立てた。が、そのいっぽうでは小松原教授のためにはかえって好事のようにも思われ、つぎの日からは引っ越しの手伝いに精を出した。学校から帰ると、腸といっしょに教授の家へあがりこみ、膨大な量の本を木箱につめていくのだ。一段落つくと風呂に入れてもらい、夕食のごちそうになる。それが何日もつづいて、なお本はいっこうに片づかない。どの部屋も本だらけだし、廊下にはすべて棚がつけてあってそこにも本がならんでいる。

一週間かかった。すると、こんどは運送屋が玄関の前にむしろをひろげ、わたしたちが詰めた木箱に縄をかけはじめ、それに家財も梱包されて前庭には荷の山が積みあげられていった。

最後の夜もスキヤキであった。

「お名残り惜しいわね。でも、近いところですからお休みには遊びにいらっしゃいね」

夫人はそういって、ビールをしきりにすすめる。

小松原教授は講義するときと同じような大声でいった。

「君たち、本の荷造りは案外うまかったな。大掃除ではからきしダメだったが……」

精悍な浅黒い顔をビールで真赤にし、ひとりおかしそうに笑うと、ごろりと寝そべり、メガネをはずした。眼窩に深い影ができていた。

辞去しようとするとき、夫人はラグビーのボールのようなものをわたしに手渡した。

「こないだ姫路へいったときのおみやげですのよ」

そういえば、夫人だけ一晩姿を見せない日があった。移転準備やエンゼルの転校手つづきなどのために出かけたということであった。ラグビーのボールは、大きなまるごとのハムであった。

翌々日、学校から帰ると、教授の家の前庭の荷物の山はきれいに消えていた。教授たちはつぎの日は町の旅館でとまり、わたしたちが学校へいっているときに汽車に乗ったのであった。

わたしたちはハムを玄関の天井からぶらさげ、毎朝切ってはべんとう箱につめた。気前よく厚く切るのだが、いくら切ってもボールは小さくならなかった。

夜、銭湯から帰るとき、小松原教授の家がまっくらであるのに、わたしも腸も気が滅入った。

日本軍は華南バイヤス湾に上陸し、広東へ進撃していた。

（下巻へつづく）

今日の歴史・人権意識に照らして、不適切な語句や表現がみられますが、時代的背景と作品の価値とに鑑み、また著者他界により、そのままとしました。

（編集部）

書評再録

松永伍一

足立巻一氏の『やちまた』を読了するのにちょうど半月かかった。その間、本らしい本を他に一切読まなかった。所用で出かけるときも電車の中でひろげ、旅に出る飛行機のなかでも『やちまた』とつき合った。そして珍しく疲れなかった。不思議な本が出現したものである。小説を読むのを好まない私は、この本を座右に置きながら、こういう読ませ方をするのは小説の特権ではないか、と「評伝文学」と張られたレッテルが目ざわりになったりもしたが、本筋においてこの二つのことは別のものではないという感想がいま自分のなかでは定まっている。

『やちまた』は『詞の八衢』を著した本居春庭の伝記である。だが、それだけならば、フィクションつくりの巧みな作家が書けばもっとヤマをこしらえておもしろがらせることもできたろうが、実はこの人物に関心を抱いた足立氏の青春期から、こんど河出書房新社で全二冊の分厚い本（合わせて約九百ページ）になるまでの四十年間の伝記でもあるのだ。

それだけではない、私がもっと新鮮だと感じとったのは『詞の八衢』という書物が主人公であり、それが時代を超えてどう息づいてきたかをたどった本そのものの伝記にもなっているという稀有な事実だった。だからこの『やちまた』は三つの時間がより合わさって一本の綱になった「総合的伝記」である。

本居宣長の長男である春庭は盲目という悲運の痛みを負いつつ、父の仕事から学び、父とはちがう方向へ自分を押し出そうとした人であった。著名な人物を父に持つ者の負担の重さもなかったとはいえないだろうが、日本語の文法（動詞の活用）の解明という地味な、しかし原理的な追及に生涯をかけていくその一途さは、それをかばっていく父、弟、妹たちのけなげな愛情によって、それ自体奥ゆきに富んだドラマに仕立てられている。そこで私たちが子供のころ知らされた宣長は、ぬけがらであったとわかる。かれの『古事記伝』その他を読んでも、わが子へのおもいやりの深さとか学問をつぐ者への態度などは十分にはわからなかったから、この『やちまた』で、関係者がそれぞれ肉声にちかいものを放ちながら働いているので、時間の経過すら感じなくなってしまう。

それは足立氏のつくり出した戦前・戦中・戦後のドラマがオーバーラップしてくるからでもあるが、そこで私が見たのは春庭という我執の鬼と、それに劣らぬ足立氏という鬼であって、二つの鬼たちが呼び合っている呪的空間は、もうこれまでの評伝というワク内にはおさまらぬものになっていて、カテゴリーはおし殺されてしまっていたのである。

私は久しぶりに力のこもった仕事に出会い、幸福感にひたっている。いまどき、四十年もかかって一つの仕事を仕あげるという人がやたらにいるわけではない。一つの学問に五十年、六十年打ち込むという人はいる。しかし、その人たちも題材が変わっていくたびにあらたな好奇心をわきたたせ、それぞれに区切りをつけまとめていった。そして何十冊かの本になって全業績が後世にわたって評価されていく。

そういうのと足立氏の『やちまた』は異なった内実をもっている。春庭にあけ、春庭にくれる日常と非日常の葛藤が、足立氏を支えてきたかと思うと、十年かかって「日本農民詩史」五千枚を書いた私など、まだ足もとにも及ばぬと、痛く反省させられたものである。「バカ正直」というのが今日まだ生きていたともいえるが、これは『やちまた』への賛辞ではあっても、あくまで外部からの言挙げで、当人の「春庭狂い」のすさまじさは、まわりの誰にも十分理解されることはあるまい。

骨のある仕事、毒のある内容について、周囲から簡単に理解などされてはたまったものではない。おそらく足立氏も今は大作を仕あげられた安堵の後で、不意にそんな台詞をのどの奥でもらしておられるかもしれないが、こんな形で評伝が文学になって自立していくのを見ると、当人の苦労についての理解はともかく、まわりからも「これはおもしろいぞ」と寒稽古の掛け声ぐらいには騒ぎ立ててもいいような気がしてくるのである。

今夜は冷えこみがきつい。春庭の澄んだ心と対話ができそうな、足立氏の貌もくっきりと浮かんできそうな気配である。『やちまた』の連載されていた雑誌『天秤』を、明日の朝書庫の隅から探し出してみようと思う。

（まつなが　ごいち／詩人）

連載　「天秤」一九六八年一月第23号～一九七三年十月第38号
単行本……………一九七四年十月　河出書房新社刊
単行本（新装版）………一九九〇年十一月　河出書房新社刊
文庫………………一九九五年四月　朝日文芸文庫

中公文庫

やちまた（上《じょう》）

2015年３月25日　初版発行
2020年３月31日　再版発行

著　者　足《あ》立《だち》巻《けん》一《いち》

発行者　松田陽三

発行所　中央公論新社
〒100-8152　東京都千代田区大手町1-7-1
電話　販売 03-5299-1730　編集 03-5299-1890
URL http://www.chuko.co.jp/

ＤＴＰ　柳田麻里
印　刷　三晃印刷
製　本　小泉製本

Published by CHUOKORON-SHINSHA, INC.
Printed in Japan　ISBN978-4-12-206097-5 C1195

中公文庫既刊より

各書目の下段の数字はISBNコードです。978－4－12が省略してあります。

お-10-5
日本語はどこからきたのか ことばと文明のつながりを考える
大野　晋
日本とは何かを問い続ける著者は日本語とタミル語との系統的関係を見出し、日本語と日本文明の発展の歴史を平易に解き明かす。〈解説〉丸谷才一
203537-9

お-10-6
日本語はいかにして成立したか
大野　晋
日本語はどこから来たのか？　神話から日本文化の重層的成立を明らかにし、文化の進展に伴う日本語の展開と漢字の輸入から仮名遣の確立までを説く。
204007-6

と-12-3
日本語の論理
外山滋比古
非論理的といわれている日本語の構造を、多くの素材を駆使して例証し、欧米の言語と比較しながら、日本人と日本人のものの考え方、文化像に説き及ぶ。
201469-5

と-12-8
ことばの教養
外山滋比古
日本人にとっても複雑になった日本語。時代や社会、人間関係によって変化する、話し・書き・聞き・読む言語生活を通してことばと暮しを考える好エッセイ。
205064-8

と-12-11
自分の頭で考える
外山滋比古
過去の前例が通用しない時代、知識偏重はむしろマイナス。必要なのは、強くてしなやかな本物の思考力です。人生が豊かになるヒントが詰まったエッセイ。
205758-6

は-57-2
からごころ 日本精神の逆説
長谷川三千子
日本人の内にあり、必然的に我々本来の在り方を見失わせるもの――本居宣長が「からごころ」と呼んだ機構を追究。日本精神を問い直す思索の書。〈解説〉小川榮太郎
205964-1

キ-3-11
日本語の美
ドナルド・キーン
愛してやまない〝第二の祖国〟日本。その特質を内と外から独自の視点で捉え、卓抜な日本語とユーモアで綴る味わい深い日本文化論。〈解説〉大岡　信
203572-0